UMA CENTELHA NA ESCURIDÃO

STACY WILLINGHAM

UMA CENTELHA NA ESCURIDÃO

2ª edição

Tradução
Fernanda Dias

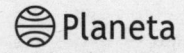

🌐 Planeta

Copyright © Stacy Willingham, 2022
Copyright © Editora Planeta do Brasil, 2024
Copyright da tradução © Fernanda Dias
Todos os direitos reservados.
Título original: *A Flicker in the Dark*

Preparação: Amanda Moura
Revisão: Mariana Rimoli e Barbara Parente
Projeto gráfico: Filipa Damião Pinto | Foresti Design
Diagramação: Renata Spolidoro
Capa: Angelo Bottino

Dados Internacionais de Catalogação na Publicação (CIP)
Angélica Ilacqua CRB-8/7057

Willingham, Stacy
   Uma centelha na escuridão / Stacy Willingham ; tradução de Fernanda Dias. -- 2. ed -- São Paulo : Planeta do Brasil, 2023.
   352 p.

ISBN 978-85-422-2504-4
Título original: A Flicker in the Dark

1. Ficção norte-americana 2. Literatura psicológica I. Título II. Dias, Fernanda

23-6532   CDD 813

Índice para catálogo sistemático:
1. Ficção norte-americana

Ao escolher este livro, você está apoiando o manejo responsável das florestas do mundo

2024
Todos os direitos desta edição reservados à
EDITORA PLANETA DO BRASIL LTDA.
Rua Bela Cintra, 986, 4º andar – Consolação
São Paulo – SP – CEP 01415-002
www.planetadelivros.com.br
faleconosco@editoraplaneta.com.br

Para meus pais, Kevin e Sue.
Obrigada por tudo.

Aqueles que lutam contra monstros devem tomar cuidado para que, no processo, não se tornem monstros também. Quando se contempla o abismo por muito tempo ele pode retribuir.

— Friedrich Nietzsche

PRÓLOGO

Eu achava que sabia o que eram monstros.

Quando era pequena, costumava pensar neles como sombras misteriosas à espreita por trás das minhas roupas penduradas, embaixo da cama, na floresta. Eram uma presença física que eu pressentia atrás de mim, aproximando-se enquanto caminhava da escola para casa sob os raios do sol poente. Não sabia como descrever a sensação, mas, de alguma forma, tinha *certeza* de que estavam lá. Meu corpo podia senti-los, sentir o perigo, do mesmo jeito que a pele parece que fica arrepiada um instante antes de o ombro desavisado sentir o toque da mão, ou como quando você se dá conta de que aquele pressentimento que vem te perseguindo é um par de olhos em seu encalço, à espreita por trás dos galhos de um grande arbusto.

E, ao virar-se, eles não estão mais lá.

Lembro-me da superfície irregular torcendo meus calcanhares magrelos enquanto andava cada vez mais rápido pela estrada de cascalho que levava a minha casa, a fumaça do ônibus escolar que partia dissipando-se atrás de mim. As sombras dançavam em meio às árvores enquanto o sol cintilava através dos galhos, minha própria silhueta ameaçadora como um animal pronto para dar o bote.

Eu respirava fundo, contava até dez. Fechava os olhos e apertava as pálpebras.

Aí eu corria.

Todo dia, eu corria por aquele trecho afastado da estrada; minha casa, ao longe, em vez de se aproximar do meu alcance, parecia cada vez mais distante. Meu tênis levantava pedaços de grama, pedras e poeira enquanto eu corria de... alguma coisa. Do que quer que estivesse ali, observando. Esperando. Esperando por mim. Tropeçava nos meus cadarços, pelos degraus da frente de casa e arremessava-me no calor dos braços abertos do meu pai, o hálito quente em minha orelha, sussurrando: "Eu tô aqui, eu tô aqui". Seus dedos agarravam mechas do meu cabelo e meus pulmões ardiam por causa do fluxo de ar. Meu coração batia forte contra o peito enquanto uma única palavra me vinha à mente: segurança.

Pelo menos, era o que eu pensava.

Aprender a sentir medo deveria ser uma evolução: uma progressão gradual do Papai Noel do shopping ao bicho-papão embaixo da cama; daquele filme de terror a que a babá deixa você assistir ao homem parado dentro de um carro de vidros escuros, encarando mais do que o normal enquanto você anda pela calçada ao anoitecer. Observá-lo pelo canto do olho aproximando-se pouco a pouco, sentindo os batimentos subirem do peito ao pescoço e aos olhos... É um processo de aprendizagem, uma progressão contínua da descoberta de uma ameaça para a outra, cada *coisa* subsequente mais perigosa do que a anterior.

Só que não para mim. Para mim, a sensação de medo me atingiu com uma força que meu corpo adolescente jamais vivenciara. Uma força tão asfixiante que respirar doía. E naquele momento, no momento que me atingiu, me fez perceber que monstros não se escondiam na floresta, que não eram sombras nas árvores ou algo invisível se espreitando em cantos escuros.

Não, monstros de verdade agiam em plena luz do dia.

Eu tinha doze anos quando aquelas sombras começaram a adquirir forma, rosto. Deixaram de ser aparições, foram se tornando mais concretas, mais reais, e fui percebendo que talvez os monstros vivessem entre nós.

E havia um monstro, em especial, que aprendi a temer mais do que a todos os outros.

MAIO
DE 2019

CAPÍTULO UM

Minha garganta coça.

No começo, é sutil. Como a ponta de uma pena passando pelo esôfago, de cima a baixo. Empurro minha língua para trás na tentativa de coçar.

Não funciona.

Espero que não esteja ficando doente. Fiquei perto de alguém doente esses dias? Alguém resfriado? Não dá para ter certeza, de verdade. Passo o dia todo cercada de pessoas. Nenhuma delas parecia doente, mas a gripe comum pode ser contagiosa mesmo antes de manifestar algum sintoma.

Tento coçar de novo.

Talvez seja alergia. Tem mais pólen no ar do que o normal. Muito mais. Aponta oito de dez na escala do monitor de alergia. O ícone no meu aplicativo do clima está bem vermelho.

Alcanço o copo d'água, dou um gole. Bochecho um pouco antes de engolir.

Ainda não funciona. Pigarreio.

— Sim?

Olho para a paciente diante de mim, dura como um pedaço de pau, agarrada em minha poltrona de couro reclinável gigantesca. Os dedos cerrados no colo, cortes finos, brilhantes, quase invisíveis em comparação à pele perfeita das mãos. Noto um bracelete no pulso, tentativa de cobrir a maior cicatriz, um profundo e rústico tom de púrpura. Contas de madeira com um amuleto de prata em formato de cruz, pendurado como em um terço.

Olho de volta para a garota, absorvendo a expressão dela, os olhos. Sem lágrimas, mas ainda é cedo.

— Desculpe — digo espiando as anotações à minha frente —, Lacey. Estou com um pouco de pigarro. Continue, por favor.

— Ah — diz ela —, tudo bem. Enfim, como eu dizia... Sinto muita raiva às vezes, sabe? E não sei muito bem por quê. É como se esse ódio fosse crescendo cada vez mais e, antes que eu perceba, preciso... — Ela olha para os braços, abana as mãos. Há pequenos cortes em todos os lugares, feito fibras de vidro escondidas na trama da pele, entre os dedos. — É um alívio. Ajuda a me acalmar.

Faço um movimento afirmativo com a cabeça, tentando ignorar a coceira na garganta. Está piorando. *Talvez seja poeira*, digo a mim mesma – este lugar está empoeirado. Olho para o parapeito na janela, a estante de livros, os diplomas emoldurados na parede, todos exibindo uma fina camada de cinza cintilando na luz do sol.

Foco, Chloe.

Viro de volta para a garota.

— E o que você acha que é isso, Lacey?

— Acabei de falar. Eu não sei.

— Se você tivesse que dar um palpite...

Ela bufa, olha para o lado e encara qualquer coisa. Está evitando contato visual. As lágrimas virão em breve.

— Bom, acho que pode ter algo a ver com o meu pai — diz, enquanto o lábio inferior treme um pouco. Tira o cabelo loiro da frente da testa. — O fato de ele ter ido embora e tudo mais.

— Quando seu pai foi embora?

— Faz dois anos — conta. Como se essa fosse a deixa, uma única lágrima brota do canal e escorre pela bochecha sardenta. Ela a enxuga, com raiva. — Ele nem se despediu. Nem deu motivo. Simplesmente foi embora.

Faço um movimento afirmativo com a cabeça, fazendo mais algumas anotações.

— Acha que é possível dizer que você ainda está bastante revoltada com seu pai por ter te deixado dessa maneira?

O lábio dela treme de novo.

— E que, já que ele não se despediu, você não pôde dizer como as atitudes dele te afetaram?

Ela assente com a cabeça na direção da estante de livros no canto, ainda me evitando.

— Sim. Acho que faz sentido.

— Você está com raiva de mais alguém?

— Acho que da minha mãe. Não sei muito bem o porquê. Sempre achei que a culpa de ele ter ido embora era dela.

— Certo — digo. — Mais alguém?

Ela fica quieta, a unha cutucando um pedaço de pele solta.

— De mim — sussurra, sem perder tempo, secando a cachoeira de lágrimas que jorra dos cantos dos olhos. — Por não ser boa o suficiente para fazer com que ele quisesse ficar.

— É normal sentir raiva — afirmo. — Todos sentimos raiva. E agora que você se sente confortável para dizer que está com raiva, podemos trabalhar juntas para te ajudar a lidar um pouco melhor com isso. Para te ajudar a administrar esse sentimento sem se machucar. Faz sentido?

— É tão idiota — resmunga.

— O quê?

— Tudo. Ele, isto. Estar aqui.

— O que tem de idiota em estar aqui, Lacey?

— Eu não deveria *ter* que vir aqui.

Agora, ela está gritando. Inclino-me para trás, de forma casual, e entrelaço os dedos. Deixo que ela grite.

— É, eu estou com raiva — diz —, e daí? Meu pai foi embora, ele me *deixou*. Você sabe como eu me sinto? Sabe como é ser uma criança sem pai? Ir para a escola e todo mundo olhar pra você? Falar pelas suas costas?

— Na verdade, eu sei — comento. — Sei bem como é. Não é legal.

Agora ela está quieta, as mãos tremendo no colo com as pontas do dedão e do indicador esfregando a cruz no bracelete. Subindo e descendo, subindo e descendo.

— Seu pai foi embora também?

— Algo parecido.

— Quantos anos você tinha?

— Doze — digo. Ela assente.

— Tenho quinze.

— Meu irmão tinha quinze.

— Então você entende?

Desta vez, eu faço que sim e sorrio. Ganhar confiança: a parte mais difícil.

— Entendo — digo enquanto me inclino para a frente de novo, diminuindo a distância entre nós. Ela se volta para mim agora, os olhos encharcados virando-se para os meus, suplicantes. — Entendo perfeitamente.

CAPÍTULO DOIS

Minha área de atuação prospera por causa dos clichês – sei disso. Mas há um motivo.

Clichês existem porque são um reflexo da realidade.

O fato de uma garota de quinze anos enfiar uma lâmina na pele deve ter algo a ver com sentimentos de inadequação ou a necessidade de sentir dor física para escoar a dor emocional que arde dentro dela. A dificuldade de um garoto de dezoito anos controlar a agressividade com certeza tem algo a ver com conflitos não resolvidos com os pais, sentimentos de abandono, necessidade de provar algo. Ele precisa parecer forte quando, por dentro, está desmoronando. Uma universitária de vinte anos que bebe e dá para todo cara que lhe paga uma vodca barata, depois chora na manhã seguinte, é provavelmente uma vítima da própria baixa autoestima, e faz o que faz para ter a atenção que não conseguiu ter em casa. Conflito interno entre a pessoa que ela é e a que acha que esperam que seja.

Traumas com o pai. Síndrome do filho único. Fruto de divórcio.

Clichês, mas reais. E eu posso dizer isso, porque sou um clichê também.

Olho para o *smartwatch* com a gravação da sessão de hoje piscando na tela: 1:01:52. Aperto "Enviar para o iPhone" e observo o pequeno cronômetro mudar de cinza para verde enquanto o arquivo é mandado para o meu celular e, ao mesmo tempo, sincroniza com meu laptop. *Tecnologia.* Lembro-me de cada médico pegando meu arquivo quando era pequena, passando página por página enquanto ficava sentada em algo parecido com esta mesma poltrona, espiando as pastas abarrotadas com os problemas de outras pessoas.

Abarrotadas de pessoas como eu. De alguma forma, eu me sentia menos sozinha, mais normal. Aqueles armários de metal com suas quatro gavetas representavam a possibilidade de que um dia eu seria capaz de expressar a minha dor – verbalizá-la, gritar, chorar – e, quando o *timer* saía dos sessenta minutos e chegava ao zero, podíamos simplesmente fechar a pasta e colocá-la de volta à gaveta, trancar bem e esquecer o conteúdo por mais um dia.

Cinco horas, hora de encerrar.

Olho para a tela do meu computador, para a selva de ícones a que meus pacientes foram reduzidos. Agora não tem mais *hora de encerrar*. Eles sempre encontraram um jeito de me achar (e-mail, redes sociais), até que desisti e deletei os meus perfis, cansada de receber mensagens desesperadas de clientes em seus piores momentos. Estou sempre conectada, sempre pronta, uma loja de conveniência funcionando 24 horas por dia, com uma placa de neon escrita "Aberto" brilhando no escuro, tentando ao máximo não apagar.

O alerta da gravação aparece na minha tela, eu clico, renomeio o arquivo – "Lacey Deckler, Sessão 1" – e olho por cima do computador, semicerrando os olhos na direção do parapeito empoeirado, a sujeira deste lugar fica ainda mais evidente sob o sol poente. Pigarreio de novo, tusso algumas vezes. Inclino para o lado, seguro a alça de madeira, escancaro a última gaveta da escrivaninha e exploro minha farmácia pessoal. Olho para os frascos de comprimidos, que vão do clássico Ibuprofeno a rótulos mais difíceis de pronunciar: Alprazolam, Clordiazepóxido, Diazepam. Empurro-os para o lado e pego uma caixa de vitamina C, despejo um envelope no copo de água e mexo com o dedo.

Tomo alguns goles e começo a redigir um e-mail.

Shannon,
Enfim, sexta!
A primeira sessão com Lacey Deckler foi excelente, obrigada pela indicação. Gostaria de checar rf. medicação. Vi que você não prescreveu nada. Com base na sessão de hoje, creio que uma dosagem baixa de Prozac poderia ajudá-la. O que acha? Alguma advertência?

Chloe

Aperto "Enviar" e me recosto na cadeira, engolindo o resto da minha água sabor tangerina. Os sedimentos da vitamina C do fundo do copo descem como cola, vagarosos e pesados, cobrindo meus dentes e a língua com um pó laranja. A resposta chega em minutos.

Chloe,
Não há de quê! Por mim, tudo bem. Fique à vontade para prescrever.

PS: Que tal um drinque um dia desses? Quero detalhes sobre o GRANDE DIA. Tá chegando!

Shannon Tack,
Médica

Pego o telefone do consultório e ligo para a farmácia da Lacey, a mesma que eu frequento (o que vem a calhar), e caio direto na caixa postal. Deixo uma mensagem.

— Oi, aqui é a doutora Chloe Davis, C-H-L-O-E D-A-V-I-S, gostaria de solicitar uma receita para Lacey Deckler, L-A-C-E-Y D-E-C-K-L-E-R, data de nascimento 16 de janeiro de 2004. Recomendo que a paciente comece com 10 miligramas de Prozac por dia, por oito semanas. Sem renovação automática, por favor.

Paro, bato os dedos na mesa.

— Também gostaria de solicitar uma nova receita para outro paciente, Daniel Briggs, D-A-N-I-E-L B-R-I-G-G-S, data de nascimento 2 de maio de 1982. Frontal, 4 miligramas por dia. Repetindo, aqui é a doutora Chloe Davis. O número é 555-212-4524. Muito obrigada.

Desligo e contemplo o telefone, imóvel. Olho de volta para a janela, o sol que se põe vai iluminando meu consultório de mogno com um tom de laranja não muito diferente do resíduo grudento no fundo do meu copo. Vejo o relógio. Sete e meia. Começo a fechar meu laptop e dou um pulo quando o telefone toca. Encaro o aparelho – o escritório já está fechado e é sexta. Continuo guardando meus pertences, ignoro o toque, até que me dou conta de que pode ser a farmácia com alguma dúvida a respeito das receitas que acabei de pedir. Deixo chamar mais uma vez antes de atender.

— Doutora Chloe Davis — digo.

— Chloe Davis?

— Doutora Chloe Davis — corrijo. — Sim, é ela. Como posso ajudar?

— Cara, você é difícil de encontrar, hein?

É a voz de um homem, que dá uma risada nervosa como se eu o tivesse irritado.

— Desculpe, você é meu paciente?

— Não sou, mas estou te ligando o dia inteiro. O dia *inteiro*. Sua secretária se recusou a passar minha ligação, então resolvi tentar depois do horário, ver se conseguiria deixar recado na caixa postal. Não esperava que atendesse.

Franzo o cenho.

— Bom, este é meu local de trabalho. Não atendo ligações pessoais aqui. Melissa só me passa os pacientes. — Eu me detenho, sem entender por que estou dando satisfações quanto ao funcionamento do meu consultório para um estranho. Endureço a voz. — Posso perguntar por que está ligando? Quem é?

— Meu nome é Aaron Jansen — diz. — Sou repórter do *The New York Times*.

Minha respiração para na garganta. Tusso, mas soa como um engasgo.

— Está tudo bem? — pergunta ele.

— Sim, tudo bem — digo. — Estou me recuperando de um incômodo na garganta. Desculpe, do *The New York Times*?

Fico com ódio de mim mesma no instante em que pergunto. Sei por que esse homem está ligando. Para ser sincera, já esperava. Esperava algo. Talvez não o *Times*, mas alguma coisa.

— Sabe? — Ele hesita. — O jornal?

— É, eu sei quem vocês são.

— Estou escrevendo sobre seu pai e gostaria de encontrá-la para uma conversa. Podemos tomar um café?

— Desculpe — digo mais uma vez, tentando cortá-lo. *Merda*. Por que eu fico pedindo desculpas? Respiro fundo e tento de novo. — Não tenho nada pra falar sobre esse assunto.

— Chloe — diz.

— Doutora Chloe.

— Doutora Chloe — repete, soltando o ar. — A data está chegando. Vai completar vinte anos. Tenho certeza de que sabe disso.

— É claro que eu sei — retruco. — Faz vinte anos e nada mudou. Aquelas meninas estão mortas e meu pai está na prisão. Por que você ainda está interessado nisso?

Do outro lado, Aaron fica em silêncio; sei que já entreguei demais. Já satisfiz aquela ânsia jornalística doentia que se alimenta de rasgar as feridas dos outros justo quando elas estão prestes a cicatrizar. Satisfiz o suficiente para que ele sinta um gostinho e fique sedento por mais, um tubarão rondando em volta do sangue na água.

— Mas você mudou — insiste —, você e seu irmão. O público adoraria saber como vocês estão, como estão lidando com a situação.

Reviro os olhos.

— E seu pai — continua —, talvez *ele* tenha mudado. Tem falado com ele?

— Não tenho nada para falar com meu pai. E não tenho nada para falar com você. Por favor, não ligue de novo.

Desligo, devolvendo o aparelho ao gancho, batendo com mais força do que havia planejado. Olho para baixo e percebo que meus dedos estão tremendo. Prendo o cabelo atrás da orelha, na tentativa de me ocupar, e volto os olhos para a janela, onde vejo o céu se transformando em um azul profundo, retinto, o sol agora uma bolha sobre o horizonte, prestes a explodir.

Viro-me de volta para a minha mesa e pego a bolsa, empurrando a cadeira para trás enquanto me levanto. Observo o abajur na escrivaninha, solto o ar devagar antes de apagá-lo para, tremendo, dar um passo no escuro.

CAPÍTULO TRÊS

Há tantas maneiras sutis com as quais nós, mulheres, nos protegemos no dia a dia sem perceber; nos protegemos das sombras, de predadores invisíveis. Dos alertas emitidos pelas histórias que nos contam e de lendas urbanas. É tão sutil que sequer nos damos conta disso.

Sair do trabalho antes de escurecer. Prender a bolsa contra o peito com uma mão e, entre os dedos da outra, segurar as chaves como uma arma, enquanto nos apressamos até o carro, estacionado de forma estratégica sob um poste de luz caso não tenha sido *possível* sair do trabalho antes de escurecer. Chegar ao carro, conferir o assento traseiro antes de destravar a porta da frente. Agarrar forte o celular com o dedo a um toque do número da polícia. Entrar. Trancar. Não dar sopa. Ir embora logo.

Saio do estacionamento do prédio e sigo em frente, afastando-me da cidade. Paro no semáforo fechado, espio pelo retrovisor, força do hábito, e encolho quando vejo o reflexo. Estou acabada. Está tão quente e úmido que minha pele está grudenta, oleosa; meu cabelo, que costuma ficar bem liso, está com umas curvinhas nas pontas, com um frizz que só o verão da Luisiana é capaz de provocar.

O verão da Luisiana.

Que pedante. Eu cresci aqui. Bom, não *aqui*, em Baton Rouge. Mas na Luisiana, sim. Em uma cidadezinha chamada Breaux Bridge, a capital mundial do lagostim. Um título do qual nos orgulhamos, por algum motivo. Da mesma forma que Cawker City, no Kansas, deve se orgulhar da bola de barbante de mais de duas toneladas. Dá uma importância qualquer para um lugar sem importância.

Breaux Bridge também tem menos de mil habitantes, o que significa que todo mundo se conhece. E, para ser mais específica, todo mundo me conhece.

Quando era nova, eu vivia esperando o verão. As memórias do pântano são tantas: ficar olhando os jacarés do Lake Martin e gritar quando enxergava os pares de olhinhos sorrateiros por trás das algas. Meu irmão ria enquanto corríamos na direção contrária, gritando: "Até, jacaré!". Fazer perucas com a barba-de-velho que crescia em nosso quintal quilométrico, depois catar carrapatos do meu cabelo nos dias seguintes e passar base de unha nas feridas. Torcer o rabo de uma lagosta recém-cozida e chupar a cabeça toda.

Mas as lembranças de verão também trazem a lembrança do medo.

Eu tinha doze anos quando as garotas começaram a desaparecer. Não eram muito mais velhas que eu. Foi em julho de 1999, e achávamos que aquele era só mais um verão quente e úmido na Luisiana.

E um dia tudo mudou.

Lembro-me de entrar na cozinha certa manhã, esfregando os olhos para tentar afastar o sono, arrastando meu cobertor verde-claro pelo chão. Eu dormia com aquele cobertor desde bebê, adorava as beiradas sem costura. Lembro que torci o tecido entre os dedos, um gesto de nervosismo, quando vi meus pais reunidos em frente à TV, preocupados. Sussurrando.

— O que está acontecendo?

Os dois se viraram, os olhos arregalados quando me viram, e desligaram antes que eu pudesse ver a tela.

Antes de *acharem* que eu podia ver a tela.

— Ah, querida — disse meu pai, aproximando-se e abraçando-me mais forte que o normal. — Não é nada, meu bem.

Mas tinha acontecido algo. Mesmo ali, naquele momento, eu sabia que tinha acontecido. O jeito com que meu pai me segurava, como o lábio da minha mãe tremia quando ela virava em direção à janela, o mesmo jeito que Lacey fez à tarde enquanto se obrigava a processar o que sempre soubera. O que tentava evitar, fingindo que não era real. Peguei de relance aquela chamada vermelha em destaque no inferior da tela; já estava costurada na minha psique, uma sequência de palavras que mudaria para sempre minha forma de ver as coisas.

GAROTA DE BREAUX BRIDGE ESTÁ DESAPARECIDA.

Aos doze anos de idade, a frase GAROTA ESTÁ DESAPARECIDA não causa as mesmas associações horrendas de quando você é mais velha. Sua mente não pisca no mesmo instante com suposições horríveis: sequestro, estupro, assassinato. Lembro que pensei *desaparecida* onde? Achei que talvez ela tivesse se perdido. A antiga casa da minha família ficava em um terreno de mais de quatro hectares; eu me perdi várias vezes caçando sapos, desbravando áreas desconhecidas da floresta, rabiscando meu nome na casca de uma árvore sem marcas ou brincando de construir fortes com pedaços de madeira cheios de musgo. Até fiquei presa em uma pequena caverna uma vez. Era a casa de algum bicho, a entrada era estreita, e tão assustadora quanto instigante. Lembro que meu irmão amarrou um pedaço de corda velha no meu calcanhar enquanto eu me arrastava de bruços pelo buraco frio e escuro, segurando firme com a boca um chaveiro de lanterna. Deixando a escuridão me engolir inteira enquanto rastejava cada vez mais para dentro – até, enfim, ser tomada pelo mais absoluto pavor quando me dei conta de que não conseguia sair. Quando vi imagens da equipe de resgate abrindo caminho entre a folhagem e passando pela lama, só conseguia pensar no que aconteceria se por acaso eu fosse a "desaparecida", se iriam me procurar da mesma forma que estavam procurando por ela.

Ela vai aparecer, eu pensava. *E, quando aparecer, aposto que vai se sentir mal por ter causado toda essa confusão.*

Só que ela não apareceu. E, três semanas depois, outra garota sumiu.

Quatro semanas depois, outra.

Até o final do verão, seis garotas haviam desaparecido. Estavam vivendo suas vidas e, do nada, sumiram. Sem deixar vestígio.

O desaparecimento de seis meninas é muito em qualquer contexto, mas em uma cidade como Breaux Bridge, tão pequena que se percebe o vazio deixado em uma sala de aula pela desistência apenas de um aluno, ou até por uma família que vai embora, seis meninas eram demais. O sumiço era impossível de ignorar, um mal que se alojara no céu como uma tempestade iminente que arrepia até o cabelo. Dava para sentir, tocar, ver nos olhos de cada um: uma desconfiança inerente tomara conta da cidade antes tão segura.

A suspeita se instalara e era impossível ignorar. Uma única pergunta que ninguém fazia pairava sobre todos nós.

Quem será a próxima?

Toques de recolher foram instaurados, lojas e restaurantes fechavam antes do anoitecer. Como toda garota da cidade, fui proibida de ficar fora de casa à noite. Mesmo durante o dia, eu sentia o mal à espreita em cada canto. A expectativa de que seria eu – de que *eu* seria a próxima – estava sempre comigo, sempre presente, sempre me sufocando.

— Vai ficar tudo bem, Chloe. Você não precisa se preocupar.

Lembro-me do meu irmão ajeitando a mochila nas costas certa manhã, se preparando para o acampamento de verão; eu chorava, de novo, com medo de sair de casa.

— Ela precisa se preocupar, sim, Cooper. O que está acontecendo é sério.

— Ela é muito nova — disse ele —, tem só doze anos. Ele gosta de adolescentes, lembra?

— Cooper, por favor.

Minha mãe agachou-se no chão, ficou à altura dos meus olhos, prendeu uma mecha de cabelo atrás da minha orelha.

— Isso é sério, meu bem, tome cuidado. Fique alerta.

— Não aceite carona de estranhos — disse Cooper, bufando. — Não ande em becos escuros sozinha. O óbvio, Chlo. Não seja burra.

— Aquelas meninas não foram burras — rebateu a minha mãe, a voz baixa, mas severa. — Deram azar. Estavam no lugar errado, na hora errada.

Viro no estacionamento da farmácia e passo pelo *drive-through*. Há um homem por trás da janela de vídeo, ocupado lacrando garrafas em sacolas de papel. Ele abre a janela e não se dá ao trabalho de olhar para cima.

— Nome?

— Daniel Briggs.

Ele olha para mim, que claramente não sou Daniel. Aperta algumas teclas do computador diante dele e fala de novo.

— Data de nascimento?

— Dois de maio de 1982.

Ele se vira e procura na cesta da letra "B". Observo enquanto ele pega uma sacola de papel e se aproxima, minhas mãos firmes no volante para conter a inquietação. Mira o scanner no código de barras e ouço o bipe.

— Tem alguma dúvida sobre a receita?
— Não. — Sorrio. — Tudo certo.

Ele empurra a sacola na minha direção; eu a arranco da mão dele e a enfio na bolsa, subo o vidro e vou embora sem sequer agradecer.

Dirijo por mais alguns minutos, a bolsa no banco do passageiro radiante com a mera presença dos comprimidos dentro dela. Costumava ficar chocada ao ver como é fácil conseguir receitas de outras pessoas: basta saber a data de nascimento que bate com o nome no cadastro e pronto, a maior parte das farmácias nem pede documento. E, se pede, justificativas simples costumam funcionar.

Ai, droga, deixei na outra bolsa.

Na verdade, sou noiva dele — você precisa que eu passe o endereço?

Viro no Garden District para pegar a estrada quilométrica que sempre me deixa atordoada, como imagino que mergulhadores devem se sentir quando ficam envoltos na escuridão, uma escuridão tamanha que mal enxergam um palmo diante do nariz.

Qualquer senso de direção, perdido. Qualquer senso de controle, perdido.

Sem casas para iluminar a estrada ou postes de luz que mostrem os galhos retorcidos das árvores que beiram a rua, quando o sol se põe, este caminho dá a sensação de entrar direto em uma poça de tinta, desaparecer num vazio imenso, caindo para sempre em um buraco sem fundo.

Prendo a respiração, piso no acelerador só um pouco mais.

Enfim consigo sentir que estou chegando. Ligo a seta – mesmo sem ninguém atrás de mim, só mais escuridão –, viro na rua sem saída e solto a respiração quando passo a primeira luz que revela o caminho de casa.

Casa.

Uma palavra e tanto. Uma casa, um lar, não é só uma casa, um amontoado de tijolos e madeiras que se mantêm em pé com cimento e vigas. Tem a ver com sentimento. Proteção, segurança. O lugar para onde você volta quando dá a hora do toque de recolher.

Mas e se a sua casa não te proteger? Se não for segura?

E se os braços abertos que a recebem ao chegar forem os mesmos de quem você deveria estar fugindo? Os mesmos braços que pegaram as garotas, apertaram-lhes o pescoço, enterraram-nas e depois lavaram as mãos para se livrarem de vestígios?

E se a sua casa foi onde tudo começou? O epicentro do terremoto que fez você tremer inteira? O olho do furacão que destruiu famílias, vidas, você? Tudo o que você achava que sabia.

E aí?

CAPÍTULO QUATRO

Na garagem, desligo o carro e enfio a mão na bolsa em busca da sacola da farmácia. Rasgo-a e puxo o frasco laranja, girando a tampa e colocando um comprimido na palma da mão antes de amassar o pacote em uma bolinha, empurrando-a junto com o frasco para o fundo do porta-luvas.

Olho para o Frontal na minha mão, examinando a pílula branca. Penso na ligação que atendi no consultório: Aaron Jansen. *Vinte anos*. Meu peito se contrai com a lembrança, jogo o comprimido para dentro da boca antes que eu mude de ideia e engulo em seco. Expiro, fecho os olhos. No mesmo instante, sinto um alívio, as vias respiratórias se expandindo. Uma sensação de tranquilidade começa e me envolver, a mesma que sinto toda vez que encosto um comprimido na língua. Não sei bem como descrever, a não ser como puro e simples alívio. O mesmo alívio que vem logo após abrir a porta do closet e não encontrar nada além de roupas ali dentro – o coração desacelera e um sentimento de euforia se instala ao saber que estou segura. Que nada vai sair das sombras para me atacar.

Abro os olhos.

Há um cheiro de condimento no ar quando saio do carro e bato a porta, apertando o botão do alarme duas vezes. Ergo o nariz para o céu e inspiro fundo, tentando localizar o odor. Frutos do mar, talvez. Algo parecido com peixe. Talvez os vizinhos estejam fazendo churrasco e, por um instante, fico ofendida por não ter sido convidada.

Começo a longa caminhada até a porta da entrada pelo caminho de pedras, a escuridão da casa à espreita diante de mim. No meio do trajeto, paro e observo. Quando a comprei, anos atrás, era apenas isto: uma casa. Uma casca vazia esperando um sopro de vida, como um balão murcho. Era uma casa pronta para virar um lar, ansiosa e animada feito uma criança no primeiro dia de aula. Mas eu não tinha ideia de como transformá-la em um lar. O único lar que eu tive mal podia ser chamado como tal – pelo menos, não mais. Não quando olho para trás, hoje. Lembro-me de passar pela porta de entrada pela primeira vez, as chaves na mão. Meus saltos batiam na madeira e ecoavam pela imensidão vazia. As paredes brancas desguarnecidas, repletas de marcas de pregos onde antes havia quadros provavam que era possível, que memórias poderiam ser criadas aqui, que uma vida poderia existir. Abri meu pequeno kit vermelho de ferramentas da Craftsman, que Cooper comprara enquanto passeava comigo boquiaberta pela loja de decoração e ia jogando chaves e martelos e alicates dentro do carrinho como se estivesse enchendo um saco de balinhas na loja de doces da esquina. Eu não tinha nada para pendurar nas paredes, nenhum quadro nem foto, então martelei só um prego na parede e coloquei ali o anel de metal com a minha chave de casa. Uma única chave e nada mais. Senti que aquilo era um progresso.

Agora, contemplo o que fiz para que, de fora, acreditassem que tenho tudo sob controle, tão superficial quanto espalhar maquiagem em um machucado visível ou enrolar um terço em volta das cicatrizes no pulso. Por que quero tanto que os vizinhos me aceitem enquanto se esgueiram pelo meu quintal segurando coleiras, não sei dizer. Há um balanço preso ao teto da varanda em que sempre se acumula uma camada viscosa de pólen amarelo, o que torna impossível fingir que alguém de fato se senta ali. As plantas que comprei e plantei toda animada e, em seguida, ignorei até a morte, os galhos magrelos e secos do par de samambaias penduradas parecem os ossos regurgitados de um pequeno animal que encontrei certa vez enquanto dissecava uma coruja na aula de biologia da oitava série. O capacho marrom surrado, onde se lia "Bem-vindos!". A caixa de correio cor de bronze com o formato de envelope gigante presa do lado de fora da porta, nada prática, com a abertura pequena demais para enfiar a mão inteira, e pior ainda para o monte de cartões-postais que eu recebia de ex-colegas de classe, agora corretores de imóveis, que perceberam que o diploma promissor na verdade não era tão promissor assim.

Começo a andar de novo, decidindo neste exato momento que vou jogar fora a porcaria do envelope e usar uma caixa de correio normal, como todo mundo. É também neste momento que percebo que minha casa parece morta. É a única no quarteirão sem luzes iluminando as janelas, sem o brilho de uma televisão por trás das cortinas fechadas. A única sem indícios de vida lá dentro.

Chego mais perto, o Frontal envolvendo minha mente numa sensação forjada de calma. Ainda assim, algo me perturba. Tem alguma coisa errada. Alguma coisa *diferente*. Olho pelo quintal: pequeno, mas bem-cuidado. Grama aparada e arbustos junto à cerca de madeira crua, os galhos retorcidos do carvalho fazendo sombra na garagem na qual nunca guardei meu carro. Olho para a casa, agora a um mísero metro de distância. Tenho a impressão de ver algum movimento por trás da cortina, mas balanço a cabeça e forço-me a continuar andando.

Não seja ridícula, Chloe. Seja realista.

Minha chave está na porta de entrada, girando, quando percebo o que está errado, o que está diferente.

A luz da varanda está apagada.

A luz da varanda que eu sempre, *sempre*, deixo acesa – mesmo ao dormir, quando ignoro a claridade que ela lança bem em cima do meu travesseiro pela fresta da cortina – está apagada. Eu nunca apago a luz da varanda. Acho que nunca sequer toquei no interruptor. Percebo que é por isso que a casa parece tão sem vida. Nunca a vi tão escura, tão desprovida de luminosidade. Mesmo com as lâmpadas da rua, está *escuro demais* aqui. Alguém poderia chegar por trás de mim e eu nem...

— SURPRESA!

Deixo escapar um grito e enfio a mão na bolsa, procurando o spray de pimenta. As luzes de dentro se acendem e encaro uma multidão de pessoas na minha sala de estar, trinta, talvez quarenta pessoas, todas me encarando de volta, sorrindo. Meu coração espanca meu peito, mal consigo falar.

— Ai, meu... — gaguejo, olho em volta. Procuro um motivo, uma explicação, mas não consigo encontrar. — Ai, meu *Deus*. — Tomo consciência de que estou com a mão na bolsa segurando o spray com uma força que me surpreende. Uma onda de alívio me invade enquanto o solto, secando o suor da palma no tecido interno. — O quê... O que é isso?

— O que você acha? — Uma voz irrompe à minha esquerda, viro para o lado e vejo o grupo se abrir enquanto um homem sai dele. — É uma festa.

Daniel está vestindo jeans escuros e um confortável blazer azul. Ele sorri para mim, os dentes brancos reluzentes contrastando com a pele bronzeada, o cabelo claro jogado para o lado. Sinto o coração diminuir o ritmo, minha mão vai do peito para a bochecha e sinto-a esquentar. Abro um sorriso constrangido enquanto ele me entrega uma taça de vinho; pego-a com a mão que está livre.

— Uma festa para nós — diz ele, apertando-me forte. Sinto o cheiro do sabonete, do perfume dele. — Uma festa de noivado.

— Daniel. O quê... O que você está fazendo aqui?

— Bom, eu moro aqui.

Uma onda de risos explode do grupo e Daniel aperta meu ombro, sorrindo.

— Você deveria estar viajando — digo. — Achei que só voltaria amanhã.

— É, então... Eu menti — diz ele, arrancando mais risadas. — Ficou surpresa?

Passo os olhos pelo mar de pessoas inquietas. Ainda me encaram, esperando. Pergunto-me quão alto eu gritei.

— Não *pareci* surpresa?

Jogo as mãos para o alto e todos riem. Alguém no fundo começa a vibrar e o restante imita, assoviando e batendo palmas enquanto Daniel me puxa em seus braços e beija minha boca.

— Vão se pegar no quarto! — grita alguém e as pessoas riem de novo, agora dispersando para outros lugares da casa, reabastecendo-se de bebidas e socializando com outros convidados, servindo-se montes de comida em pratos descartáveis. Enfim identifico o cheiro que senti lá fora: Old Bay, o tempero usado no ensopado de lagostim. Vejo de relance uma travessa fervente do cozido na mesa de piquenique na varanda dos fundos e, no mesmo instante, fico encabulada por me sentir excluída da festa fictícia que inventei para os vizinhos.

Daniel olha para mim, sorrindo, segurando-se para não rir. Bato no ombro dele.

— Te odeio — digo, apesar de estar sorrindo de volta. — Você me assustou pra cacete.

Ele ri, a risada alta e crescente que me atraíra doze meses antes mostrando que ainda podia me hipnotizar. Puxo-o de volta e beijo-o mais uma vez, direito, sem os olhos de todos os nossos amigos sobre nós. Sinto o calor de sua língua na minha, saboreando a maneira física como a presença dele acalma meu corpo. Diminui meus batimentos cardíacos, minha respiração, do mesmo jeito que o Frontal faz.

— Você não me deu muitas opções — ele se justifica, tomando um gole do vinho. — Tive que fazer assim.

— Ah, teve, é? — pergunto. — E por quê?

— Porque você se recusa a planejar qualquer coisa. Nada de despedida de solteira, nada de chá de cozinha.

— Eu não estou na faculdade, Dan, eu tenho 32 anos. Isso tudo não parece meio juvenil?

Ele me encara, erguendo a sobrancelha.

— Não, não parece *juvenil*. Parece divertido.

— Bem, você sabe que eu não tenho ninguém que me ajude a planejar esse tipo de coisa — digo, encarando meu vinho, girando-o contra a taça. — Você sabe que Cooper não vai planejar um chá de cozinha e minha *mãe*...

— Eu sei, Chlo, estou brincando. Você merece uma festa, por isso te dei uma. Simples assim.

Meu peito se aquece, aperto a mão dele.

— Obrigada — digo. — Isso tudo é inacreditável. Quase tive um ataque do coração... — Ele ri de novo, tomando o restante do vinho. — Mas é muito importante para mim. Eu te amo.

— Eu também te amo. Agora vai socializar. E beber seu vinho — diz, encostando o dedo na base da minha taça intocada. — Relaxa um pouco.

Levo a taça aos lábios e tomo também, arrastando-me até a multidão na sala de estar. Alguém pega meu copo e se oferece para completá-lo enquanto outra pessoa empurra um prato de queijo e torradas em minha direção.

— *Deve estar morrendo de fome. Você sempre trabalha até tão tarde?*

— *Claro que sim, é a Chloe!*

— *É chardonnay, tá, Chlo? Acho que você estava tomando* pinot, *mas tanto faz, certo?*

Minutos passam, talvez horas. Toda vez que perambulo até uma nova parte da casa, uma pessoa diferente vem até mim para dizer "parabéns" e entregar um copo novo, com combinações diferentes das mesmas perguntas fluindo mais rápido do que as garrafas que se amontoam no canto.

— Então, isso conta como *"um drinque um dia desses"*?

Viro-me e vejo Shannon parada atrás de mim, um sorriso enorme. Ela ri e me puxa para um abraço, beijando a minha bochecha como sempre faz, os lábios grudando na minha pele. Lembro-me do e-mail que ela me mandou à tarde.

PS: Que tal um drinque um dia desses? Quero detalhes sobre o GRANDE DIA. Tá chegando!

— Sua mentirosa — falo, me segurando para não limpar o resto de batom que sinto na bochecha.

— Estou com dor na consciência — diz, sorrindo. — Tive que garantir que você não suspeitaria de nada.

— Bom, missão cumprida. Como vai a família?

— Estão bem — responde Shannon, girando o anel no dedo. — Bill está na cozinha pegando mais bebidas. E Riley... — Ela passa os olhos pelo cômodo, pelo mar de corpos balançando como ondas. Parece encontrar quem estava procurando, sorri e balança a cabeça. — Riley está no canto, no celular. *Novidade.*

Olho e vejo uma adolescente jogada numa poltrona, digitando furiosa no iPhone. Está usando um vestido de verão vermelho curto, e tênis brancos, o cabelo castanho-claro. Parece entediada demais e não consigo evitar a risada.

— Bom, ela tem quinze anos — justifica Daniel.

Olho para o lado e lá está Daniel, sorrindo. Ele encosta ao meu lado e coloca o braço ao redor da minha cintura, beijando minha testa. Sempre fiquei admirada com a facilidade com que ele se entrosava em qualquer conversa, enunciando frases perfeitas como se estivesse ali presente o tempo todo.

— Nem me fale — diz Shannon. — Ela está de castigo no momento, por isso a trouxemos conosco. Não está muito contente porque a obrigamos a ficar com um monte de *gente velha*.

Sorrio, os olhos ainda colados na garota, no jeito como ela enrola o cabelo no dedo, distraída, na forma como mastiga o canto da boca enquanto analisa uma mensagem qualquer que acaba de aparecer no celular.

— Por que ela está de castigo?

— Por sair escondida — responde Shannon, revirando os olhos. — Nós a pegamos descendo pela janela do quarto à *meia-noite*. Ela arranjou até uma corda feita de lençóis, como nos malditos filmes. Sorte que não quebrou o pescoço.

Rio de novo, tampando a boca aberta com a mão.

— Juro que, quando Bill e eu estávamos namorando e ele me disse que tinha uma filha de dez anos, não me preocupei muito — explica Shannon com a voz baixa, encarando a enteada. — Para falar a verdade, pensei que tinha dado sorte. Uma criança já pronta, pulando direto toda a fase das fraldas sujas e da choradeira a madrugada toda. Ela era tão adorável. Mas é impressionante como, no segundo em que eles se tornam adolescentes, tudo muda. Eles se transformam em monstros.

— Não vai ser assim por muito tempo — diz Daniel, sorrindo. — Um dia, serão só lembranças distantes.

— Nossa, tomara. — Shannon ri e toma outro gole do vinho. — Ele é mesmo um anjo. — Ela está falando comigo, mas faz um gesto para Daniel, dando-lhe um tapinha no peito. — Planejar isso tudo. Você não imagina o tempo que ele levou para conseguir juntar todo mundo no mesmo lugar.

— É, eu sei — digo. — Eu não o mereço.

— Que bom que você não pediu demissão uma semana antes, hein?

Ela me cutuca e eu sorrio, a memória da primeira vez que nos encontramos clara como nunca. Um daqueles acasos que poderiam não dar em nada. Esbarrar em um ombro no ônibus e balbuciar um mero "desculpe" antes de seguir seu caminho. Pegar emprestada uma caneta do homem no bar quando a sua para de funcionar ou correr com uma carteira esquecida no fundo de um carrinho de mercado até o carro lá fora, antes de o motorista dar partida. Na maior parte do tempo, esses encontros se resumem a uma troca de sorrisos, um agradecimento.

Algumas vezes, porém, se tornam algo mais. Ou, quem sabe, tudo.

Daniel e eu nos conhecemos no Hospital de Baton Rouge; ele estava entrando e eu saindo. Na verdade, eu cambaleava para fora com o peso da caixa de papelão contendo meus materiais de escritório que ameaçavam despencar. Eu teria passado reto por ele com a caixa tampando minha visão, os olhos mirando os pés que iam em direção à porta. Teria passado reto se não fosse o som da voz dele.

— Precisa de ajuda?

— Não, não — respondi, tirando o peso de um braço e apoiando no outro, sem sequer parar. A porta automática estava a um metro de distância, se não menos. Meu carro parado lá fora. — Tá tudo bem.

— Deixa eu te ajudar aqui.

Ouvi passos correndo até mim e senti o peso aliviar aos poucos quando ele colocou os braços entre os meus.

— Meu Deus — resmungou. — O que tem aqui dentro?

— Livros, basicamente. — Afastei uma mecha de cabelo suada da testa enquanto ele tirava a caixa de mim. Foi a primeira vez que vi o rosto dele: cabelo e sobrancelhas loiros, dentes resultantes de tratamentos odontológicos caríssimos na adolescência e, quem sabe, um clareamento ou dois. Os braços musculosos apareciam pela camisa azul-clara enquanto ele erguia toda a minha vida para o alto e equilibrava-a sobre o ombro.

— Foi demitida?

Virei para ele no mesmo instante e abri a boca, pronta para falar um monte, quando ele me olhou. Os olhos gentis, o jeito como pareciam relaxar enquanto me olhavam, me analisando de cima a baixo. Encarou-me como se visse uma velha amiga, as pupilas brilhando com a visão da minha pele, procurando alguma familiaridade em meus traços. Os lábios curvaram-se em um sorriso genuíno.

— É brincadeira — disse ele, voltando a atenção para a caixa. — Você parece feliz demais para ter sido demitida. E não deveria ter uns guardas te arrastando para fora pelo braço e te jogando na sarjeta? Não é assim que funciona?

Sorri, deixei escapar uma risada. Estávamos no estacionamento e ele apoiou a caixa no teto do meu carro antes de cruzar os braços e virar-se para mim.

— Pedi demissão — informei, as palavras recaindo sobre mim com tal certeza que, por um instante, quase me fizeram cair em prantos. O Hospital de Baton Rouge fora meu primeiro emprego, o único, na verdade. Minha colega, Shannon, tinha se tornado minha amiga mais próxima. — Hoje foi meu último dia.

— Bom, parabéns — disse ele. — Para onde vai agora?

— Estou abrindo minha própria clínica. Sou psicóloga.

Ele assoviou, encostando a cabeça na caixa apoiada no carro. Algo lhe chamou a atenção e ele virou a cabeça, distraído, inclinando-se para pegar um dos livros.

— Se interessa por assassinatos? — perguntou, examinando a capa.

Meu peito apertou e corri os olhos para a caixa. Lembrei-me, naquele momento, que perto dos meus livros de psicologia estavam montes de livros sobre crimes reais: *O demônio na cidade branca*, *A sangue frio*, *O monstro de Florença*. Mas, diferentemente da maioria das pessoas, eu não os tinha lido por diversão. Tinha lido para estudar. Para tentar entender, para dissecar todas as diferentes pessoas que levam a vida tirando vidas, devorando as histórias das páginas quase como se fossem meus pacientes, recostados sobre a poltrona de couro, sussurrando segredos em meu ouvido.

— Acho que podemos dizer que sim.

— Sem julgamentos — acrescentou, virando o livro com as mãos para que eu pudesse ver a capa de *Meia-noite no jardim do bem e do mal*, antes de abri-lo e folhear as páginas. — Eu adoro este livro.

Sorri por educação, incerta de como deveria responder.

— Preciso mesmo ir — falei, por fim, fazendo um movimento em direção ao carro e oferecendo a mão. — Obrigada pela ajuda.

— O prazer foi meu, doutora...?

— Davis — disse eu. — Chloe Davis.

— Bom, doutora Chloe Davis, se precisar carregar mais caixas por aí... — Ele enfiou a mão no bolso de trás, procurando a carteira, e tirou dela um cartão de visitas que colocou entre as páginas abertas do livro. Fechou o livro e estendeu-o em minha direção. — Sabe como me achar.

Sorriu e, antes de se virar e voltar para o prédio, piscou para mim. Quando as portas automáticas se fecharam atrás dele, olhei para o livro que tinha em mãos, passando os dedos pela capa brilhante. Havia uma pequena brecha nas páginas entre as quais ele encaixara o cartão. Coloquei a unha pela fenda, abrindo-o de novo. Olhei para baixo com uma sensação estranha no peito ao ver seu nome.

De alguma forma, eu sabia que aquela não seria a última vez que eu veria Daniel Briggs.

CAPÍTULO CINCO

Peço licença para Shannon e Daniel e escapo para fora de casa pela porta de correr. Quando chego à varanda dos fundos, minha cabeça está girando e agarro meu quarto tipo de bebida alcoólica diferente. A conversa fiada interminável fica zumbindo em meus ouvidos, e a garrafa de vinho que eu esvaziei zumbindo em meu cérebro. Ainda está quente e úmido do lado de fora, mas a brisa refresca. A casa estava ficando abafada com o calor dos quarenta corpos ébrios animados.

Vago até a mesa de piquenique, o monte de lagostim, milho, salsichas e batatas ainda soltando vapor. Apoio minha taça, pego um lagostim e torço-o, deixando o caldo da cabeça escorrer pelo meu pulso.

Ouço um movimento atrás de mim – passos. E uma voz.

— Não se preocupe, sou eu.

Viro-me, ajustando os olhos na escuridão para enxergar o corpo diante de mim. A ponta vermelha de um cigarro brilhando entre os dedos.

— Sei que você não gosta de surpresas.

— Coop!

Largo o lagostim na mesa e vou para perto do meu irmão, envolvendo os braços em seu pescoço e inalando o perfume familiar. Nicotina e chiclete de hortelã. Fico tão surpresa ao vê-lo que deixo seu cutucão a respeito da festa passar despercebido.

— E aí?

Afasto-me, examinando o rosto dele. Ele aparenta estar mais velho do que da última vez que o vi, o que é normal em se tratando de Cooper. Parece que os meses valem o mesmo que anos, ele envelhece rápido, o cabelo fica mais branco nas têmporas, as linhas de expressão na testa cada dia mais evidentes. Ainda assim, Coop é um desses caras que parecem ficar cada vez mais atraentes conforme o tempo passa. Na faculdade, minha colega de quarto uma vez o chamou de "tipão grisalho" na época em que começaram a nascer uns fios brancos na barba dele, se misturando aos escuros. Por algum motivo, guardei isso. Foi uma descrição bem precisa. Ele parece maduro, polido, atencioso, quieto. Como se tivesse aprendido mais sobre o mundo em trinta e cinco anos do que a maioria das pessoas leva uma vida para aprender. Largo seu pescoço.

— Não tinha visto você aí! — digo mais alto do que planejei.

— Você foi engolida pela multidão — responde ele rindo e dá a última engolida antes de jogar o cigarro no chão e amassá-lo com o pé. — Qual a sensação de ser cercada por um enxame de quarenta pessoas de uma vez só?

Dou de ombros.

— Acho que é treino pro casamento.

O sorriso dele enfraquece um pouco, mas ele disfarça rápido. Nós dois fingimos que nada aconteceu.

— Onde está Laurel? — pergunto.

Ele coloca as mãos nos bolsos e faz um gesto com a cabeça sobre meu ombro, os olhos ficam distantes. Já sei o que ele vai dizer.

— Não estamos mais juntos.

— Que pena — digo. — Gostava dela, parecia bacana.

— É... — diz, concordando com a cabeça. — Ela era. Eu gostava dela também.

Ficamos quietos por um tempo, ouvindo o burburinho das vozes do lado de dentro. Depois de ter passado pelo que passamos, nós dois temos consciência da dificuldade de manter relacionamentos: sabemos que, na maioria das vezes, eles não funcionam.

— Está animada? — pergunta, tombando a cabeça em direção a casa. — Pro casamento e tal?

Rio.

— *E tal?* Você é um poeta, Coop!

— Você entendeu o que eu quis dizer.

— É, eu entendi — respondo. — Sim, estou animada. Você deveria dar uma chance pra ele.

Coop aperta os olhos e me encara. Fico um pouco inquieta.

— Como assim? — pergunta.

— Eu sei que você não gosta do Daniel — digo.

— Por que está dizendo isso?

Agora sou eu quem aperta os olhos.

— Tem certeza de que quer passar por isso de novo?

— Eu gosto dele! — responde meu irmão e levanta as mãos como se estivesse se rendendo. — Refresque minha memória, o que ele faz da vida mesmo?

— Vendas.

— *Fazendas*? — Ele engasga. — Sério? Não me parece esse tipo de cara.

— *Vendas* — corrijo. — Farmacêuticas.

Cooper ri, puxa o maço do bolso e segura outro cigarro entre os lábios para acendê-lo. Ele me oferece o maço e eu faço que não com a cabeça.

— Ah, faz mais sentido — diz ele. — Aqueles sapatos que ele usa são novinhos demais pra passar muito tempo em fazendas.

— Poxa, Coop — reclamo, cruzando os braços. — Dá pra falar sério?

— Só achei que foi rápido — diz, abrindo o isqueiro. Levanta a chama até o cigarro e traga. — Vocês se conhecem há quanto tempo? Dois meses?

— Um ano — digo. — Estamos juntos faz um ano.

— Vocês se *conhecem* faz um ano.

— E?

— E duas pessoas podem se conhecer tão bem assim em um ano? Você já conheceu a família dele?

— Bem, não — admito. — Eles não são próximos. Mas, sério, Coop, você vai julgar o cara pela família dele? Você mais do que ninguém deveria saber que isso não é certo. Família é um negócio horrível.

Cooper dá de ombros e dá outro trago em vez de responder. A hipocrisia dele me deixa possessa. Meu irmão sempre teve facilidade de me provocar e me levar ao limite. Pior ainda, ele age como se nem tentasse me tirar do sério. Como se não percebesse o quanto é ofensivo o que ele fala, o quanto é capaz de magoar. Fico com uma vontade repentina de magoá-lo também.

— Olha, sinto muito que não tenha dado certo com a Laurel, ou com ninguém, se quer saber, mas isso não te dá o direito de ser invejoso — digo. — Você se surpreenderia com o que poderia acontecer se tentasse se abrir mais com as pessoas em vez de bancar o babaca o tempo todo.

Cooper fica quieto, percebo que exagerei. É o vinho, acho. Está me deixando mais sincera do que o normal. Mais cruel do que o normal. Ele suga o cigarro com força e exala. Suspiro.

— Me expressei mal.

— Não, você tem razão — diz ele, andando pela beirada da varanda. Ele se apoia na grade e cruza as pernas. — Sou capaz de admitir isso. Mas o cara acabou de organizar uma festa-surpresa pra você, Chloe. Você tem medo do escuro. Cacete, você tem medo de tudo.

Bato os dedos na taça de vinho.

— Ele apagou todas as luzes da sua casa e pediu para quarenta pessoas gritarem quando você entrasse. Ele fez você se mijar de susto. Vi sua mão voando pra dentro da bolsa. Sei o que você estava pegando.

Fico quieta, constrangida por ele ter percebido.

— Se ele soubesse mesmo que você é paranoica pra caralho, acha que ele teria feito isso?

— A intenção foi boa — digo. — Você sabe que foi.

— Eu sei que sim, mas a questão não é essa. Ele não te *conhece*, Chloe. E você não conhece ele.

— Conhece, sim — esbravejo. — Ele me conhece, Cooper. A diferença é que ele não me deixa sentir medo até da minha sombra o tempo todo. E sou grata por isso. É saudável.

Ele suspira, traga o restante do cigarro e arremessa-o por cima do guarda-corpo.

— Só estou dizendo que somos diferentes deles, Chloe. Você e eu somos diferentes. A gente passou por muita merda.

Ele faz um gesto em direção a casa e eu me viro, olhando as pessoas lá dentro. Os amigos que se tornaram minha família, rindo e socializando sem ter com o que se preocupar. E, de repente, em vez de sentir aquele amor de minutos antes, sinto um vazio. Porque Cooper tem razão. Somos diferentes.

— Ele sabe? — pergunta meu irmão, calmo. Sereno.

Eu me viro, olhando para ele no escuro. Mordo a bochecha em vez de responder.

— Chloe?

— Sim — digo, por fim. — Sim, claro que sabe, Cooper. Claro que eu falei pra ele.

— O que você falou pra ele?

— Tudo, tá bom? Ele sabe de tudo.

Observo seus olhos piscarem em direção a casa de novo, ao som abafado da festa que segue sem nós dois, e fico quieta mais uma vez, o interior da minha bochecha esfolada pelos meus dentes. Acho que sinto gosto de sangue.

— O que deu em vocês? — pergunto finalmente, a voz sem energia. — O que aconteceu?

— Não aconteceu nada — responde ele. — É só que... Não sei. Você é você, e nossa família... Só torço pra que ele esteja aqui pelos motivos certos. Só vou dizer isso.

— Os *motivos certos*? — esbravejo, mais alto do que deveria. — O que você quer dizer com isso, porra?

— Chloe, fica calma.

— Não — digo. — Não, não fico. Porque você tá me dizendo que não é possível que ele me ame *de verdade*, Cooper. Que ele tenha *mesmo* se apaixonado por alguém tão fodida da cabeça quanto eu. Alguém como a *coitada da Chloe*.

— Ah, me poupe. Deixa de ser tão dramática.

— Não tô sendo dramática — continuo. — Tô pedindo pra você deixar de ser egoísta uma vez. Estou pedindo que dê a ele uma chance.

— Chloe...

— Eu quero que você vá a esse casamento — interrompo. — Quero mesmo. Só que ele vai acontecer com ou sem você, Cooper. Se você quer que eu escolha...

Ouço a porta se abrir atrás de mim, viro-me e paro os olhos em Daniel. Ele sorri, mas vejo que seu olhar passeia entre mim e Cooper e, em seus lábios, há uma pergunta não feita. Penso em quanto tempo ele deve estar parado ali, atrás do vidro da porta de correr. Penso no que ele deve ter ouvido.

— Está tudo bem? — pergunta Daniel e chega perto de nós. Envolve o braço na minha cintura e sinto-o me puxando para perto dele, para longe de Cooper.

— Sim — digo, tentando me acalmar. — Sim, tudo certo.

— Cooper. — Daniel diz e estende a mão livre. — Bom te ver, cara.

Cooper sorri e responde cumprimentando meu noivo com um aperto de mão firme.

— Não tive a oportunidade de te agradecer, aliás. Por toda a ajuda.

Olho para Daniel e sinto minha testa enrugar.

— Ajuda com o quê? — pergunto.

— Com isto aqui. — Daniel sorri. — A festa. Ele não te contou?

Olho para o meu irmão, as palavras ácidas que disse a ele passam pela minha memória. Sinto meu coração afundar.

— Não — respondo, ainda olhando para Cooper. — Ele não me contou.

— Pois é — diz Daniel. — Esse cara salvou minha vida. Não conseguiria ter organizado tudo isso sem ele.

— Não foi nada — diz Cooper, encarando o próprio pé. — Fico feliz em ajudar.

— Não foi nada, não. Ele chegou aqui mais cedo, fez todo o lagostim no vapor. Trabalhou naquilo ali durante horas, cuidou direitinho do tempero.

— Por que você não falou nada? — pergunto.

Cooper ergue os ombros, constrangido.

— Não foi nada demais.

— Enfim, é melhor a gente entrar — diz Daniel, puxando-me em direção à porta. — Quero apresentar a Chloe pra algumas pessoas.

— Cinco minutos — digo, fincando os pés onde estou. Não posso deixar meu irmão aqui desse jeito e não posso pedir desculpas na frente do Daniel sem expor a conversa que estava acontecendo segundos antes de ele chegar. — Encontro você lá dentro.

Daniel olha para mim e, em seguida, de volta para Cooper. Por um instante, parece que vai se opor, os lábios se separam um pouco, mas, em vez disso, ele sorri mais uma vez e aperta meu ombro.

— Combinado — concorda ele, acenando para o meu irmão uma última vez. — Cinco minutos.

A porta se fecha de novo e espero Daniel sumir de vista para me virar e olhar para o meu irmão.

— Cooper — digo, enfim, encolhendo os ombros. — Me desculpe. Eu não sabia.

— Está tudo bem — diz. — De verdade.

— Não, não está tudo bem. Você deveria ter me falado. Eu aqui, agindo como uma completa imbecil, chamando você de *egoísta*...

— Tá tudo bem — diz ele mais uma vez, desencostando da grade, e chega mais perto, diminuindo a distância entre nós. Envolvendo-me em um abraço. — Faço qualquer coisa por você, Chloe, sabe disso. Você é minha irmãzinha.

Suspiro e o abraço também, deixando a culpa e a raiva irem embora. Afinal de contas, isso é típico de nós dois, Cooper e eu. Discordamos, gritamos, brigamos. Não nos falamos por meses, mas quando enfim o fazemos é como se fôssemos crianças de novo, correndo descalços em volta dos regadores no quintal, construindo fortes no porão com caixas de papelão, conversando durante horas sem nem perceber as pessoas ao redor de nós indo embora. Às vezes, acho que culpo meu irmão por me fazer lembrar de quem eu sou, de quem nossos pais são. O simples fato de ele existir é um lembrete de que a imagem que eu projeto para o mundo não é algo concreto, real, mas sim algo artificial. Que estou a um tropeço de estilhaçar em milhares de pedacinhos e revelar quem sou de verdade.

É um relacionamento complicado, mas Cooper é a minha família. Somos a única família que temos.

— Eu te amo — digo, apertando mais forte. — Vejo que você tá tentando.

— Tô mesmo — diz Cooper. — Só estou tentando te proteger.

— Eu sei.

— Eu só quero o melhor pra você.

— Eu sei.

— Acho que estou acostumado a ser o homem da sua vida, sabe? Que cuida de você. E agora vai ter outro pra fazer isso. É difícil desapegar.

Sorrio e fecho os olhos antes que uma lágrima escape.

— *Ownnn*, então quer dizer que você tem coração?

— Poxa, Chlo — sussurra. — Estou falando sério.

— Eu sei — falo de novo. — Eu sei que está. Vou ficar bem.

Ficamos ali em silêncio por um tempo, nos abraçando, as pessoas que vieram pra me ver pareciam não ter notado que desapareci por sabe-se lá quanto tempo. Com meu irmão nos braços, lembro-me da ligação que recebera mais cedo. Aaron Jansen. Do *The New York Times*.

Mas você mudou, o jornalista dissera. *Você e seu irmão. O público adoraria saber como vocês estão, como estão lidando com a situação.*

— Coop? — chamo, levantando a cabeça. — Posso te fazer uma pergunta?

— Claro.

— Você recebeu alguma ligação hoje?

Ele olha para mim, confuso.

— Que tipo de ligação?

Hesito.

— Chloe — diz, sentindo que estou recuando, e segura meus braços com força. — Ligação de quem?

Abro a boca e ele me interrompe.

— Nossa, sabe que recebi? — diz. — Porra, lá da mamãe. Deixaram uma mensagem e esqueci completamente. Ligaram pra você também?

Solto o ar e concordo com a cabeça no mesmo instante.

— Sim — minto. — Não consegui atender também.

— Precisamos fazer uma visita — diz. — É minha vez. Desculpa, eu não devia ter adiado.

— Tudo bem — digo. — Sério, eu posso ir se você estiver ocupado.

— Não — diz, chacoalhando a cabeça. — Não, você já tem muito com que se preocupar. Vou este fim de semana, prometo. Tem certeza de que é só isso?

Minha memória volta para Aaron Jansen e nossa conversa pelo telefone – não que desse para chamar o que tivemos de conversa. *Vinte anos*. Parece o tipo de coisa que eu deveria contar ao meu irmão, que o *The New York Times* está fuçando nosso passado. Que esse Aaron Jansen está escrevendo sobre nosso pai, sobre nós. É quando percebo que se Aaron tivesse informações sobre Cooper, ele já teria ligado. Ele mesmo disse que tinha tentado me ligar o dia inteiro. Se não estava conseguindo falar comigo, ele não teria tentado o meu irmão? O outro Davis? Se ainda não tinha ligado para Coop, era sinal de que ele não conseguira descobrir o número de telefone, o endereço, nada sobre meu irmão.

— É — digo. — É só isso.

Decido não preocupar meu irmão com esse assunto. Na melhor das hipóteses, saber que um jornalista do *Times* está me ligando no trabalho para arrancar podres sobre a nossa família o deixaria puto o suficiente para fumar como uma chaminé o restante do maço de cigarros guardado no bolso traseiro da calça. Na pior das hipóteses, ele mesmo ligaria de volta e mandaria o cara se foder. E aí, sim, Jansen teria o telefone dele e estaríamos os dois ferrados.

— Bom, seu noivo está esperando — Cooper diz, dando tapinhas nas minhas costas. Ele passa para o lado e começa a descer as escadas da varanda em direção ao quintal dos fundos. — Você deveria voltar lá pra dentro.

— Você não vai entrar? — pergunto, apesar de já saber a resposta.

— Já socializei o suficiente por hoje — responde. — Até, jacaré.

Sorrio, pego minha taça e levanto-a até o queixo. Não enjoo de ouvir aquela velha frase da infância escapando dos lábios do meu irmão que está chegando à meia-idade — incoerente, quase, as palavras na voz adolescente dele que me levam de volta a décadas, quando a vida era simples, divertida e livre. Mas, ao mesmo tempo, faz sentido, porque nosso mundo parou de girar vinte anos atrás. Fomos abandonados no tempo, jovens para sempre. Como aquelas garotas.

Engulo o resto do meu vinho e aceno na direção dele. A escuridão já o envolveu, mas sei que ainda está ali. Observando.

— Tranquilo, crocodilo — sussurro, encarando as sombras.

O silêncio se rompe com as folhas amassando sob seus pés e, segundos depois, sei que ele se foi.

JUNHO DE 2019

CAPÍTULO

SEIS

Abro os olhos de repente. Minha cabeça está martelando uma batida ritmada, como um tambor tribal fazendo o cômodo vibrar. Rolo na cama e olho para o alarme. Dez e quarenta e cinco. Como raios eu dormi até tão tarde?

Sento-me na cama e esfrego as têmporas, os olhos franzindo com a claridade do nosso quarto. Quando me mudei para cá – quando era *meu* quarto, não *nosso* quarto; uma *casa*, não um *lar* – queria que tudo fosse branco. Paredes, carpete, roupa de cama, cortinas. Branco é limpo, puro, seguro.

Mas, agora, branco é claro. Claro demais. Percebo que as cortinas de linho diante das janelas, que vão do chão ao teto, não têm sentido, porque não escondem o sol que agora atinge meu travesseiro. Resmungo.

— Daniel? — grito, reclinando-me sobre a mesa de cabeceira para pegar uma cartela de Advil. Tem um copo de água apoiado num porta-copos de mármore; está fresca. O gelo ainda está inteiro, os cubos flutuam na superfície como boias flutuando no mar em um dia tranquilo. Consigo ver o suor frio escorrendo pela lateral do vidro e formando uma poça na base. — Daniel, por que eu tô morrendo?

Ouço meu noivo engolir uma risada ao entrar no quarto. Ele traz uma bandeja com panquecas e bacon de peru e, no mesmo instante, eu me pergunto o que fiz para merecer alguém que me traga café da manhã na cama. Só o que falta é a flor silvestre em um vasinho, e a cena bem que poderia ser a de um filme da Sessão da Tarde, exceto pela minha ressaca retumbante.

Talvez seja carma, penso. *Tive uma família de merda, agora ganho um marido perfeito.*

— É o que fazem duas garrafas de vinho — diz ele, beijando minha testa. — Ainda mais quando você não se contenta com essas duas.

— As pessoas ficavam me dando coisas — digo enquanto pego um pedaço de bacon e dou uma mordida. — Nem sei o que eu bebi.

De repente, lembro-me do Frontal. De engolir o comprimido branco segundos antes de tomar vários drinques. Está explicado por que estou me sentindo tão mal, está explicado por que algumas partes da noite estão tão turvas, como se eu estivesse revendo os eventos de ontem através de um vidro gelado. Fico vermelha, mas Daniel não percebe. Ao contrário, ele ri e passa a mão pelo meu cabelo embaraçado. O dele, por sua vez, está impecável. Percebo que ele tomou banho, fez a barba, se penteou e passou gel no cabelo, que agora forma linhas finas. Ele cheira a loção pós-barba e perfume.

— Vai sair?

— Vou pra Nova Orleans. — Ele franze a testa. — Te falei semana passada, lembra? Da convenção?

— Ah, é — digo e chacoalho a cabeça, apesar de não me lembrar. — Desculpa, minha memória ainda tá embaçada. Mas... Hoje é sábado. Vai acontecer no fim de semana? Você acabou de chegar em casa.

Nunca entendi muito de vendas farmacêuticas antes de conhecer Daniel. Na verdade, a única coisa que eu sabia é que é uma área rentável. Ou que pelo menos daria muito dinheiro para quem soubesse fazer o trabalho direito. Agora entendo mais, por exemplo, que a função requer viagens frequentes. O território de Daniel cobre boa parte da Luisiana até o Mississippi, então, durante a semana, ele passa quase o tempo todo no carro. Começa cedo, para tarde, horas a fio dirigindo de um hospital a outro. É uma área que também envolve muitos eventos: vendas e treinamentos, marketing digital para equipamentos médicos, seminários sobre o futuro da indústria farmacêutica. Sei que ele sente minha falta quando está longe, mas também sei que ele gosta – dos vinhos e dos jantares, dos hotéis chiques, de puxar saco de médicos. Ele é bom no que faz.

— Tem um evento de *networking* no hotel hoje à noite — diz ele tranquilamente. — E um campeonato de golfe amanhã, antes do começo da convenção, que é na segunda. Você não se lembra de nada disso?

Meu coração pula no peito. *Não*, penso. *Não me lembro de nada disso*. Sorrio, coloco o café da manhã de lado e passo os braços ao redor de seu pescoço.

— Desculpe — digo. — Eu me lembro. Acho que ainda estou bêbada.

Daniel ri, como presumi que ele faria, e bagunça meu cabelo com a mão como se eu fosse uma criança prestes a tentar um arremesso.

— Ontem foi divertido — digo, mudando de assunto. Descanso a cabeça no colo dele e fecho os olhos. — Obrigada.

— Imagina — diz ele, desenhando formas no meu cabelo com a ponta do dedo. Um círculo, um quadrado, um coração. Ele faz silêncio por um instante, o tipo de silêncio que pesa no ar, até que enfim volta a falar. — Sobre o que você e seu irmão estavam conversando? Lá fora?

— Quando?

— Você sabe — diz. — Quando encontrei vocês.

— Ah, o de sempre — digo e sinto as pálpebras pesarem de novo. — Cooper sendo ele mesmo. Nada com que se preocupar.

— Qualquer que fosse o assunto... Parecia meio tenso.

— Ele está preocupado que você não vá casar comigo pelos *motivos certos* — conto, levantando os dedos para desenhar aspas imaginárias. — Mas, você sabe, é o meu irmão. Ele é superprotetor.

— Ele disse isso?

Sinto as costas de Daniel se enrijecendo quando ele tira a mão do meu cabelo. Queria poder engolir as palavras de volta; de novo, efeito do vinho que ainda vibra na minha corrente sanguínea fazendo meus pensamentos derramarem como um copo cheio demais, manchando o carpete.

— Esquece o que eu disse — peço, abrindo os olhos. Imagino que Daniel está olhando para mim, mas, em vez disso, ele está olhando para a frente, encarando o vazio. — Cooper vai aprender a te amar como eu te amo, eu sei que vai. Ele está tentando.

— Ele disse por que acha isso?

— Daniel, é sério — digo, sentando-me na cama. — Nem vale a pena falar sobre isso. Cooper me protege. Sempre me protegeu, desde que eu era pequena. Nosso passado, sabe? Ele espera o pior das pessoas. Somos parecidos nesse sentido.

— É — diz Daniel. Ele ainda olha para a frente, os olhos vidrados. — É, acho que sim.

— Eu sei que você vai se casar comigo pelos motivos certos — digo e coloco a mão no rosto dele. Ele recua, como se o toque da minha mão o tivesse acordado do transe. — Tipo, por causa da minha bunda malhada no Pilates e do meu *coq au vin* divino, por exemplo.

Ele me olha, incapaz de segurar o sorriso e, depois, a risada. Cobre minha mão com a dele, aperta meus dedos e se levanta.

— Não trabalhe o fim de semana todo — diz, batendo nas marcas amassadas da calça passada. — Saia um pouco. Divirta-se.

Reviro os olhos e pego outro pedaço de bacon, dobrando-o na metade antes de enfiá-lo inteiro na boca.

— Ou faça alguns preparativos para o casamento — continua. — Estamos na reta final.

— Dois meses — digo, mostrando os dentes. Não deixei passar batido o fato de termos marcado o casamento para julho, mês em que se completam vinte anos do desaparecimento das garotas. O pensamento me ocorrera no momento em que entramos no Cypress Stables, os carvalhos inclinados sobre um lindo corredor de pedras, com cadeiras alinhadas pintadas de branco e quatro colunas enormes. Incontáveis hectares de terra intocada estendendo-se até onde a vista alcançava. Ainda me lembro de ter olhado para o celeiro restaurado que ficava no limite da propriedade e poderia ser usado como espaço de recepção; tinha pilares gigantes de madeira decorados com fios de luz e folhagens e magnólias. Uma cerca branca rodeava os cavalos enquanto eles pastavam, o amplo verde interrompido por um riozinho ao longe, traçando um trajeto sinuoso no horizonte, como uma espessa veia azul.

— É perfeito — dissera Daniel, apertando minha mão. — Não é perfeito, Chloe?

Assenti, sorrindo. Era perfeito, mas a imensidão do lugar lembrava a minha casa. O meu pai, coberto de lama, emergindo das árvores com uma pá apoiada no ombro. O pântano que cercava nossa casa como um fosso, mantendo as pessoas fora dali e, ao mesmo tempo, confinando-as ali dentro. Olhei para a casa e tentei me imaginar atravessando a varanda gigante que contornava a construção, com meu vestido de noiva antes de descer a escada em direção a Daniel. Notei um movimento pelo canto do olho e conferi de novo: havia uma menina na varanda, uma adolescente largada em uma cadeira de balanço com a perna esticada, apoiando de leve as botas de montaria de couro marrom na coluna da varanda, fazendo a cadeira balançar em um movimento preguiçoso. Ela levantou a cabeça quando notou que eu a encarava, ajeitou o vestido e cruzou as pernas.

— É minha neta — disse a mulher diante de nós. Desgrudei os olhos da garota e me virei. — Esta propriedade pertence à nossa família, coisa de muitas gerações. Ela gosta de vir aqui, às vezes, depois da escola. Faz a lição de casa na varanda.

— Bem melhor que na biblioteca — comentou Daniel, sorrindo. Ele levantou o braço e acenou para a menina. Ela inclinou um pouco a cabeça, encabulada, e acenou de volta. Daniel voltou-se para a mulher de novo. — Vamos fazer aqui. Como está a agenda?

— Vamos ver — disse ela, olhando para o iPad que tinha em mãos. Girou-o algumas vezes até conseguir deixar a tela na posição certa. — Por enquanto, estamos com a agenda quase cheia para o ano que vem. Vocês estão atrasados!

— Acabamos de ficar noivos — falei, girando o diamante no dedo, um hábito recente. O anel que Daniel me dera era uma herança de família: uma joia vitoriana passada adiante por sua tataravó. Era visível que já havia sido usado, mas era uma verdadeira antiguidade, uma peça impossível de ser replicada. Anos de histórias familiares riscados na pedra oval do centro, cercada por uma auréola de diamantes em lapidação rosa e um aro de catorze quilates de ouro liso e um tanto turvo. — Não queremos ser um desses casais que passa anos esperando e só adia o inevitável.

— É, estamos velhos — disse Daniel. — O tempo está passando.

Ele deu um tapinha na minha barriga e a mulher sorriu, sem graça, passando o dedo pela tela como se estivesse virando páginas. Tentei não corar.

— Como eu disse, para este ano, todos os meus finais de semana já estão reservados. Nós podemos tentar em 2020, se vocês quiserem.

Daniel balançou a cabeça.

— Todos os finais de semana? Não acredito. E as sextas-feiras?

— A maioria das sextas também está reservada, por causa dos ensaios — disse ela. — Mas parece que temos uma, sim. Vinte e seis de julho.

Daniel olhou para mim e ergueu as sobrancelhas.

— Acha que podemos reservar por enquanto?

Ele estava brincando, eu sabia, mas a simples menção de *julho* deixou meu coração agitado.

— Julho em Luisiana — mencionei, fazendo careta. — Acha que os convidados vão aguentar o calor? Ainda mais ao ar livre.

— Podemos providenciar ventilação para a área externa — disse a mulher. — Tendas, ventiladores, o que vocês quiserem.

— Não sei — falei. — Pode encher de insetos também.

— Nós dedetizamos todo ano — explicou ela. — Garanto que vocês não terão problemas com insetos. Fazemos casamentos durante todo o verão!

Percebi que Daniel estava me encarando, confuso, com os olhos vidrados na lateral da minha cabeça como se, olhando para ela pelo tempo necessário, ele pudesse desenrolar os pensamentos que se emaranhavam lá dentro. Mas me recusei a me virar, a olhar para ele. Recusei-me a admitir o motivo irracional que fazia o mês de julho transformar minha ansiedade em paralisia, como uma doença progressiva que piorava conforme o verão se aproximava. Recusei-me a admitir a crescente sensação de náusea na garganta, a forma como o azedume do esterco ao longe parecia se misturar com as doces magnólias, o barulho ensurdecedor das moscas que ouvia zumbindo em algum lugar, rodeando alguma coisa morta.

— Tá — concordei, assentindo. Olhei para a varanda de novo, mas a menina não estava mais lá, a cadeira vazia balançava devagar com o vento. — Faremos em julho.

CAPÍTULO

SETE

Observo o carro de Daniel sair da garagem, ele pisca os faróis e acena para me dar um "tchau" pelo para-brisa. Aceno de volta, com o robe de seda preso firme ao redor do peito e uma caneca de café fumegante na mão.

Fecho a porta atrás de mim e observo a casa vazia: ainda há copos remanescentes da noite anterior em diversas superfícies, garrafas vazias de vinho enchendo os cestos dos recicláveis na cozinha, e moscas, que pelo jeito nasceram da noite para o dia, rondando as tampas grudentas. Começo a arrumar, esvazio pratos e coloco-os na pia vazia, tentando ignorar a incômoda dor de cabeça carregada de remédio e vinho.

Lembro-me da receita no carro; o Frontal que repus para Daniel, do qual ele não sabe nem precisa. Penso na gaveta da escrivaninha do consultório guardando vários analgésicos que, com certeza, amenizariam as batidas contra meu crânio. Saber que estão lá é tentador. Parte de mim quer entrar no carro e dirigir até eles, esticar os dedos e fazer minha escolha. Aconchegar-me na poltrona dos pacientes e voltar a dormir.

Em vez disso, tomo meu café.

Fácil acesso aos remédios não foi o que me fez escolher essa carreira — além disso, a Luisiana é um dos três estados do país em que psicólogos podem prescrever medicamento a seus pacientes. Com exceção daqui, de Illinois e do Novo México, é necessário encaminhar o paciente a um médico ou psiquiatra que prescreva uma receita. Mas aqui, não. Aqui, podemos emitir a receita por nossa conta. Aqui, ninguém precisa saber. Ainda não decidi se isso é uma feliz coincidência ou um perigoso infortúnio. Mas não é por isso que faço o que faço. Não me tornei psicóloga para tirar vantagem dessa brecha, para substituir os traficantes da cidade pela segurança da janela do *drive-through*, trocar um pacotinho de plástico por uma sacola de papel com logo, acompanhada de um recibo, cupons de desconto para pasta de dente pela metade do preço e uma garrafa de leite semidesnatado. Eu me tornei psicóloga para ajudar as pessoas – olha o clichê de novo, mas é verdade. Eu me tornei psicóloga, porque entendo o trauma; consigo entendê-lo de um jeito que nenhum estudo jamais poderia ensinar. Entendo a forma como o cérebro pode foder com todo o resto do corpo, a forma como sentimentos podem distorcer tudo – sentimentos que você nem sabia que tinha. O jeito como eles podem tornar impossível enxergar algo com clareza, pensar com clareza ou fazer qualquer coisa com clareza. O modo como podem fazer você sofrer da cabeça aos pés, uma dor inconveniente, latejante, que nunca vai embora.

Passei por muitos médicos quando adolescente, era um ciclo sem fim de terapeutas, psiquiatras e psicólogos, e todos me faziam as mesmas perguntas previsíveis, tentando consertar o desfile sem fim de distúrbios de ansiedade que passavam pela minha psique. Cooper e eu éramos objeto de estudo naquela época; eu e meus ataques de pânico, hipocondria, insônia e nictofobia – a cada ano um novo transtorno na lista. Por sua vez, Cooper se fechava. Eu sentia demais e ele de menos. A personalidade barulhenta dele se transformou em um sussurro: ele quase desapareceu.

Nós dois juntos éramos um pacote de trauma infantil embalado com um lacinho e colocado com delicadeza na porta de cada médico da Luisiana. Todos sabiam quem éramos, todos sabiam o que havia de errado conosco.

Todos sabiam, mas ninguém podia nos consertar. Por isso, decidi que eu mesma consertaria.

Ando pela sala e largo o corpo no sofá, o café escorre um pouco pela lateral da caneca. Levo-a à boca e dou uma lambida no líquido escorrido. As notícias matinais já estão zumbindo ao fundo, é o canal a que Daniel costuma assistir, pego meu MacBook e clico em "voltar" repetidas vezes enquanto acordo de um sono longo e zonzo. Abro o Gmail e passo pelas mensagens pessoais na caixa de entrada, quase todas sobre o casamento.

Dois meses, Chloe! Vamos encomendar aquele bolo, que tal? Já decidiu qual dos dois? Calda de caramelo ou creme de limão siciliano?

Chloe, oi. A florista precisa finalizar os arranjos das mesas. Posso falar para ela te mandar a cobrança por 20 mesas ou você quer reduzir para 10?

Alguns meses atrás, eu teria conversado com Daniel sobre tudo isso. Cada pequeno detalhe era uma decisão que deveríamos fazer juntos. Mas, com o passar do tempo, o casamento pequeno e discreto que eu imaginara – uma cerimônia a céu aberto seguida por uma comemoração só para os mais próximos; Daniel e eu sentados na ponta de uma mesa enorme e esbelta, beliscando nossas comidas preferidas entre goles de vinho *rosé* e explosões de gargalhadas – virou algo completamente diferente. Um animal exótico que nenhum de nós sabe como dominar. Agora é necessário tomar decisões o tempo todo e não param de chegar e-mails sobre detalhes triviais. Daniel tem esperado que eu tome quase todas as decisões, uma atitude que ele deve achar correta, considerando que as noivas costumam querer controlar tudo. Só que a responsabilidade me deixou mais estressada do que nunca, sinto o peso disso tudo exclusivamente sobre os meus ombros. As únicas convicções dele giram ao redor do fato de que ele odeia pasta americana e se recusa a mandar convites para os pais, duas exigências com as quais fico feliz em concordar.

Nunca admitiria para Daniel, mas estou pronta para que acabe logo. A coisa toda. Em silêncio, digo um "obrigada", aliviada por não ter me preocupado com os preparativos para o noivado, e digito minhas respostas.

Pode ser caramelo, obrigada!

Podemos ficar no meio-termo e encomendar 15?

Passo por mais alguns e-mails até chegar ao da pessoa que está planejando o casamento. Congelo.

Oi, Chloe. Desculpe ficar perguntando sobre isso, mas precisamos mesmo definir os detalhes da cerimônia para que eu possa finalizar o mapa de assentos. Você decidiu quem quer que te leve até o altar? Avise quando puder.

Meu mouse passa por cima do "Excluir", mas aquela vozinha irritante de psicólogo — a *minha* voz — ecoa.

Esquivar-se. Um clássico, Chloe. Você sabe que isso nunca elimina o problema, só o adia.

Reviro os olhos com meu próprio conselho interno e batuco os dedos no teclado. A ideia de o pai levar a filha até o altar é mesmo antiquada. Pensar que alguém vai *me entregar para outra pessoa* faz meu estômago se contorcer, como se eu fosse uma propriedade vendida para quem paga mais. Melhor restituir o dote de uma vez.
Minha mente pensa em Cooper, o mais perto de uma figura paterna que tive desde os doze anos. Imagino a mão dele entrelaçada na minha, o corpo dele me guiando até o altar.
Mas penso nas palavras dele na noite anterior. A reprovação nos olhos, no tom de voz.
Ele não conhece você, Chloe. E você não o conhece.
Desligo o computador e empurro-o pelo sofá, os olhos piscando de volta para a televisão ligada ao fundo. Há uma faixa vermelha no inferior da tela: "NOTÍCIA URGENTE". Pego o controle remoto e aumento o volume.

As autoridades ainda estão procurando pistas que tenham ligação com o desaparecimento de Aubrey Gravino, de quinze anos, estudante do ensino médio, de Baton Rouge, Luisiana. Aubrey foi dada como desaparecida pelos pais há três dias; ela foi vista pela última vez andando sozinha perto de um cemitério a caminho de casa depois da escola, na quarta-feira à tarde.

Uma foto de Aubrey é exibida na tela e, ao vê-la, eu vacilo. Quando eu era pequena, quinze anos pareciam tanta coisa. Maturidade, autonomia. Eu sonhava com o que faria quando fizesse quinze anos – mas, nos anos que se seguiram, fui forçada a perceber que quinze anos era muito, muito pouco tempo. Pouquíssimo tempo para *ela*, para todas elas. Aubrey parece um tanto familiar, mas presumo que seja porque ela parece com todas as outras alunas do ensino médio que vejo jogadas na poltrona do meu consultório: magrela do jeito que só o metabolismo adolescente permite, olhos marcados com lápis preto, cabelo intocado por tintura ou calor ou quaisquer outros danos que mulheres infringem a si mesmas conforme envelhecem, na tentativa de ficarem jovens de novo. Obrigo-me a não pensar em como ela deve estar agora: pálida, dura, gelada. A morte envelhece o corpo, deixa a pele cinza, os olhos estáticos. Seres humanos não deveriam morrer tão cedo. Não é a ordem natural das coisas.

Aubrey desaparece da TV e surge uma nova imagem: um mapa de Baton Rouge vista de cima. Meus olhos são atraídos no mesmo instante para o lugar onde ficam minha casa e meu escritório, no centro da cidade, perto de Mississippi. Um ponto vermelho aparece no Cemitério Cypress, o último lugar em que Aubrey foi vista.

Equipes de busca estão vasculhando o cemitério hoje, mas os pais de Aubrey continuam esperançosos de que a filha será encontrada com vida.

O mapa desaparece e um vídeo passa a ser transmitido: um homem e uma mulher, ambos de meia-idade, vê-se que não dormem há muito tempo, estão de pé em um tablado, a legenda os identifica como os pais de Aubrey. O homem fica em silêncio ao lado da mulher, a mãe, que implora para a câmera.

— Aubrey — diz ela —, onde quer que você esteja, estamos procurando você, filha. Estamos te procurando e vamos encontrá-la.

O homem funga, seca o olho com a manga da camisa e lambuza as costas da mão com o ranho que cai do nariz. A mulher dá um tapinha no braço dele e continua.

— Se alguém estiver com ela ou tiver qualquer informação sobre onde ela está, imploramos que entre em contato. Só queremos nossa filha de volta.

O homem começa a chorar, soluçando alto. A mulher chega mais perto, sem tirar os olhos da lente. É uma estratégia que a polícia ensina, eu aprendi. Olhe para a câmera. Fale com a câmera. Fale com *ele*.

— Queremos nossa filha de volta.

CAPÍTULO OITO

Lena Rhodes foi a primeira garota. A *original*. A que começou tudo isso.

Lembro-me bem de Lena e não do jeito como a maioria das pessoas se lembra de garotas mortas. Não do jeito que colegas de classe inventam memórias para parecer importantes, do jeito que velhos amigos postam fotos antigas no Facebook, repetindo piadas internas e memórias compartilhadas, mas omitindo o fato de que, na verdade, não se falavam há muitos anos.

As pessoas de Breaux Bridge só se lembram de Lena por meio da foto escolhida para o cartaz de "DESAPARECIDA", como se aquele momento, isolado no tempo, fosse o único que ela tivera. O único que importava. Nunca entenderei como uma família escolhe uma única foto para resumir uma vida inteira, uma pessoa inteira. É uma tarefa assustadora demais, crucial e, ao mesmo tempo, impossível. Ao escolher a foto de uma pessoa desaparecida, você escolhe seu legado. Você escolhe o momento solitário do qual o mundo se lembrará – aquele momento e nada mais.

Mas eu me lembro de Lena. Não de forma superficial; eu me lembro bem dela. Lembro-me de todos os momentos, dos bons e dos ruins. Dos pontos fortes e das falhas. Lembro-me de quem ela de fato era.

Era barulhenta, vulgar, xingava de um jeito que eu só ouvira meu pai xingar quando, por acidente, arrancara a ponta do dedão com a machadinha da oficina. A sujeira que jorrava de sua boca não condizia com a aparência, o que a tornava ainda mais fascinante. Ela era alta, magra, os peitos grandes e desproporcionais para o corpo de moleca de quinze anos. Era extrovertida, radiante, tinha o cabelo amarelo-vivo que mantinha preso em duas tranças. As pessoas a olhavam quando passava, e ela sabia disso; estar no centro das atenções a inflava da mesma forma que me murchava, os olhos na direção dela a faziam brilhar ainda mais, caminhar como se fosse ainda maior.

Os meninos gostavam dela. Eu gostava dela. Eu a invejava, na verdade. Toda garota de Breaux Bridge a invejava, até seu rosto aparecer na TV naquela manhã horrível de terça-feira.

Mas um momento específico foi especialmente emblemático. Com Lena. Um momento que nunca esquecerei, não importa o quanto me esforce.

Afinal de contas, foi o momento que mandou meu pai para a prisão.

Desligo a TV e encaro meu reflexo na tela escura. Todas as coletivas de imprensa são iguais. Já vi o suficiente.

A mãe sempre assume o controle. A mãe sempre se mantém equilibrada. A mãe sempre fala num tom estável, firme, enquanto o pai se humilha ao fundo, incapaz de levantar a cabeça por tempo suficiente para que o homem que levou sua filha olhe-o nos olhos. A sociedade nos faz achar que seria o contrário, que o homem da família assumiria o controle e a mulher choraria em silêncio, mas não é assim. E eu sei por quê.

É porque os pais pensam no passado – foi isso que Breaux Bridge me ensinou. Que os pais das seis garotas me ensinaram. Sentem vergonha de si mesmos, pensam: *e se...?* Deveriam ter sido protetores, assumido o papel de homem. Mas as mães pensam no presente, elas traçam um plano. Não podem se dar ao luxo de pensar no passado, porque o passado não importa mais, é uma distração. Perda de tempo. Não podem se dar ao luxo de pensar no futuro, porque o futuro é assustador, doloroso demais. Se deixarem a mente vagar até lá, talvez nunca retornem. Talvez desmoronem.

Em vez disso, pensam somente no presente. No que podem fazer hoje para trazer suas filhas de volta amanhã.

Bert Rhodes estava em frangalhos. Eu nunca tinha visto um homem chorar daquele jeito antes, o corpo inteiro dele se contorcia a cada gemido aflito. Costumava ser um homem de certo charme, rústico, mas atraente, humilde: braços fortes que faziam a camisa parecer apertada, barba rala, pele cor de amêndoa. Mal consegui reconhecê-lo na primeira entrevista transmitida pela televisão, os olhos fundos no rosto, mergulhados em duas poças roxas. A forma como seu corpo tombava para a frente, como se o próprio peso fosse demais para carregar.

Meu pai foi preso no fim de setembro, quase três meses inteiros depois de seu reinado de terror ter começado. E, na noite da prisão, pensei em Bert Rhodes antes mesmo de ter pensado em Lena ou Robin ou Margaret ou Carrie ou qualquer outra garota que desaparecera naquele verão. Lembro-me das luzes vermelhas e azuis iluminando a sala, Cooper e eu correndo até a janela, espiando a rua enquanto o homem armado irrompia pela porta de entrada e gritava "Parado!". Lembro-me do meu pai sentado na velha poltrona reclinável de couro, tão gasta no centro que aquela parte parecia de feltro. Ele nem se deu ao trabalho de olhar para eles ao entrarem. Ignorava por completo minha mãe no canto, soluçando, descontrolada. Lembro-me das cascas de semente de girassol, o aperitivo preferido dele, presas nos dentes, no lábio inferior, debaixo das unhas. Lembro-me de como o arrastaram, de ver o cachimbo de madeira despencar dos lábios dele e manchar o chão com cinzas enquanto um fino rastro de sementes se formava no carpete.

Lembro-me de como ele olhava fixo nos meus olhos, focado, sem piscar. Nos meus e, depois, nos de Cooper.

— Comporte-se — disse.

Arrastaram-no porta afora para o ar pesado da tarde e bateram a cabeça dele no carro de polícia, as lentes grossas dos óculos trincaram como forma de protesto e as luzes que piscavam transformavam a pele dele em um tom nauseante de vermelho-escuro. Colocaram-no lá dentro e fecharam a porta.

Observei-o sentado, quieto, encarando a tela divisória de metal diante dele, o corpo imóvel exceto pelo único movimento visível que vinha do rastro de sangue escorrendo da ponta do nariz que ele não se preocupou em limpar. Observei-o enquanto pensava em Bert Rhodes. Perguntava-me se saber a identidade do homem que levou sua filha tornaria as coisas melhores ou piores. Mais fáceis ou mais difíceis. Uma escolha impossível, mas, se ele tivesse que escolher, preferiria que a filha fosse assassinada por um completo estranho – um intruso na cidade, na vida dele – ou por um rosto familiar, um que ele já recebera na própria casa? Seu vizinho, seu amigo?

Nos meses que se seguiram, só vi meu pai pela televisão, a armação dos óculos, que agora estavam quebrados, sempre apontava para o chão onde ele pisava, as mãos algemadas, bem presas, para trás, a pele dos pulsos beliscada e vermelha. Eu fixava os olhos na tela e via as pessoas formarem filas na rua que levava ao tribunal, carregando cartazes feitos em casa com palavras terríveis, odiosas, cochichando enquanto ele passava.

Assassino. Pervertido.
Monstro.

Alguns dos cartazes tinham o rosto das garotas, as mesmas que apareceram no noticiário ao longo daquele verão em transmissões constantes, tristes. Garotas que não eram muito mais velhas que eu. Eu reconhecia todas elas, memorizara seus traços. Tinha visto seus sorrisos, olhado em seus olhos antes promissores e cheios de vida.

Lena, Robin, Margaret, Carrie, Susan, Jill.

Aqueles rostos eram o motivo pelo qual eu tinha hora para chegar em casa à noite. Eram o motivo pelo qual eu nunca podia andar sozinha quando escurecia. Meu pai promulgara a regra e batia em mim até a pele ficar em carne viva quando eu voltava para casa depois do anoitecer ou esquecia de fechar a janela antes de dormir. Ele injetara o medo da forma mais pura no meu coração, um pavor paralisante daquela pessoa jamais vista e que era a causa dos desaparecimentos. A pessoa que era a razão pela qual aquelas garotas foram reduzidas a fotografias em preto e branco coladas em pedaços de papelão velho. Aquela que sabia onde estavam quando respiraram pela última vez; como estavam seus olhos quando a morte enfim as levou.

Quando ele foi preso, eu me dei conta, é claro. Eu me dei conta a partir do momento em que os policiais invadiram nossa casa, em que meu pai, olhando nos nossos olhos, sussurrou: "Comportem-se". Sabia antes disso, até, quando enfim permiti que as peças do quebra-cabeça se encaixassem. Quando me forcei a virar e encarar aquilo que sentia à espreita. Mas foi naquele momento – sozinha, na sala de estar, com a cara grudada na tela da TV, com a minha mãe se despedaçando aos poucos no quarto e Cooper murchando, desaparecendo –, foi *naquele* momento, ouvindo as correntes no tornozelo do meu pai se arrastando, observando a expressão vazia que ele tinha no rosto enquanto o levavam em um carro de polícia para prisões, tribunais e vice-versa. Foi naquele momento que o peso de tudo despencou sobre mim, enterrando-me viva nos escombros.

A pessoa era ele.

CAPÍTULO NOVE

Minha casa parece grande demais e, ao mesmo tempo, muito pequena. Ficar nela é claustrofóbico, essas quatro paredes me confinam aqui dentro, encurralam-me neste ar velho, parado. Ao mesmo tempo, é solitária; grande demais para ser preenchida com os pensamentos silenciosos de uma só alma. Sinto uma vontade incontrolável de me mover.

Levanto-me do sofá e ando até o quarto, troco meu robe enorme por uma calça jeans e uma camiseta cinza, prendo o cabelo em um coque alto e renuncio a qualquer maquiagem que requeira mais esforço do que passar um batom nos lábios. Em cinco minutos, já saí de casa e sinto o coração desacelerar assim que piso na rua.

Entro no carro e dou partida, dirigindo a esmo pelo bairro, rumo à cidade. Estico a mão em direção ao rádio, mas paro no meio do caminho e recuo até o volante.

— Está tudo bem, Chloe — falo alto, com a voz estridente demais em contraste com o silêncio do interior do carro. — O que está te incomodando? Coloque em palavras.

Batuco os dedos no volante, ligo a seta e viro à direita. Falo comigo mesma do jeito que falo com meus pacientes.

— Uma garota desapareceu — digo. — Uma garota daqui desapareceu e isso está me incomodando.

Se fosse uma consulta, eu diria em seguida: *Por quê? Por que isso está te incomodando?*

Os motivos são óbvios, eu sei. Uma menina desapareceu. Quinze anos. Vista pela última vez a poucos passos de distância da minha casa, do meu trabalho, da minha vida.

— Você não a conhece — digo em voz alta. — Você não a conhece, Chloe. Não é Lena. Não é nenhuma daquelas garotas. Não tem nada a ver com você.

Solto o ar e diminuo a velocidade ao me aproximar do farol vermelho, enquanto olho a pista. Observo uma mãe acompanhar a filha ao atravessarem a rua de mãos dadas; um grupo de adolescentes anda de patins à minha esquerda, um homem e seu cachorro correm bem à minha frente. O semáforo fica verde.

— Não tem nada a ver com você — repito, passando pelo cruzamento e virando à direita.

Dirijo sem rumo, mas percebo que estou perto do consultório, a poucos quarteirões da segurança dos remédios guardados na gaveta da minha escrivaninha. Estou a um comprimido de distância dos batimentos cardíacos reduzidos e da respiração controlada; da enorme poltrona reclinável de couro com portas trancadas e das cortinas com blecaute.

Trato de afastar esse pensamento da mente.

Não tenho um problema com isso. Não sou viciada nem nada do tipo. Não vou para um bar e bebo até entrar em coma alcoólico ou desabo em tremedeiras e suores noturnos quando me privo de uma tacinha de *merlot* no fim do dia. Consigo passar dias, semanas, meses sem um comprimido ou taça de vinho ou qualquer tipo de substância química para atordoar o medo constante que pulsa em minhas veias; é como o puxão de uma corda de guitarra que reverbera pelos ossos, fazendo-os chacoalhar. Mas tenho tudo sob controle. Todos os meus distúrbios, aquele monte de palavras estranhas contra as quais luto há tanto tempo – *insônia, nictofobia, hipocondria* – têm um traço em comum, uma característica importante que as une: controle.

Temo situações sobre as quais não tenho controle. Imagino as coisas que podem acontecer comigo enquanto durmo, indefesa. Imagino as coisas que podem acontecer comigo no escuro, desavisada. Imagino todos os assassinos invisíveis que podem estrangular a vida das minhas células antes de eu perceber que elas estavam sufocando; imagino sobreviver ao que eu sobrevivi, passar pelo que passei, só para morrer por causa de mãos mal lavadas, de uma coceira na garganta.

Imagino Lena, a total falta de controle que ela deve ter sentido quando aquelas mãos agarraram seu pescoço, apertando-o. Quando sua traqueia se fechou, seus olhos começaram a latejar e a visão começou a clarear antes de se virar na direção contrária, escurecendo cada vez mais até que, por fim, ela não enxergasse nada.

Minha farmácia pessoal é minha salvação. Sei que é errado prescrever receitas que não precisam ser prescritas; mais do que errado, é ilegal. Eu poderia perder meu diploma, quem sabe até ser presa. Mas todo mundo precisa de uma salvação, um bote ao alcance quando sente que está começando a afundar. Quando sinto que estou perdendo o controle, sei que estão lá, prontos para consertar o que quer que esteja errado dentro de mim. Muitas vezes, só de pensar neles já fico mais calma. Uma vez, sugeri a uma paciente claustrofóbica que carregasse consigo um único comprimido de Frontal toda vez que entrasse num avião, a mera presença dele seria forte o bastante para incitar uma reação psicológica, uma resposta física. Era provável que ela nem precisasse tomá-lo, eu disse a ela; o simples fato de saber que havia uma escapatória ao seu alcance seria suficiente para amenizar o peso sufocante do peito.

E foi. Claro que foi. Sabia disso por experiência própria.

Consigo ver meu consultório próximo, agora, o velho prédio de tijolos se destacando por trás dos carvalhos. O cemitério fica a alguns quarteirões a oeste; decido virar em direção a ele, dirigindo rumo ao portão de ferro forjado, como uma boca aberta me convidando a entrar. Estaciono com calma em uma vaga na rua e desligo a ignição.

Cemitério Cypress. O último lugar em que Aubrey Gravino foi vista com vida. Ouço um barulho e olho pela janela; há uma equipe de buscas por perto que vasculha o local como formigas emboscando um pedacinho de comida perdida. Passam pelo mato crescido, desviam das lápides despedaçadas, esfregando os sapatos nos caminhos de terra, traçando seus trajetos pelos túmulos. Esse cemitério se estende por vinte hectares; é uma área gigantesca. A ideia de achar o que quer que estejam procurando parece remota, na melhor das hipóteses.

Saio do carro e passo pelo portão, aproximando-me da equipe. A propriedade é repleta de ciprestes calvos – árvore-símbolo do estado da Luisiana, que dá nome ao cemitério – os troncos grossos, avermelhados e cheio de galhos, como tendões. Véus de barba-de--velho caem das ramificações como teias empesteando um canto esquecido. Passo por baixo de uma faixa da polícia que isola o local e faço o que posso para me misturar, tentando evitar os policiais e jornalistas com câmeras penduradas no pescoço, vagando sem rumo entre as dezenas de voluntários reunidos tentando encontrar Aubrey.

Ou *não conseguindo* encontrar Aubrey. Porque a última coisa que alguém quer encontrar nessa situação é um corpo, ou pior: partes de um corpo.

Não haviam encontrado nenhum corpo durante as buscas em Breaux Bridge. Nem pedaços. Eu implorara para minha mãe me deixar ir junto; via as hordas de pessoas se reunindo na cidade, distribuindo lanternas e *walkie-talkies* e caixas de garrafas d'água. Gritavam instruções antes de se dissipar como mosquitos espantados por um canudo de jornal. É claro que ela não deixou. Fui obrigada a ficar em casa, vendo o brilho das lanternas ao longe enquanto vasculhavam pastos infinitos, enormes e cheios de mato. Observar causava a sensação de impotência. Esperar. Não saber o que encontrariam. Foi pior ainda quando as buscas aconteceram no meu quintal, grudei os olhos na janela enquanto a polícia investigava cada centímetro dos nossos dez hectares depois que meu pai foi levado. Mas isso tampouco resultou em algo.

Não, aquelas garotas ainda estão por aí, em algum lugar, as camadas de terra, mais grossas a cada ano, escondendo seus ossos. A possibilidade de nunca serem encontradas me deixa atordoada, mesmo sabendo que, a essa altura, é provável que nunca sejam. Não é a injustiça, o fato de as famílias nunca colocarem um ponto-final na história ou até mesmo a ideia de que essas meninas vão apodrecer igual ao rato que uma vez encontrei morto embaixo da varanda dos fundos, tendo a humanidade arrancada delas junto com a pele, o cabelo e as roupas esfarrapadas, uma vida inteira reduzida a pilhas de ossos que não são diferentes dos seus ou dos meus ou até mesmo dos ratos. Não, não é nada disso que tira meu sono, que me impede de perder a esperança de que um dia sejam encontradas.

É a percepção de quantos corpos poderiam ter sido enterrados debaixo dos meus pés a qualquer momento, com o mundo ignorando por completo a existência deles.

Claro, há corpos enterrados sob meus pés neste exato momento. Vários corpos. Mas cemitérios são outra coisa. Esses corpos foram colocados aqui, não descartados. Estão aqui para serem lembrados, não esquecidos.

— Acho que encontrei algo!

Olho para a esquerda, para uma mulher de meia-idade calçando tênis brancos, calça bege cheia de bolsos, uma camiseta polo larga, o uniforme não oficial do cidadão preocupado participando das buscas. Está ajoelhada na terra, os olhos tentando enxergar algo abaixo dela. Agita sem parar o braço esquerdo na direção dos outros, com o direito agarra um desses *walkie-talkies* que vendem na seção de brinquedos do supermercado.

Olho em volta, sou a que está mais próxima por muitos metros. O restante está se aproximando, correndo em nossa direção, mas eu estou aqui, agora. Dou um passo adiante e ela olha para mim, os olhos instigados, implorando, como se quisesse que o item tivesse alguma importância, algum significado, mas, ao mesmo tempo, não quisesse. Não quer que seja nada disso.

— Olha — diz, acenando para que eu me aproxime. — Olha bem aqui.

Dou mais um passo e inclino o pescoço, um impulso elétrico percorre meu corpo enquanto foco o olhar no objeto alojado na sujeira. Estico a mão, sem pensar, uma espécie de reflexo, como se alguém tivesse batido no meu joelho com um martelinho, e pego o objeto do chão. Um policial corre até mim, arfando.

— O que é? — pergunta, olhando por cima de mim. A voz dele parece engasgada, como se a respiração dele tentasse atravessar uma floresta de catarro. É alguém que respira pela boca. Os olhos dele saltam quando vê o que tenho aninhado na mão.

— Não toca nisso!

— Desculpe — gaguejo, entregando o objeto para ele. — Desculpe, não pensei. É um brinco.

A mulher olha para mim enquanto o policial se ajoelha, o peito arfando, um braço esticado para o lado impedindo os outros de se aproximarem. Ele tira o brinco da palma da minha mão com a dele, coberta por uma luva, e o inspeciona. É pequeno, prateado, um grupo de três singelos diamantes no topo formam um triângulo invertido, com a ponta presa a uma única pérola, pendurada embaixo. É bonito, teria chamado minha atenção na vitrine de uma joalheria do bairro. Bonito demais para uma garota de quinze anos.

— Certo — diz o policial, afastando mechas do cabelo da testa suada. Ele expira um pouco. — Certo, muito bem. Vamos empacotar, mas lembrem-se: estamos em um espaço público. Há milhares de túmulos, o que significa que centenas de visitantes passam por aqui todos os dias. Este brinco pode ser de qualquer um.

— Não. — A mulher chacoalha a cabeça. — Não, não é. É da Aubrey.

Ela enfia a mão no bolso da calça e puxa um pedaço de papel dobrado. Ela o desdobra: o cartaz de *DESAPARECIDA* da Aubrey. Reconheço a imagem, é a mesma que vi hoje de manhã, estampada na TV. A única imagem que vai definir a existência dela. Na foto ela sorri, o delineador preto riscado nas pálpebras, o brilho labial rosa refletindo o flash da câmera. A foto acaba pouco acima do peito, mas consigo ver que está usando um colar, um colar que eu não notara antes, aconchegado na pele entre as clavículas – três pequenos diamantes ligados a uma única pérola. E logo ali, presos aos lóbulos, destacando-se do cabelo grosso e escuro, colocado atrás das orelhas, está um par de brincos que combinam com o pingente.

CAPÍTULO DEZ

Lena não era uma garota bacana, mas era legal comigo. Não vou passar pano, não vou amenizar os fatos. Ela gostava de arrumar encrenca, era um verdadeiro pé no saco e se divertia à custa do desconforto que causava nos outros, enquanto os via agonizar. Por qual outro motivo uma menina de quinze anos usaria um sutiã de bojo na escola e ficaria enrolando a trança do cabelo com a ponta do dedo de unha roída enquanto mordiscava a lateral do lábio carnudo? Era uma mulher no corpo de uma garota, ou uma garota no corpo de uma mulher; ambos faziam sentido. Ao mesmo tempo, muito adulta e muito jovem, corpo e mente à frente de seu tempo. Mas havia partes dela, em algum lugar, sufocadas por baixo da maquiagem e da nuvem de fumaça de cigarro que a envolvia todo dia após o soar do alarme do colégio, que lembravam que ela era só uma menina. Só uma menina perdida e solitária.

Claro, eu não via esse lado dela quando eu tinha doze anos. Ela sempre pareceu adulta para mim, apesar de ter a mesma idade do meu irmão. Cooper nunca parecera adulto, com os arrotos, o Game Boy e a pilha de revistas pornográficas que mantinha escondida sob o piso solto, embaixo da cama. Nunca vou me esquecer do dia em que encontrei aquelas revistas, enquanto fuçava no quarto dele procurando dinheiro escondido. Queria comprar uma paleta de sombras, um rosa-claro bonito que vira Lena usar. Minha mãe se recusava a comprar maquiagem para mim antes do ensino médio, mas eu queria. Queria tanto que seria capaz de roubar para conseguir. Entrei escondida no quarto de Cooper, levantei o assoalho barulhento e dei de cara com o desenho de um par de peitos, o que me fez recuar tão rápido que bati com a cabeça na cama. E, logo em seguida, contei para o meu pai.

O Festival do Lagostim acontecera no início de maio naquele ano, o prólogo do verão. Estava quente, mas não insuportável. Quente para os padrões dos Estados Unidos, mas não para os *padrões da Luisiana*. Tal calor só chegaria em agosto, quando toda manhã o ar quente e úmido do pântano invadia as ruas da cidade, como uma nuvem carregada procurando um lugar seco.

Também em agosto, três das seis garotas teriam desaparecido.

Tiro sarro de Breaux Bridge, *a capital mundial do lagostim,* mas o Festival do Lagostim é mesmo de se gabar. Meu último festival foi em 1999, e foi também o meu preferido. Lembro-me de vagar sozinha pela feira, com os sons e cheiros da Luisiana impregnando a minha pele. Músicas de *Swamp Pop* tocando nos alto-falantes do palco principal, os cheiros do preparo de lagostim de todas as formas possíveis: frito, cozido, ensopado, embutido. Eu fui até a corrida de lagostim, e virei a cabeça com tudo quando vi o cabelão escuro de Cooper despontando de um grupo de garotos recostados sobre o carro do meu pai. Naquela época, parecia que meu irmão estava sempre cercado de gente, éramos o oposto um do outro nesse aspecto. Os amigos o rodeavam, seguindo-o para cima e para baixo como uma nuvem de mosquitos em um dia abafado. Cooper, entretanto, não parecia se importar. Em algum momento, tornaram-se um só: *o bando*. Às vezes, ele os dispersava, irritado. Os garotos obedeciam, espalhavam-se. Encontravam outra pessoa para rodear. Mas nunca ficavam longe por muito tempo: sempre achavam o caminho de volta.

Meu irmão parecia sentir que eu o encarava, porque logo vi seus olhos espiando por cima das cabeças dos outros, mirando nos meus. Acenei, sorri tímida. Não me importava de ficar sozinha, não mesmo, mas odiava o que isso fazia os outros pensarem sobre mim. Em especial, Cooper. Observei-o abrir caminho no meio dos amigos, dispensando com um abano de mão um moleque magrelo que tentou segui-lo. Conseguiu chegar até mim e pendurou o braço sobre meu ombro.

— Aposta um saco de pipoca no número sete?

Sorri, grata pela companhia, e porque ele nunca mencionava que eu passava a maior parte do meu tempo sozinha.

— Fechado.

Olhei para a corrida, prestes a começar. Lembro-me do grito do apresentador: *"Ils sont partis!"*, da multidão torcendo, os bichinhos vermelhos atravessando o alvo desenhado com spray na enorme tábua de madeira. Em questão de segundos, eu tinha perdido e Cooper vencido, então fomos até o pipoqueiro para que ele pudesse receber o prêmio.

Esperamos na fila, eu estava feliz como nunca. Aqueles primeiros dias do verão eram promissores, era como se o tapete vermelho da liberdade estivesse se esticando sob meus pés, indo tão longe que parecia não acabar nunca. Cooper pegou o saco de pipoca e colocou um grão de milho na boca, chupando o sal, enquanto eu pagava. Quando nos viramos, Lena estava lá.

— Oi, Coop. — Ela sorriu para ele antes de fixar os olhos em mim. Estava segurando uma garrafa de Sprite, abrindo e fechando a tampa com os dedos. — Oi, Chloe.

— Oi, Lena.

Meu irmão era popular, atleta de luta do Colégio Breaux Bridge. As pessoas sabiam quem ele era, e sempre me deixou confusa como ele conseguia fazer amigos com tanta facilidade enquanto eu ficava na minha. Ele não diferenciava as companhias que tinha, ficava um dia com os amigos da luta, jogava conversa fora com os maconheiros no dia seguinte. Além disso, a atenção que ele dava para cada um fazia cada pessoa se sentir importante, como se de alguma forma fosse digna de algo valioso e único.

Lena também era popular, mas pelos motivos errados.

— Querem um gole?

Olhei para ela com cuidado, a barriga chapada aparecendo por baixo da camiseta colada que parecia dois números menor do que ela de fato vestia, com botões no decote que quase saltavam. Vi algo brilhante, um piercing no umbigo, e levantei a cabeça no mesmo instante, tentando não encarar. Ela sorriu para mim, levando a garrafa aos lábios. Observei enquanto uma gota do líquido escorria pelo queixo, que ela secou com o dedo do meio.

— Gosta? — Ela puxou a camiseta para cima, mexendo na pedra com os dedos. Havia um pingente, algum tipo de inseto. — É um vaga-lume — disse, lendo minha mente. — São meus favoritos. Brilham no escuro.

Ela cobriu o piercing com as mãos, e fez um gesto para que eu espiasse; obedeci, pressionei a testa contra as mãos dela. Lá dentro, o inseto se tornara um verde-claro, brilhante.

— Gosto de pegar eles — explicou ela, olhando para a barriga —, e colocar num pote.

— Eu também — falei, ainda espiando pelo buraco das mãos dela. Lembrava-me dos vaga-lumes que apareciam nas nossas árvores à noite, de como eu corria pelo escuro, batendo os braços entre eles, como se estivesse nadando nas estrelas.

— E aí pegá-los e esmagá-los entre os dedos. Sabia que dá para escrever seu nome na calçada com o brilho deles?

Eu recuei e me retraí. Não conseguia me imaginar esmagando um inseto com as mãos, ouvindo aquele estalo nojento. Mas admito que esfregar o líquido entre os dedos e ver o efeito fluorescente de perto parecia uma ideia legal.

— Tem alguém encarando a gente — disse ela, tirando as mãos da barriga.

Levantei a cabeça e olhei na direção do olhar dela, e dei de cara com meu pai. Ele estava do outro lado da multidão, nos encarando. Encarando Lena, que erguia a camiseta até o sutiã. Ela sorriu para ele, acenou com a mão livre. Ele abaixou a cabeça e continuou andando.

— Então — disse ela, levando a garrafa de Sprite em direção a Cooper e chacoalhando-a no ar. — Quer um gole?

Ele olhou para onde meu pai esteve e encontrou um espaço vazio em vez do olhar que nos encarara, depois voltou-se para a garrafa, arrancando-a da mão dela, e deu uma golada rápida.

— Quero um pouco — pedi, pegando da mão dele. — Estou com tanta sede.

— Não, Chloe...

Mas o alerta do meu irmão chegou tarde; a essa altura a garrafa estava em meus lábios, o líquido caindo na minha boca e escorrendo pela garganta. Não dei só um golinho, foi um *golão*. Um gole que tinha gosto de ácido de bateria queimando meu esôfago até o estômago. Arranquei a garrafa da boca e chacoalhei a mão, a ânsia subindo pelo pescoço. Minhas bochechas inflaram e comecei a engasgar, mas, em vez de vomitar, forcei o líquido para baixo para, enfim, conseguir respirar.

— *Eca* — ofeguei, secando a boca com as costas da mão. Minha garganta estava queimando, minha língua estava queimando. Por um instante, comecei a entrar em pânico com a ideia de que talvez tivesse sido envenenada. — *O que era isso?*

Lena deu um risinho, pegou a garrafa da minha mão e tomou o que sobrara. Bebeu como se fosse água, fiquei impressionada.

— É vodca, bobinha. Nunca tinha tomado vodca?

Cooper olhou em volta, as mãos enfiadas no fundo do bolso. Eu não conseguia falar, então ele falou por mim.

— Não, ela nunca tinha tomado vodca. Ela tem doze anos.

Lena deu de ombros, inabalada.

— Sempre tem uma primeira vez.

Cooper me passou o saco de pipoca e eu enfiei um punhado goela abaixo, tentando disfarçar o gosto horroroso. Sentia o fogo viajando da garganta até o estômago, queimando o fundo da minha barriga. Minha cabeça começou a girar um pouco; era estranho, mas meio divertido. Sorri.

— Viu, ela gostou — disse Lena, olhando para mim. Sorriu de volta. — Foi um gole impressionante. E não só para alguém da sua idade.

Ela abaixou a camiseta, cobrindo a pele, o vaga-lume. Jogou as tranças para trás dos ombros e virou-se, apoiando-se nos calcanhares, uma espécie de giro de bailarina que movimentou o corpo todo. Quando começou a se afastar, indo embora, não consegui parar de olhar para ela, a forma como a cintura balançava no ritmo do cabelo, como as pernas eram finas, mas torneadas nos lugares certos.

— Você deveria ir me buscar naquele seu carro qualquer dia desses — gritou Lena de volta para Cooper, levantando a garrafa no ar.

Fiquei bêbada pelo resto do dia. Primeiro, Cooper pareceu irritado, irritado comigo. Com a minha estupidez, minha ingenuidade. Com as palavras que eu balbuciava, minhas risadinhas aleatórias e como eu corria em direção aos postes de luz. Ele deixara os amigos por minha causa e agora estava preso, bancando a babá da irmãzinha — a irmãzinha *bêbada* —, mas como eu poderia saber que tinha álcool naquilo? Eu não sabia que tinha álcool em garrafas de Sprite.

— Você precisa se soltar — falei, trôpega.

Olhei para ele e vi a cara de choque que ele fazia enquanto me olhava de volta. De início, achei que ele estivesse bravo; comecei a me arrepender. Mas quando ele relaxou os ombros, a expressão dura derreteu em um sorriso e, em seguida, em uma risada. Ele esfregou a mão no meu cabelo e chacoalhou a cabeça, meu peito se encheu de algo que pareceu orgulho. Depois disso, ele comprou um sanduíche de lagostim para mim e assistiu maravilhado enquanto eu devorava o lanche.

— Foi divertido — falei a caminho do carro, de mãos dadas com ele. Não me sentia mais bêbada, mas meio derrubada. Estava escurecendo, nossos pais haviam partido horas antes, deixando-nos com uma nota de vinte dólares para o jantar, um beijo na minha testa e ordens para chegarmos em casa às oito. Cooper acabara de tirar a habilitação e me mandou não abrir a boca quando os viu se aproximando de nós, com medo de eles perceberem minha fala pesada e as palavras embaralhadas. Obedeci, não falei nada. Em vez disso, assisti. Assisti à forma como minha mãe falava sem parar sobre "mais um ano bem-sucedido" e "meu deus, meus pés estão me matando" e "vamos, Richard, vamos deixar as crianças se divertirem". Assisti ao modo como as bochechas dela coravam e as pontas do vestido ricocheteavam com o soprar do vento. Senti meu peito se encher de novo, mas, dessa vez, não era de orgulho. Era felicidade, amor. Pela minha mãe, pelo meu irmão.

Olhei para o meu pai e, quase no mesmo instante, a sensação foi de aperto no peito. Ele parecia... estranho. Preocupado. Distraído, de alguma forma, mas não por nada que acontecia ao nosso redor. Distraído nos pensamentos dele. Tentei sentir meu hálito, preocupada que o cheiro de vodca estivesse forte demais. Eu me perguntava se meu pai vira Lena dando a bebida para nós, afinal, ele estava olhando para a gente. Olhando para ela.

— Sei que foi — disse Cooper, sorrindo para mim. — Mas não faça disso um hábito, tá?

— Como assim?

— Você sabe.

Franzi as sobrancelhas.

— Mas você tomou.

— É, sou mais velho que você. É diferente.

— A Lena disse que sempre tem uma primeira vez.

Cooper sacudiu a cabeça.

— Não dê ouvidos. Você não vai querer ficar igual à Lena.

Mas eu queria. Queria, sim, ser como Lena. Queria ter a confiança dela, o brilho, a personalidade. Ela era como aquela garrafa de Sprite; por fora, parecia de um jeito, mas, por dentro, era completamente diferente. Perigosa, como veneno. Ao mesmo tempo, viciante, libertadora. Experimentei e ela me deixou querendo mais. Lembro-me de chegar em casa naquela noite e ver os insetos iluminados na entrada, brilhando como constelações no céu, como sempre. Mas a sensação foi diferente daquela vez. *Eles* pareciam diferentes. Lembro-me de pegar um na mão, sentindo-o bruxulear entre os dedos enquanto o trazia para perto e colocá-lo com delicadeza num copo de vidro, depois cobrir a boca com plástico. Fiz pequenos buracos e observei-o brilhar no escuro por horas, preso, deitada sob os lençóis no meu quarto, respirando devagar, pensando nela.

Naquele dia, memorizei todos os detalhes de Lena, o jeito como o cabelo dela formava frizz nas beiradas, deixando-a com uma espécie de auréola loira quando o ar ficava úmido. Como provocava as pessoas com o chacoalhar da garrafa, da cintura, dos dedos, enquanto acenava na direção do meu pai. Como usava o cabelo, as roupas e, em especial, aquele vaga-lume pendurado no umbigo, como ele brilhava no escuro quando ela colocava as mãos em volta dele e me puxava para perto.

E é por isso que me lembrei dele com tanta clareza quando o vi de novo, quatro meses depois, escondido no fundo do closet do meu pai.

CAPÍTULO ONZE

A descoberta do brinco de Aubrey não é um bom sinal. Vê-lo no meio da terra do cemitério fez meu sangue esfriar. O que aquele objeto poderia significar recaiu sobre toda a equipe de buscas como uma manta, apagando a chama que ardia ali minutos antes. Depois disso, todos abaixaram um pouco mais os ombros, ficaram mais cabisbaixos.

E eu fiquei pensando em Lena.

Quando saí do Cemitério Cypress, fui direto para o consultório; não aguentava mais. Não aguentava os barulhos – as cigarras gritando e o esmagar da grama sob os sapatos, as fungadas e cuspidas da equipe de busca, o zumbido de um mosquito seguido por um tapão na pele. A Dona Calça-Bege-Cheia-de-Bolsos parecia achar que agora éramos um time, depois que o policial saiu com a descoberta dela devidamente armazenada e protegida num saco de coleta. Levantou do agachamento, colocou as mãos na cintura e olhou para mim, esperando algo, como se eu fosse dizer aonde deveríamos ir em seguida para encontrar a próxima pista. Eu me sentia uma intrusa, como se não devesse estar ali. Como se estivesse fazendo o papel de alguém em um filme, fingindo ser uma pessoa que não sou. Virei-me e fui me afastando sem falar mais nada. Podia sentir os olhares nas minhas costas até o instante em que entrei no carro e fui embora, e, ainda naquele momento, sentia como se estivesse sendo observada.

Estaciono do lado de fora do prédio do consultório e subo os degraus, frenética, coloco a chave na fechadura, giro e empurro. Acendo as luzes da sala de espera vazia e entro no consultório, as mãos tremendo um pouco menos a cada passo que dou em direção à escrivaninha. Acomodo-me na cadeira e expiro, inclino-me para o lado e abro a gaveta de baixo. A montanha de frascos me encara, cada um deles implora para ser escolhido. Observo todos, mordo a bochecha. Pego um, outro, comparo-os lado a lado e escolho Lorazepam, um miligrama. Examino o pequeno comprimido na minha mão, de um branco poroso. É uma dose baixa, pondero. Só o suficiente para cobrir meu corpo com uma sensação de calmaria. Jogo-o na boca e engulo em seco, fecho a gaveta com o pé.

Giro na cadeira do escritório, pensando, olho para o telefone e noto a luz vermelha piscante – uma mensagem de voz. Ligo o alto-falante e ouço a voz familiar irradiando pela sala.

Doutora Chloe, aqui é Aaron Jansen do The New York Times. Nós nos falamos pelo telefone mais cedo e, hum, agradeceria muito se pudesse reservar uma hora para conversarmos. Publicaremos a matéria de qualquer forma, e gostaria de te dar a oportunidade de mostrar o seu lado. Pode me ligar de volta neste número mesmo.

Ele ficou em silêncio, mas eu conseguia ouvir a respiração do outro lado. Estava pensando.

Entrarei em contato com seu pai também. Imaginei que gostaria de saber disso.

Clique.

Afundo na cadeira. Evitei meu pai de propósito pelos últimos vinte anos, de todas as formas. Falar com ele, pensar nele, falar sobre ele. Foi tão difícil no começo, logo depois da prisão. As pessoas nos assediavam, apareciam em casa à noite gritando obscenidades e fazendo gestos como se nós, também, tivéssemos participado do assassinato daquelas meninas inocentes. Como se, de alguma forma, soubéssemos e tivéssemos ignorado. Jogaram ovos na nossa casa, furaram os pneus da caminhonete do meu pai, ainda estacionada, e picharam "PERVERTIDO" na lateral, em tinta vermelha. Invadiram o quarto da minha mãe depois de arremessarem uma pedra pela janela, estilhaçando o vidro sobre ela, que dormia.

Foi notícia em todos os jornais: Dick Davis, o assassino em série de Breaux Bridge.

E essas palavras, "*assassino em série*", pareciam tão definitivas... Por algum motivo, eu nunca pensara no meu pai como um *assassino em série* até ver o termo estampado nos jornais, atribuído a ele. Parecia duro demais para o meu pai, um homem gentil, de voz suave. Foi ele que me ensinou a andar de bicicleta, correndo ao meu lado com as mãos segurando o guidão. A primeira vez que ele soltou, bati em uma cerca, dei de cara em um pedaço de madeira e senti uma dor insuportável na bochecha. Lembro-me dele correndo até mim, envolvendo-me nos braços e, em seguida, do calor de uma toalhinha molhada que ele pressionou sobre o rasgo que se abriu abaixo do meu olho. Secando minhas lágrimas com a manga da camisa, beijando meu cabelo embaraçado. Em seguida, apertou meu capacete para que ficasse mais firme e fez com que eu tentasse de novo. Meu pai me cobria à noite, escrevia ele mesmo as histórias que nos contava antes de dormir, fazia a barba deixando só o bigode, como nos desenhos, só para me ver rindo quando ele saía do banheiro, fingindo que não entendia por que eu estava rolando no meio das almofadas do sofá, os olhos lacrimejando. Aquele homem não podia ser um *assassino em série*. Assassinos em série não fazem esse tipo de coisa... fazem?

Mas ele era, e ele fez. Ele matou aquelas garotas. Ele matou Lena.

Lembro-me de como ele a observara aquele dia no festival, os olhos examinando o corpo daquela garota de quinze anos como um lobo vigiando um animal moribundo. Sempre terei aquele momento como o começo de tudo. Às vezes, penso que a culpa foi minha – ela estava falando comigo, afinal de contas. Ela estava segurando a camiseta erguida para mim, exibindo o piercing no umbigo para mim. Se eu não estivesse ali, será que meu pai a teria visto daquele jeito? Será que ele teria *pensado* nela daquele jeito? Naquele verão, ela foi na nossa casa algumas vezes, passava para deixar algumas roupas que não usava mais ou CDs velhos, e toda vez que meu pai entrava no meu quarto e a via lá, deitada com a barriga grudada no chão de madeira, as pernas chutando o ar, livres, a bunda apertada no short jeans rasgado, ele parava. Ficava encarando. Pigarreava e ia embora.

O julgamento dele foi transmitido pela TV; sei disso porque assisti. No início, minha mãe não queria deixar que víssemos, Cooper e eu, e nos expulsou do cômodo quando fomos entrando e a vimos encolhida no chão, o nariz quase tocando a tela. *"Isso não é coisa para criança"*, ela dizia. *"Vão lá fora brincar, tomar um ar fresco."* Ela agia como se não fosse nada além de um filme de terror, como se nosso pai não estivesse na TV sendo julgado por homicídio.

Até que, um dia, isso também mudou.

A campainha tocava alto, lembro-me do jeito que reverberava pela casa sempre silenciosa, vibrando no relógio velho, zumbindo de um jeito que fazia os pelos do meu braço arrepiarem. Todos paramos o que estávamos fazendo e encaramos a porta. Ninguém nos visitava e, quem o fazia, abandonara tais formalidades muito tempo antes. Chegavam gritando, arremessando coisas ou, pior, sem fazer nenhum barulho. Por um tempo, encontrávamos pegadas desconhecidas espalhadas por toda a propriedade, que algum estranho deixara para trás ao se esgueirar pelo quintal à noite, espiando pelas janelas com um fascínio doentio. Eu me sentia como uma coleção de itens curiosos expostos em um vidro de museu, assombrada e estranha. Lembro-me do dia em que o peguei, enfim, quando andava pelo caminho de terra, avistei a parte de trás da cabeça dele que espiava o lado de dentro, pensando que não tinha ninguém em casa. Lembro-me de arregaçar as mangas e avançar contra ele, cega pelo ódio e pela adrenalina que me moviam adiante.

— QUEM É VOCÊ? — gritei, as mãozinhas cerradas, uma de cada lado. Estava de saco cheio das nossas vidas à mostra. Das pessoas nos tratando como se não fôssemos humanos, como se não fôssemos reais. Ele se virou, encarava-me com os olhos arregalados e as mãos erguidas, como se nem tivesse cogitado a possibilidade de que alguém ainda morasse ali. No final das contas, ele também era só um moleque. Da minha idade.

— Ninguém — gaguejou. — Não... Não sou ninguém.

Ficamos tão acostumados com os intrusos, os abutres e as ameaças por telefone que, quando escutamos a campainha soar educadamente naquela manhã, por pouco não sentimos medo de saber quem estaria por trás daquela grossa camada de madeira, esperando paciente um convite para entrar.

— Mãe — falei, os olhos viajando da porta até ela. Estava sentada à mesa da cozinha, com as mãos entrelaçadas por baixo do cabelo fino. — Você vai atender?

Ela olhou para mim, confusa, como se minha voz fosse estranha, as palavras não mais inteligíveis. A cada dia, a aparência dela mudava. Rugas se marcavam cada vez mais fundo na pele flácida, sombras escuras apareciam sob os olhos, vermelhos e cansados. Enfim, ela levantou sem falar nada e espiou pela janela pequena e circular. O ranger das dobradiças; a voz suave e assustada.

— Ah, Theo. Oi. Pode entrar.

Theodore Gates, o advogado de defesa do meu pai. Observei enquanto ele entrava em casa a passos lentos, desajeitados. Lembro-me da maleta brilhante, a aliança grossa, dourada, na mão esquerda. Sorriu para mim, complacente, mas devolvi com uma careta. Não entendia como ele conseguia dormir à noite, defendendo o que meu pai fizera.

— Quer café?

— Claro, Mona. Sim, por favor.

Minha mãe cambaleou pela cozinha, bateu a caneca de cerâmica no balcão. O café estivera parado na jarra por três dias seguidos e observei enquanto ela o servia, girando uma colher em círculos, distraída, mesmo sem ter colocado nada ali para misturar. Entregou ao sr. Gates. Ele deu um golinho, pigarreou, colocou a xícara de volta na mesa e empurrou-a para longe com o dedo mindinho.

— Escuta, Mona. Tenho notícias. Queria que você soubesse por mim.

Ela ficou em silêncio, encarando a pequena janela que ficava acima da pia da cozinha, esverdeada pelo mofo.

— Consegui um acordo judicial para o seu marido. Um bom acordo. Ele vai aceitar.

Ela levantou a cabeça na hora, como se as palavras dele tivessem puxado um elástico que estivera ligado à base de seu pescoço.

— A Luisiana tem pena de morte — disse ele. — Não podemos correr esse risco.

— Crianças, para cima.

Ela olhou para Cooper e para mim, ainda sentada no tapete da sala, o dedo cutucando o buraco queimado onde meu pai derrubara o cachimbo. Obedecemos, levantamos e passamos em silêncio pela cozinha até o andar de cima. Mas, chegando aos quartos, batemos as portas, alto, e voltamos para a escada na ponta dos pés. Sentamos no degrau de cima. E ouvimos.

— Você não está achando que o condenariam à *morte* — disse ela, sussurrando. — Eles mal têm provas. Sem arma do crime, sem corpos.

— Têm provas. Você sabe disso. Você viu.

Ela suspirou, a cadeira da cozinha rangeu quando a puxou para se sentar.

— Mas você acha que é o suficiente para... morte? Estamos falando de pena de morte, Theo. É irreversível. Eles não têm como ter certeza, sem dúvida nenhuma...

— Estamos falando de seis meninas assassinadas, Mona. *Seis*. Evidências encontradas dentro da sua casa, testemunha ocular confirmando que Dick esteve em contato com pelo menos metade delas nos dias que antecederam os desaparecimentos. E agora há boatos, Mona. Tenho certeza de que você os ouviu. Sobre Lena não ter sido a primeira.

— São só hipóteses — disse minha mãe. — Não existe evidência que prove que ele foi responsável pela outra garota também.

— A *outra garota* tem nome — cuspiu o advogado. — Você deveria dizer em voz alta. Tara King.

— *Tara King* — sussurrei, curiosa para saber como soaria na minha boca. Nunca tinha ouvido falar de Tara King. Cooper virou a mão para o lado, bateu no meu braço.

— *Chloe* — cochichou meu nome entre os dentes. — *Cala a boca*.

A cozinha ficou em silêncio. Meu irmão e eu prendemos a respiração, esperando que minha mãe aparecesse no pé da escada. Em vez disso, ela continuou falando. Não devia ter ouvido.

— Tara King fugiu de casa — ela falou, por fim. — Ela disse aos pais que ia embora. Deixou um bilhete quase um ano antes de isso tudo começar. Não se encaixa no padrão.

— Não importa, Mona, ela está desaparecida. Ninguém tem notícias dela e o júri está furioso. Estão julgando este caso com base nas emoções.

Ela ficou em silêncio, recusou-se a responder. Não conseguia ver o cômodo, mas podia imaginar a cena: ela sentada ali, braços cruzados, apertados. O olhar fixo em algum lugar distante, distanciando-se cada vez mais. Estávamos perdendo minha mãe. E rápido.

— É difícil, sabe. Um caso com tamanha visibilidade — disse Theo. — A cara dele já está estampada em todos os lugares. As pessoas já decidiram, não importam os nossos argumentos.

— Então você quer desistir.

— Não, eu quero que ele fique vivo. Ele assume a culpa e a pena de morte deixa de ser uma possibilidade. É a única opção.

A casa ficou em profundo silêncio, tanto que comecei a achar que conseguiriam ouvir nossa respiração, baixa e lenta, enquanto nos escondíamos.

— A não ser que você tenha alguma coisa que possa me ajudar — acrescentou Theo. — Qualquer coisa que ainda não tenha me contado.

Segurei a respiração de novo, fazendo um esforço para escutar no silêncio perturbador. Meu coração pulsava na testa, nos olhos.

— Não — disse ela, enfim, com a voz derrotada. — Não, não tenho. Você sabe de tudo.

— Certo — disse ele, suspirando. — Foi o que pensei. E, Mona...

Naquele momento, imaginei minha mãe olhando para ele com lágrimas nos olhos. Sem forças.

— Como parte do acordo, ele aceitou levar a polícia até os corpos.

O silêncio voltou de novo, mas, dessa vez, todos ficamos sem ter o que dizer. Porque quando Theodore Gates saiu da nossa casa naquele dia, em um instante, tudo mudou. Meu pai não era mais *suspeito*, ele era *culpado*. Ele estava admitindo, não só para o júri, mas para nós também. E, aos poucos, minha mãe parou de tentar. Parou de se importar. Os dias passavam e os olhos dela se tornaram opacos, como se tivessem virado vidro. Parou de sair de casa, do quarto, da cama, e Cooper e eu passamos a ficar com os nossos narizes grudados na tela. Ele confessou ser culpado e, quando a sentença foi transmitida, assistimos a tudo.

— Por que você fez isso, sr. Davis? Por que matou aquelas meninas?

Observei meu pai encarar o próprio colo, evitando o juiz. O ambiente estava em silêncio, como se todos tivessem prendido a respiração ao mesmo tempo. Ele parecia ponderar a pergunta, refletir de verdade, regurgitando-a na cabeça como se fosse a primeira vez que tivesse parado para examinar a expressão *por quê*.

— Tenho algo sombrio dentro de mim — disse por fim. — Algo sombrio que sai à noite.

Olhei para Coop, procurando algum tipo de explicação no rosto do meu irmão, mas ele encarava a TV, absorto. Virei de volta.

— Como assim? — perguntou o juiz.

Meu pai chacoalhou a cabeça, deixou uma única lágrima cair do olho e escorrer pelo rosto. O silêncio era tão grande que eu poderia jurar ter ouvido o som quando ela caiu na mesa.

— Não sei — respondeu ele devagar. — Eu não sei. É tão forte, não consegui evitar. Tentei, por muito tempo. Muito, muito tempo. Mas não consegui mais lutar.

— E está dizendo que foi esse *lado sombrio* que o obrigou a matar aquelas meninas?

— Sim — ele assentiu. As lágrimas escorriam pelo rosto, muco pingava das narinas. — Sim, foi. É como uma sombra. Uma sombra gigante sempre à espreita, no canto. Em todo canto. Tentei ficar longe, tentei ficar do lado da luz, mas não consegui mais. Ela me puxou, me engoliu inteiro. Às vezes acho que é o próprio demônio.

Percebi naquele momento que nunca vira meu pai chorando antes. Nos doze anos que passei vivendo sob o teto da casa dele, nenhuma vez sequer ele derramara uma lágrima na minha presença. Ver seus pais chorando deveria ser uma experiência dolorosa, desconfortável. Certa vez, quando minha tia morreu, invadi o quarto dos meus pais e encontrei minha mãe chorando na cama. Quando ela levantou a cabeça, havia a marca de um rosto no travesseiro dela, as lágrimas, o ranho e a baba marcavam cada lugar onde estiveram os traços dela, como uma espécie de rosto sorridente manchando o tecido. Foi uma cena chocante, quase de outro mundo, a pele manchada, o nariz vermelho e a maneira constrangida como tentava tirar o cabelo molhado do rosto e sorrir para mim, fingindo que estava tudo bem. Lembro-me de ficar parada sob o batente da porta, estarrecida, até recuar aos poucos e fechar a porta sem falar uma palavra sequer. Mas, ao ver meu pai soluçando em rede nacional, as lágrimas formando uma poça acima do lábio antes de manchar o bloco de notas diante dele sobre a mesa, não senti nada além de nojo.

O sentimento parecia genuíno, ou assim pensei, mas a explicação parecia forçada, ensaiada. Como se ele estivesse lendo um roteiro, atuando no papel de assassino em série que confessava seus pecados. Estava buscando empatia, percebi. Estava jogando a culpa para qualquer lado, menos para ele. Não se arrependera do que fizera, se arrependera por ter sido pego. E o fato de culpar esse ser ficcional pelos seus atos, esse suposto demônio que o espreitava pelos cantos, forçando as mãos dele a apertar o pescoço delas, lançou uma onda de ódio inexplicável pelo meu corpo. Lembro-me de fechar minhas mãos em punhos, as unhas arrancando sangue das palmas.

— Covarde de merda — cuspi. Cooper olhou para mim, espantado com meu linguajar, com minha raiva.

E aquela foi a última vez que vi meu pai. O rosto dele na TV, descrevendo o monstro invisível que o fizera estrangular aquelas garotas e enterrar os corpos na floresta atrás do nosso terreno de dez hectares. Ele cumpriu a promessa de levar a polícia até lá. Lembro-me de ouvir as portas das viaturas batendo, de me recusar a sequer olhar pela janela enquanto ele guiava a equipe de investigadores pela floresta. Encontraram reminiscências das garotas, cabelo, fibras de tecido, mas nada de corpos. Algum animal deve ter chegado até elas primeiro, um crocodilo, coiote ou alguma outra criatura do pântano desesperada por comida. Mas eu sabia que era verdade, eu o vira certa noite – uma sombra emergindo das árvores, coberta de terra. Uma pá apoiada no ombro enquanto ele cambaleava de volta para casa, sem perceber que eu o observava pela janela do meu quarto. Pensar que ele enterrara um corpo antes de voltar para casa e me dar um beijo de boa-noite me fazia querer rastejar para fora do meu próprio corpo e viver em outro lugar. Em outro lugar bem longe.

Suspiro, o Lorazepam fazendo meu corpo formigar. O dia em que desliguei aquela televisão foi o dia em que decidi que meu pai estava morto. Não está, é claro. O acordo judicial garantiu que sobrevivesse. Em vez disso, ele está cumprindo seis prisões perpétuas na Penitenciária Estadual da Luisiana sem possibilidade de fiança. Mas, para mim, ele está morto. E gosto que seja assim. De uma hora para a outra, porém, está ficando cada vez mais difícil acreditar na minha própria mentira. Cada vez mais difícil esquecer. Talvez seja o casamento, pensar que ele não vai me levar ao altar. Talvez seja a data – *vinte anos* – e Aaron Jansen me obrigando a reconhecer essa efeméride terrível da qual nunca quis fazer parte.

Ou talvez seja Aubrey Gravino. Outra garota de quinze anos que se foi antes da hora.

Olho de volta para a escrivaninha e meus olhos param no laptop. Abro a tampa, a tela acende e clico no navegador, com os dedos passando pelas teclas. Começo a digitar.

Primeiro, procuro "Aaron Jansen, *The New York Times*" no Google. Páginas de artigos enchem a tela. Olho uma, depois outra. Depois outra. Está ficando claro que esse homem ganha a vida escrevendo sobre assassinatos e infortúnios alheios. Um corpo sem cabeça encontrado nos arbustos do Central Park, uma fila de mulheres desaparecidas pela Rodovia das Lágrimas. Clico na biografia dele. A foto do rosto é pequena, em formato de círculo, preta e branca. É uma dessas pessoas cuja voz não combina com o rosto, como se tivessem feito tudo primeiro e deixado o rosto por último, de tamanho muito maior que o apropriado. A voz dele é grossa, masculina, mas a aparência é totalmente contrária a isso. Parece magrelo, talvez com uns trinta e poucos anos, veste marrom, óculos com aro de tartaruga que não parecem de verdade. Parecem aqueles óculos com filtro de luz azul, feitos para pessoas que querem usar óculos mesmo sem precisar.

Primeiro ponto.

Está usando uma camisa de botões quadriculada sob medida, com as mangas dobradas até os cotovelos, uma gravata fina de tricô frouxa sobre o peito ossudo.

Segundo ponto.

Passo os olhos pelo texto, procurando mais uma característica. Mais uma razão para dispensar esse Aaron Jansen, que parece só mais um jornalista pentelho tentando explorar a minha família. Já tinha recebido esses pedidos de entrevista antes, vários deles. Já ouvi toda a baboseira do "quero ouvir o seu lado da história". E acreditei neles. Deixei que se aproximassem. Contei meu lado da história só para, depois, ler horrorizada a matéria que pintava minha família como cúmplice dos crimes do meu pai. Que culpava minha mãe pelos casos que foram descobertos na investigação; por trair meu pai e deixá-lo "vulnerável" e "com raiva das mulheres". Culpavam-na por ter deixado as garotas entrarem em casa, distraída demais pelos pretendentes para notar meu pai de olho nelas, escapando à noite e voltando para casa com terra nas roupas. Algumas matérias até davam a entender que minha mãe sabia – que ela *sabia* do lado sombrio do meu pai e o ignorou. Que talvez tenha sido o que a fez traí-lo: a pedofilia, a fúria. E que foi a culpa que a levara à loucura, a culpa quanto ao papel que teve naquilo tudo que a fez fechar-se em si mesma e abandonar os filhos quando mais precisavam dela.

E os filhos. Melhor nem começar a falar dos filhos. Cooper, o menino de ouro, a quem meu pai supostamente invejava. Via a forma como as garotas olhavam para ele, a bela aparência do rapaz, os bíceps de lutador, o sorriso meio torto, charmoso. Cooper escondia pornografia em casa, como qualquer adolescente, mas meu pai encontrara graças a mim. Talvez tenha sido isso que fez com que o lado sombrio emergisse dos cantos, talvez folhear aquelas revistas tenha libertado algo que ele sufocara durante anos. Uma violência latente.

E eu, Chloe, a filha que estava na puberdade e começara a usar maquiagem, depilar as pernas e erguer a camiseta para exibir o umbigo como Lena fizera naquele dia do festival. E eu andava desse jeito por aí, pela casa. Perto do meu pai.

Foi o clássico culpar a vítima. Meu pai, mais um homem branco de meia-idade com uma maldade que não sabia explicar. Não ofereceu explicações concretas, nenhum motivo válido. Ofereceu só *o lado sombrio*. E, é claro, isso não era possível, as pessoas se recusavam a acreditar que homens brancos medíocres matam sem motivo. Portanto, *nós* nos tornamos o motivo: a negligência da esposa, a provocação do filho, a crescente promiscuidade da filha. Foi demais para o ego frágil dele e, uma hora, ele surtou.

Ainda me lembro das perguntas, daquelas perguntas que me fizeram anos atrás. Minhas respostas que eram distorcidas e publicadas e arquivadas na internet para serem evocadas em telas de computadores pela eternidade.

— Por que você acha que seu pai fez isso?

Lembro-me de batucar a caneta na placa com meu nome, ainda nova e sem riscos; a entrevista acontecera no meu primeiro ano no hospital de Baton Rouge. Deveria ser uma daquelas histórias motivacionais que passam nas manhãs de domingo: a filha de Richard Davis tornou-se psicóloga, canalizando o trauma da infância para ajudar outros jovens perturbados.

— Não sei — respondi, enfim. — Às vezes, esse tipo de coisa não tem uma resposta clara. Ele obviamente tinha uma necessidade de dominar, de estar no controle, que eu não enxergava quando era criança.

— Sua mãe deveria ter percebido?

Parei, encarei.

— Não era obrigação da minha mãe notar os sinais que ele dava — falei. — Muitas vezes, não há sinais gritantes, só se percebe quando é tarde. Como Ted Bundy, Dennis Rader, por exemplo. Eles tinham namoradas, esposas, famílias em casa completamente ignorantes quanto ao que eles faziam à noite. Minha mãe não era responsável por meu pai, pelas atitudes dele. Ela tinha a própria vida.

— Parece mesmo que ela tinha a própria vida. Foi divulgado durante o julgamento que sua mãe tivera vários casos extraconjugais.

— Sim — eu disse. — Ela claramente não era perfeita, mas ninguém é...

— Um caso, especificamente, foi com Bert Rhodes, o pai de Lena.

Fiquei em silêncio, a lembrança da descoberta sobre Bert Rhodes ainda fresca em minha mente.

— Ela ignorava os sentimentos do seu pai? Ela planejava deixá-lo?

— Não — respondi, sacudindo a cabeça. — Não, ela não ignorava. Eles eram felizes. Pelo menos eu achava que eram. Eles *pareciam* felizes...

— Ela ignorou você também? Depois da sentença, ela tentou se matar. Com dois filhos jovens, com menos de dezoito anos, que ainda dependiam dela.

Naquele momento, eu soube que a história já tinha sido escrita; nada que eu dissesse teria sido adicionado à narrativa. Pior, estavam usando as minhas palavras – minhas palavras de psicóloga, minhas palavras de filha – para reforçar suas crenças cegas. Para validar seus argumentos.

Saio do site do jornal e abro uma nova janela, mas, antes que eu começasse a digitar, um alerta de notícia urgente aparece na tela.

ENCONTRADO O CORPO DE AUBREY GRAVINO.

CAPÍTULO DOZE

Nem me dou ao trabalho de clicar no alerta da notícia. Em vez disso, levanto da escrivaninha, fecho o laptop, a brisa do Lorazepam me levando do escritório até o carro. Flutuo leve pela rua, pela cidade, pelo meu bairro, pela porta de entrada, e por fim, acabo no sofá, a cabeça afundando na almofada enquanto os olhos param no teto.

E é onde fico pelo resto do fim de semana.

Agora é manhã de segunda-feira e a casa ainda cheira a limão artificial do produto de limpeza que usei para tirar as manchas de vinho dos balcões da cozinha logo cedo, no sábado. Tudo que me cerca parece limpo, mas eu não. Não tomei banho desde que voltei do Cemitério Cypress e ainda sinto a sujeira do brinco de Aubrey alojada por baixo das unhas. As raízes do meu cabelo estão oleosas; quando passo a mão por ele, as mechas ficam paradas no mesmo lugar em vez de escorregar pela testa como costumam fazer. Preciso tomar um banho antes de trabalhar, mas não encontro vontade.

Você está enfrentando sintomas semelhantes aos do estresse pós-traumático, Chloe. Sensação de ansiedade persistindo apesar da ausência de qualquer perigo iminente.

É claro que é mais fácil sair por aí dando conselhos do que de fato segui-los. Sinto-me uma hipócrita, uma impostora, recitando as palavras que diria a um paciente e ignoro-as consciente, porque o alvo sou eu mesma. O celular vibra ao meu lado, o que o faz deslizar pela ilha de mármore. Olho para ele: uma nova mensagem de Daniel. Deslizo a tela e passo os olhos pelo parágrafo diante de mim.

Bom dia, meu bem. Estou a caminho da sessão de abertura — ficarei incomunicável boa parte do dia. Aproveite o seu ao máximo. Estou com saudades.

Meus dedos tocam a tela, as palavras de Daniel tiram um pouco do peso dos meus ombros. Não consigo explicar o efeito que ele causa em mim. É como se ele soubesse o que estou fazendo neste exato momento; como estou afundando, cansada demais para procurar algo em que me agarrar, ele é a mão que aparece entre as árvores, segurando minha camiseta e me puxando de volta para a terra, em segurança, bem a tempo.

Respondo a mensagem dele e coloco o celular no balcão, ligo a cafeteira, vou para o banheiro e abro o chuveiro. Entro embaixo da água quente, o jato violento parece um monte de agulhas contra meu corpo nu. Deixo me queimarem por um instante, até a pele ficar sensível. Tento não pensar em Aubrey, no corpo que encontraram no cemitério. Tento não pensar na pele dela, arranhada e suja e coberta de vermes ansiosos por uma refeição. Tento não pensar em quem deve tê-la encontrado, talvez tenha sido aquele policial, anasalado e todo bufante levando o brinco para dentro da viatura. Ou talvez a Dona Calça-Bege-Cheia-de-Bolsos, agachando como um sapo em uma vala ou em um trecho de grama alta, o grito preso na garganta, que sai como um engasgo profundo.

Em vez disso, penso em Daniel. Penso no que ele está fazendo agora – entrando em um auditório gelado em Nova Orleans, provavelmente pegando uma dose de reforço de café em um copo descartável enquanto passa os olhos pela plateia em busca de uma cadeira vazia, um crachá com o nome dele pendurado em um cordão no pescoço. Ele não tem dificuldade de conhecer pessoas, penso. Daniel consegue conversar com qualquer um. Afinal de contas, ele conseguiu transformar a estranha reservada que conhecera na entrada do hospital na noiva dele em questão de meses.

Porém, fui eu quem deu o primeiro passo. Vou me dar esse crédito. Afinal, guardei o cartão de visitas dele no meio das páginas do meu livro naquele dia. Eu tinha o telefone dele, mas ele não tinha o meu. Lembro-me, por alto, de colocar o livro de volta na caixa que estava em cima do carro antes de transferi-la para o banco de trás e ir embora, perdendo-o de vista no Hospital de Baton Rouge pelo retrovisor. Lembro-me de pensar que ele era boa gente, bonito. O cartão dizia "Vendas farmacêuticas", o que explicava por que ele estava ali. Também me fez pensar se era por isso que ele estivera flertando comigo, afinal, eu poderia ser só mais uma cliente. Mais um pagamento.

Nunca me esqueci do cartão; sempre soube que estava ali, me chamando. Deixei-o lá pelo máximo que consegui, sem tocar naquela caixa de livros, até que, três semanas depois, era a única que faltava. Lembro-me de puxar um a um pelas lombadas, empoeiradas e rachadas, e colocá-los de volta em seus devidos lugares na estante até que, enfim, faltava só um. Espiei dentro da caixa vazia, Bird Girl[1] me encarava com os olhos frios de bronze. *Meia-noite no jardim do bem e do mal*. Eu me inclinei, peguei o livro e o virei para olhá-lo. Passei a mão pelos cantos das páginas, colocando o dedo no vão onde ainda estava o cartão. Coloquei o dedão dentro e abri, de novo encarando o nome dele.

Daniel Briggs.

Peguei o cartão e batuquei nele, pensando. O telefone dele me encarava, o desafio silencioso. Entendia a aversão que meu irmão tinha de se relacionar, de se aproximar de alguém. Por outro lado, meu pai me ensinara que era possível amar alguém sem de fato conhecer a pessoa, e isso me tirava o sono. Toda vez que percebia estar interessada em um homem, só conseguia pensar: o que está escondendo? O que não está me dizendo? Onde estão os podres dele, escondidos na escuridão? Como aquela caixa no fundo do closet do meu pai, eu tinha pavor de descobri-los, de conhecer a verdadeira natureza deles.

Ao mesmo tempo, Lena me ensinara que também é possível amar alguém e perder essa pessoa sem motivo. Encontrar uma pessoa ótima, acordar um belo dia e descobrir que ela partiu sem deixar nenhuma pista, quer tenha sido à força ou vontade própria. E se eu encontrasse *mesmo* alguém, alguém incrível, que também fosse tirado de mim?

Não seria mais fácil viver a vida sozinha?

---

1. Estátua localizada no cemitério de Bonaventure, em Savannah, na Geórgia, que se tornou conhecida pela icônica capa da edição de *Meia-noite no jardim do bem e do mal*, de John Berendt, publicada pela Random House em 1994. (N.T.)

Foi o que eu fiz, durante anos. Fiquei sozinha. Passei pelo ensino médio meio atordoada. Depois que Cooper se formou e eu estava sozinha, comecei a ser atacada no ginásio, garotos valentes tentavam mostrar o desprezo que tinham pela violência contra mulheres atacando meu braço com uma navalha, fazendo cortes na minha pele. "Isso é pelo seu pai", gritavam, sem perceber a ironia. Lembro-me de andar até minha casa, o sangue pingando dos dedos como cera de vela derretida, uma linha pontilhada rastejando pela cidade como um mapa do tesouro. O "X" indica o local. Lembro-me de dizer para mim mesma que, contanto que eu entrasse na faculdade, eu conseguiria ficar longe de Breaux Bridge. Conseguiria ficar longe disso tudo.

E foi o que fiz.

Namorei alguns garotos na LSU,[2] mas a maioria dos relacionamentos foi superficial; uns amassos depois de beber uns goles no fundo de um bar cheio, me esconder em algum quarto de fraternidade, deixando a porta entreaberta para ter certeza de que daria para ouvir o barulho abafado da festa ainda rolando do lado de fora. A música ruim vibrando pelas paredes, as risadas dos bandos de garotas ecoando pelos corredores, as palmas abertas batendo na porta. Os sussurros e olhares quando saíamos do quarto, cabelo bagunçado, zíperes abertos. As palavras arrastadas do cara de quem me aproximei horas antes, o alvo da minha checklist meticulosa que reduzia os riscos de ele se apegar demais ou me matar nos cantos escuros do quarto. Nunca era muito alto nem muito musculoso. Se ele ficasse em cima de mim, conseguiria empurrá-lo com facilidade. Tinha amigos (não poderia arriscar com um revoltado antissocial), mas também não era a alma da festa (tampouco poderia arriscar com um pela-saco mimado, alguém que visse o corpo feminino como seu brinquedinho). Estava sempre bêbado na medida certa – não a ponto de não conseguir ficar duro, mas o suficiente para não firmar os passos, os olhos embaçados. E *eu* também sempre estava bêbada na medida certa, alegrinha, confiante e entorpecida, com o que me inibia reduzido o suficiente para deixá-lo beijar meu pescoço sem afastá-lo, mas não o suficiente para me tirar do alerta, prejudicar minha coordenação, minha noção do perigo. Talvez ele

---

2. Universidade Estadual da Luisiana (Louisiana State University).

não se lembrasse de mim na manhã seguinte; com certeza não se lembraria do meu nome.

E eu gostava que fosse assim: permanecendo anônima, algo que nunca pude ser quando criança. O prazer de estar perto, os batimentos do coração de outra pessoa no meu peito, os dedos trêmulos entrelaçados aos meus, sem a possibilidade de machucar. O único relacionamento meio sério que tive não deu certo; eu não estava pronta para isso. Não estava pronta para confiar em outra pessoa de verdade. Mas, até aí, entrei nessa para me sentir como uma pessoa normal. Para escoar a solidão, para que a presença de outro corpo enganasse o meu até que se sentisse menos sozinho.

De alguma forma, fiz o contrário.

Depois da faculdade, o hospital me proporcionara amigos, colegas de trabalho, uma comunidade com a qual eu podia me cercar durante o dia, nas horas antes de voltar para casa e para a rotina de isolamento. E funcionou, por um bom tempo, mas, desde que comecei meu próprio negócio, fiquei *completamente* sozinha. O dia todo, a noite toda. No dia em que peguei o cartão de Daniel de novo, fazia semanas que não falava com outro ser humano, fora as mensagens esporádicas de Coop, Shannon ou do lugar onde minha mãe está, lembrando-me de fazer uma visita. Sabia que isso mudaria quando os clientes passassem pela porta, mas não era a mesma coisa. Além disso, eles deveriam falar comigo para que eu os ajudasse, não o contrário.

O cartão de visitas de Daniel estava quente. Lembro-me de ir até a escrivaninha, sentar-me e recostar-me na cadeira. Peguei o telefone e disquei, os chamados se arrastando por tanto tempo que quase desliguei. De repente, uma voz.

— Alô, aqui é o Daniel.

Fiquei em silêncio na linha, a respiração presa na garganta. Ele esperou alguns segundos e tentou de novo.

— Alô?!

— Daniel — falei, enfim. — Aqui é Chloe Davis.

O silêncio do outro lado fez meu estômago se contorcer.

— Nós nos conhecemos algumas semanas atrás — lembrei-o, sentindo vergonha de mim mesma. — No hospital.

— Doutora Chloe Davis — respondeu. Conseguia ouvir o sorriso se abrindo no rosto dele. — Estava começando a achar que você não ia ligar.

— Estava me acomodando, desfazendo as caixas — eu disse, os batimentos diminuindo. — Perdi seu cartão, mas acabei de encontrá-lo, no fundo da última caixa.

— Então, já arrumou tudo da mudança?

— Quase tudo — falei, passando os olhos pelo escritório bagunçado.

— Bom, isso é motivo para comemorar. Quer tomar um drinque?

Nunca fui de aceitar beber com estranhos; todo encontro em que estivera antes fora arranjado por amigos em comum, como um favor bem-intencionado movido pela estranheza instalada quando eu era a única no grupo que chegava sozinha. Hesitei, quase inventei uma desculpa dizendo que estava ocupada. Em vez disso, como se meus lábios fizessem o oposto do que mandava o cérebro no comando, aceitei. Se eu não estivesse tão sedenta por uma conversa naquele dia, por qualquer tipo de interação humana, é provável que aquela ligação tivesse sido o fim de tudo.

Mas não foi.

Uma hora depois, lá estava eu, sentada no bar do River Room, remexendo uma taça de vinho. Daniel ao meu lado, no balcão, os olhos analisando meus contornos.

— O que foi? — perguntei, tímida, colocando uma mecha de cabelo atrás da orelha. — Tem comida no meu dente?

— Não. — Ele riu, sacudindo a cabeça. — Não, é só que... não acredito que estou sentado aqui. Com você.

Olhei para ele, tentei analisar o comentário. Ele estava flertando comigo ou era alguma coisa mais sinistra? Joguei o nome dele no Google antes do encontro (é óbvio que joguei) e naquele momento descobri que ele fizera o mesmo. Buscar pelo nome de Daniel não resultou em nada além de uma página de Facebook com fotos aleatórias dele. Segurando um copo de uísque em diversos bares em *rooftops*. Uma mão agarrando um taco de golfe enquanto a outra segura uma garrafa suada de cerveja. Sentado de pernas cruzadas num sofá enquanto segurava um bebê que a legenda identificava como filho do melhor amigo. Encontrara o perfil do LinkedIn, que confirmava a profissão como vendedor farmacêutico. Foi citado em um artigo de jornal em 2015, que mostrava o tempo que fizera na Maratona da Luisiana: quatro horas e dezenove minutos. Era tudo bem mediano, inocente, quase tedioso. Bem o que eu queria.

Mas se ele tivesse procurado meu nome no Google, teria encontrado bem mais. Muito mais.

— Então — pediu ele —, me fale de você, doutora Chloe Davis.

— Você não precisa me chamar desse jeito o tempo todo. *Doutora Chloe Davis*. Tão formal.

Ele sorriu e tomou um gole do uísque.

— Do que eu deveria te chamar, então?

— Chloe — informei, olhando para ele. — Só Chloe.

— Tá certo, só Chloe. — Dei um tapa no braço dele com as costas da mão, rindo. Ele sorriu de volta. — Mas, falando sério, me conte de você. Estou aqui bebendo com uma estranha, o mínimo que você pode fazer é me assegurar de que não corro perigo.

Senti os arrepios na pele levantando os pelos nos meus braços.

— Sou da Luisiana — falei, tateando. Ele não se encolheu. — Não nasci em Baton Rouge, mas em uma cidadezinha a algumas horas daqui.

— Nascido e criado em Baton Rouge — disse ele, inclinando o copo em direção ao peito. — Por que você se mudou para cá?

— Para estudar. Concluí meu doutorado na LSU.

— Impressionante.

— Obrigada.

— Algum irmão mais velho possessivo sobre quem eu deveria saber?

Meu peito dá um pulo de novo; todos esses comentários podem fazer parte de um flerte inocente, mas também poderiam ser entendidos como um homem tentando arrancar verdades sobre mim que ele já descobrira sozinho. Todos os outros encontros ruins que tive voltaram à minha mente como uma enchente, o momento em que eu percebia que a pessoa com quem eu estava jogando conversa fora já sabia tudo que havia para saber. Alguns me perguntavam na lata: "Você é filha de Dick Davis, não?", com os olhos famintos por informação, enquanto outros esperavam impacientes, tamborilando os dedos na mesa enquanto eu falava sobre outros assuntos, como se admitir que eu tinha o DNA de um assassino em série fosse algo que eu adorasse revelar.

— Como você soube? — perguntei, tentando manter o tom de voz leve. — É tão óbvio assim?

Daniel deu de ombros.

— Não — disse, virando-se de volta para o bar. — É que eu já tive uma irmã mais nova e sei que eu era bastante ciumento. Sabia de cada cara que olhava pra ela. Porra, se você fosse ela, eu provavelmente estaria à espreita em um canto deste bar agora mesmo.

Ele não tinha pesquisado sobre mim no Google, eu descobriria isso em outro encontro. Minha paranoia em relação às perguntas era só isto: paranoia. Ele nunca ouvira falar de Breaux Bridge nem de Dick Davis e tampouco de todas aquelas meninas desaparecidas. Ele só tinha dezessete anos quando aconteceu, não assistia ao noticiário. Imagino que a mãe dele tenha tentado protegê-lo da mesma forma que a minha tentara me proteger. Contei para ele uma noite enquanto estávamos esticados no sofá da minha sala de estar – não sei o que me fez escolher aquele momento em especial. Suponho ter percebido que, em algum momento, eu teria que contar a verdade. Que a minha realidade, a minha história, seria o momento de vai ou racha que definiria nossa vida juntos, nosso futuro, ou a inexistência dele.

Comecei a falar, olhando para a testa dele que enrugava cada vez mais a cada minuto que se passava, a cada detalhe grotesco. E contei *tudo*: sobre Lena e o festival e como vi meu pai ser preso na sala de casa, as palavras que ele dissera antes de levarem-no noite afora. Contei o que vira pela janela do quarto, meu pai, a pá, e o fato de que a casa em que eu cresci continuava lá, vazia. Abandonada em Breaux Bridge, as memórias da minha juventude eram transformadas em uma verdadeira casa mal-assombrada, uma história de fantasmas, o lugar pelo qual as crianças passavam correndo e sem respirar com medo de invocar os espíritos que decerto assombravam aquelas paredes. Falei sobre meu pai na prisão. O acordo que fizera e as condenações que vieram em seguida. Que não o via nem falava com ele fazia quase vinte anos. Fui levada pelo momento, deixei as memórias transbordarem como as entranhas rançosas de um peixe destripado. Não tinha percebido o quanto precisava tirá-las de mim, como estavam me envenenando por dentro.

Quando terminei, Daniel ficou em silêncio. Cutuquei um pedaço solto do sofá, envergonhada.

— Achei que precisava te contar — concluí, a cabeça baixa. — Se vamos, é, *namorar* ou algo assim. E entendo perfeitamente se for demais. Se te assustar, juro, eu entendo.

Senti as mãos dele nas minhas bochechas, elevando meu rosto com gentileza, obrigando-me a olhá-lo nos olhos.

— Chloe — disse ele com calma. — Não é demais. Eu te amo.

Daniel começou a me contar que ele entendia o meu sofrimento, não da forma artificial que amigos e familiares alegavam "saber como eu estava me sentindo", mas ele entendia de verdade. Aos dezessete anos de idade, ele perdera a irmã. Ela, também, desaparecera, no mesmo ano que as meninas de Breaux Bridge. Por um instante tenebroso, o rosto do meu pai passou pela minha cabeça. Teria ele matado fora da cidade? Teria ele viajado por uma hora para Baton Rouge e matado também? Pensei em Tara King, a outra garota que desaparecera e não era como as outras. A quebra do padrão. A que não se encaixava – ainda um mistério, vinte anos depois. E por mais que Daniel chacoalhasse a cabeça, ele dava poucas informações além do nome dela. *Sophie*. Ela tinha treze anos.

— O que aconteceu? — perguntei, enfim, a voz num sussurro. Eu rezava por uma solução, por uma evidência concreta de que meu pai não poderia estar envolvido. Mas nunca consegui.

— Não sabemos ao certo — contou. — É a pior parte. Ela estava na casa de uma amiga certa noite e foi andando para casa no escuro. Era só a alguns quarteirões de distância, ela fazia isso sempre. E nunca aconteceu nada, até aquela noite.

Assenti, imaginei Sophie andando sozinha por uma estrada abandonada. Não tinha ideia de como ela era, então o rosto era um borrão. Era só um corpo. O corpo de uma menina. O corpo de Lena.

Minha pele está fervendo, vermelha de uma forma que não é natural enquanto meu pé se aproxima do tapete do banheiro. Enrolo-me na toalha e ando até o closet, os dedos passando por um punhado de camisas de botão antes de escolher um cabide aleatório e pendurá-lo na maçaneta. Solto a toalha e começo a me vestir, lembrando-me das palavras de Daniel. *Eu te amo*. Não tinha ideia de como estava sedenta por aquelas palavras, quanto era claro que estiveram ausentes da minha vida até aquele momento. Quando Daniel as dissera depois de apenas um mês que estávamos nos conhecendo, por um instante vasculhei o cérebro tentando me lembrar da última vez que as tinha ouvido, da última vez que foram enunciadas só para mim.

Eu não conseguia me lembrar.

Vou até a cozinha e sirvo café na minha caneca de sempre, passando os dedos pelo cabelo ainda molhado, tentando secar as pontas. Era de esperar que a estranha coincidência entre mim e Daniel nos distanciasse: meu pai tirou vidas e Daniel perdera a irmã, mas aconteceu o contrário. Foi o que nos aproximou ainda mais, criou uma conexão. Fez com que Daniel se tornasse quase que possessivo, mas no bom sentido. Tomando conta de mim. Da mesma forma que Cooper é possessivo, imagino, porque ambos entendem o perigo inerente de ser mulher. Porque ambos entendem a morte e como ela pode levar alguém tão rápido. Quão injusta é quando toma posse de sua vítima seguinte.

E os dois *me* entendem. Entendem por que sou desse jeito.

Chego perto da porta com o café em uma mão e a bolsa em outra e dou um passo em direção ao ar úmido da manhã ao lado de fora. É impressionante o que uma única mensagem de Daniel pode fazer por mim – como pensar nele muda todo o meu humor, minha forma de ver a vida. Sinto-me revigorada, como se a água do banho tivesse levado embora não só a sujeira das minhas unhas, mas as memórias associadas a ela; pela primeira vez desde que vi Aubrey Gravino na TV, como se aquela sensação iminente de pavor que me rondava tivesse evaporado.

Estou começando a me sentir normal. Estou começando a me sentir segura.

Entro no carro e ligo o motor, a viagem até o trabalho é automática. Deixo o rádio desligado, sei que ficarei tentada demais a mudar para a estação de notícias e ouvir os detalhes sórdidos sobre o corpo de Aubrey que fora encontrado. Não preciso saber disso. Não quero saber disso. Imagino que esteja na capa do jornal, evitar será impossível. Mas, por enquanto, quero ficar livre. Estaciono no consultório e abro a porta, a luz de dentro indica que a recepcionista já chegou. Vou até a recepção e viro-me em direção ao centro do cômodo, esperando ver o copo grande de sempre do Starbucks em cima da mesa dela, ouvir a voz dela cantarolando um "olá".

Mas não é essa a cena diante de mim.

— Melissa — digo e paro de repente. Ela está no meio do escritório, as bochechas molhadas e vermelhas. Estava chorando. — Tá tudo bem?

Ela sacode a cabeça em negação e enterra o rosto nas mãos. Ouço-a fungar antes de começar a chorar nas próprias palmas, as lágrimas escorrendo no chão sob seus pés.

— É tão horrível — diz, chacoalhando a cabeça sem parar. — Você viu as notícias?

Eu exalo, relaxo um pouco. Está falando do corpo de Aubrey. Por um instante, fico irritada. Não quero falar sobre isso agora. Quero seguir em frente, quero esquecer. Continuo andando em direção à porta fechada do meu consultório.

— Vi — digo, inserindo a chave na fechadura. — Você tem razão, é horrível. Mas pelo menos agora os pais dela conseguem colocar um ponto-final nisso.

Ela levanta a cabeça das mãos e me encara, o rosto confuso.

— O corpo — esclareço. — Pelo menos eles conseguiram encontrá-lo. Não é sempre que isso acontece.

Melissa sabe do meu pai, da minha história. Ela sabe das garotas de Breaux Bridge e como os pais delas não tiveram a sorte de recuperar os corpos. Se assassinato fosse avaliado em escala, *morte presumida* estaria no extremo. Não há nada pior do que a falta de respostas, do que não ver o fim da história. A falta de certeza apesar de todas as evidências gritantes da terrível realidade que, no fundo, você sabe que é verdade, mas, sem um corpo, não tem como provar.

Melissa funga de novo.

— Do... Do que você tá falando?

— Aubrey Gravino — digo, o tom de voz mais ríspido do que planejei. — Encontraram o corpo dela no sábado, no Cemitério Cypress.

— Não tô falando da Aubrey — diz ela, devagar.

Eu me viro para ela, é meu rosto que parece confuso agora. A chave ainda está presa na porta, mas não a virei. Em vez disso, meu braço fica pendurado no ar. Ela vai até a mesa do café e pega um controle remoto preto, aponta para a televisão presa na parede. Costumo manter a TV desligada durante o horário de trabalho, mas, quando é ligada, a tela preta volta à vida para revelar outra manchete vermelha – *URGENTE: SEGUNDA GAROTA DESAPARECE EM BATON ROUGE*. Sobre as informações que vão passando está o rosto de outra jovem. Absorvo seus traços: cabelos loiros cobrem os olhos azuis e os cílios brancos; sardas discretas recaem sobre a pele pálida de porcelana. Fico hipnotizada com a aparência clara, a pele dela parece a de uma boneca, intocável, e é nesse momento que o ar sai de meus pulmões e meus braços recaem ao meu lado.

Reconheço-a agora. Eu conheço essa menina.

— Estou falando da Lacey — diz Melissa, uma lágrima escorrendo pela bochecha enquanto ela fita os olhos da menina que se sentara neste mesmo saguão três dias antes. — Lacey Deckler desapareceu.

CAPÍTULO TREZE

Robin McGill foi a segunda vítima do meu pai, a continuação do primeiro ato. Era quieta, reservada, pálida e magra como uma vareta, o cabelo da cor de um pôr do sol quente, como um fósforo aceso ambulante. Não era como Lena em nenhum aspecto, mas isso não importava. Não a salvou. Porque, três semanas depois que Lena desapareceu, o mesmo aconteceu com Robin.

O medo subsequente ao desaparecimento de Robin dobrou em comparação com o sentimento que veio depois do sumiço de Lena. Quando uma única garota desaparece, os motivos podem ser vários. Talvez ela estivesse brincando perto do pântano e escorregou para a água, o corpo puxado pelas presas de alguma criatura à espreita sob a superfície. Um acidente trágico, não um assassinato. Talvez tenha sido um crime passional; talvez ela tenha irritado algum garoto. Ou talvez tenha engravidado e fugido, boato que se espalhou pela cidade firme e forte até o dia em que o rosto de Robin começou a aparecer na TV – quando todo o mundo já sabia que Robin não tinha engravidado e fugido. Robin era esperta, intelectual. Ficava na dela e nunca usava vestidos acima do joelho. Até seu desaparecimento, eu acreditava nas teorias. Uma adolescente em fuga não era *tão* improvável, especialmente no caso de Lena. Além disso, já tinha acontecido antes. Com Tara. Em uma cidade como Breaux Bridge, um assassinato parecia ainda mais um exagero.

Mas quando duas garotas somem dentro de um mês, não é uma coincidência. Não é um acidente. Não é circunstancial. É planejado e engenhoso e, de longe, muito mais assustador do que qualquer coisa que vivenciamos antes. Que achássemos possível.

O desaparecimento de Lacey Deckler não é uma coincidência. Sei disso melhor do que ninguém. Sei do jeito que eu sabia vinte anos atrás quando vi o rosto de Robin no noticiário; agora, de pé no trabalho e com os olhos grudados na tela enquanto o rosto sardento de Lacey me encara de volta, é como se eu tivesse doze anos de novo, descendo do ônibus do acampamento de verão com o pôr do sol se aproximando, correndo por aquela rua empoeirada. Vejo meu pai, esperando por mim na varanda; corro até ele, quando deveria fugir. O medo me agarra como uma mão que aperta meu pescoço.

Tem alguém por aí. De novo.

— *Você* tá bem? — A voz de Melissa me acorda do transe; está olhando para mim, uma feição preocupada cobre seu rosto. — Você está meio pálida.

— Eu tô bem — digo, assentindo. — É só... as lembranças, sabe? Ela confirma com a cabeça; sabe que não deve forçar.

— Pode cancelar meus compromissos de hoje? — pergunto. — Depois pode ir para casa. Descansar um pouco.

Ela confirma de novo, aliviada, volta-se para sua mesa e pega o *headset*. Viro de volta para a televisão e levanto o controle, aumento o volume. A voz do âncora preenche o cômodo num crescendo, suave e, depois, alta.

> *Para quem acabou de ligar a TV, fomos informados de que outra garota de Baton Rouge, na Luisiana, foi dada como desaparecida – é a segunda na mesma semana. De novo, confirmamos que dois dias após ter sido encontrado o corpo de Aubrey Gravino, no sábado, treze de maio, no Cemitério Cypress, outra garota foi dada como desaparecida – desta vez, Lacey Deckler, de quinze anos, também de Baton Rouge. Nossa repórter Angela Baker fala ao vivo do Colégio Magnet de Baton Rouge. Angela?*

A câmera corta da bancada do apresentador e a foto de Lacey desaparece da tela; agora vejo um colégio que fica a poucas quadras de onde trabalho. A repórter diante da câmera assente com a cabeça, o dedo pressionando o ponto na orelha, e começa a falar.

> *Obrigada, Dean. Estou aqui no Colégio Magnet, de Baton Rouge, onde Lacey Deckler está terminando o primeiro ano. A mãe de*

Lacey, Jeanine Deckler, informou às autoridades que veio buscar a filha aqui na escola na sexta-feira à tarde após o treino de corrida e levou-a para uma consulta a poucos quarteirões de distância.

Minha respiração prende na garganta; olho para Melissa para ver se ela absorveu o comentário, mas ela não está ouvindo. Está ao telefone, digitando no laptop enquanto remarca os compromissos do dia. Fico mal por ter que fazê-la cancelar um dia inteiro, mas não estou em condições de atender agora. Não seria justo cobrá-los pelo meu tempo quando não teriam minha atenção. Não de verdade. Porque minha cabeça estaria em outro lugar. Estaria em Aubrey e Lacey e Lena.

Olho de volta para a TV.

Depois da consulta, Lacey deveria ter ido para a casa de um amigo, onde passaria o fim de semana – mas ela nunca chegou lá.

A câmera corta agora para uma mulher identificada como mãe de Lacey; está chorando diante das lentes, explicando como achara que Lacey só tinha desligado o celular, como faz eventualmente: *"Ela não é como os outros jovens, que ficam grudados no Instagram; Lacey precisa desligar às vezes. Ela é sensível".* Ela está contando como a descoberta do corpo de Aubrey fora o catalisador necessário para que acionasse as autoridades e, num gesto histórica e tipicamente feminino, sente a necessidade de ficar na defensiva, de provar para o mundo que é uma boa mãe, atenciosa. Que não foi culpa dela. Ouço-a soluçar: *"Nunca, nem nos meus piores pesadelos, eu poderia imaginar que alguma coisa aconteceria com ela, do contrário é claro que eu teria avisado antes..."*, quando percebo: Lacey saiu da consulta na sexta à tarde, da consulta comigo, e nunca chegou até o destino seguinte. Ela saiu do meu consultório e desapareceu, o que significa que este consultório, *meu* consultório, seria o último lugar em que ela foi vista com vida – e eu seria a última pessoa a vê-la.

— Doutora Chloe?

Viro. Não é a voz de Melissa, que está atrás de sua mesa, olhando para mim, segurando o *headset* em volta do pescoço. É mais grave, masculina. Meus olhos voam para a porta e absorvo a dupla de policiais aguardando do lado de fora. Engulo em seco.

— Sim?

Eles entram ao mesmo tempo e o da esquerda, o mais baixo, levanta o braço para mostrar o distintivo.

— Sou o detetive Michael Thomas e este é meu colega, o oficial Colin Doyle — diz, inclinando a cabeça para o homem grande à sua direita. — Gostaríamos de conversar um pouco com você sobre o desaparecimento de Lacey Deckler.

CAPÍTULO CATORZE

A delegacia estava quente demais. Lembro-me dos ventiladores em miniatura ao redor da sala do delegado, o ar abafado soprando em todas as direções possíveis, os Post-its grudados na mesa chacoalhando com a brisa morna. Tufos do meu cabelo fino dançavam ali no fogo cruzado, faziam cócegas na minha bochecha. Observei as marcas de umidade escorrendo pelo pescoço do delegado Dooley, empapando a gola com uma mancha escura. O primeiro dia do outono viera e fora embora, mas o calor ainda era sufocante.

— Chloe, querida — disse a minha mãe, apertando meus dedos com a mão suada. — Por que você não mostra ao delegado o que você me mostrou hoje cedo?

Olhei para a caixa no meu colo, evitando contato visual. Não queria mostrar a ele. Não queria que ele soubesse o que eu sabia. Não queria que ele visse as coisas que eu vira, o que estava na caixa, porque, assim que ele visse, seria o fim. Tudo mudaria.

— Chloe.

Levantei os olhos para o delegado, que se inclinava em minha direção sobre sua mesa. A voz dele era grave, severa e, ao mesmo tempo, doce, provavelmente a inconfundível fala arrastada do sul que fazia com que todas as palavras soassem pesadas e lentas como melado escorrendo. Ele estava de olho na caixa no meu colo; a velha caixa de joias feita de madeira em que minha mãe costumava guardar os brincos de diamante e os broches antigos da vovó antes de meu pai lhe comprar uma nova no último Natal. Tinha uma bailarina dentro que girava quando a tampa se abria, dançando ao ritmo de sons delicados.

— Tá tudo bem, querida — disse o delegado. — Você está fazendo o que é certo. Comece pelo começo. Onde você encontrou a caixa?

— Eu estava entediada de manhã — expliquei, segurando a caixa perto da barriga, cutucando com a unha uma farpa da madeira. — Ainda está muito quente e eu não queria sair, então decidi brincar de maquiagem, mexer no meu cabelo, coisas assim.

Minhas bochechas ficaram vermelhas, e tanto minha mãe quanto o delegado fingiram não perceber. Sempre fui meio moleca, preferia brincar de lutinha com Cooper no jardim em vez de pentear o cabelo, mas, desde aquele dia com Lena, comecei a perceber coisas em mim que nunca percebera antes. Como o jeito que prendo os cabelos para trás ou como meus lábios pareciam mais suculentos quando eu espalhava gloss de baunilha neles. Soltei a caixa e esfreguei-os no braço, percebendo, de repente, que ainda estava com um pouco de gloss na boca.

— Entendo, Chloe. Continue.

— Fui até o quarto da minha mãe e do meu pai, comecei a fuçar no closet. Não queria ser xereta — continuei, olhando para a minha mãe. — De verdade, não queria. Pensei em pegar um lenço ou algo assim para prender o cabelo, mas aí vi a caixa de joias com todos os broches bonitos da vó.

— Tudo bem, querida — sussurrou ela, enquanto uma lágrima escorria pela bochecha. — Não estou brava.

— Então peguei — continuei, olhando de novo para a caixa. — E abri.

— E o que você encontrou dentro? — perguntou o delegado.

Meus lábios começaram a tremer; abracei mais forte a caixa.

— Não quero ser dedo-duro — sussurrei. — Não quero encrencar ninguém.

— Só precisamos ver o que tem na caixa, Chloe. Ninguém está encrencado ainda. Vamos ver o que tem na caixa e podemos seguir a partir disso.

Chacoalhei a cabeça, enfim percebendo a gravidade da situação. Nunca deveria ter mostrado a caixa para a minha mãe; não deveria ter dito nada. Eu deveria ter fechado a tampa, empurrado de volta para o canto empoeirado e deixar para lá. Mas não foi o que eu fiz.

— Chloe — disse o delegado, ajeitando-se na cadeira. — Este é um assunto sério. Sua mãe fez acusações graves e precisamos ver o que tem na caixa.

— Mudei de ideia — falei, em pânico. — Acho que eu só tava confusa ou algo do tipo. Tenho certeza de que não é nada.

— Você era amiga da Lena Rhodes, não era?

Fechei a boca, concordando devagar. A informação se espalha rápido em cidades pequenas.

— Sim, senhor — eu disse. — Ela sempre foi legal comigo.

— Bom, Chloe, alguém assassinou essa menina.

— Delegado — disse a minha mãe, inclinando-se para a frente. Ele erguia o braço e continuava a me encarar.

— Alguém assassinou aquela menina e a jogou em um lugar terrível, não conseguimos encontrá-la até agora. Não conseguimos encontrar o corpo dela e devolvê-lo aos pais. O que você acha disso?

— Acho horrível — sussurrei, uma lágrima escorrendo pela minha bochecha.

— Eu também acho — disse ele. — Mas não é só isso. Quando essa pessoa fez o que fez com a Lena, ela não parou aí. Essa mesma pessoa matou mais cinco garotas. E talvez mate mais cinco antes que o ano acabe. Então, se você sabe alguma coisa sobre quem pode ser essa pessoa, precisa nos contar, Chloe. Precisamos saber antes que ela faça de novo.

— Não quero te mostrar nada que pode colocar meu pai em apuros — falei, lágrimas escorrendo pelas bochechas. — Não quero que você leve ele embora.

O delegado encostou na cadeira, o olhar empático. Ficou quieto por um instante até que se inclinou para a frente e abriu a boca mais uma vez.

— Mesmo se pudesse salvar uma vida?

Olho para os dois homens que estão sentados diante de mim, o detetive Thomas e o oficial Doyle. Estão no meu consultório, sentados nas poltronas que costumam ser reservadas para os pacientes, me encarando. Esperando. Esperando que eu diga algo, do mesmo jeito que o delegado Dooley esperou vinte anos atrás.

— Desculpem — digo, ajeitando-me um pouco na cadeira. — Me distraí por um instante. Você poderia repetir a pergunta?

Os homens se entreolham e o detetive Thomas empurra uma fotografia pela minha mesa.

— Lacey Deckler — diz, batendo o dedo na imagem. — O nome ou a foto te fazem lembrar de algo?

— Sim — digo. — Sim, Lacey é uma paciente nova. Ela veio na sexta à tarde. A julgar pelas notícias, imagino que é por isso que estão aqui.

— Isso mesmo — confirma o oficial Doyle.

É a primeira vez que o ouço falando e viro o pescoço na direção dele. Reconheço a voz. Já ouvi antes, esse som áspero, retraído. Ouvi esta semana mesmo no cemitério. É o mesmo oficial que veio correndo quando encontramos o brinco de Aubrey. O mesmo que o tirou da minha mão.

— Lacey saiu daqui por volta de que horas na sexta à tarde?

— Ela, hum, ela foi minha última consulta — digo, descolando meus olhos do oficial Doyle e voltando-os para o detetive. — Então imagino que ela tenha saído por volta das seis e meia.

— Você a viu indo embora?

— Sim — digo. — Bom, não. Eu a vi saindo do consultório, mas não a vi sair do prédio.

O oficial olha para mim confuso, como se me reconhecesse também.

— Então, até onde você sabe, ela nunca saiu do prédio?

— Acho que é seguro afirmar que ela saiu do prédio — digo, engolindo a irritação. — Quando você atravessa a recepção, não tem nenhum outro lugar para onde ir além da rua. Tem o armário do zelador que está sempre fechado por fora e um pequeno banheiro próximo à entrada. Só isso.

Os homens assentem, parecendo satisfeitos.

— Sobre o que falaram durante a consulta? — pergunta o detetive.

— Não posso te contar — digo, me mexendo na cadeira. — A relação entre psicólogo e paciente é estritamente confidencial, não compartilho nada que meus pacientes me contam dentro destas paredes.

— Mesmo se pudesse salvar uma vida?

Sinto um soco no peito, como se o ar tivesse sido arrancado dos meus pulmões. As garotas que sumiram, o policial fazendo perguntas. É demais, parecido demais. Pisco com força, tentando me livrar da luz forte que começa a surgir pela minha visão periférica. Por um instante, sinto que vou desmaiar.

— D-desculpe — gaguejo. — O que você disse?

— Se Lacey te disse alguma coisa durante a sessão de sexta-feira que pudesse salvar a vida dela, você nos contaria?

— Sim — afirmo, a voz tremendo. Dou uma olhada para a gaveta da escrivaninha, meu santuário de medicamentos fora de alcance por pouco. Preciso de um. Preciso de um agora. — Sim, claro que contaria. Se ela tivesse dito qualquer coisa que pudesse levantar a mínima suspeita de que estivesse em perigo, eu contaria a vocês.

— Então por que ela veio ao consultório de uma terapeuta? Se não tinha nada de errado?

— Sou psicóloga — digo, os dedos agitados. — Era nossa primeira consulta, foi muito superficial. Só estávamos nos conhecendo. Ela tem umas... questões familiares com as quais precisa de ajuda para lidar.

— Questões familiares — repete o oficial Doyle. Ele ainda me olha como se suspeitasse de algo. Pelo menos, acho que olha.

— Sim — digo. — Sinto muito, mas é tudo o que posso dizer.

Levanto-me, a deixa não verbal de que é hora de irem embora. Eu estava na cena do crime quando o corpo de Aubrey foi encontrado – este mesmo policial foi até mim enquanto eu *segurava* uma evidência, pelo amor de Deus – e agora eu sou a última pessoa que Lacey viu antes de desaparecer. As duas coincidências, alinhadas com meu sobrenome, me colocariam bem no centro dessa investigação, lugar em que eu não quero estar. Olho em volta pelo consultório, procurando pistas que possam revelar minha identidade, meu passado. Não deixo nada pessoal aqui, não há fotos de família, nada que remeta a Breaux Bridge. Eles sabem meu nome e só isso, mas se quisessem saber mais, isso bastaria.

Os dois se entreolham de novo e levantam-se, o arranhar das cadeiras faz os pelos dos meus braços se arrepiarem.

— Bom, dra. Chloe, agradecemos a sua atenção — diz o detetive Thomas, abaixando a cabeça. — E caso se lembre de qualquer coisa que possa ser pertinente para a investigação, qualquer coisa mesmo que ache que deveríamos saber...

— Eu aviso — digo e sorrio, educada. Eles se aproximam da porta, abrem-na e examinam o saguão, agora vazio. O oficial Doyle se vira, hesita.

— Desculpe, dra. Chloe, mais uma coisa — diz. — Acho que já te vi antes, mas não consigo saber onde. Nós nos conhecemos?

— Não — digo, cruzando os braços. — Acredito que não.

— Tem certeza?

— Absoluta — afirmo. — Agora, se me dão licença, tenho um dia repleto de compromissos. Meu paciente das nove horas deve chegar a qualquer instante.

CAPÍTULO QUINZE

Entro no saguão, o silêncio amplifica o som da minha respiração. O detetive Thomas e o oficial Doyle foram embora. A bolsa de Melissa não está mais aqui, a tela do computador está apagada. O barulho da TV ainda ecoa, o rosto de Lacey assombra o cômodo com uma presença invisível.

Menti para o oficial Doyle. Nós já nos vimos antes – no Cemitério Cypress, quando ele pegou da palma da minha mão o brinco de uma garota morta. Também menti sobre os compromissos de hoje. Melissa cancelou todos eles (eu pedi que ela fizesse isso) e agora são nove e quinze da manhã de uma segunda-feira e eu não tenho nada para fazer além de ficar sentada no consultório vazio e deixar a escuridão dos meus pensamentos me engolir e regurgitar meus ossos.

Mas sei que não posso fazer isso. Não de novo.

Seguro o celular, pensando para quem poderia ligar e conversar. Cooper? Sem chance. Ele ficaria preocupado demais. Perguntaria coisas que eu não quero responder, chegaria às conclusões precipitadas que eu estou me esforçando para evitar. Ficaria preocupado, perguntando-se em silêncio que tipos de remédio eu tenho aqui, escondidos no escuro. Não, preciso de calma, racionalidade. Segurança. A opção seguinte é Daniel, mas ele está no evento. Não posso incomodá-lo com isso. Não que ele esteja ocupado demais para me ouvir, pelo contrário. É que ele largaria tudo e sairia correndo para me socorrer, e não posso permitir uma coisa dessas. Não posso arrastá-lo comigo para isso. Aliás, o que é *isso*, afinal? Nada além de minhas próprias memórias, meus próprios demônios mal resolvidos, reaparecendo na superfície. Não há nada que ele poderia fazer para solucionar o problema, nada que ele pudesse me dizer que já não tenha sido dito antes. Não é disso que preciso agora. Só preciso de alguém que me ouça.

Levanto a cabeça. De repente, sei aonde preciso ir.

Pego a bolsa e as chaves, tranco o consultório e pulo de volta no carro, a caminho do sul. Em questão de minutos, estou passando pela placa em que se lê *Casa de Repouso de Riverside*, uma coleção familiar de prédios amarelos se aproximando ao longe. Sempre imaginei que a escolha da cor era para remeter à luz do sol, da felicidade, do bem-estar, coisas do tipo. Em algum momento, eu acreditei nisso de verdade, me convenci de que a cor de uma tinta pudesse levantar o ânimo dos que estavam presos ali dentro. Mas o que antes era um amarelo-vivo foi se apagando, a lateral descolorida pelos efeitos implacáveis do clima e do tempo, persianas faltantes transformavam as janelas em sorrisos banguelos, mato despontando pelas rachaduras da calçada como se eles, também, batalhassem pela fuga. Chego perto dos prédios e não vejo mais o brilho do sol em minha direção, a cor do calor, da energia e do ânimo. Em vez disso, vejo negligência, como um lençol manchado ou dentes descuidados amarelando.

Se eu fosse uma paciente, já sei o que diria a mim mesma.

Você está projetando, Chloe. Talvez veja negligência nesses prédios porque sente que negligenciou alguém?

Sim, sim. Eu sei que a resposta é sim, mas isso não torna mais fácil. Manobro na vaga perto da entrada, bato a porta do carro mais forte do que o necessário, passo pelas portas automáticas e chego ao saguão.

— Olha só, oi, Chloe!

Viro em direção à recepção e sorrio para a mulher que acena para mim. Ela é grande, peituda, o cabelo está preso em um coque apertado, a estampa do jaleco é desbotada e gasta. Aceno de volta antes de apoiar os braços no balcão.

— Oi, Martha. Como você está?

— Ah, nada mal, nada mal. Veio ver sua mãe?

— Sim, senhora — sorrio.

— Já faz um tempo — diz ela enquanto pega o caderno de registros e empurra-o em minha direção. Há certo julgamento no tom dela, mas tento ignorar; em vez disso, olho para o caderno. A página é nova e escrevo meu nome no topo, percebendo a data no canto superior direito: segunda-feira, primeiro de junho. Engulo em seco, tento ignorar a pontada no peito. Já é junho.

— Eu sei — digo, enfim. — Ando ocupada, mas não é desculpa. Deveria ter vindo antes.

— O casamento tá logo aí, não?

— Mês que vem — digo. — Acredita?

— Que bom, meu bem. Que bom. Sei que sua mãe está feliz por você.

Sorrio de novo, grata pela mentira. Gosto de pensar que minha mãe está feliz por mim, mas a verdade é que é impossível saber.

— Pode ir — diz, colocando o caderno de volta no colo. — Você sabe o caminho. Uma enfermeira deve estar lá com ela.

— Obrigada, Martha.

Viro-me e encaro o interior do saguão. Há três corredores que levam a caminhos diferentes. O que está à minha esquerda leva ao refeitório e à cozinha, onde os moradores se servem de panelões com uma variedade de refeições produzidas em massa ao mesmo tempo todos os dias – recipientes cheios de ovos mexidos, espaguete à bolonhesa, ensopado de frango com sementes de papoula servido com alface murcha mergulhada em um molho salgado. O do meio leva à sala de estar, uma área ampla com televisores e jogos de tabuleiro e poltronas muito confortáveis nas quais já cochilei mais de uma vez. Pego o corredor à direita, o corredor repleto de quartos, o número três, e ando pela extensão sem fim do piso que imita mármore até chegar ao quarto quatrocentos e vinte e quatro.

— Toc, toc — digo, batendo na porta entreaberta. — Mãe?

— Entre, entre! Estamos nos arrumando aqui.

Espio o banheiro e vejo minha mãe pela primeira vez em um mês. Como de costume, ela aparenta estar igual, mas de um jeito diferente. Igual a como esteve nos últimos vinte anos, mas diferente de como minha mente escolhe se lembrar dela: jovem, bonita, cheia de vida. Vestidos coloridos que mostravam os joelhos bronzeados, o cabelo longo e esvoaçante, preso nas laterais, as bochechas coradas pelo calor do verão. Agora, vejo-a pálida, pernas franzinas aparecendo por trás da abertura do roupão, sentada na cadeira de rodas, inexpressiva. A enfermeira está escovando o cabelo dela, agora na altura dos ombros, enquanto ela olha para o estacionamento pela janela.

— Oi, mãe — digo, me aproximando. Sento ao lado da cama e sorrio. — Bom dia.

— Bom dia, querida — responde a enfermeira. Essa é nova, não a reconheço. Parece perceber e continua falando. — Eu sou a Sheryl. Sua mãe e eu estamos nos conhecendo nessas últimas semanas, não é, Mona?

Ela dá um tapinha no ombro da minha mãe e sorri, escova mais algumas vezes seu cabelo, coloca a escova ao lado da cama e vira a cadeira de rodas para que ela me veja. O rosto da minha mãe ainda é um choque, mesmo depois de todos esses anos. Ela não está desfigurada nem nada do tipo, não está estropiada de modo que não possa ser reconhecida. Mas está diferente. As pequenas coisas que a tornavam *ela* mudaram, as sobrancelhas que antes eram feitas com cuidado estão enormes, o que dá ao rosto dela uma aparência masculina. A pele está ensebada e sem maquiagem, o cabelo lavado com xampu barato, o que deixa as pontas rígidas e selvagens.

E o pescoço. Aquela cicatriz grossa e comprida que ainda atravessa o pescoço dela.

— Vou deixar vocês à vontade — diz Sheryl, aproximando-se da porta. — Se precisar de qualquer coisa, é só chamar.

— Obrigada.

Agora, estou sozinha com minha mãe, os olhos dela parados nos meus, e aquela sensação de negligência volta com tudo. Minha mãe foi colocada em uma casa de repouso em Breaux Bridge depois que tentou cometer suicídio. Ainda éramos muito novos para cuidar dela por conta própria – aos doze e quinze anos, fomos morar com uma tia na periferia da cidade – mas o plano era tirá-la de lá quando pudéssemos. Cuidar dela quando pudéssemos. Cooper fez dezoito anos e ficou claro que ela não poderia ir morar com ele, ele não parava no mesmo lugar por tempo suficiente. Não conseguia ficar quieto. Ela precisava de rotina. Clara e simples. Então decidimos mudá-la para Baton Rouge quando entrei na LSU e eu cuidaria dela quando terminasse a faculdade... mas encontramos desculpas nesse momento também. Como eu terminaria meu doutorado cuidando de uma mãe dependente e incapaz? Como eu conseguiria encontrar alguém, me relacionar com alguém, me casar? – ainda que eu estivesse fazendo um excelente trabalho de autossabotagem nesse sentido mesmo sem estar cuidando dela de perto, enfim...

Então a deixamos em Riverside, ainda dizendo para nós mesmos que seria temporário. Depois da formatura. Depois que tivéssemos economias suficientes. Depois que eu abrisse minha própria clínica. Os anos foram se passando e silenciávamos nossa culpa com visitas todo final de semana. Depois começamos a revezar, Cooper e eu, indo a cada duas semanas, apressando as visitas enquanto conferíamos o celular, porque as encaixávamos entre outras obrigações. Agora, visitamos quando as enfermeiras ligam e pedem. São boas pessoas, mas tenho certeza de que falam de nós quando não estamos por perto. Julgam-nos por abandonar nossa mãe, deixando o destino dela nas mãos de estranhos.

Mas o que não entendem é que ela nos abandonou também.

— Desculpe por não ter vindo antes — digo, os olhos buscando no rosto dela algum sinal de movimento, de vida. — O casamento é em julho, então temos muita coisa para organizar de última hora.

O silêncio entre nós se estica, preguiçoso, ainda que eu esteja acostumada com ele a essa altura. Acostumada a falar sozinha. Sei que ela não vai responder.

— Prometo que trago o Daniel para vocês se conhecerem logo — digo. — Você vai gostar dele. Ele é um cara muito bacana.

Ela pisca algumas vezes, bate o dedo no apoio do braço. Olho para a mão dela. Encarando-a, pergunto de novo.

— Você quer conhecê-lo?

Ela bate o dedo de novo, devagar, e eu sorrio.

Encontrei nossa mãe jogada no chão do closet do quarto dela pouco tempo depois de meu pai ter recebido a sentença, o mesmo closet em que encontrei a caixa. A caixa que selou o destino dele. Não deixei o simbolismo poético passar despercebido, mesmo aos doze anos de idade. Ela tentara se enforcar usando um dos cintos de couro dele até que a fivela de madeira arrebentou e ela caiu. Quando a encontrei, o rosto dela estava roxo, os olhos saltados e as pernas tremendo. Lembro que gritei por Cooper, gritei para que ele dissesse alguma coisa, fizesse alguma coisa. Lembro-me dele no corredor, estupefato, sem se mexer. *FAZ ALGUMA COISA!* Gritei de novo e o vi piscar, chacoalhar a cabeça e correr até mais perto para tentar fazer uma massagem cardíaca. Em algum momento, me ocorreu chamar a polícia, e foi o que fiz. Conseguimos salvar parte da minha mãe, mas não tudo.

Ela ficou em coma por um mês. Cooper e eu não tínhamos idade suficiente para tomar decisões pela saúde dela, então isso ficou a cargo do nosso pai, na prisão. Ele não queria desligar os aparelhos. Não podia visitá-la, mas o estado dela ficou claro: minha mãe nunca mais andaria, falaria ou faria qualquer coisa sozinha de novo. Ainda assim, ele se recusou a desistir dela. Também não deixei esse simbolismo poético passar despercebido – que meu pai passara seus dias de liberdade tirando vidas, mas, encarcerado, parecia estar determinado a salvá-las. Assistimos, semanas a fio, à nossa mãe deitada imóvel em uma cama de hospital, o peito subindo e descendo com a ajuda da máquina, até que, certa manhã, fez um movimento sozinha. E abriu os olhos.

Ela nunca recuperou os movimentos. Nunca recuperou a fala. Ela sofreu anóxia – uma grave falta de oxigênio no cérebro – o que a deixou em um estado que os médicos chamaram de *consciência mínima*. Usaram palavras como "vasto" e "irreversível". Ela não está inteira aqui, mas também não partiu. A amplitude do que ela compreende ainda é nebulosa. Em alguns dias, quando me pego resmungando sobre a minha vida ou a de Cooper, sobre todas as coisas que vimos e fizemos nos anos depois que ela decidiu que não éramos mais importantes o suficiente para que continuasse viva, vejo um brilho nos olhos dela que diz que ela consegue me ouvir. Que entende o que eu digo. Que lamenta.

Em outros, quando olho dentro de suas pupilas escuras, não enxergo nada além do meu próprio reflexo.

Hoje é um bom dia. Ela me ouve. Entende. Não consegue se comunicar com palavras, mas consegue mover os dedos. Aprendi com o passar dos anos que uma batidinha quer dizer alguma coisa, é a versão dela de assentir com a cabeça, eu acho, uma indicação sutil de que está acompanhando.

Ou talvez sejam só meus pensamentos positivos. Talvez não signifique nada.

Olho para a minha mãe, a personificação do sofrimento que meu pai causou. Se eu for sincera, é esse o motivo real pelo qual a deixei aqui todos esses anos. É uma grande responsabilidade, sim, cuidar de uma pessoa em uma condição tão grave quanto a dela, mas eu poderia fazê-lo, se quisesse de verdade. Tenho dinheiro para contratar alguém que ajude, talvez até uma enfermeira que more com ela.

A verdade é que eu não quero. Não consigo me imaginar olhando nos olhos dela todos os dias e forçada a reviver eternamente o momento em que a encontramos. Não consigo imaginar permitir que as memórias inundem meu lar, o lugar que me esforcei tanto para manter com um pouco de normalidade. Eu abandonei nossa casa da infância, me recusei a escavar nossos pertences e reviver os horrores que aconteceram ali, em vez disso deixei que ficasse lá e apodrecesse, como se recusar-me a reconhecer sua existência a tornasse menos real de alguma forma.

— Trago ele aqui antes do casamento — digo, de verdade desta vez. Quero que Daniel conheça minha mãe e que ela o conheça. Apoio minha mão na perna dela, tão frágil que quase recuo. Vinte anos de imobilidade deterioraram os músculos e a deixaram só pele e osso. Mas me forço a ficar ali, apertando-a com delicadeza. — Mas, na verdade, mãe, não queria falar disso. Não é por isso que estou aqui.

Abaixo a cabeça, sei bem que, assim que as palavras saírem da minha boca, não poderei colocá-las de volta, engoli-las de novo. Ficarão presas na mente da minha mãe – uma caixa trancada que não tem chave. E, quando estiverem lá, ela não poderá colocá-las para fora. Não poderá falar sobre isso, verbalizar, tirar do peito como eu posso, como *estou fazendo*, aqui, agora. De repente, parece egoísmo demais. Mas não consigo me segurar. Falo assim mesmo.

— Tem mais garotas desaparecendo. Morrendo. Aqui em Baton Rouge.

Acho que vejo os olhos dela saltarem, mas, de novo, posso estar imaginando.

— Encontraram o corpo de uma menina de quinze anos no Cemitério Cypress no sábado. Eu estava lá, com a equipe de buscas. Encontraram o brinco dela. E, hoje cedo, outra garota foi dada como desaparecida. Quinze anos também. E, desta vez, eu a *conheço*. É minha paciente.

O silêncio se instala no quarto e, pela primeira vez desde que eu tinha doze anos, anseio pela voz da minha mãe. Estou desesperada para que as palavras pragmáticas e protetoras dela recaiam sobre meus ombros como um cobertor no inverno, me mantendo a salvo. Aquecida.

Isso é grave, meu bem, mas tenha cuidado. Fique atenta.

— Parece familiar — digo, olhando pela janela. — Algo nisso parece... Não sei. Igual. Sinto que estou tendo um *déjà-vu*. A polícia veio falar comigo, no consultório, e me lembrei da...

Eu paro, olho para minha mãe, pergunto-me se ela também consegue se lembrar da conversa na sala do delegado Dooley. O ar úmido, os Post-its chacoalhando no vento, a caixa de madeira no meu colo.

— Várias conversas do passado estão pipocando na minha mente — digo. — Como se eu estivesse as vivenciando de novo, sem parar. Mas penso na última vez que me senti assim...

Paro novamente, lembro que *essa* memória é uma que com certeza minha mãe não tem. Ela não sabe da última vez, aquela vez na faculdade quando as lembranças me inundaram de novo, tão reais que não conseguia separar o passado do presente, diferenciar o *então* do *agora*. O real do imaginário.

— Com o aniversário logo aí, sei que posso só estar sendo paranoica — digo. — Sabe, mais do que o normal.

Rio e tiro a mão da perna dela para abafar o som. Encosto na bochecha e sinto algo molhado, uma lágrima, escorrendo pelo meu rosto. Não percebi que estava chorando.

— Enfim, acho que eu só precisava falar em voz alta. Falar pra alguém pra conseguir ouvir o quanto isso parece idiota. — Seco a lágrima da bochecha e esfrego a mão na calça. — Meu Deus, que bom que vim falar com você antes de qualquer outra pessoa. Não sei por que estou tão preocupada. O pai tá preso. Ele não teria como estar envolvido nisso ou algo do tipo.

Minha mãe me encara, os olhos repletos de perguntas que sei que ela quer fazer. Olho para a mão dela, o imperceptível movimento dos dedos.

— Voltei!

Dou um pulo e viro para olhar a voz atrás de mim. Sheryl está na porta. Coloco a mão no peito e solto o ar.

— Não queria te assustar, meu bem — diz a enfermeira, rindo. — Estão se divertindo?

— Sim — digo, assentindo. Olho de novo para minha mãe. — Sim, é bom colocar o papo em dia.

— Você está recebendo várias visitas esta semana, né, Mona?

Sorrio, aliviada por meu irmão ter cumprido a promessa de visitá-la.

— Quando meu irmão passou aqui?

— Não, não foi seu irmão — diz Sheryl, que vai até minha mãe, coloca as mãos atrás da cadeira de rodas e solta o freio com o pé. — Foi outro homem. Disse que era amigo da família.

Olho para ela, as sobrancelhas franzidas.

— Que outro homem?

— Era meio descolado, parecia que não era daqui. Disse que veio da cidade para visitar?

Alguma coisa aperta no meu peito.

— Cabelo castanho? — pergunto. — Óculos de tartaruga?

Sheryl concorda e aponta o dedo para mim.

— Esse mesmo!

Levanto-me e pego a bolsa na cama.

— Preciso ir embora — digo, vou rápido até minha mãe e abraço-a pelo pescoço. — Desculpa, mãe. Por... tudo.

Saio correndo pela porta aberta e pelo corredor comprido, a raiva no peito aumentando a cada batida do salto. Como ele se atreveu? Como ele *se atreveu*? Chego até a recepção e bato no balcão, arfando. Tenho uma vaga ideia de quem o visitante misterioso seja, mas preciso ter certeza.

— Martha, preciso ver o caderno de registros.

— Você já assinou, querida. Quando entrou, lembra?

— Não, eu preciso ver os visitantes anteriores. Do fim de semana.

— Não sei se posso autorizar, meu bem...

— Alguém neste prédio deixou um homem não autorizado entrar para ver minha mãe. Ele disse que é amigo da família, mas ele não é um amigo. Ele é perigoso e preciso saber se esteve aqui.

— Perigoso? Querida, nós não deixamos entrar ninguém que não seja...

— Por favor — insisto. — Por favor, só me deixa olhar.

Ela me encara por um instante antes de inclinar-se e pegar o caderno na mesa. Desliza-o pelo balcão, sussurro *obrigada* e folheio as páginas velhas, repletas de assinaturas. Deparo-me com a data de ontem. Domingo, 31 de maio, o dia que desperdicei no sofá da sala, e examino a lista de nomes, meu coração para quando vejo o que não queria ver.

Ali, em letras desleixadas, a prova que eu estava procurando.

Aaron Jansen esteve aqui.

CAPÍTULO DEZESSEIS

O telefone toca duas vezes até que a voz familiar atende.

— Aaron Jansen.

— Seu *babaca* — digo, sem me preocupar em me identificar. Estou soltando fogo pelas ventas no estacionamento a caminho do carro. No segundo em que devolvi o caderno, liguei para a caixa postal do consultório e ouvi de novo a mensagem que Aaron me deixou na sexta-feira à tarde.

Pode me ligar de volta neste número mesmo.

— Chloe Davis — responde ele, com um traço de sorriso na voz. — Pensei mesmo que teria notícias suas hoje.

— Você foi visitar a *minha mãe*? Você não tinha esse direito.

— Eu falei na mensagem que entraria em contato com a sua família. Deixei você avisada.

— Não — digo, sacudindo a cabeça. — Não, você falou do meu pai. Quero que se foda o meu pai, mas não chegue perto da minha mãe.

— Vamos nos encontrar. Obviamente, estou na cidade. Te explico tudo.

— Vai se foder — cuspo. — Não vou te encontrar. O que você fez foi antiético.

— Você quer mesmo falar comigo sobre ética?

Paro a metros de distância do carro.

— O que você tá querendo dizer?

— Encontre comigo hoje. Serei rápido.

— Estou ocupada — minto, destravo o carro e entro. — Tenho consultas.

— Eu vou até o seu consultório, então. Espero no saguão até você arranjar um tempinho.

— Não — solto o ar, fecho os olhos. Encosto a cabeça no volante. Percebo que esse vai e volta é inútil. Ele não vai desistir. Ele pegou um avião de Nova York até Baton Rouge para me encontrar e, se quero que esse homem pare de vasculhar minha vida, vou ter que falar com ele. Cara a cara. — Não, não faça isso, por favor. Vou te encontrar, ok? Te encontro agora mesmo. Aonde quer ir?

— Ainda tá cedo — diz. — Que tal um café? Eu pago.

— Tem um lugar perto do rio — digo, beliscando a pele entre os olhos. — BrewHouse. Me encontre lá em vinte minutos.

Desligo o telefone e engato a ré, para dirigir a caminho de Mississippi. Estou só a dez minutos do café, mas quero chegar antes dele. Quero estar sentada a uma mesa de minha escolha assim que ele passar pela porta. Quero dirigir esta conversa, não sentar no banco do passageiro e pegar carona. Não ficar na defensiva, pega de surpresa como fui agora.

Estaciono em uma vaga próxima e entro no pequeno café, um excelente lugar escondido da River Road e parcialmente coberto por carvalhos que derrubam folhagem verde-escura. Dentro, a luz é baixa, e peço um café com leite, meus olhos pousam no quadro de avisos perto do balcão do açúcar. Encaixado entre um folheto de aula de violino com aqueles papeizinhos destacáveis e o pôster de um show está o rosto de Lacey Deckler, a palavra *DESAPARECIDA* rabiscada no topo, com canetinha. Está grampeado em cima de outro pedaço de papel, cujos cantos aparecem por baixo. Alcanço o papel e empurro a foto para o lado com o dedo, revelando o pôster de Aubrey – ela já foi substituída, tamparam-na como uma daquelas máquinas que vendem chocolate, bebida etc., quebrada.

Deslizo até a mesa do canto, escolho o assento com visão para a porta. Meus dedos batucam ansiosos na alça da caneca e me obrigo a parar, apesar da ansiedade que erradia de cada poro. Espero.

Quinze minutos depois, meu café com leite está gelado. Cogito levantar e pedir que esquentem, mas, antes que eu me mexa, vejo Aaron entrar. Reconheço no mesmo instante pela foto que vi na internet, está vestindo outra camisa de botões quadriculada e os mesmos óculos ridículos, ainda que não esteja mais tão magro quanto na imagem. Ele preenche as roupas mais do que esperava que fizesse, a mala de couro do notebook pendurada em um ombro parece pesada e aperta o tecido no bíceps que não imaginei que veria. Pergunto-me quanto tempo faz que aquela foto foi tirada. Logo depois da faculdade, presumo. Quando ainda era só um garoto. Continuo o encarando, observo-o vagar pelo café, examinando a geladeira de bolos e apertando os olhos para enxergar o cardápio pregado atrás do balcão do café. Ele pede um cappuccino e paga em dinheiro, lambe os dedos devagar para contar as notas e joga o troco na jarra de gorjetas. Olha a arte na parede enquanto espera o espresso, o grito do vaporizador faz minha pele se contorcer.

Por algum motivo, essa calma me irrita. Esperava que chegasse correndo ao café, ansioso por me derrotar da mesma forma que eu estava ansiosa por derrotá-lo. Queria que ele chegasse esbaforido, suado, tentando me acompanhar. Pego desprevenido por chegar depois de mim. Em vez disso, ele chega atrasado. Está agindo como se tivesse todo o tempo do mundo. Como se *ele* ditasse as regras – e é aí que me dou conta do que está acontecendo.

Ele sabe que eu estou aqui. Sabe que estou observando.

Essa postura calma, a atitude descontraída. É uma performance montada só para mim. Está tentando me desestabilizar, me deixar irritada. A ideia me tira do sério mais do que deveria.

— Aaron — grito e agito a mão, animada demais. Ele levanta a cabeça e olha em minha direção. — Eu tô aqui.

— Chloe, oi — diz, sorrindo. Ele caminha até a mesa e coloca a bolsa na cadeira. — Obrigado por ter vindo.

— É doutora Davis — corrijo. — E você não me deu alternativa.

Ele dá um sorrisinho.

— Só estou esperando meu cappuccino — informa. — Posso pegar algo pra você?

— Não — digo, mostrando a caneca na minha mão. — Estou bem, obrigada.

— Você chegou faz tempo? — pergunta. — Sua bebida parece fria.

Olho para ele me perguntando como ele poderia saber disso. Devo ter parecido confusa, porque o vejo sorrir só um pouco antes de apontar para o vapor condensado nas laterais da bebida.

— Não tem vapor.

— Só uns minutos — desconverso.

— Sei — diz, olhando para o meu café. — Bom, se quiser que eu peça para esquentarem...

— Não. Vamos começar logo.

Ele sorri, concorda. Volta ao balcão para pegar a bebida.

Bom, confirmado, penso, trazendo o café à boca, fazendo uma careta ao sentir o líquido em temperatura ambiente, me obrigando a beber. *Ele é um babaca.* Aaron se senta na cadeira à minha frente e puxa um caderno da bolsa. Dou uma olhada no crachá dele, preso à camisa, o logotipo do *The New York Times* no topo.

— Antes que você comece a tomar notas, preciso ser clara — digo. — Isso não é uma entrevista. Isso é uma conversa bem franca em que eu te digo pra parar de assediar a minha família.

— Não acho que te ligar duas vezes possa ser considerado assédio.

— Você visitou a clínica de repouso onde minha mãe está internada.

— É, falando nisso... — diz, arregaçando as mangas até os cotovelos. — Fiquei no quarto dela por dois, três minutos, no máximo.

— Tenho certeza de que você conseguiu informações quentíssimas — digo, olhando para ele. — Muito faladeira, ela, não é?

Ele fica em silêncio por um instante, me encara do outro lado da mesa.

— Pra ser sincero, não sabia que o... estado dela... era tão grave assim. Desculpe.

Abaixo a cabeça, concordando, satisfeita com a pequena vitória.

— Mas, na verdade, não fui lá pra falar com ela — explica. — Achei que podia conseguir alguma informação, mas fui mesmo porque sabia que você me daria atenção. Sabia que assim te obrigaria a se encontrar comigo.

— E por que você tá tão desesperado pra falar comigo? Já te disse. Não falo com meu pai. Não tenho contato com ele. Não tenho nada de relevante pra te oferecer. Sinceramente, você está perdendo tempo...

— A história mudou — diz ele. — Não é mais esse o ponto de vista.

— Tá — digo, incerta do rumo que a conversa está tomando. — Então qual é o ponto de vista?

— Aubrey Gravino — diz. — E, agora, Lacey Deckler.

Sinto os batimentos cardíacos se acelerando em meu peito. Meus olhos examinam o café, ainda que o lugar esteja quase vazio. Abaixo a voz e sussurro:

— Por que você acha que eu tenho algo a dizer sobre essas meninas?

— Porque a morte delas... Não acho que seja coincidência. Acho que tem algo a ver com seu pai. E acho que você pode me ajudar e descobrir o quê.

Sacudo a cabeça, aperto forte a caneca com as mãos para que parem de tremer.

— Olha, você tá jogando verde. Sei que acha que isso dá uma boa história, mas como você bem deve saber, dada a sua área de atuação e tudo mais, esse tipo de coisa acontece o tempo todo.

Aaron sorri, admirado.

— Você pesquisou meu nome — diz.

— Bom, você sabe tudo sobre mim.

— Justo. Mas, Chloe, pensa bem. Tem semelhanças. Semelhanças que não podem ser negadas.

Penso na conversa que tive com a minha mãe de manhã. O *déjà-vu* sinistro que admiti ter sentido, a inquietante familiaridade disso tudo. Mas não é a primeira vez que me sinto assim, não a primeira vez que recriei os crimes do meu pai na minha cabeça. Já aconteceu antes e, da última vez, eu estava errada. Muito, muito errada.

— Tem razão, há semelhanças — digo. — Adolescentes assassinadas por algum monstro vagando por aí. É lamentável, mas, como eu disse, acontece o tempo todo.

— Em breve fará vinte anos, Chloe. Sumiços acontecem o tempo todo, mas assassinatos em série, não. Tem um motivo pra isso acontecer aqui e agora. Você sabe que tem.

— Opa, quem falou em assassino em série? Você tá tirando conclusões muito precipitadas. Tem um corpo. Um. Até onde sabemos, Lacey fugiu de casa.

Aaron olha para mim, um rastro de decepção nos olhos. Agora é ele quem abaixa a voz.

— Você e eu sabemos muito bem que Lacey não fugiu de casa.

Suspiro, olho por cima do ombro de Aaron e para fora, pela janela. O vento está ficando mais forte, as folhas de barba-de-velho sacodem com ele. Percebo que o céu está mudando rápido de azul-celeste para um cinza carregado; mesmo do lado de dentro, consigo sentir o peso da chuva iminente. Lacey me encara do pôster de DESAPARE-CIDA, os olhos dela me seguiram até aqui, até esta mesa. Não consigo olhar de volta.

— Então o que você acha que está acontecendo, exatamente? — pergunto, ainda olhando para as árvores lá fora. — Meu pai está preso. Ele é um monstro, não nego, mas ele não é o bicho-papão. Ele não pode mais machucar ninguém.

— Sei disso — diz. — Sei que não é ele, óbvio. Mas acho que tem alguém tentando *ser* ele.

Olho de volta para Aaron, mordo o lábio.

— Acho que estamos lidando com um imitador. E aposto que, antes do fim da semana, mais alguém vai morrer.

CAPÍTULO DEZESSETE

Todo assassino em série tem uma marca. Como um nome rabiscado no canto de um quadro ou um *Easter egg*[3] plantado nas cenas de um filme, artistas querem que seu trabalho seja reconhecido, imortalizado. Relembrado para além de suas vidas.

Nem sempre essa marca é tão sinistra quanto mostram nos filmes – palavras criptografadas escritas na pele, partes de corpos aparecendo pela cidade. Às vezes, é algo tão simples quanto a limpeza da cena do crime ou a forma como os corpos são colocados no chão. Acompanhar padrões ligados por testemunhas inocentes ou rituais que ocorrem repetidas vezes até que, uma hora, surge um padrão. Um padrão que não é muito diferente da forma como pessoas comuns cumprem suas rotinas todos os dias, como se não tivesse outra maneira de arrumar a cama, de lavar um prato. Aprendi que seres humanos são criaturas de hábitos e que o ato de tirar uma vida pode revelar muita coisa sobre alguém. Cada morte é única, como uma impressão digital. Mas meu pai não deixou nenhum corpo em que pudesse ter colocado sua marca, nenhuma cena de crime para preservar sua assinatura, nenhuma impressão digital para tirar ou analisar. O que fez a cidade toda se perguntar: como é possível deixar uma marca sem ter o que marcar?

A resposta é que não há como.

---

3. Do inglês, nome dado a elementos e características escondidas em filmes, séries, sites, games, programas, artifício usado para ocultar alguma mensagem ou efeito. O Google, por exemplo, tem vários *Easter eggs*, como os termos "z or r" que, quando inseridos na barra de busca, sem aspas, fazem a tela girar a 360º. (N.E.)

O departamento de polícia de Breaux Bridge passou o verão de 1999 vasculhando a Luisiana à procura de uma pista de sua identidade. Ficaram à espera de evidências que apontavam na direção de um suspeito viável, uma marca escondida em uma cena de crime que parecia não existir. Mas, é claro, não encontraram nada. Seis garotas mortas e nenhuma testemunha sequer que pudesse localizar um homem à espreita perto da piscina ou um carro descendo a rua devagar à noite, perseguindo a vítima. No fim das contas, fui eu quem achou a resposta. Uma menina de doze anos brincando de se arrumar com a maquiagem da mãe, vasculhando o fundo de um closet em busca de lenços para amarrar o cabelo. E foi então, segurando aquela caixinha de joias de madeira, que vi o que ninguém mais conseguira ver.

Em vez de abandonar provas para trás, meu pai as guardava.

— Mesmo se pudesse salvar uma vida, Chloe?

Observei o suor escorrendo no pescoço do delegado Dooley. Ele me encarava de um jeito que nunca tinha visto antes. Encarava a mim e à caixa nas minhas mãos.

— Se você entregar essa caixa, você pode salvar a vida de alguém. Pensa nisso. E se alguém pudesse ter salvado a vida da Lena, mas escolheu não fazer isso porque ficou com medo de causar problemas?

Olhei para o meu colo, concordei devagar. Estiquei os braços para a frente antes que mudasse de ideia.

O delegado colocou as mãos, cobertas por luvas, sobre as minhas, a borracha escorregadia, mas quente, e tirou a caixa de mim com gentileza. Ele olhou para a tampa e colocou o dedo no fecho, abriu-a inteira, as notas musicais encheram a sala. Evitei olhar para ele, em vez disso optei por encarar a bailarina, girando em círculos lentos e perfeitos.

— São joias — falei, os olhos ainda na bailarina. Era hipnotizante vê-la rodar naquele tutu rosa desbotado, os braços erguidos.

— Estou vendo. Você sabe a quem pertencem?

Assenti. Sabia que ele esperava mais como resposta, mas não conseguia dizer. Pelo menos, não por vontade própria.

— De quem são as joias, Chloe?

Ouvi um soluço brotando da minha mãe, ao meu lado, e olhei para ela. Ela cobria a boca com a mão e chacoalhava a cabeça com força. Minha mãe já tinha visto o conteúdo da caixa, eu havia mostrado para ela em casa. Queria que ela tivesse me dado uma explicação diferente da que eu estava montando na minha cabeça. A única explicação que fazia sentido. Mas ela não conseguiu.

— Chloe?

Olhei de volta para o delegado.

— O piercing de umbigo é da Lena — respondi. — Ali, no meio.

O delegado esticou a mão para dentro da caixa e tirou dali o pequeno vaga-lume prateado. Parecia morto, depois de passar semanas no escuro. Sem sol para ativar seu brilho.

— Como sabe disso?

— Vi Lena usando no Festival do Lagostim. Ela me mostrou.

Ele assentiu e colocou de volta na caixa.

— E as outras?

— Reconheço esse colar de pérolas — disse minha mãe, com a voz pranteada. O delegado olhou para ela, esticou a mão para dentro da caixa de novo e levantou um colar de pérolas. Eram grandes, cor-de-rosa e presas por um laço. — Esse é da Robin McGill. Eu... Eu a vi usando. Na igreja, em um domingo. Comentei que havia gostado muito, que era único. Richard estava comigo. Ele viu também.

O delegado soltou o ar, assentiu mais uma vez e colocou o colar de volta na caixa. Ao longo de uma hora, o restante das joias seria identificado – os brincos de diamante de Margaret Walker, a pulseira de prata de Carrie Hollis, o anel de safira de Jill Stevenson, os brincos de argola de ouro branco de Susan Hardy. Não havia DNA em nenhum deles – foram limpos, a caixa também – mas os pais das meninas confirmaram as suspeitas. Foram presentes de formatura da oitava série, de batismo, de aniversário. Símbolos escolhidos para celebrar marcos do crescimento das filhas, que, em vez disso, tornaram-se memória eterna de suas mortes prematuras.

— Isso vai ajudar muito, Chloe. Obrigado.

Concordei, o ritmo das notas musicais me deixando em uma espécie de torpor. Delegado Dooley fechou a tampa e levantei a cabeça, o transe interrompido. Ele me encarava com as mãos sobre a caixa.

— Alguma vez você viu seu pai interagindo com Lena Rhodes ou qualquer uma das meninas que desapareceram?

— Sim — digo, a memória do festival me vem à mente. A forma como encarava a garota e sua barriga lisa, suave. O jeito como desviou a cabeça quando percebeu que fora pego. — Vi ele olhando pra ela uma vez no Festival do Lagostim. Quando ela estava me mostrando o piercing no umbigo.

— O que ele estava fazendo?

— Só... encarando — disse. — Ela estava com a camiseta erguida. Viu que ele estava olhando e acenou.

Minha mãe bufou em desdém ao meu lado, chacoalhou a cabeça.

— Obrigado, Chloe — disse o delegado. — Sei que não foi fácil, mas você fez o certo.

Concordei com a cabeça.

— Antes de liberar você, tem alguma outra coisa que queira nos contar sobre o seu pai? Qualquer coisa que seja importante saber?

Suspirei e me segurei com força em meus próprios braços. Estava quente ali, mas, de repente, tremi.

— Uma vez eu o vi com uma pá — contei, evitando o olhar da minha mãe. Isso era novidade para ela. — Ele atravessava nosso jardim, vinha do pântano atrás de casa. Estava escuro, mas... era ele.

Todos ficaram em silêncio, a revelação se instalava na sala como neblina matinal.

— Onde você estava quando o viu?

— No meu quarto. Não conseguia dormir e tem um banco, bem embaixo da minha janela, onde eu gosto de ler... Desculpa por não ter falado nada antes — eu disse. — Eu... Eu não sabia...

— Claro que não, querida — disse o delegado Dooley. — Claro que não. Você já fez mais do que o suficiente.

Uma sequência de trovões ecoa pela minha casa, fazendo as taças de vinho, penduradas de ponta-cabeça em nosso bar, chacoalharem como dentes que tremem. Mais uma tempestade de verão está se formando. Sinto a carga elétrica no ar, o gosto da chuva iminente.

— Chlo, você me ouviu?

Ergo os olhos da minha taça, com cabernet até a metade. A lembrança da sala do delegado Dooley começa a se esvair devagar. No lugar dela, vejo Daniel, de pé, próximo ao balcão da cozinha, as mangas enroladas até os cotovelos e uma faca na mão. Ele tinha voltado do congresso mais cedo. Quando cheguei em casa do trabalho, encontrei-o dançando pela cozinha com meu avental de algodão, ao som de uma música de Louis Armstrong, os ingredientes do jantar espalhados sobre a ilha. A cena me faz sorrir.

— Não, desculpa — digo. — O que você falou?

— Eu disse que você já fez mais do que o suficiente.

Aperto a taça um pouco mais forte, a haste delicada ameaça quebrar com a pressão. Vasculho o cérebro em busca do assunto da conversa. Tenho estado tão perdida nos meus pensamentos esses últimos dias, mergulhada em memórias. Ainda mais com Daniel longe e a casa vazia, tenho me sentido como se vivesse no passado de novo. Quando as palavras saem da boca de Daniel, não sei dizer se vieram mesmo dele ou se as imaginei, invocando-as dos confins da minha mente e colocando-as nos lábios dele, para que as regurgitasse de volta para mim. Faço que vou falar, mas ele me interrompe.

— Esses policiais não tinham o direito de aparecer assim no seu trabalho — continua, os olhos concentrados na tábua à frente. Está fatiando cenouras, faz movimentos rápidos, fluidos com a lâmina, arrasta-as para a lateral da tábua e passa para os tomates. — Graças a Deus ainda não tinha nenhum paciente lá. Poderia acabar com a sua reputação, não?

— Ah, sim — digo. Lembrei agora. Estávamos falando sobre Lacey Deckler, sobre o detetive Thomas e o policial Doyle, que foram me interrogar no trabalho. Parecia o tipo de coisa que eu deveria contar a ele, caso o último lugar em que ela esteve viesse a público. — Bom, eu fui a última pessoa a ver Lacey viva, acho.

— Talvez ela ainda esteja viva — diz. — Ainda não encontraram o corpo dela. Faz quatro dias.

— Verdade.

— E a outra garota... ela ficou desaparecida quanto, três dias antes de a encontrarem?

— É — digo, girando o vinho na taça. — Foi, três dias. Tô vendo que você anda acompanhando tudo isso, então?

— Ah, sim. Tem aparecido nas notícias. Tá difícil de evitar.

— Mesmo em Nova Orleans?

Daniel continua cortando, o suco do tomate escorre pela tábua e forma uma poça no balcão. Outra sequência de trovões ecoa pela casa. Ele não responde.

— Você acha que poderia ter sido a mesma pessoa? — pergunto, tentando manter o tom de voz suave. — Você acha que estão, tipo... ligados?

Daniel dá de ombros.

— Não sei — diz, limpando o suco do tomate da lâmina com o dedo, que coloca na boca. — Muito cedo pra dizer, eu acho. Então, que perguntas os caras fizeram pra você?

— Nada demais, pra ser sincera. Tentaram me fazer contar sobre o que eu e ela falamos na sessão. Obviamente não falei, o que os incomodou.

— Bom pra você.

— Perguntaram se eu a vi sair do prédio.

Daniel olha pra mim com as sobrancelhas franzidas.

— Você viu?

— Não — respondo. — Vi quando saiu do consultório, mas não a vi sair do prédio. Quer dizer, estou presumindo que ela saiu. Não tem muito pra onde ir. A menos que ela tenha sido pega por alguém de dentro, mas...

Paro, olho para o líquido vermelho-rubi que colore as laterais da taça.

— Parece bem improvável.

Ele concorda com a cabeça, volta a olhar para a tábua, arrasta os vegetais e coloca-os em uma frigideira. O cheiro de alho preenche o cômodo.

— Fora isso, foi bem inútil — digo. — Parece que nem sabem por onde começar.

Um aguaceiro começa a cair do lado de fora e a casa se enche com o som de milhões de gotas d'água batendo no teto, ansiosos para entrar. Daniel olha para fora através da janela, vai até ela e abre, o aroma terroso da tempestade de verão invadindo a cozinha, misturando-se com o cheiro de comida feita em casa. Olho para ele por um instante, a forma como ele anda pela cozinha com tanta naturalidade, moendo pimenta na frigideira com vegetais *sauté*, esfregando temperos marroquinos em um pedaço de salmão. Ele pendura um pano de prato no ombro e meu coração se enche de calor com a perfeição disso tudo. A perfeição dele. Nunca entenderei por que ele me escolheu: *a coitada da Chloe*. Ele age como se me amasse desde o momento em que me viu, que soube meu nome. Mas ainda tem tanto sobre mim que ele não sabe... Tanta coisa que ele não entende. Penso na pequena farmácia que escondo no consultório (a minha válvula de escape), na coleção de receitas falsas que prescrevi em nome dele. Penso na minha infância, no meu passado. Nas coisas que vi. Que fiz.

Ele não te conhece, Chloe.

Tento afastar as palavras de Cooper da minha mente, mas sei que ele está certo. Salvo a minha família, Daniel é a pessoa que me conhece melhor do que qualquer outro alguém, mas isso não significa muita coisa. Ainda é muito superficial. Porque eu sei que se mostrasse pra ele tudo de mim – se mostrasse a *coitada da Chloe*, se expusesse meu âmago desprezível – ele recuaria no mesmo instante. Ele provavelmente não iria gostar nem um pouco do que ia ver.

— Chega desse assunto — diz Daniel, inclinando-se sobre o balcão enquanto enche minha taça vazia. — Como foi o resto da sua semana? Conseguiu organizar algo do casamento?

Penso na manhã de sábado, quando Daniel foi para Nova Orleans. Eu tinha planos de resolver questões do casamento, abri meu notebook e respondi alguns e-mails antes da notícia sobre Aubrey Gravino preencher a sala de estar e as memórias me prenderem na minha própria cabeça como um carro submerso. Lembro-me de sair de casa e dirigir sem rumo pela cidade, deparando com a equipe de buscas no Cemitério Cypress, achar o brinco de Aubrey, ir embora de lá minutos antes de o corpo dela ser encontrado. Penso em Aaron Jansen visitando minha mãe, na hipótese dele que tentei negar a mim mesma a semana toda. É sexta-feira; na segunda, Aaron previu que outro corpo apareceria. Até agora, nada, e a cada dia que passa um pequeno peso sai dos meus ombros. Um momento de alívio ao perceber que ele pode estar errado.

Penso, por um instante, no que eu deveria dizer a Daniel e decido que ainda não estou pronta para permitir que ele me conheça – pelo menos não esse meu lado. O lado que se automedica para se acalmar. O lado que se junta a uma equipe de buscas em um cemitério à procura de respostas para perguntas que me faço há vinte anos. Porque Daniel não permite que eu me esconda, que eu sinta medo. Ele organiza uma festa-surpresa e planeja um casamento para julho, cuspindo na cara de todos os meus medos irracionais. Se ele soubesse o que eu fiquei fazendo enquanto ele estava longe

– entorpecendo-me com medicamentos, considerando a teoria fictícia de um jornalista, arrastando minha mãe comigo nessa história apesar da incapacidade que ela tem de protestar, de se opor – ele ficaria envergonhado. *Eu* estou envergonhada.

— Foi tranquilo — digo, enfim, tomando um gole da taça. — Escolhi bolo de caramelo.

— Um avanço! — exclama ele e inclina-se ainda mais sobre o balcão para me dar um beijo. Devolvo o beijo e afasto-o um pouco, examinando seu rosto. Ele analisa o meu, os olhos passando por toda a minha pele.

— Que foi? — pergunta, passando a mão no meu cabelo. Ele acaricia minha cabeça e eu a apoio na palma estendida. — Chloe, o que aconteceu?

— Nada — digo, sorrindo. Trovões ecoam suaves pelo cômodo e sinto a pele arrepiar; não sei se é reação ao raio que piscou do lado de fora ou à forma que Daniel acaricia meu pescoço, desenhando pequenos círculos lentos na pele sensível atrás da orelha. Fecho os olhos. — Só estou feliz porque você está aqui.

CAPÍTULO DEZOITO

Ainda está chovendo quando eu acordo, uma chuva lenta e preguiçosa que ameaça me levar de volta ao sono. Fico deitada no escuro, sentindo o calor de Daniel ao meu lado, a pele encostada na minha. A respiração ritmada e lenta. Escuto a garoa lá fora, o ronco baixo dos trovões. Fecho os olhos e imagino Lacey, o corpo meio enterrado na lama em algum lugar por aí, a chuva lavando qualquer traço de evidência que possa ter sido deixado.

É manhã de sábado. Uma semana desde a descoberta do corpo de Aubrey. Cinco dias desde a notícia do desaparecimento de Lacey e meu encontro cara a cara com Aaron Jansen.

— O que te faz pensar que é um imitador? — perguntei, curvada sobre o café. — Não sabemos quase nada sobre esses casos até agora.

— A localização, o momento. Duas garotas de quinze anos que se encaixam no perfil das vítimas do seu pai desaparecem e morrem semanas antes de completar vinte anos do desaparecimento de Lena Rhodes. Não só isso, mas os casos acontecem em Baton Rouge, a cidade onde a família de Dick Davis está morando.

— Tá, mas também há diferenças. Nunca encontraram os corpos das vítimas do meu pai.

— Certo — concordou Aaron. — Mas acho que esse imitador *quer* que os corpos sejam encontrados. Ele quer levar o crédito. Ele jogou o corpo de Aubrey em um cemitério, no último lugar que sabem que ela esteve. Era só uma questão de tempo até que fosse encontrada.

— Sim, justamente. Não parece que ele está copiando o meu pai. Parece que ele escolheu Aubrey de forma aleatória, a matou e deixou o corpo ali às pressas. Não foi um crime pensado.

— Ou o lugar em que ele a deixou quer dizer alguma coisa. Tem algum significado especial. Talvez haja pistas no corpo dela que ele queria que fossem encontradas.

— O Cemitério Cypress não tem nenhum significado especial pro meu pai — argumentei, ficando inquieta. — O momento da morte dela é só uma coincidência...

— Então também é só uma coincidência que Lacey tenha sido pega logo em seguida, minutos depois de sair do *seu* consultório?

Hesito.

— Não ficarei surpreso se você já tiver visto esse cara antes, Chloe. Imitadores imitam por algum motivo. Às vezes reverenciam o cara que estão tentando copiar ou o desprezam, mas, de qualquer forma, copiam o estilo. As vítimas. Tentam *se tornar* o assassino que veio antes deles, talvez até para serem melhores.

Ergui as sobrancelhas, tomei outro gole do café.

— Imitadores matam porque estão obcecados pelo outro assassino — continuou Aaron, colocando os braços em cima da mesa e inclinando-se para a frente. — Sabem tudo sobre eles, o que significa que essa pessoa poderia ser alguém que te conhece muito bem. Ele pode estar de olho em você. Pode ter visto Lacey sair do seu consultório. Só estou pedindo pra você confiar no seu instinto. Preste atenção no que tá acontecendo e ouça seu instinto.

Pensei de novo no Cemitério Cypress, na sensação de ser observada enquanto andava até o carro e ia para o trabalho. Ajeitei-me na cadeira, cada vez mais desconfortável. Falar do meu pai sempre me deixava cheia de culpa, mas eu nunca soube dizer qual deveria ser o alvo dessa culpa. Eu me sentia culpada por traí-lo, por ser a dedo-duro que o trancou numa jaula pelo resto da vida? Ou me sentia culpada por ter o mesmo sangue, o mesmo DNA, o mesmo sobrenome que ele? Tantas vezes, quando o assunto surgia, eu sentia uma necessidade enorme de pedir desculpas. Queria pedir desculpas para Aaron, para os pais de Lena, para a cidade de Breaux Bridge. Queria pedir desculpas a todo o mundo pelo simples fato de existir. Haveria tão menos dor no mundo se Richard Davis não tivesse nascido.

Mas ele nasceu e, por causa disso, eu também.

Sinto um movimento perto de mim e olho para Daniel, deitado, que está acordado e me encara. Está me observando, observando meus olhos piscarem em direção ao teto enquanto repasso na cabeça a conversa que tive com Aaron.

— Bom dia — sussurra, a voz pesada de sono, passa os braços ao meu redor e me puxa para perto. A pele dele é quente, segura. — No que você tá pensando?

— Nada — digo, afundando mais nos braços dele. Encosto-me na cintura dele e sorrio, o volume da cueca boxer esfregando na minha perna. Viro para encará-lo, prendendo as pernas com força em volta da cintura dele e, logo, transamos em silêncio mútuo, sonolento. Nossos corpos unidos, molhados de suor da manhã, e ele me beija forte, a língua afunda na minha boca, os dentes no meu lábio. As mãos dele deslizam pelo meu corpo, escalam minhas pernas, passam pela barriga, sobem pelo peito e alcançam minha garganta.

Continuo beijando-o, tentando ignorar as mãos dele no meu pescoço. Esperando que vão para qualquer outro lugar. Mas não vão. Ele continua com as mãos ali enquanto me penetra cada vez mais forte, cada vez mais rápido. Ele começa a me apertar, eu grito e me afasto o mais longe dele que consigo.

— Que foi? — pergunta, sentando-se. Olha para mim assustado. — Te machuquei?

— Não — respondo, o coração acelerado no peito. — Não, não machucou. É só que...

Olho para ele, vejo-o confuso. Preocupado que possa ter me causado alguma dor, como deve ter se magoado com a ideia de que eu me esquivei do toque dele, como se os dedos fossem fogo queimando minha pele. Mas penso em como ele me beijou ontem à noite, na cozinha. Como sentiu o pulso sob meu maxilar com os dedos, como apertou meu pescoço, suave, mas com firmeza.

Encosto a cabeça no travesseiro e suspiro.

— Desculpa — digo, apertando os olhos. Preciso voltar para a realidade. — Só estou um pouco apreensiva. Assustada, por algum motivo.

— Tudo bem — diz, envolvendo minha cintura com os braços. Sei que acabei com o clima, ele não quer continuar e eu também não, mas ele me abraça mesmo assim. — Tem muita coisa acontecendo.

Sei que ele sabe que estou pensando em Aubrey e Lacey, mas nenhum de nós fala a respeito. Ficamos deitados em silêncio por um tempo, ouvindo a chuva. Quando acho que caiu no sono de novo, a voz dele surge em um sussurro.

— Chloe? — pergunta.

— Hum?

— Tem alguma coisa que você queira me contar?

Fico quieta, meu silêncio prolongado diz tudo que ele precisa saber.

— Você pode conversar comigo. Sobre qualquer coisa. Sou seu noivo. É pra isso que estou aqui.

— Eu sei — digo. E acredito nele. Afinal, contei sobre meu pai, meu passado. Mas uma coisa é recontar memórias com frieza, colocando-as como meros fatos e nada mais. Outra coisa é revivê-las na presença dele. Ver o rosto do meu pai em todo canto escuro, ouvir as palavras da minha mãe ecoando nas vozes de outras pessoas. E é ainda pior, porque *já aconteceu* antes – essa sensação de *déjà-vu*. Nunca esquecerei a expressão de Cooper, me encarando, anos antes, enquanto eu tentava me explicar, explicar meu raciocínio. O olhar de preocupação misturado com medo.

— Eu tô bem — digo. — De verdade, juro. É só muita coisa ao mesmo tempo. As meninas desaparecendo, a efeméride chegando...

Meu celular vibra na mesa de cabeceira, a luz da tela ilumina um pouco o quarto ainda escuro. Apoio-me sobre o cotovelo e estranho o número desconhecido que tenta falar comigo.

— Quem é?

— Não sei — digo. — Não deve ser trabalho, cedo assim, no sábado.

— Vai, pode atender — diz ele, virando-se para o lado. — Nunca se sabe.

Pego o aparelho e deixo-o vibrar na minha mão antes de arrastar o dedo na tela e colocá-lo na orelha. Limpo a garganta e respondo.

— Alô?

— Oi, doutora, aqui é o detetive Michael Thomas. Nos conhecemos no seu consultório na segunda, falamos sobre o desaparecimento de Lacey Deckler.

— Sim — digo, olhando na direção de Daniel. Ele está mexendo no celular, passando os olhos pelos e-mails. — Estou lembrada. Como posso ajudar?

— O corpo de Lacey foi encontrado hoje mais cedo no beco atrás do seu consultório. Lamento por contar por telefone.

Engasgo, coloco a mão na boca em um movimento instintivo. Daniel me olha, abaixa o celular. Chacoalho a cabeça em silêncio enquanto as lágrimas começam a escorrer dos meus olhos.

— Precisamos que venha ao necrotério agora de manhã. Dê uma olhada no corpo.

— Eu... É... — hesito, sem ter certeza de que ouvi direito o que ele disse. — Desculpe, detetive, eu só vi a Lacey uma vez. Certamente o melhor seria que a mãe fosse identificá-la. Eu mal a conheço...

— Ela já foi identificada — informa o detetive. — Mas como foi encontrada próximo ao seu consultório e a última vez que a mãe a viu foi ao levá-la até lá, podemos presumir que você foi a última pessoa a vê-la viva. Gostaríamos que desse uma olhada e dissesse se algo parece diferente de quando a viu na consulta. Se pode haver algo estranho.

Solto o ar, tiro a mão da boca e coloco-a na testa. O quarto parece cada vez mais quente e a chuva lá fora cada vez mais forte.

— Eu não sei mesmo o quanto poderia ajudar. Nós estivemos juntas por uma hora. Mal consigo me lembrar de como ela estava vestida.

— Qualquer coisa ajuda — insiste ele. — Talvez vê-la desperte sua memória. Quanto mais rápido puder chegar aqui, melhor.

Concordo com a cabeça e desligo o telefone, afundo na cama de novo.

— Lacey está morta — digo, não muito para Daniel e mais admitindo para mim mesma. — Encontraram o corpo perto do consultório. Ela foi *assassinada* bem ali, saindo do prédio. Eu provavelmente ainda estava lá dentro.

— Já sei aonde você quer chegar com isso — diz ele, apoiando-se na cabeceira da cama. — Não tinha nada que você pudesse fazer, Chloe. Nada. Não tinha como você saber.

Penso no meu pai, a pá apoiada no ombro. Um contorno escuro passando pelo quintal, devagar. Como se tivesse todo o tempo do mundo. Eu, no andar de cima, no banco com a luzinha de leitura, espiando pela janela. Testemunhando tudo, ainda que inconsciente do que via.

Desculpa por não ter falado nada antes. Eu... Eu não sabia...

Lacey me contara algo que poderia ter salvado sua vida? Eu tinha visto alguém que parecesse suspeito, alguém rondando o consultório, que não percebi? Como da outra vez?

As palavras de Aaron ecoam na minha mente.

Essa pessoa poderia ser alguém que te conhece muito bem. Ele pode estar de olho em você.

— Preciso ir — digo, soltando a mão de Daniel e jogando as pernas para fora da cama. Ao levantar, sinto-me exposta, minha nudez não mais poderosa e íntima como antes. Agora, fede à vulnerabilidade, vergonha. Sinto os olhos de Daniel me observando enquanto atravesso o quarto e entro no banheiro, me mexendo rápido no escuro e fechando a porta ao entrar.

CAPÍTULO DEZENOVE

— A causa da morte foi estrangulamento.

Estou rodeando o corpo de Lacey, o rosto pálido, azul, gélido. O legista está à minha esquerda, segurando uma prancheta; à minha direita, o detetive Thomas está perto demais. Não sei o que dizer, então não digo nada, piscando diante da menina que eu mal conheci. Que entrou no meu consultório uma semana antes e me contou sobre seus problemas. Problemas que confiou em mim para resolver.

— Dá pra ver pelo ferimento ali — continua o legista, apontando para o pescoço dela com uma caneta —, as marcas de dedos. Mesmo tamanho e distância das que foram encontradas em Aubrey. São as mesmas de amarraduras nos pulsos e tornozelos também.

Olho para o legista e engulo em seco.

— Você acha, então, que estão ligados? Que foi o mesmo cara?

— Essa é uma conversa pra outra hora — interrompe o detetive Thomas. — Agora, estamos focando em Lacey. Como eu disse, ela foi encontrada no beco atrás do seu consultório. Você costuma ir até lá?

— Não — digo, encarando o corpo diante de mim. Os cabelos loiros estão molhados por causa da chuva, grudados no rosto como uma teia de aranha. A pele pálida está ainda mais pálida, o que faz as cicatrizes ainda mais visíveis, as incisões finas e vermelhas espalhadas pelos braços e pernas. — Não, raramente vou até lá. É uma área só para os caminhões de lixo esvaziarem as lixeiras mesmo. Todo mundo estaciona na frente.

Ele assente, suspira alto. Ficamos em silêncio por um minuto, enquanto ele permite que eu absorva tudo, processe a terrível cena diante de mim. Percebo, neste momento, que por mais que tenha sido cercada pela morte durante toda a minha existência, essa é a primeira vez que de fato vejo um corpo sem vida. A primeira vez que olho nos olhos de um. Imagino que agora eu deveria me lembrar do rosto de Lacey, da aparência que tinha aquela tarde no meu consultório, como era antes de como está agora, mas minha mente é uma lousa em branco. Não consigo evocar nenhuma imagem de Lacey com a pele rosada e dedos inquietos e lágrimas escorrendo dos olhos enquanto estava sentada na minha poltrona, falando sobre o pai. Tudo que consigo ver é esta Lacey. A Lacey morta. Lacey em uma maca sendo cutucada por estranhos.

— Tem alguma coisa que parece diferente? — pergunta ele, enfim, incitando-me a falar. — Alguma roupa faltando?

— Não sei dizer bem — respondo, passando os olhos por ela. Está vestindo uma camiseta preta e jeans azuis desbotados, o tênis Converse sujo, com desenhos nas laterais. Tento imaginá-la na escola, desenhando nos sapatos, entediada, matando tempo com uma caneta esferográfica. Mas não consigo. — Como eu disse, não prestei atenção no que ela estava vestindo.

— Certo — concorda ele. — Tudo bem. Continue tentando. Leve o tempo que precisar.

Abaixo a cabeça, fazendo que sim, pergunto-me se foi assim que Lena ficou uma semana depois de perder a vida. Largada em algum lugar, em um campo ou em uma cova rasa. Antes de a pele se decompor e as roupas se desintegrarem. Pergunto-me se era assim que ela estava. Como Lacey. Pálida e inchada pelo ar quente e úmido.

— Ela falou com você sobre isso?

O detetive Thomas aponta a cabeça em direção aos braços dela, aos pequenos cortes na pele. Faço que sim.

— Um pouco.

— E aquilo?

Ele olha para a maior cicatriz no pulso, o raio forte, recente, meio roxo que eu vira dias antes.

— Não — digo, balançando a cabeça. — Não chegamos a falar disso.

— Que merda — diz ele, baixo. — Era jovem demais pra sentir uma dor dessas.

— É — concordo. — Era, sim.

A sala fica em silêncio por um minuto, os três se calam por um instante para lamentar não só a violência da morte dessa garota, mas a vida dela também.

— Vocês não olharam no beco antes? — pergunto. — Digo, quando ela foi dada como desaparecida?

O detetive Thomas me olha e vejo a raiva piscando no rosto dele. O fato de o corpo dessa garota ter sido encontrado a poucos metros do último lugar em que foi vista e de essa descoberta ter levado uma semana para acontecer não pega bem, e ele sabe disso.

— Sim — diz, por fim, suspirando alto. — Sim, olhamos. Ou não vimos, por algum motivo, ou ela foi colocada lá depois. Morta em outro lugar e, depois, levada para lá.

— É uma área bem pequena — digo. — Estreita. A lixeira ocupa a maior parte do espaço. Se vocês olharam lá, não consigo ver como poderiam ter deixado passar. Não há muitos lugares onde esconder...

— Como você sabe disso tudo se mal vai até lá?

— Consigo ver do meu saguão — explico. — Minha janela dá para essa direção.

Ele me encara por um instante e posso ver que está tentando avaliar, determinar se acabou de me pegar mentindo.

— Mas é claro que não dá pra dizer que ali é o melhor campo de visão da área — acrescento, tentando sorrir.

Ele balança a cabeça, satisfeito com a minha resposta ou arquivando a informação para revisitá-la em outro momento.

— Foram eles que a encontraram — diz, por fim. — Os lixeiros. Estava presa atrás da lixeira. Quando levantaram a caçamba para esvaziar, viram o corpo dela cair.

— Então com certeza foi levada até lá — interrompe o legista, dando tapinhas na parte de trás dos braços dela. — Isso aqui indica *livor mortis*. O acúmulo de sangue mostra que ela morreu deitada, não sentada. Ou *presa* em algum lugar.

Uma onda de enjoo revira o meu estômago e tento impedir que meus olhos examinem o corpo de novo e avaliem os ferimentos, mas não consigo. Está bem ferida, a pele pálida, manchada onde agora sei que a gravidade forçou o sangue a ficar. O legista mencionara marcas de amarraduras e meus olhos passam pela extensão dos membros, dos ombros até a ponta dos dedos.

— O que mais você já sabe? — pergunto.

— Ela foi drogada — diz o legista. — Encontramos traços fortes de Diazepam no cabelo dela.

— Diazepam. É Valium, certo? — pergunta o detetive Thomas. Faço que sim. — Lacey estava tomando remédios pra ansiedade? Depressão?

— Não. — Balanço a cabeça. — Não, eu tinha receitado. Mas não estava tomando nada ainda.

— O nível de crescimento indica que foram ingeridas cerca de uma semana atrás — acrescenta o legista. — Então foi no momento da morte.

Com a nova informação, o detetive Thomas olha para o legista e sinto certa impaciência ecoar pela sala.

— Quanto tempo vai levar pra termos a autópsia completa?

O homem olha para o detetive e, em seguida, para mim.

— Quanto mais rápido eu puder começar, mais rápido consigo ter isso pronto pra você.

Sinto os dois homens olhando para mim, uma constatação não verbal de que eu fui inútil. Mas meus olhos ainda estão grudados nos braços de Lacey. Nos pequenos cortes espalhados pela pele, as marcas de amarradura no pulso e a cicatriz roxa ao longo das veias.

— Sem ofensas, doutora Chloe, mas eu não trouxe você aqui pra jogar conversa fora — diz o detetive Thomas. — Se não tem mais nada de que se lembre, está dispensada.

Balanço a cabeça, os olhos fixos no pulso dela.

— Não, lembrei de uma coisa — digo, refazendo o caminho que a lâmina deve ter feito para deixar uma marca tão torta. Deve ter sido terrível. — Tinha alguma coisa nela aquele dia. Alguma coisa que está diferente.

— Certo — diz ele, ajeitando-se. Olha para mim com atenção. — Pode falar.

— A cicatriz — digo. — Notei a cicatriz na sexta-feira. Percebi que ela estava tentando cobri-la com uma pulseira. Contas de madeira com uma pequena cruz prateada.

O detetive olha para o braço dela, o pulso vazio. Lembro-me do rosário pendurado ali, em cima das veias, talvez um lembrete para a próxima vez que sentisse necessidade de cortar a própria pele. Com certeza estava lá, no pulso dela, quando esteve no consultório aquela tarde, cutucando minha poltrona de couro. E estava ali quando ela levantou e foi embora, quando foi pega do lado de fora. Quando foi drogada, quando foi morta.

Mas, agora, não está.

— Alguém pegou.

CAPÍTULO VINTE

Quando chego até o carro, estacionado fora do necrotério, sinto a respiração num ritmo irregular. Respiro fundo, com golpes instáveis de ar, tentando entender o que significa o que eu acabei de ver.

A pulseira de Lacey sumiu.

Tento me convencer de que pode só ter caído; do mesmo jeito que o brinco de Aubrey foi encontrado na terra do Cemitério Cypress, a pulseira de Lacey pode ter escapado de seu braço em um confronto, pode ter ficado ao lado da lixeira quando a polícia arrastou o corpo dela dali. Poderia estar no meio do lixo, perdida para sempre. Mas tenho certeza de que Aaron discordaria.

Só tô pedindo pra você confiar no seu instinto. Preste atenção no que tá acontecendo e ouça seu instinto.

Solto o ar, tento fazer a tremedeira dos dedos parar. O que meu instinto está me dizendo?

A declaração do legista a respeito dos hematomas no pescoço e as marcas nos braços de Lacey tornam impossível discordar de um fato: o responsável pelas mortes de Aubrey Gravino e Lacey Deckler é a mesma pessoa. O mesmo jeito de matar, as mesmas marcas no pescoço. Por mais que, antes, eu tentasse negar, convencer a mim mesma de que Lacey poderia ter fugido, talvez tirado a própria vida – afinal, ela já tinha tentado antes –, alguma parte de mim sempre soube. Raptos acontecem. Em especial, os que envolvem garotas jovens e atraentes. Mas dois sumiços ao longo de uma semana? A metros de distância?

Era muita coincidência.

Ainda assim, provas de que Aubrey e Lacey morreram pelas mesmas mãos não evidenciam que essa pessoa seja um imitador. Não significa que esses assassinatos tenham qualquer ligação com meu pai, comigo.

Ele jogou o corpo da Aubrey em um cemitério, no último lugar que sabem que ela esteve.

Penso em Lacey largada atrás de uma lixeira no beco atrás do consultório – no último lugar em que esteve. Escondida bem debaixo dos nossos olhos. Não só isso, mas agora sei que ela foi *levada* até lá. Ela não foi pega de forma aleatória e morta naquele local, como presumi que Aubrey fora. Foi capturada no meu consultório, drogada, morta em outro lugar e trazida de volta.

Por uma fração de segundos, meu coração se esquece de bater enquanto um pensamento assustador demais se materializa na minha cabeça. Tento me livrar dele, tento acreditar que a ideia é paranoia, *déjà-vu* ou medo sem sentido. Outro mecanismo de defesa irracional que minha mente gerou para tentar compreender algo incompreensível.

Tento, mas não consigo.

E se o assassino quisesse que os corpos fossem encontrados... mas não pela polícia? E se ele quisesse que *eu* os encontrasse?

O corpo de Aubrey apareceu minutos depois de eu ter deixado a equipe de buscas. Eu estava lá. Essa pessoa sabia que eu estaria lá?

E pior... esse alguém estaria lá também?

Começo a pensar em Lacey, na imagem do corpo dela jogado a metros da porta do meu consultório. Eu estava dizendo a verdade ao detetive Thomas: quase nunca vou àquele beco, mas consigo vê-lo de uma janela do consultório, com muita nitidez. Consigo ver a lixeira, e é muito provável que, se eu não tivesse passado a semana tão distraída, poderia ter notado do saguão que Lacey estava ali.

Será que essa pessoa sabia disso também?

Talvez haja pistas no corpo dela que ele quisesse que fossem encontradas.

Minha mente está acelerada, mais rápida do que consigo acompanhar. Pistas no corpo, pistas no corpo. Talvez a pulseira que sumiu seja a pista. Talvez o assassino tenha pegado de propósito. Talvez ele soubesse que, se eu encontrasse o corpo, e se percebesse que a pulseira não estava ali, juntaria as peças. Entenderia.

Está um calor de trinta graus no carro, mas, ainda assim, sinto arrepios. Ligo o motor, deixo o ar-condicionado soprar o meu cabelo. Olho para o porta-luvas e lembro-me do frasco de Frontal que peguei na semana anterior. Vejo-me colocando um comprimido na boca, o beliscão azedo no maxilar antes de ele se dissolver na corrente sanguínea, relaxar meus músculos e tranquilizar minha mente. Abro o compartimento e o frasco escorrega para a frente. Tiro-o dali de dentro e viro-o na mão. Tiro a tampa e jogo um comprimido na palma.

Meu celular vibra ao meu lado e viro-me para a tela acesa, o nome e a foto de Daniel olhando para mim. Solto o ar, estico a mão em direção ao aparelho e arrasto o dedo na tela.

— Oi — diz ele, hesitando. — Acabou aí?

— Sim, acabou.

— Como foi?

— Foi horrível, Daniel. Ela está...

Minha mente vaga de volta para o corpo de Lacey em cima da mesa, a pele empalidecida, cor de gelo, os olhos que pareciam de cera. Penso nos pequenos cortes na pele, pequenos e vermelho-vivos. No corte gigante no pulso.

— Ela está horrível — concluo. Não consigo pensar em nenhuma outra palavra para descrever.

— Lamento por você ter precisado fazer isso — diz.

— É, eu também.

— Descobriu alguma coisa útil?

Penso na pulseira que não estava com ela e começo a abrir a boca, mas percebo que, sem o contexto, isso não quer dizer nada. Para explicar o significado da pulseira desaparecida, eu precisaria explicar minha ida ao Cemitério Cypress, quando encontrei o brinco de Aubrey minutos antes de o corpo dela ser descoberto. Precisaria explicar meu encontro com Aaron Jansen e a teoria dele de que há um imitador. Precisaria relembrar de todos os lugares obscuros em que minha mente esteve nesta última semana, relembrá-los diante de Daniel. *Com* Daniel.

Fecho os olhos, esfrego os dedos nas pálpebras até ver estrelas.

— Não — digo, enfim. — Nada. Como falei pro detetive, só estive com ela por uma hora.

Daniel suspira. Consigo vê-lo passando a mão no cabelo e se ajeitando na cama, as costas nuas recostadas na cabeceira. Consigo vê-lo apoiando o celular no ombro, esfregando os olhos com os dedos.

— Vem pra casa — diz, por fim. — Vem pra casa e volta pra cama. Vamos descansar hoje, pode ser?

— Tá — concordo. — Tá, parece uma boa ideia.

Ajeito-me no banco, coloco o comprimido e o frasco de volta no porta-luvas. Estou prestes a engatar a primeira quando a voz de Aaron ecoa ao meu redor de novo. Hesito, pondero se deveria voltar para dentro e contar tudo ao detetive Thomas. Contar sobre a hipótese levantada por ele de haver um imitador cometendo esses crimes. Se eu guardar isso para mim, quantas outras garotas mais podem desaparecer?

Mas não consigo. Ainda não. Não estou pronta para me envolver em algo assim. Para explicar a hipótese de Aaron, eu teria que explicar quem eu sou, falar sobre minha família. Meu passado. Não quero abrir essa porta de novo, porque, quando o fizer, ela nunca poderá ser fechada.

— Preciso fazer uma coisa rápida antes — digo. — Não deve levar mais de uma hora.

— Chloe...

— Vou ficar bem. Eu tô bem. Chego em casa antes do almoço.

Desligo antes que Daniel me convença a mudar de ideia. Ligo para outro número, os dedos digitando impacientes no volante até que uma voz conhecida atende do outro lado.

— Aaron falando.

— Oi, Aaron. É a Chloe.

— Doutora Chloe — responde ele com a voz leve. — Esse é com certeza um cumprimento bem mais agradável do que da última vez que você ligou.

Olho pela janela e dou um pequeno sorriso pela primeira vez desde que o número do detetive Thomas apareceu no meu celular hoje cedo.

— Escuta, você ainda está na cidade? Quero conversar.

CAPÍTULO VINTE E UM

Depois da conversa, o delegado Dooley nos deu duas opções. Ficar na delegacia até que conseguissem um mandado para prender meu pai, ou ir para casa, não falar nada para ninguém e esperar.

— Quanto tempo vai levar pra conseguir o mandado? — perguntou a minha mãe.

— Não consigo dizer ao certo. Podem ser horas, dias. Mas com essas provas, meu palpite é que conseguiremos antes do cair da noite.

Minha mãe olhou para mim como se esperasse uma resposta. Como se fosse eu quem devesse tomar uma decisão. Eu, aos doze anos de idade. A melhor coisa a se fazer, o mais *seguro*, seria ficar na delegacia. Ela sabia, eu sabia, o delegado Dooley sabia.

— Vamos para casa — disse ela. — Meu filho está em casa. Não posso deixar Cooper sozinho com ele.

O delegado Dooley se ajeitou na cadeira.

— Podemos buscar o menino e trazê-lo para cá.

— Não — respondeu minha mãe, negando com a cabeça. — Não, seria suspeito. Se Richard começar a suspeitar de algo antes que vocês consigam o mandado...

— Vamos mandar policiais patrulharem a vizinhança, disfarçados. Não o deixaremos fugir.

— Ele não vai machucar a gente — disse a minha mãe. — Não vai. Ele não vai fazer mal à própria família.

— Com todo o respeito, minha senhora, mas estamos falando de um assassino em série. Um homem suspeito de ter matado seis pessoas.

— Se acontecer qualquer coisa que possa nos colocar em perigo, sairemos no mesmo instante. Ligo para a polícia e peço para um dos policiais ir até nossa casa.

Assim, a decisão foi tomada. Iríamos para casa.

Eu conseguia ver no rosto do detetive Dooley que ele se perguntava por quê – por que minha mãe estava tão decidida a voltar para o meu pai? Tínhamos acabado de apresentar provas que comprovavam que o marido dela era um *assassino em série* e, ainda assim, ela queria ir para casa. Mas eu não estava me perguntando, eu sabia. Sabia que ela voltaria, porque ela sempre voltava. Mesmo depois de levar aqueles homens para casa, para o quarto dela, ela voltava para o meu pai todas as noites, fazia o jantar e levava até ele antes de ir para o quarto em silêncio e fechar a porta. Olhei para a minha mãe, vi sua expressão de teimosia. Talvez tivesse dúvidas, pensei. Talvez quisesse vê-lo uma última vez. Talvez quisesse se despedir do seu jeito gentil.

Ou talvez fosse mais simples que isso. Talvez ela não soubesse deixá-lo.

O delegado Dooley suspirou, evidentemente contrariado, levantou-se da mesa, abriu a porta da sala e permitiu que minha mãe e eu saíssemos da delegacia em um silêncio mútuo e estarrecido. A viagem durou quinze minutos sem que disséssemos uma palavra sequer, eu no banco do passageiro, presa pelo cinto de segurança do Corolla vermelho e usado dela, a caminho de casa. Tinha um buraco no assento e eu enfiei o dedo nele, rasgando-o ainda mais. Mandaram que eu deixasse a caixa na delegacia, a caixa com os troféus do meu pai. Eu gostava dela, com a música e a bailarina dançando. Pensava se conseguiria pegar de volta.

— Você fez o certo, querida — disse a minha mãe, enfim. A voz dela era reconfortante, mas, de alguma forma, as palavras pareciam vazias. — Mas agora precisamos agir normalmente, Chloe. O máximo que pudermos. Sei que vai ser difícil, mas não será por muito tempo.

— Tá.

— Talvez você possa ir para o seu quarto quando chegarmos em casa e fechar a porta. Digo ao seu pai que você não está se sentindo bem.

— Tá.

— Ele não vai nos machucar — disse ela de novo, e eu não respondi. Tive a sensação de que ela estava falando sozinha dessa vez.

Entramos na longa estrada em direção a nossa casa, a estrada de cascalho que eu costumava descer levantando poeira com os sapatos, as sombras da floresta movendo-se entre as árvores. Percebi que eu não teria que correr mais. Não precisaria ter medo. Mas, conforme nossa casa se aproximava através do para-brisas repleto de marcas de insetos, tive um impulso avassalador de abrir a porta e me jogar para fora, entrar na floresta e me esconder. Lá parecia mais seguro do que aqui. Minha respiração começou a acelerar.

— Não sei se consigo fazer isso — falei. Comecei a puxar o ar rápido, várias vezes e, logo, fiquei com falta de ar, a visão escurecendo e brilhando. Por um instante, achei que ia morrer ali mesmo no carro. — Posso contar pro Cooper pelo menos?

— Não — respondeu minha mãe. Ela olhou para mim, para o meu peito que subia e descia em uma velocidade alarmante. Soltou uma mão do volante e virou meu rosto para ela, esfregando minha bochecha com as mãos. — Chloe, respira. Você consegue respirar, por mim? Respira pelo nariz.

Fechei os olhos e puxei fundo o ar pelas narinas, deixando o peito se encher de ar.

— Agora solta pela boca.

Franzi os lábios e soltei o ar devagar, sentindo os batimentos reduzirem um pouco.

— Mais uma vez.

Fiz de novo. Respirando pelo nariz, soltando pela boca. A cada respiração bem-sucedida, minha visão voltava, até que, enfim, quando o carro estacionou e minha mãe desligou o motor, eu já respirava normalmente enquanto nos aproximávamos de casa.

— Chloe, não vamos falar nada pra ninguém — repetiu minha mãe. — Não até a polícia chegar. Entendeu?

Concordei com a cabeça, uma lágrima escorrendo pela bochecha. Virei-me em direção à minha mãe e vi como ela encarava também. Encarava nossa casa como se fosse mal-assombrada. E foi, então, olhando para as feições endurecidas dela, a confiança forjada que mascarava o terror, que consegui ver no fundo de seus olhos, que percebi suas verdadeiras intenções. Entendi por que estávamos aqui, por que voltamos. Não foi porque ela sentia que precisava, não voltamos porque era fraca. Voltamos porque ela queria provar a si mesma que podia enfrentá-lo. Queria provar que podia ser a forte, a destemida, em vez de fugir dos problemas como sempre fizera. Escondendo-se deles, escondendo-se dele, fingindo que não existiam.

Mas ela estava com medo. Com tanto medo quanto eu.

— Vamos — disse ela, abrindo a porta. Fiz o mesmo, fechei com força e fui até a frente do carro, fiquei olhando para a varanda, para as cadeiras de balanço que rangiam com o vento, para a minha árvore de magnólias favorita, que fazia sombra na rede que meu pai prendera ao tronco anos antes. Entramos, a porta gemeu quando a abrimos. Minha mãe me fez um sinal em direção à escada e comecei a andar em direção ao quarto quando uma voz me parou.

— Por onde vocês duas andaram?

Congelo onde estou, viro o pescoço e vejo meu pai sentado no sofá da sala, olhando para nós. Segurava uma cerveja, os dedos cutucavam o rótulo molhado, e no cinzeiro em frente à TV havia um montinho de pedacinhos de papel, já arrancado do rótulo e posto ali. Sementes de girassol espalhadas pela madeira. Meu pai estava limpo, de banho tomado, o cabelo penteado para trás e a barba feita. Parecia bem arrumado, vestia uma camisa de botões presa para dentro das calças cáqui. Mas também parecia cansado. Exausto, até. O rosto abatido e os olhos fundos, como se não dormisse há dias.

— Fomos almoçar — respondeu minha mãe. — Um passeio só para as meninas.

— Que bom.

— Mas Chloe não tá se sentindo bem — disse minha mãe, olhando para mim. — Acho que ela vai ficar doente.

— Que pena, querida. Vem aqui.

Olhei para minha mãe, que fez outro sinal discreto. Desci as escadas e fui para a sala de estar, o coração martelando no peito enquanto me aproximava do meu pai. Ele olhou para mim, com curiosidade nos olhos. De repente, perguntei-me se ele havia percebido que a caixa tinha sumido. Se ele me faria alguma pergunta. Ele estendeu a mão em direção à minha testa e encostou em mim.

— Você tá quente — disse. — Querida, você tá suando. Você tá *tremendo*.

— É — falei, olhando para o chão. — Acho que só preciso deitar.

— Vem cá. — Ele pegou a cerveja, encostou no meu pescoço e eu recuei, o vidro gelado fazendo a pele adormecer, as gotículas escorrendo pelo meu peito e molhando a camiseta. Senti meus batimentos contra a garrafa, fortes e gélidos. — Tá melhorando?

Faço que sim com a cabeça, obrigo-me a sorrir.

— Acho que você tem razão — disse. — É melhor você se deitar. Tirar um cochilo.

— Onde tá o Coop? — pergunto, percebendo a ausência dele.

— Tá no quarto.

Abaixei a cabeça. O quarto dele ficava à esquerda da escada, o meu à direita. Pensei se conseguiria ir até lá sem que meus pais percebessem, me enrolar na cama dele e puxar as cobertas até os olhos. Não queria ficar sozinha.

— Vai lá — disse. — Vai deitar. Eu vou lá te ver daqui algumas horas, medir sua temperatura.

Virei para ir em direção às escadas, a garrafa ainda pressionada no pescoço. Minha mãe me seguiu, a proximidade dela era reconfortante, até que chegamos ao corredor.

— Mona — chamou meu pai. — Pera aí, um segundo.

Senti-a olhar para trás, em direção a ele. Ela ficou em silêncio, e meu pai falou de novo.

— Você tem alguma coisa pra me falar?

Os olhos de Aaron fitam meu crânio enquanto olho para o rio. Viro para ele, sem ter certeza de que ouvi direito o que ele disse ou se minhas memórias estão inundando meu subconsciente de novo, obscurecendo minha capacidade de discernimento, confundindo meu cérebro.

— E aí? — pergunta de novo. — Tem?

— Tem — falo devagar. — Foi por isso que eu te chamei. Recebi uma ligação do detetive Thomas hoje cedo...

— Não, antes de falarmos disso. Outra coisa. Você mentiu pra mim.

Olho de volta para o rio e levo a xícara de café à boca. Estamos sentados em um banco próximo da água, a ponte, ao longe, parece ainda mais industrial e sem vida com a neblina.

— Sobre o quê?

— Sobre isso.

Ele segura o celular na minha frente e eu o pego com a mão que está livre. Vejo uma foto de mim mesma, vagando no meio de um monte de pessoas. No mesmo instante, sei onde foi tirada. Minha camiseta cinza e o cabelo amarrado em um coque alto, véus de barba-de-velho caindo das ramificações das árvores, a faixa amarela da polícia embaçada ao fundo. Essa foto foi tirada uma semana atrás, no Cemitério Cypress.

— Onde você achou isso?

— Tem uma matéria na internet — diz ele. — Estava olhando o jornal local, tentando achar com quem conversar, e encontrei imagens da equipe de buscas. Imagina a minha surpresa quando vi que você esteve lá.

Suspiro, me condeno um pouco por não prestar mais atenção aos jornalistas que vi rodeando o local com câmeras no pescoço. Espero que Daniel não veja essa matéria, pior, espero que o policial Doyle não veja.

— Nunca disse que eu *não estava* lá.

— Não, mas você me disse que o Cemitério Cypress não tinha nenhum significado especial pra sua família. Que não tinha motivo pra achar que o corpo de Aubrey poderia ter sido abandonado ali.

— E não mesmo — digo. — Não tem nada. Eu só passei por lá e dei de cara com a equipe de buscas, tá? Estava dirigindo para clarear as ideias. Vi de longe que estavam ali e decidi ir até lá.

Ele me encara, aperta os olhos.

— Na minha área, a verdade é tudo. Honestidade é tudo. Se você mente pra mim, não posso trabalhar com você.

— Não tô mentindo — digo, levantando as mãos. — Juro.

— Por que você decidiu ir até lá?

— Não sei direito — digo e tomo outro gole do café. — Curiosidade, acho. Estava pensando em Aubrey. E Lena.

Aaron fica quieto, os olhos fixos em mim.

— Como ela era? — pergunta, enfim, com curiosidade na voz. Ele não consegue evitar, sei que não consegue. Ninguém consegue.

— Você era amiga dela?

— Algo assim. Achava que era amizade, quando eu era pequena. Mas agora vejo o que era de verdade.

— E o que era?

— Ela era uma garota mais velha, descolada, tomando conta de uma nerd mais nova que ela — digo. — Ela era legal comigo. Me dava roupas que não usava mais, me ensinou a usar maquiagem.

— Isso é amizade — diz. — O melhor tipo de amizade, na minha opinião.

— É — concordo. — É, acho que você tá certo. Tinha alguma coisa nela que... Não sei. Me hipnotizava, sabe?

Olho para Aaron e ele balança a cabeça, concordando. Eu me pergunto se ele tinha uma Lena também. Acho que todo o mundo tem uma Lena na vida em algum momento. Uma pessoa que aparece brilhando como uma estrela cadente e some com a mesma velocidade.

— Ela me usava um pouco e eu sabia, mas não me importava — continuo, batendo os dedos no café. — As coisas na casa dela não eram lá muito boas, então, ela fugia para a nossa casa. E também acho que ela tinha uma quedinha pelo meu irmão.

Aaron levanta as sobrancelhas.

— Todo mundo tinha uma queda pelo meu irmão — digo, os lábios retorcendo-se em um sorriso sutil, saudoso. — Ele não gostava dela desse jeito, mas acho que tinha um motivo pra ela ir lá em casa tantas vezes. Lembro de uma vez...

Paro, me segurando antes de falar demais.

— Desculpe — digo. — Acho que você não quer saber disso.

— Não, eu quero — pede ele. — Continua.

Solto o ar, passo os dedos pelo cabelo.

— Teve uma vez, naquele verão. Antes de tudo acontecer. Lena estava em casa, ela sempre arrumava desculpas pra ir pra nossa casa, e me convenceu a entrar no quarto do Cooper. Eu não fazia essas coisas... quebrar regras, sabe? Mas Lena sabia conquistar. Ela fazia você querer passar do limite. Viver a vida sem medo.

Lembro-me daquela tarde com tanta clareza, o calor do sol da tarde queimando minhas bochechas, a grama nas minhas costas, pinicando o pescoço. Lena e eu deitadas no quintal, vendo o formato das nuvens.

— Sabe o que deixaria isso aqui ainda melhor? — falara ela, a voz rouca. — Um baseado.

Virei a cabeça para o lado em direção a ela. Ainda encarava as nuvens, os olhos focados, os dentes afundados na lateral do lábio.

Segurava um isqueiro em uma mão, acendendo-o e apagando-o distraída entre as unhas roídas dos dedos e, a outra, sobre a chama, aproximando cada vez mais até um pequeno círculo preto aparecer na palma.

— Tenho *certeza* de que seu irmão tem um.

Observei enquanto uma formiga andava no rosto dela, em direção à sobrancelha. Senti que ela sabia que estava ali, que conseguia sentir se aproximando. Que estava só testando, testando a si mesma. Esperando para ver quanto tempo aguentava, como o fogo queimando a pele, até onde iria antes que fosse obrigada e levantar a mão e espantá-la.

— Coop? — perguntei, apoiando a cabeça para trás. — De jeito nenhum. Ele não usa drogas.

Lena bufou, caçoando, apoiando-se no cotovelo.

— Ah, Chloe. Eu adoro sua ingenuidade. Essa é a beleza de ser criança.

— Não sou criança — falei, sentando-me também. — Sem contar que o quarto dele está trancado.

— Você tem um cartão de crédito aí?

— Não — respondi, envergonhada de novo. Lena tinha um cartão de crédito? Não conhecia ninguém com quinze anos que tivesse um cartão de crédito. Cooper com certeza não tinha um, mas, até aí, Lena era diferente. — Tenho o cartão da biblioteca.

— Claro que tem — disse ela, levantando-se. Ela estendeu a mão, as palmas cheias das marcas da grama, pedaços do solo grudados na pele. Dei a mão para ela, úmida de suor, e também me levantei, observando enquanto arrancava o mato de trás das coxas. — Vamos. Fala sério, eu tenho que te ensinar tudo.

— Viu? — falei, mexendo na maçaneta. — Trancado.

— Ele sempre tranca o quarto?

— Desde que encontrei aquelas revistas nojentas debaixo da cama dele.

— *Cooper!* — exclamou ela, erguendo as sobrancelhas. Parecia mais impressionada do que enojada. — Safadinho. Me dá o cartão.

Entreguei a ela, observando enquanto o enfiava pela fresta.

— Primeiro, verifique as dobradiças — disse, empurrando o cartão. — Se você não consegue vê-las, é o tipo certo de tranca. A inclinação da trava precisa ficar voltada pra você.

— Tá — eu disse, tentando lutar contra o pânico que crescia na minha garganta.

— Aí você coloca o cartão em um ângulo. Quando o canto estiver dentro, você endireita. Assim.

Observei encantada enquanto ela empurrava o cartão na fresta, pressionando a porta. O cartão começou a dobrar e rezei para que não quebrasse.

— Como você sabe disso? — perguntei, enfim.

— Ah, sabe como é — disse ela, chacoalhando o cartão. — Te deixam de castigo tantas vezes que você aprende a se safar.

— Seus pais te trancam no quarto?

Ela me ignorou, chacoalhando o cartão mais algumas vezes até que, enfim, a porta se abriu.

— Tcha-rãm!

Ela olhou em volta com um olhar de satisfação no rosto, até que o rosto começa a mudar aos poucos. Boca aberta, olhos arregalados. Depois, um sorriso.

— Ah — disse, colocando a mão no quadril arrebitado. — Oi, Coop.

Aaron está rindo, terminando o café com leite para colocar o copo no chão.

— Ele pegou vocês, então? — pergunta. — Antes mesmo de entrarem?

— Ah, sim — digo. — Ele estava bem atrás de mim, assistindo à coisa toda da escada. Acho que ele estava só esperando pra ver se conseguiríamos entrar.

— Nada de baseado pra você, então.

— Não — digo, sorrindo. — Isso ainda levaria alguns anos. Mas não acho que era isso que Lena estava procurando, na verdade. Acho que ela queria ser pega. Pra chamar a atenção dele.

— Funcionou?

— Não — digo. — Essas coisas nunca funcionaram com Cooper. Teve o efeito oposto, na verdade. Naquela noite, ele sentou e conversou comigo sobre não usar drogas, a importância de bons exemplos, blá-blá-blá.

O sol está começando a aparecer e, quase no mesmo instante, a temperatura parece subir alguns graus e a umidade engrossa. Sinto as bochechas começando a queimar, não sei se por causa do sol no meu rosto ou por dividir essa memória pessoal com um desconhecido. Não sei o que me fez contar isso a ele.

— Então, por que você queria me ver? — pergunta Aaron, percebendo minha vontade de mudar de assunto. — Por que mudou de ideia?

— Eu vi o corpo da Lacey hoje cedo — digo. — E, da última vez que nos vimos, você me disse para confiar nos meus instintos.

— Calma, volta um pouco — interrompe ele. — Você viu o corpo da Lacey? Como?

— Ela foi encontrada no beco atrás do meu consultório. Presa atrás de uma lixeira.

— Jesus.

— Pediram que eu desse uma olhada nela, tentasse identificar se algo estava diferente desde a última vez que a vi. Se algo estava faltando.

Aaron ficou em silêncio, esperando que eu continuasse. Solto o ar, viro-me em direção a ele.

— Ela estava sem a pulseira — digo. — E, quando eu estava no cemitério, achei um brinco. Um brinco que pertencia a Aubrey. Primeiro, pensei que devia ter caído da orelha dela quando o corpo foi arrastado ou algo assim, mas, depois, percebi que fazia parte de um conjunto. Ela tinha um colar que combinava. Não cheguei a ver o corpo de Aubrey, mas se ela foi encontrada sem o colar...

— Você acha que o assassino está pegando as joias — interrompe Aaron. — Como uma espécie de prêmio.

— Era o que meu pai fazia — digo. A confissão, mesmo depois de todos esses anos, ainda me enjoa. — Pegaram meu pai porque eu encontrei uma caixa com as joias das vítimas escondida no fundo do closet.

Os olhos de Aaron se arregalam, ele olha para o colo processando as informações que acabei de dar. Espero um minuto e continuo.

— Sei que é exagero, mas acho que valeria investigar.

— Não, você tá certa. — Aaron faz um movimento com a cabeça, concordando. — É uma coincidência que não dá pra ignorar. Quem poderia saber disso?

— Bom, minha família, é claro. A polícia. Os pais das vítimas.

— Só?

— Meu pai fez um acordo — digo. — Nem todas as evidências se tornaram públicas. Então, penso que só essas pessoas mesmo. A menos que, sabe-se lá como, a informação tenha se espalhado.

— Consegue pensar em alguém nessa lista que teria motivo pra fazer uma coisa dessas? Talvez algum policial que tenha ficado obcecado com o caso?

— Não — balancei a cabeça. — Não, os policiais estavam todos...

Hesito, assimilando um pensamento que me ocorre. Minha família. A polícia.

Os pais das vítimas.

— Tinha um homem — começo, devagar. — Pai de uma das vítimas. O pai da Lena. Bert Rhodes.

Aaron olha para mim e acena para que eu continue.

— Ele... não lidou muito bem com a situação.

— A filha dele foi assassinada. Não acho que muita gente lidaria bem com uma situação dessas.

— Não, não era um luto normal — digo. — Era diferente. Era raiva. E, mesmo antes das mortes, tinha alguma coisa... estranha nele.

Penso em Lena abrindo a porta com o cartão. Da confissão involuntária, das palavras que escorregaram. Ela fingindo não ouvir quando insisti.

Seus pais te trancam no quarto?

Aaron balança a cabeça, sopra o ar pelos lábios franzidos.

— O que você disse outro dia sobre imitadores? — pergunto. — Podem *reverenciar* ou *desprezar*?

— Sim — diz Aaron. — No geral, existem duas categorias de imitadores. Os que admiram um assassino e querem replicar seus crimes como forma de respeito e os que discordam por algum motivo, talvez por uma visão política divergente ou pensam que o original ganhou mais atenção do que deveria e querem fazer melhor, imitando os crimes como uma forma de tirar atenção do antecessor e trazer para si mesmos. Mas, o que quer que seja, é um jogo.

— Bom, Bert Rhodes *desprezava* meu pai. Por um bom motivo, mas, mesmo assim... Não parecia uma coisa natural. Era obsessivo.

— Tá — disse Aaron, por fim. — Certo. Obrigado por me contar. Você vai falar com a polícia?

— Não — respondo, talvez muito rápido. — Pelo menos, não por enquanto.

— Por quê? Tem mais coisa?

Faço que não com a cabeça, decido não mencionar a outra parte do que se passa na minha cabeça: que a pessoa que está sumindo com essas meninas está falando diretamente comigo. Me provocando. Me testando. Querendo que eu junte as peças. Não quero que Aaron comece a duvidar da minha sanidade, que desconsidere tudo que acabei de dizer caso eu passe do limite. Quero fazer minha própria investigação antes.

— Não. Só não estou pronta ainda. É muito cedo.

Levanto-me, tirando uma mecha de cabelo da testa, que caiu do coque com o vento. Solto o ar, viro para Aaron para me despedir, quando o vejo me olhando de um jeito que nunca vira antes. Com preocupação no olhar.

— Chloe — diz. — Espera aí.

— Sim?

Ele hesita, como se tentasse decidir se deveria continuar. Ele toma a decisão e inclina-se em minha direção, a voz baixa e firme.

— Promete que você vai tomar cuidado, tá?

CAPÍTULO VINTE E DOIS

Lembro-me de ter visto os pais de Lena uma vez, Bert e Annabelle Rhodes, sentados na plateia da peça de final de ano do Colégio Breaux Bridge. Naquele ano, o ano das mortes, a escola apresentaria *Grease*, e Lena era Sandy, as calças de couro justas cintilando toda vez que o brilho das luzes do auditório atingia o tecido no ângulo certo. As tranças, que sempre usava, foram substituídas por um permanente, um cigarro falso atrás da orelha (embora eu duvidasse muito de que fosse mesmo falso; ela devia fumá-lo no estacionamento depois que a cortina se fechasse). Cooper também estava no elenco e, por isso, fomos assistir. Ele se dava bem nos esportes, mas, atuando, nem tanto. O folheto do espetáculo o identificara em algum papel de coadjuvante, como *Aluno nº 3*.

Mas não Lena. Lena era a estrela.

Eu estava com meus pais, passando pelas fileiras em busca de três cadeiras vazias juntas, pedindo desculpas quando batia nos joelhos dos pais já sentados.

— Mona — chamou meu pai, acenando. — Por aqui.

Ele apontou para três cadeiras no centro do auditório, bem ao lado dos Rhodes. Vi os olhos da minha mãe esbugalharem por uma fração de segundo antes que colocasse um sorriso no rosto e a mão nas minhas costas, empurrando-me para a frente com mais força que o necessário.

— Oi, Bert — disse meu pai, sorrindo. — Annabelle, essas cadeiras estão ocupadas?

Bert Rhodes sorriu para o meu pai e gesticulou em direção aos assentos livres, ignorando minha mãe. Na hora, me pareceu grosseiro. Ele conhecia minha mãe. Eu o tinha visto em casa semanas antes. Ele instalava sistemas de segurança; lembro-me de seus braços bronzeados e firmes enquanto, certa vez, se abaixava do lado de fora, em nosso jardim, e minha mãe deu tapinhas em seu ombro e convidou-o a entrar. Pela janela, vi quando ele olhou para ela, secando a umidade da testa com o braço, a altura anormal de sua risada quando ela o puxou para dentro. Foram para a cozinha, onde ouvi os dois falando em voz baixa; da escada, vi minha mãe inclinar-se sobre o balcão, os peitos apertados contra a superfície enquanto ela pegava um copo de chá gelado.

Pegamos nossos lugares pouco antes de as luzes se apagarem e Lena desfilar pelo palco, os quadris girando e fazendo a saia rodada branca voar em torno da cintura. Meu pai se ajeitou na cadeira, cruzou as pernas. Bert Rhodes pigarreou.

Lembro-me de olhar para ele, lembro da rigidez de sua postura. Os olhos da minha mãe, colados no palco. E do meu pai, entre os dois, sem saber de nada. Percebi que Bert Rhodes não fora rude. Ele estava desconfortável. Estava escondendo algo. E minha mãe também.

Depois que meu pai foi preso, a notícia do caso entre os dois foi um choque para mim. Presumo que todas as crianças imaginem os pais como pessoas felizes, vivendo uma espécie de vida sub-humana desprovida de sentimentos, opiniões, problemas e necessidades. Aos doze anos de idade, eu não entendia as complexidades da vida, do matrimônio, dos relacionamentos. Meu pai trabalhava o dia todo e minha mãe ficava sozinha em casa. Cooper e eu passávamos a maior parte do tempo na escola, no treino de luta livre ou no acampamento, e eu nunca tinha de fato parado para me perguntar o que ela fazia o dia todo. Nossa rotina noturna sem graça do jantar servido em bandejas para comer em frente à TV, seguido pelo cochilo do meu pai na poltrona reclinável enquanto minha mãe limpava a cozinha e retirava-se para o quarto com um livro em mãos parecia só isto: rotina. Nunca tinha pensado sobre como aquilo parecia solitário, insípido. A falta de intimidade deles parecia normal – nunca tinha visto os dois se beijando ou dando as mãos – porque eu nunca testemunhara nada diferente. Nunca tinha *visto* nada diferente. Quando ela começou a trazer para casa um fluxo constante de homens ao longo daquele verão – o jardineiro, o eletricista e o homem que instalou nosso sistema de segurança, cuja filha mais tarde desapareceria – não vi como nada além da simpática hospitalidade sulista. Ajudando-os a enfrentar o calor com um doce copo de chá caseiro.

Algumas pessoas especulavam que meu pai teria matado Lena por vingança, uma forma doentia de balancear as coisas depois de descobrir sobre Bert e minha mãe. Talvez Lena, a primeira morte, tenha sido o gatilho para esse lado da personalidade dele. Talvez tenha se esgueirado pelos cantos depois disso, tornando-se maior e mais confusa, mais difícil de controlar. Bert Rhodes com certeza acreditava nisso.

Pensei nele ao lado da mãe de Lena durante a primeira coletiva de imprensa transmitida pela TV, antes que o status de Lena mudasse de *desaparecida* para *dada como morta*. Era um homem arruinado, apenas quarenta e oito horas tinham se passado desde o desaparecimento da filha e ele mal conseguia juntar as palavras para formar uma frase coerente. E, quando meu pai foi acusado de tê-la matado, ele surtou.

Lembro-me de Cooper me puxando para dentro de casa certa manhã, porque Bert Rhodes estava do lado de fora, rodeando o jardim da frente como um animal raivoso. Não foi como os outros que passavam, jogando coisas de longe ou fugindo quando os espantávamos. Foi diferente. Bert Rhodes era um homem adulto. Estava cheio de raiva, agitado. Àquela altura, minha mãe já havia nos deixado (mentalmente, pelo menos), Cooper e eu não sabíamos o que fazer, então, nos juntamos no meu quarto e espiamos pela janela. Observamos enquanto ele chutava a terra e gritava palavrões na frente de casa. Observamos enquanto ele berrava em nossa direção e rasgava as roupas, puxava o cabelo. Uma hora, Cooper foi para fora. Implorei que não fizesse isso, puxei a manga da camisa dele, com lágrimas escorrendo pelo meu rosto. Assim, observei impotente enquanto ele descia as escadas da frente e emergia no quintal. Assisti quando ele gritou de volta, empurrando o dedo no peito musculoso de Bert. Por fim, Bert foi embora com juras de retaliação.

Não acabou ainda! Eu o ouvi gritar, sua voz rouca ecoando através do vasto nada que era nossa casa.

Mais tarde, descobrimos que a pedra jogada na janela do quarto da minha mãe naquela noite viera de suas mãos calejadas e, os rasgos nos pneus da caminhonete, de sua lâmina. Na cabeça de Bert, a culpa era dele. Afinal, dormira com uma mulher casada e, no verão, o marido dela assassinou sua filha. Foi carma e a culpa era demais para suportar. Tinha raiva até a alma. Se Bert Rhodes tivesse sido capaz de colocar as mãos no meu pai depois de ele confessar ter assassinado Lena, tenho certeza de que o teria matado, sem a menor pressa. Não seria misericordioso. Teria sido lento, doloroso. E sentiria prazer nisso.

Mas, é claro, Bert não pôde fazer isso. Não conseguiu colocar as mãos no meu pai, que estava com a polícia, trancado atrás de grades.

Mas como a família do assassino não estava, Bert nos fez de alvo.

Destranco a porta da frente e espio dentro de casa, procurando por Daniel. Chego antes do almoço, como prometido, e posso sentir o cheiro do café fresco coando na cozinha. Olho para o meu notebook na sala de estar e quero pegá-lo, abri-lo e começar a digitar sem parar.

Quero saber mais sobre Bert Rhodes.

Ele sabia do piercing no umbigo de Lena. Sabia como meu pai olhara para a filha dele no festival, na peça da escola e deitada de barriga pra baixo no chão do meu quarto, as pernas esticadas no ar. Todas as outras garotas, Robin, Margaret, Carrie, Susan, Jill, foram vítimas também. Mas foram aleatórias. Pegas por necessidade, conveniência ou por uma mistura dos dois. Estavam no lugar errado, na hora errada, no momento exato em que a escuridão saiu dos cantos e meu pai não conseguiu mais lutar contra ela – quando encontrou a primeira garota jovem, inocente e indefesa em que poderia colocar as mãos e apertar, com força, até que recuasse de volta para os cantos, como um inseto se escondendo da luz. Mas Lena parecia ser mais do que isso, sempre pareceu. Com Lena, era uma questão pessoal. Foi a primeira. Foi levada por ser quem era, pelo modo como fazia meu pai se sentir: como o provocava acenando com os dedos antes de desaparecer na multidão; como Bert o provocava dormindo com sua esposa e, depois, sorrindo para ele em público, fingindo serem amigos.

Atravesso o corredor até a sala de estar e me sento no sofá, coloco meu computador no colo e ligo. Bert Rhodes ficou violento, revoltado, implacável. Bert Rhodes tinha rancor. Estaria ele remoendo tudo isso ainda, vinte anos depois? Não esquecera dos crimes do meu pai, e talvez não quisesse que esquecêssemos também? Não consigo ignorar a sensação de estar no caminho certo, toco os dedos nas teclas, digito o nome dele no mecanismo de busca e aperto *Enter*. Surge uma série de artigos, quase todos relacionados aos assassinatos de Breaux Bridge. Passo as páginas, olhando as manchetes. Estão todos desatualizados, e já os li antes. Decido refinar a pesquisa para *Bert Rhodes Baton Rouge* e tento de novo.

Desta vez, um novo resultado aparece. É o site da Alarm Security Systems, empresa de segurança situada em Baton Rouge. Clico no link e observo enquanto o site carrega, lendo o conteúdo da homepage.

> *Alarm Security Systems é uma empresa local de segurança sob demanda. Nossos especialistas em instalação são treinados para instalar e monitorar sua casa pessoalmente, 24 horas por dia, 7 dias por semana, para manter você e sua família protegidos.*

Clico na guia chamada *Conheça a equipe* e vejo a imagem de Bert Rhodes carregar na tela. Meus olhos absorvem a foto, a mandíbula, antes acentuada, agora está preenchida pelo excesso de gordura, a pele flácida, esticada como massa de pizza. Parece mais velho, mais gordo, mais careca. Está péssimo, para ser sincera. Mas é ele. Com certeza é ele.

Então, a ficha cai.

Ele mora aqui. Bert Rhodes mora *aqui*, em Baton Rouge.

Fico impressionada com a imagem, como ele encara a câmera, como seu rosto carece de expressão. Não está feliz nem triste, nem zangado, nem irritado, simplesmente *existe*, a casca de um ser humano. Vazio por dentro. Os lábios caídos contribuem para formar uma ligeira carranca, os olhos pretos e inexpressivos. Parecem sugar fundo a luz do *flash* da câmera em vez de refleti-la de volta, como acontece com outras fotos. Chego mais perto do monitor, tão absorta na imagem na tela, nesse rosto do meu passado, que não percebo o som dos passos em minha direção.

— Chloe?

Pulo, a mão dispara em direção ao peito. Olho para cima e vejo Daniel me rodeando e, por instinto, fecho o computador. Daniel olha para ele.

— O que você tá fazendo?

— Desculpe — digo, os olhos disparando do computador e para ele. Está vestido e segurando uma caneca enorme nas mãos, me encarando. Estende-a em minha direção e eu pego, relutante, mesmo tendo acabado de tomar um café gigante com Aaron, trinta minutos antes e a cafeína (acho que é a cafeína) já estar me deixando agitada. Não respondo, então, ele tenta de novo.

— Onde você estava?

— Só resolvendo um negócio — digo, empurrando o notebook para o lado. — Já estava na cidade, achei melhor resolver de uma vez...

— Chloe — interrompe. — O que você estava fazendo, de verdade?

— *Nada* — respondo, ríspida. — Daniel, eu tô bem. Mesmo. Só precisava dirigir por aí um pouco, tá bem?

— Tá bem — diz, levantando as mãos. — Tudo bem, já entendi.

Ele se vira e uma onda de culpa toma conta de mim. Eu penso em todos os outros relacionamentos que tive, que terminaram antes mesmo de começar por causa da minha incapacidade de deixar as pessoas entrarem de fato na minha vida. De confiar nelas. Por causa da minha paranoia e do medo silenciando todas as outras emoções desse corpo gritando para ser reconhecido.

— Espera, me desculpa — digo, estendendo o braço em direção a ele. Mexo os dedos, ele se vira e caminha de volta em minha direção, sentando-se no sofá, ao meu lado. Coloco o braço nas suas costas e encosto a cabeça no ombro de Daniel. — Sei que não estou lidando muito bem com tudo isso.

— Como posso ajudar?

— Vamos fazer alguma coisa hoje — digo, ajeitando-me no sofá. Meus dedos ainda estão ansiosos para voltar para o notebook, para mergulhar de novo em Bert Rhodes, mas, agora, preciso ficar com Daniel. Não posso continuar dispensando-o assim. — Eu sei que você disse que poderíamos passar o dia na cama, mas não acho que é disso que preciso agora. Acho que precisamos *fazer* alguma coisa. Sair de casa.

Ele suspira, passa os dedos pelo meu cabelo e olha para mim com um misto de carinho e tristeza, e já aí percebo que não vou gostar do que ele vai dizer.

— Chloe, eu sinto muito. Preciso ir pra Lafayette hoje. Sabe aquele hospital em que estou tentando marcar reunião faz tempo? Eles me chamaram, enquanto você estava... resolvendo seu negócio. Marcaram uma hora hoje à tarde e talvez eu até consiga levar alguns dos médicos pra jantar. Eu tenho que ir.

— Ah, tudo bem — concordo. Pela primeira vez desde que entrei, noto de fato como ele está. Daniel não está só arrumado, está bem-vestido. Vestido para o trabalho. — Tá, é... claro que tudo bem. Faz o que você precisa fazer.

— Mas *você* deveria sair de casa — diz, me cutucando. — Você deveria sair pra fazer alguma coisa. Pegar um ar fresco. Desculpa por não poder ficar com você, mas devo estar de volta amanhã bem cedo.

— Tudo bem. Tenho umas coisas do casamento pra ajeitar mesmo. E-mails para responder. Vou me acomodar aqui e resolver isso, talvez saia com a Shannon mais tarde.

— Boa, garota — diz, puxando-me e me dando um beijo na testa. Ele para por um instante e consigo sentir seus olhos no laptop atrás de mim, ainda fechado. Ele me aperta contra o peito com um braço enquanto a mão livre serpenteia pelo sofá e alcança o computador, puxando-o para mais perto. Tento alcançá-lo, também, mas ele agarra meu pulso primeiro, segurando-o com força, enquanto desliza o computador para o colo, abrindo-o sem dizer uma palavra.

— Daniel — digo, mas ele me ignora, segurando meu pulso cada vez mais forte. — Daniel, para com isso...

Engulo em seco quando a tela ilumina seu rosto, esperando seus olhos examinarem a página que sei que ainda está aberta: Alarm Security Systems e a foto de Bert Rhodes. Ele fica quieto por um tempo, e tenho certeza de que reconhece o nome. Sabe o que estou fazendo. Afinal, ele sabe sobre Lena. Abro a boca, me preparando para explicar tudo, e ele me corta.

— É por isso que você anda tão preocupada?

— Olha, deixa eu explicar — digo, ainda tentando soltar meu pulso. — Depois que o corpo da Aubrey apareceu, comecei a ficar preocupada...

— Você quer instalar um sistema de segurança? — pergunta. — Está preocupada que a pessoa responsável pelo sumiço das garotas venha atrás de você?

Fico quieta, tentando decidir se devo deixá-lo ir por esse caminho ou explicar a verdade. Mais uma vez, abro a boca, mas ele continua falando.

— Chloe, por que você não me disse nada? Meu Deus, você deve estar apavorada. — Ele solta meu pulso e sinto o sangue correr de novo em minha mão, um formigamento gelado percorrendo meus dedos. Não tinha percebido a força com que ele estava segurando. Ele me puxa de volta para seu peito, os dedos passando pelo meu pescoço e descendo minha coluna. — As memórias que você deve estar revivendo... Digo, eu sabia que você estava pensando nisso, no seu pai, mas não sabia que tinha chegado a *esse ponto*.

— Desculpa — digo, os lábios pressionados no ombro dele. — É que... parecia meio ridículo, sabe? Ficar com medo.

Não é toda a verdade. Mas também não é mentira.

— Vai ficar tudo bem, Chloe. Você não tem com o que se preocupar.

Minha mente volta para aquela manhã com minha mãe, com Cooper, vinte anos atrás. Agachados no corredor com nossas mochilas nas costas. Eu, chorando. Minha mãe, nos confortando.

Ela tem que se preocupar, Cooper. Isso é sério.

— Esse cara, quem quer que seja, ele gosta de adolescentes, lembra?

Engulo em seco, concordo com a cabeça, e minha mente formula as palavras que eu já sei que ele vai dizer antes mesmo de ele abrir a boca. Como se eu estivesse de pé naquele corredor de novo, minha mãe secando minhas lágrimas.

— Não entre no carro com estranhos, não ande sozinha por lugares escuros.

Daniel se afasta e sorri para mim e eu me esforço para sorrir de volta.

— Mas se um sistema de segurança vai fazer você se sentir melhor, acho que você deveria arrumar um — acrescenta. — Liga pra esse cara e pede pra ele vir aqui. Pelo menos vai te deixar mais tranquila.

— Tá — concordo. — Vou atrás disso. Mas essas coisas são caras.

Daniel balança a cabeça.

— Sua tranquilidade é mais valiosa — diz. — Isso não tem preço.

Sorrio, de verdade agora, e coloco os braços ao redor dele uma última vez. Não posso culpá-lo por se irritar comigo, por ficar curioso. Tenho guardado segredos nos últimos dias e ele sabe. Ele ainda não faz ideia de que não vou comprar sistemas de segurança, que estou investigando o homem que aparece na tela e não o equipamento que ele instala, mas, ainda assim, posso ver que o sentimento na voz de Daniel é autêntico. Está sendo sincero.

— Obrigada — digo. — Você é incrível.

— Você também — diz ele, beijando minha testa e levantando-se. — Agora eu tenho que ir. Resolva o que você tem que resolver e eu te mando mensagem quando chegar lá.

CAPÍTULO VINTE E TRÊS

Assim que vejo o carro de Daniel sair da garagem, corro de volta para o computador, pego o celular, e começo a escrever uma nova mensagem para Aaron.

Bert Rhodes mora aqui. Em Baton Rouge.

Não sei o que fazer com essa informação. É uma pista, com certeza. Tem que ser mais do que mera coincidência. Mas, ainda assim, não é o suficiente para falar com a polícia. Pelo que sei, eles não ligaram os crimes às joias desaparecidas, e eu não quero ser a responsável por trazer isso à tona. Segundos depois, meu celular vibra com a resposta de Aaron.

Investigando. Me dá dez minutos.

Coloco o aparelho de lado e olho de volta para o computador, a imagem de Bert ainda brilhando na tela; o rosto, prova viva do trauma que sofrera. Quando as pessoas se machucam de maneira física, os hematomas e cicatrizes ficam visíveis, mas, quando o sofrimento é emocional, mental, as marcas são mais profundas. É possível enxergar todas as noites insones no reflexo dos olhos, cada lágrima marcada nas bochechas, cada explosão de raiva gravada nas rugas da testa. A sede de sangue rachando a pele dos lábios. Hesito por um instante, enquanto meus olhos observam a expressão dessa pessoa arruinada. Começo a sentir empatia, a me perguntar como um homem que perdeu a filha de forma trágica poderia tirar uma vida da mesma maneira. Como ele poderia sujeitar outra família inocente à mesma dor? Mas, então, lembro-me de meus pacientes, outras almas sofredoras que vejo dia após dia. Eu me lembro de mim mesma. Daquela estatística que aprendi na escola, a que fez meu sangue gelar: quarenta por cento das pessoas que são abusadas na infância tornam-se abusadoras. Não acontece com todo mundo, mas acontece. É um ciclo. Tem a ver com poder, controle ou, ao contrário, a falta dele: a necessidade de pegá-lo de volta e reivindicá-lo como seu.

Eu, mais do que ninguém, deveria entender.

Meu telefone começa a vibrar e vejo o nome de Aaron na tela. Atendo após o primeiro toque.

— O que você descobriu? — pergunto com os olhos ainda grudados no computador.

— Agressão que resultou em lesão corporal, embriaguez em público, dirigir embriagado — diz. — Entrou e saiu da prisão várias vezes nos últimos quinze anos e parece que a esposa pediu o divórcio há um tempo, depois de um episódio de violência doméstica. Tem uma medida protetiva.

— O que ele fez?

Aaron fica em silêncio por um instante e não sei dizer se ele está lendo as anotações ou se apenas não quer responder à pergunta.

— Aaron?

— Ele a estrangulou.

Deixo as palavras se assentarem no meu corpo e, no mesmo momento, o cômodo parece uns dez graus mais frio.

Ele a estrangulou.

— Pode ser coincidência — diz Aaron.

— Ou não.

— Há uma diferença e tanto entre um bêbado irritado e um assassino em série.

— Talvez esteja ficando pior — digo. — Quinze anos de atos violentos parecem uma boa indicação de que ele é capaz de ir além. Ele agrediu a esposa da mesma forma que a filha foi agredida, Aaron. Da mesma forma que Aubrey e Lacey foram mortas...

— Tá — diz Aaron. — Tá. Vamos ficar de olho nele. Mas se isso está mesmo te preocupando, acho que você deveria procurar a polícia. Contar a eles sobre a sua hipótese. Sobre o imitador.

— Não — nego, balançando a cabeça. — Não, ainda não. Precisamos de mais do que isso.

— Por quê? — pergunta Aaron, soando inquieto. — Chloe, você já disse isso da última vez. Isso *é* mais. Por que você tem tanto medo da polícia?

A pergunta me deixa atordoada. Penso em como tenho mentido para o detetive Thomas e o oficial Doyle, escondendo evidências da investigação. Nunca me vi como alguém que tem *medo* da polícia, mas penso na época da faculdade, na última vez que me envolvi em algo do tipo, e como terminou mal. No erro que cometi.

— Não tenho medo da polícia — digo. Aaron fica em silêncio e eu sinto que devo continuar, me explicar melhor. Sinto que deveria dizer que *tenho medo de mim mesma*. Mas, em vez disso, suspiro. — Não quero falar com eles pelo mesmo motivo que não queria falar com você — digo, o tom de voz mais ríspido do que pretendia. — Não pedi para ser envolvida nisso. Em nada disso.

— Bom, você está — rebate Aaron. Ele parece magoado e, mais do que na ocasião em que estávamos na doca, quando contei daquela lembrança com Lena, neste momento nossa relação começa a parecer que vai além de jornalista e fonte. Começa a parecer pessoal. — Goste ou não, você está envolvida.

Olho para a janela e vejo o contorno de um carro através das cortinas, parando na garagem. Não estou esperando ninguém, por isso, olho para o relógio. Daniel saiu há cerca de trinta minutos. Olho pela casa e me pergunto se ele esqueceu algo e teve que voltar.

— Olha, Aaron, desculpa — digo, beliscando o nariz entre os dedos. — Não foi o que eu quis dizer. Eu sei que você tá tentando ajudar. Você tá certo, querendo ou não, eu estou envolvida nisso. Meu papai fez questão de me envolver nisso.

Ele fica em silêncio, mas posso sentir a tensão do outro lado da linha.

— Só estou dizendo que não me sinto pronta para que a polícia comece a vasculhar minha vida ainda — continuo. — Se eu levar isso a eles, se eu disser quem sou, não posso voltar atrás. Serei pega e rechaçada de novo. Esta é minha casa, Aaron. Minha vida. Aqui eu sou normal... ou tão normal quanto eu posso ser. Eu gosto que seja assim.

— Tá bem — diz, por fim. — Tá bem, eu entendo. Desculpa por forçar.

— Tudo bem. Se encontrarmos mais provas, contarei tudo a eles. Juro.

Ouço a porta de um carro batendo do lado de fora e me viro para ver a silhueta de um homem se aproximando de casa.

— Mas, olha, eu preciso ir. Acho que Daniel chegou. Eu te ligo mais tarde.

Desligo, jogo o celular no sofá e vou para a porta da frente. Consigo ouvir o som de passos na escada e, antes que Daniel entre, abro a porta e coloco uma mão na cintura.

— Você não consegue ficar longe, né?

Meus olhos analisam o homem diante de mim e meu sorriso desaparece, a expressão divertida no meu rosto é substituída por uma de horror. Este homem não é Daniel. Minha mão cai ao meu lado enquanto o examino de cima a baixo, o corpo robusto e as roupas sujas, a pele enrugada, os olhos escuros e sem vida. São ainda mais escuros do que na foto, ainda aberta na tela do meu laptop. Meu coração começa a acelerar e, em um segundo assustador, agarro o batente para não desmaiar.

Bert Rhodes está parado na minha porta.

CAPÍTULO VINTE E QUATRO

Nós nos encaramos pelo que parece uma eternidade, cada um em silêncio desafiando o outro a falar primeiro. Mesmo se eu tivesse algo a dizer, não seria capaz. Meus lábios estão congelados, o puro horror de ver Bert Rhodes em carne e osso me deixa imóvel. Não consigo me mover, não consigo falar. Tudo que consigo fazer é encará-lo. Meu olhar viaja dos olhos dele para as mãos, calejadas e sujas. São grandes. Imagino-as agarrando meu pescoço com facilidade, apertando devagar primeiro e aumentando a força a cada engasgo. Minhas unhas tentando alcançá-lo, meus olhos esbugalhados, fixos nos dele, em busca de qualquer indício de vida na escuridão. Seus lábios rachados serpenteando em um sorriso. Os hematomas em formato de dedos que o detetive Thomas encontraria na minha pele.

Ele pigarreia.

— Esta é a residência de Daniel Briggs?

Fico olhando para ele por mais um segundo, pisco algumas vezes, como se minha mente tentasse se livrar do transe. Não sei se ouvi direito: ele está procurando por Daniel? Quando eu não respondo, ele fala de novo.

— Recebemos uma ligação de Daniel Briggs há meia hora, pedindo para instalar um sistema de segurança neste endereço. — Ele olha para baixo na prancheta e, em seguida, para a placa de rua atrás dele, verificando se é o lugar certo. — Disse que era urgente.

Olho para o carro estacionado atrás dele, o logotipo da *Alarm Security Systems* impresso na lateral. Daniel deve ter ligado para a empresa assim que entrou no carro – foi um gesto gentil, bem-intencionado, mas que também trouxe Bert Rhodes direto para a minha porta. Daniel não tem ideia do perigo em que ele acabou de me colocar. Olho de volta para este homem do meu passado, do lado de fora da minha porta, esperando ser convidado a entrar. A compreensão vem lenta.

Ele não me reconhece. Ele não sabe quem eu sou.

Eu não tinha percebido, mas minha respiração está acelerada, o peito subindo e descendo rápido a cada inspiração desesperada. Bert parece perceber no mesmo momento que eu; ele me olha desconfiado, curioso, e com razão, tentando entender por que sua presença está me deixando tão ansiosa. Sei que preciso me acalmar.

Chloe, respira. Você consegue respirar, por mim? Respira pelo nariz.

Imagino minha mãe e fecho os lábios, puxo o ar fundo pelas narinas e deixo o peito se encher de ar.

Agora solta pela boca.

Franzo os lábios e empurro o ar quente devagar, sentindo os batimentos diminuírem. Aperto as mãos para impedi-las de tremer.

— Sim — digo, dando um passo para o lado e gesticulando para ele entrar. Observo enquanto o pé dele cruza a soleira da minha casa, do meu santuário. Meu porto seguro e minha fuga, planejada com cuidado para exalar normalidade e controle, uma ilusão que se destrói no momento que essa presença do meu passado entra. Há uma mudança no ar, um zumbido de partículas que faz meu braço arrepiar. Parado mais perto, a centímetros do meu rosto, ele parece maior do que eu me lembrava, ainda que, da última vez que estive no mesmo lugar que este homem, eu tivesse doze anos. Mas parece que ele não sabe disso. Parece que ele não faz ideia de que eu sou a garota de doze anos de idade que tem o mesmo sangue do homem que assassinou sua filha; sou a garota que gritou quando a pedra que ele jogou quebrou a janela da minha mãe. A garota que se escondeu debaixo da cama quando ele apareceu na porta de casa fedendo a uísque, suor e lágrimas.

Parece que ele não faz ideia da história que compartilhamos. E, agora que está na minha casa, penso se eu poderia usar isso em vantagem própria.

Ele dá um passo mais para dentro de casa e olha ao redor, os olhos examinando o corredor, a sala de estar, a cozinha e a escada que leva ao segundo andar. Ele dá alguns passos e espia cada cômodo, balançando a cabeça.

De repente, um pensamento assustador me assola. E se ele *me reconheceu*? E se estiver só conferindo se estou sozinha?

— Meu marido está lá em cima — digo, meus olhos disparando para a escada. Daniel tem uma arma que ele esconde no nosso quarto, para o caso de invasores. Vasculho meu cérebro, tento lembrar onde está a caixa. Pergunto-me se conseguiria inventar uma desculpa para correr escada acima e pegá-la, por via das dúvidas. — Ele está em uma ligação de trabalho, mas, se precisar de alguma coisa, posso ir falar com ele.

Ele aperta os olhos, lambe os lábios e sorri, sacudindo a cabeça devagar, e tenho a nítida sensação de que está rindo de mim, tirando sarro. Que ele sabe que estou mentindo sobre Daniel e que estou sozinha em casa. Ele caminha de volta em minha direção e vejo que esfrega as mãos nas calças, como se enxugasse o suor das palmas. Começo a entrar em pânico e considero correr para fora, mas ele se vira e aponta para a porta, bate nela duas vezes com o indicador.

— Não há necessidade, só estou avaliando os pontos de entrada. Duas portas principais, na frente e nos fundos. Tem muitas janelas aqui, então sugiro instalarmos alguns sensores nas janelas. Quer que eu dê uma olhada lá em cima?

— Não — digo. — Não, só o andar de baixo já basta. Parece... Parece tudo ótimo. Obrigada.

— Vai querer câmeras?

— O quê?

— Câmeras — repete. — São pequenas coisinhas que podemos colocar em toda a propriedade, aí você pode ver o vídeo pelo seu telefone...

— Ah, sim — respondo rápido, distraída. — Sim, claro. Parece bom.

— Tá certo — diz, assentindo. Ele rabisca na prancheta e a empurra em minha direção. — Se puder assinar aqui, vou pegar minhas ferramentas.

Pego a prancheta e olho para o formulário de pedido enquanto ele vai em direção ao carro. É claro que não posso assinar meu nome. Meu nome *verdadeiro*. Ele com certeza reconheceria. Em vez disso, assino *Elizabeth Briggs*, meu nome do meio e o último de Daniel, e devolvo a prancheta quando ele entra de novo. Observo-o verificar minha assinatura e volto para o sofá.

— Agradeço por ter vindo tão rápido — digo, fechando o laptop e enfiando o celular no bolso de trás. — Foi super-rápido.

— Sob demanda, 24 horas por dia, 7 dias por semana — diz, recitando o slogan do site. Ele anda pela casa, colocando sensores nas janelas. De repente, a ideia de que esse homem saberá quais áreas evitar para burlar o alarme me preocupa. Até onde sei, ele pode deixar um ponto desprotegido, e memorizar qual a janela certa para usar quando voltar mais tarde. Pergunto-me se é assim que ele escolhe suas vítimas, talvez ele tenha visto Aubrey e Lacey pela primeira vez ao instalar sistemas em suas casas. Talvez tenha entrado no quarto delas, olhado dentro das gavetas de calcinhas. Descoberto como eram suas rotinas.

Fico quieta enquanto ele ronda minha casa, mexendo em todos os cantos, passando os dedos em todas as aberturas. Ele pega um banquinho e geme ao subir, enfia uma pequena câmera circular no canto da sala de estar. Olho para ela, um olho microscópico que me olha de volta.

— Você é o dono da empresa? — pergunto, enfim.

— Não — diz. Espero que fale mais, mas não fala. Decido pressionar um pouco.

— Há quanto tempo você faz isso?

Ele desce do banquinho e olha para mim, abrindo a boca como se quisesse dizer algo. Em vez disso, ele reconsidera, fecha a boca e vai em direção à porta da frente, puxa uma furadeira da bolsa de ferramentas e prende o painel de segurança na parede. Observo a parte de trás da cabeça dele, enquanto o som da broca preenche o corredor, e tento de novo.

— Você é de Baton Rouge mesmo?

Ele para de furar e vejo os ombros tensos. Ele não se vira, mas, agora, é o som da voz dele que preenche a sala vazia.

— Acha mesmo que eu não sei quem você é, Chloe?

Congelo. A resposta dele me deixa tão atordoada que fico em silêncio. Continuo olhando para sua nuca até que, devagar, ele se vira.

— Reconheci você no segundo em que abriu a porta.

— Desculpe. — Engulo em seco. — Não sei do que você tá falando.

— Sabe, sim — diz, chegando mais perto. Ainda segurando a furadeira. — Você é Chloe Davis. Seu noivo me passou seu nome quando me ligou. Ele está a caminho de Lafayette e disse que você me receberia.

Meus olhos se arregalam quando processo o que ele acabou de admitir – ele sabe quem eu sou. Soube o tempo todo. E sabe que estou sozinha aqui.

Ele dá mais um passo à frente.

— E mentir seu nome no formulário mostra que você também sabe quem eu sou, então não sei qual é seu jogo aqui, me fazendo essas perguntas.

Meu celular está quente no bolso de trás. Eu poderia pegá-lo, ligar para a polícia. Mas ele está bem na minha frente e estou apavorada com a ideia de que qualquer movimento meu fará com que ele corra em minha direção.

— Você quer saber o que me trouxe a Baton Rouge? — pergunta. Ele está ficando irritado, vejo a pele dele ficando vermelha, os olhos escurecendo. Pequenas bolhas de saliva se multiplicam enquanto ele fala. — Tô aqui já faz tempo, Chloe. Depois que Annabelle e eu nos divorciamos, eu precisava mudar de ares. Começar de novo. Lá, eu fiquei no fundo do poço por muito tempo, então decidi me mudar, dei o fora da cidade e deixei pra trás todas as memórias dela. E eu estava bem, de modo geral, até que, uns anos atrás, abri o jornal de domingo e adivinha quem estava lá?

Ele espera por um segundo, os lábios se curvando em um sorriso.

— Era uma foto sua — diz, apontando a furadeira na minha direção. — Uma foto sua com uma manchetezinha atrevida sobre você *canalizar seu trauma de infância* ou alguma baboseira dessas bem aqui em Baton Rouge.

Lembro-me daquela entrevista, concedida ao jornal quando comecei a trabalhar no Baton Rouge General. Pensei que seria uma espécie de redenção. Uma chance de me redefinir, escrever minha própria história. Mas é claro que não foi. Era só mais alguém querendo explorar meu pai, mais uma glorificação espalhafatosa de violência disfarçada de jornalismo.

— Eu li aquele artigo — continua. — Cada palavra. E sabe de uma coisa? Só me deixou puto de novo. Você inventando desculpas pro seu pai, ganhando dinheiro em cima do que ele fez pro bem da sua carreira. Aí eu li sobre a sua *mãe*, covarde, tentando fugir do papel que ela teve nisso tudo. Pra não ter mais que conviver com ela mesma.

Fico em silêncio enquanto as palavras dele recaem sobre mim, enquanto observo a maneira como ele olha para mim com ódio genuíno nos olhos. Como as mãos dele seguram a furadeira com tanta força que posso ver os nós dos dedos brancos, ameaçando rasgar a pele.

— Sua família inteira me dá nojo — diz. — E não importa o que eu faça, parece que não consigo escapar de você.

— Eu nunca inventei desculpas pro meu pai — digo. — Nunca tentei *ganhar dinheiro* em cima de coisa nenhuma. O que ele fez é... é imperdoável. *Me* dá nojo.

— Ah, é mesmo? Te dá nojo? — pergunta, inclinando a cabeça. — Me conta, ter seu próprio consultório também te dá nojo? Aquele bem bacana que você tem lá no centro? Seu salário de seis dígitos te dá nojo? A porra da sua casa de dois andares em Garden District e o noivo perfeitinho? Isso te dá nojo?

Engulo em seco. Subestimei Bert Rhodes. Convidá-lo a entrar foi um erro. Tentar brincar de detetive e interrogá-lo foi um erro. Ele não só me conhece, como sabe tudo *sobre* mim. Ele andou pesquisando sobre mim da mesma forma que pesquisei sobre ele – só que há muito, muito mais tempo. Ele sabe do meu consultório, do meu trabalho. Talvez também saiba que Lacey era minha paciente, e ele esteve lá, esperando, no dia que ela saiu da consulta e desapareceu.

— Agora me fala — rosna. — Por que é justo que a filha de Dick Davis tenha crescido e esteja levando uma vida perfeita enquanto a minha tá apodrecendo onde quer que aquele filho da puta tenha despejado o corpo dela?

— Não estou vivendo uma vida perfeita — digo. De repente, também estou com raiva. — Você não tem ideia do que eu passei, como fiquei fodida da cabeça depois do que o meu pai fez.

— O que você passou? — grita, apontando a furadeira para mim de novo. — Você quer falar sobre o que *você passou*? O quanto a *sua* cabeça ficou fodida? E a minha filha? E o que *ela* passou?

— Lena era minha amiga, sr. Rhodes, ela era minha *amiga*. Você não foi o único que perdeu alguém naquele verão.

A expressão dele muda um pouco, os olhos se suavizam, as marcas na testa se suavizam e, de repente, ele olha para mim como se eu tivesse doze anos outra vez. Talvez tenha sido o jeito como eu disse o nome dele, *sr. Rhodes*, da mesma forma que disse quando minha mãe nos apresentou na cozinha de casa quando cheguei do acampamento uma noite, suando, suja e confusa, tentando entender quem era aquele homem que estava tão perto da minha mãe. Ou talvez tenha sido a menção ao nome *dela* – Lena. Eu me pergunto quanto tempo faz que ele não o ouve em voz alta, um nome tão doce que tem gosto de seiva escorrendo da lasca de uma árvore. Tento me aproveitar dessa mudança momentânea e continuo falando.

— Lamento muito o que aconteceu com sua filha — digo e dou um passo para trás, abrindo certa distância entre nós. — De verdade, lamento demais. Eu penso nela todos os dias.

Ele suspira e abaixa a furadeira em direção às pernas. Depois, vira para o lado, fitando algo do lado de fora, através das cortinas, com um olhar distante.

— Já pensou em como deve ser? — pergunta enfim. — Eu costumava ficar acordado à noite, pensando nisso. Imaginando. Obcecado.

— O tempo todo. Não consigo imaginar o que ela passou.

— Não — diz, balançando a cabeça. — Não estou falando dela. Não me refiro a Lena. Nunca pensei em como seria morrer. Honestamente, se acontecesse, não me importaria.

Ele se vira para mim. Os olhos se transformam de novo em círculos vazios, escuros como tinta, qualquer gesto terno desaparece por completo. É aquela expressão outra vez, a mesma expressão de plena indiferença e falta de emoção. Quase parece desumano, feito uma máscara pendurada em uma parede escura como breu.

— Tô falando do seu pai — diz. — De como seria matar alguém.

CAPÍTULO VINTE E CINCO

Não me movo até ouvir o rugido do motor, o *baque* do caminhão dando ré no meio-fio e saindo da garagem. Fico imóvel, escutando o barulho do veículo em retirada, cada vez mais fraco a distância, até que, enfim, encontro o silêncio.

Acha mesmo que eu não sei quem você é, Chloe?

As palavras dele me prenderam, me imobilizaram no segundo em que ele virou e olhou nos meus olhos. Paralisei da mesma forma que na noite em que vi meu pai esgueirar-se pelo quintal, com a pá na mão. Eu sabia que estava testemunhando algo errado, algo terrível. Perigoso. Eu sabia que deveria gritar. Eu sabia que deveria disparar até lá fora pela porta aberta, agitando os braços. Mas, assim como os passos lentos e pesados do meu pai me mantiveram presa, os olhos de Bert Rhodes tinham me encantado, prendendo meus pés ao piso. Sua voz envolveu o meu corpo feito uma cobra, recusando-se a soltar. Tão densa quanto água salgada. Tentando fugir dela, e dele, senti vontade de correr pelo pântano, a lama pesada e espessa e agarrada aos tornozelos. Quanto mais você tenta avançar, quanto mais exausto você se sente, mais fraco você se torna. E mais profundo você afunda.

Espero mais um minuto, até ter certeza de que ele foi embora, e dou um passo à frente, devagar, o peso do meu calcanhar força a madeira a ranger.

Não estou falando dela. Não me refiro a Lena. Nunca pensei em como seria morrer.

Dou mais um passo, lento, cauteloso, como se ele estivesse à espreita por trás da porta ainda aberta, esperando para atacar.

Tô falando do seu pai. De como seria matar alguém.

Dou um último passo para a porta da frente, fecho-a num estrondo, tranco a fechadura e apoio as costas com força contra a madeira. Conforme o cômodo vai clareando, começo a tremer. Estou lutando contra a sensação sobrenatural que invade o corpo depois de uma dose inesperada de adrenalina – dedos trêmulos, visão manchada, respiração alterada. Deslizo pela parede e sento no chão, passo as mãos pelo cabelo, tentando não chorar.

Em algum momento, olho para o painel de segurança na parede acima de mim, brilhando. Levanto, configuro o código e aperto *Ativar*, observando o pequeno ícone de cadeado mudar de vermelho para verde. Solto o ar, apesar de continuar sentindo que não faz diferença. Até onde sei, ele não instalou direito. Pulou umas janelas, definiu outro código. Daniel queria um sistema de segurança instalado para me ajudar a me sentir mais segura, mas nunca senti tanto medo quanto agora.

Preciso procurar a polícia. Não posso mais adiar. Bert Rhodes não só sabe quem sou, mas também sabe onde moro. Ele sabe que estou aqui sozinha. Talvez saiba que o tenho investigado. Por mais que eu não queira me envolver em outra busca por garotas desaparecidas, esse encontro foi a prova de que eu precisava: a divagação de Bert Rhodes – a raiva em relação a como minha vida se desenrolou, ele se perguntar como seria matar alguém – era praticamente uma admissão de culpa e uma ameaça de violência futura, tudo junto. Coloco uma mão trêmula no bolso de trás e puxo o celular, passo pelas chamadas anteriores e aperto o número que apareceu na minha tela hoje cedo, o número que confirmou meu maior medo: de que Lacey Deckler estivesse morta. Ouço chamar, me preparando para a conversa que estou prestes a ter. A conversa que venho tentado evitar.

Uma voz me cumprimenta do outro lado.

— Detetive Thomas.

— Oi, detetive. Aqui é Chloe Davis.

— Doutora Chloe — diz, parecendo surpreso. — Como posso ajudá-la? Lembrou-se de mais alguma coisa?

— Sim — digo. — Sim, lembrei. Podemos nos encontrar? Assim que possível?

— Claro. — Ouço movimentos do outro lado, como se estivesse mudando alguns papéis de lugar. — Você pode vir à delegacia?

— Sim — digo mais uma vez. — Sim, posso. Estarei aí em breve.

Desligo, minha mente gira enquanto pego as chaves e saio, conferindo se a porta fica trancada. Entro no carro e ligo o motor. Ele não precisava me passar o endereço, já conheço o caminho. Já estive na delegacia de Baton Rouge antes, embora espere que, quando eu revelar quem sou, essa parte do meu passado não venha à tona também. Não deveria, mas pode acontecer. E, se for o caso, não há nada que eu possa fazer a respeito além de tentar explicar.

Paro no estacionamento de visitantes, desligo o motor e olho para a entrada diante de mim. O lugar está do mesmo jeito que era dez anos atrás, só que mais velho. Menos cuidado. Os tijolos de terracota ainda estão lá, mas a tinta está rachando nas laterais e partes do reboco estão caindo. A paisagem é marrom e irregular, a cerca de arame, que separa a delegacia do shopping ao lado, está capenga e torta. Saio do carro e bato a porta, me forçando a entrar antes que eu mude de ideia.

Vou até a recepção e fico atrás da divisória de acrílico, observando enquanto a mulher atrás da mesa bate as unhas postiças no teclado.

— Oi — interrompo. — Tenho um horário com o detetive Michael Thomas?

Ela me olha por trás do plástico e morde a bochecha, como se tentasse decidir se acredita em mim. Com certeza a minha afirmação saiu mais como uma pergunta, porque a convicção que tive em casa de que deveria confessar tudo à polícia se evaporou no instante em que pisei aqui.

— Posso mandar uma mensagem para ele — digo, segurando o celular, tentando convencer tanto a ela quanto a mim mesma de que me deixar entrar é uma boa ideia. — Dizer que eu estou aqui.

Ela olha para mim por mais alguns segundos, depois pega o telefone e disca um ramal, apoiando o aparelho entre o ombro e o queixo enquanto continua digitando. Ouço a linha chamando antes da voz do detetive Thomas responder.

— Tem alguém aqui pra você — diz ela, me olhando com as sobrancelhas levantadas.

— Chloe Davis.

— *Chloe Davis* — repete ela. — Diz que tem um horário.

Ela desliga o telefone e aponta para a porta à minha direita, protegida por um detector de metais e pessoas que parecem inquietas e cansadas.

— Ele disse que você pode entrar. Coloque todos os metais e aparelhos eletrônicos na bandeja. Segunda porta à direita.

Dentro da delegacia, a porta do escritório do detetive Thomas está entreaberta. Coloco a cabeça na abertura e bato na madeira.

— Entre — diz ele, olhando para mim por trás da mesa bagunçada, repleta de papéis, pastas de arquivos e uma caixa aberta de biscoitos Saltine, com uma aba para fora e um rastro de farelos espalhados. Ele acompanha meu olhar e abaixa a cabeça, coloca a aba de volta para dentro e fecha a caixa. — Desculpa a bagunça.

— Sem problemas — digo ao entrar, e fecho a porta atrás de mim. Fico parada por um instante e ele aponta para a cadeira diante dele. Sento-me e minha mente viaja ao início da semana, quando os papéis estavam invertidos. Quando eu estava sentada atrás da *minha* mesa, no *meu* consultório, gesticulando para que *ele* se sentasse onde eu indiquei. Solto o ar.

— Então — diz, cruzando as mãos sobre a mesa. — Do que você se lembrou?

— Primeiro, eu tenho uma pergunta — digo. — Aubrey Gravino. Ela foi encontrada com alguma joia?

— Eu realmente não sei por que isso é importante.

— Mas é. Digo, poderia ser, depende da resposta.

— Por que você não me diz primeiro o que você lembra, depois falamos disso?

— Não — digo, balançando a cabeça. — Não, antes preciso ter certeza. Juro que é importante.

O detetive olha para mim por mais alguns segundos, pesando as opções. Ele suspira alto, tentando me mostrar o aborrecimento, e começa a mexer nas pastas em cima da mesa. Pega uma, abre e vira algumas páginas até que seus olhos começam a piscar, examinando o texto.

— Não, ela não foi encontrada com nenhuma joia — responde. — Um brinco foi encontrado no cemitério próximo ao corpo, de prata, com uma pérola e três diamantes.

Ele olha para mim com as sobrancelhas erguidas, como se perguntasse: *Tá feliz agora?*

— Nada de colar, então?

Seus olhos permanecem nos meus por mais alguns segundos, até que olha para baixo de novo.

— Não. Nada de colar. Só o brinco.

Solto o ar e passo as mãos pelo cabelo. Ele me observa com cautela, esperando que eu diga algo, que eu faça algo. Inclino-me para trás na cadeira e desabafo.

— Esse brinco era parte de um conjunto — digo. — Tem um colar igual ao brinco, que ela deveria estar usando quando foi pega. Em todas as fotos, ela usa juntos. No pôster de *DESAPARECIDA*, nas fotos do álbum do colégio, em fotos do Facebook... Se ela estivesse com os brincos, também estaria com o colar.

Ele abaixa a pasta e a apoia na mesa.

— Como você sabe disso?

— Eu verifiquei — digo. — Antes de trazer isso até você, queria ter certeza.

— Tá certo. E por que você acha que isso é importante?

— Porque Lacey também estava usando uma joia. Lembra?

— É verdade — diz ele. — Você mencionou uma pulseira.

— Uma pulseira de contas com uma cruz prateada. Vi no pulso dela no consultório. Ela usava pra cobrir a cicatriz. Mas quando vi o corpo hoje cedo... não estava com ela.

De repente, um silêncio desconfortável. O detetive Thomas continua me encarando e não sei dizer se ele está de fato considerando o que lhe contei ou se está preocupado comigo. Começo a falar mais rápido.

— Acho que o assassino está pegando as joias das vítimas como lembranças — digo. — E acho que ele tá fazendo isso porque meu pai fazia isso. Richard Davis, sabe? De Breaux Bridge.

Eu observo a reação dele enquanto as peças se encaixam. É sempre a mesma coisa, toda vez que alguém se dá conta de quem sou: um afrouxamento nítido do rosto antes de a mandíbula ficar tensa, como se tivessem que se segurar para não se jogar contra mim. Nosso sobrenome, nossos traços semelhantes. Sempre me disseram que tenho o nariz do meu pai, grande e um pouco torto, de longe a coisa que menos gosto no meu rosto, não por vaidade, mas por causa da lembrança recorrente da genética toda vez que me olho no espelho.

— Você é Chloe Davis — diz. — Filha de Dick Davis.

— Infelizmente, sim.

— Sabe, acho que li uma matéria sobre você. — Ele aponta para mim, sacudindo o dedo enquanto a memória trabalha. — Eu só... Não liguei os pontos.

— Sim, foi publicada há alguns anos. Fico aliviada de saber que você esqueceu.

— E você acha que esses assassinatos estão de alguma forma ligados aos que seu pai cometeu?

Ele ainda me olha descrente, como se eu fosse uma aparição pairando sobre o tapete, sem ter certeza de que eu sou real.

— No começo, não — digo. — Mas vai fazer vinte anos no mês que vem, e descobri há pouco tempo que o pai de uma das vítimas do meu pai mora aqui em Baton Rouge. Bert Rhodes. E ele é... violento. Ele tem histórico. Tentou estrangular a esposa...

— Você acha que é um imitador? — interrompe. — Que o *pai da vítima* virou um imitador?

— Ele tem histórico — repito. —E... minha família. Ele *odeia* minha família. É compreensível, mas hoje ele apareceu na minha casa e estava com muita raiva, e eu me senti muito desprotegida...

— Ele foi a sua casa sem ser chamado? — Ele se ajeita na cadeira e pega uma caneta. — Ele te ameaçou de alguma forma?

— Não, não foi bem assim. Ele instala sistemas de segurança e meu noivo o chamou pra instalar...

— Então você o chamou até sua casa? — Ele se inclina para trás mais uma vez e abaixa a caneta.

— Você quer parar de me interromper?

A frase sai mais alto do que planejei e o detetive Thomas olha para mim atordoado, com uma mistura de choque e inquietação, enquanto um silêncio desconfortável toma conta da sala. Mordo o lábio. Eu odeio esse olhar. Já vi esse olhar antes. Vi esse olhar em Cooper. Em policiais e detetives, bem aqui, neste mesmo edifício. Esse olhar que denota preocupação, não com a minha segurança, mas com a minha mente. Esse olhar que provoca em mim a sensação de que as minhas palavras não são confiáveis, que estou me atropelando, falando cada vez mais rápido, perdendo o controle, me desintegrando a ponto de sumir.

— Desculpe — digo, soltando o ar. Obrigando-me a ficar calma.

— Desculpe, é que sinto que você não está me ouvindo de verdade.

Você me pediu pra olhar o corpo da Lacey hoje e dizer se me lembrava de qualquer coisa que pudesse ser importante. Agora estou aqui te dizendo o que acho que é importante.

— Certo — diz ele com as mãos no ar. — Certo, você tem razão. Desculpe. Por favor, continue.

— Obrigada — digo, sentindo os ombros relaxarem um pouco. — Enfim, Bert Rhodes é uma das poucas pessoas, talvez a *única* pessoa que saberia desse detalhe, que mora na área onde esses assassinatos estão acontecendo e tem motivo para matar essas meninas da mesma forma que meu pai fez com a filha dele, vinte anos atrás. É uma coincidência que não pode ser ignorada.

— E qual você acha que é o motivo, exatamente? Ele conhece essas garotas?

— Não... Quer dizer, não sei. Acho que não. Mas não é seu trabalho descobrir?

O detetive Thomas levanta a sobrancelha.

— Desculpe — digo novamente. — É só... olhar. Pode ser um monte de coisas, tá? Talvez seja vingança, procurar garotas que eu conheço pra me assediar ou me fazer sentir a mesma dor que sentiu quando a filha dele foi levada. Olho por olho. Ou talvez seja luto, necessidade de controle, o mesmo motivo fodido pelo qual as vítimas de abuso se tornam abusadoras também. Talvez esteja tentando provar alguma coisa. Ou talvez ele seja doente, detetive. Vinte anos atrás, ele não era bem o melhor pai, tá certo? Mesmo quando criança, eu já tinha um *pressentimento* com relação a ele. De que alguma coisa estava errada.

— Tudo bem, mas um *pressentimento* não é um motivo.

— Tá bom, então que tal isso aqui como motivo? — cuspo as palavras. — Hoje, ele me disse que, depois da morte da Lena, ele percebeu que ficou obcecado com a ideia de como seria tirar a vida de alguém. Quem *diz* isso? Quem imagina como é matar alguém depois que a própria filha acabou de ser assassinada? Não deveria ser o contrário? Ele está se identificando com a pessoa errada.

O detetive Thomas fica em silêncio por um minuto e suspira de novo, desta vez, parecendo resignado.

— Certo — diz. — Certo, vamos investigar. Concordo que é uma coincidência que deve ser verificada.

— Obrigada.

Eu me preparo para levantar da cadeira e o detetive olha de novo para mim, com uma pergunta se formando nos lábios.

— Rapidinho, doutora Chloe. Você disse que talvez esse homem, o...

Ele olha para o papel diante dele, sem qualquer anotação. Sinto irritação subindo pela minha garganta como bile.

— Bert Rhodes. Anote aí.

— Certo, Bert Rhodes — diz, rabiscando o nome no canto, circulando-o duas vezes. — Você disse que ele poderia estar indo atrás de garotas que você conhece.

— Sim, pode ser. Ele admitiu que sabe onde fica meu consultório, então talvez seja por isso que pegou Lacey. Talvez estivesse de olho em mim e a viu saindo. Talvez a tenha jogado no beco atrás do consultório, porque sabia que eu poderia encontrá-la, notar a joia desaparecida e ligar os pontos. Que eu seria forçada a reconhecer que todas essas garotas ainda estão morrendo por causa...

Eu paro, engulo em seco. E me obrigo a falar.

— Por causa do meu pai.

— Tudo bem — diz, passando a caneta pela borda do papel. — Tudo bem, é uma possibilidade. Mas, então, qual exatamente é a sua ligação com Aubrey Gravino? Como você a conhece?

Fico olhando para ele, minhas bochechas esquentando. É uma pergunta válida que, de alguma forma, não me fiz antes. Eu estava presente pouco antes do corpo de Aubrey ser encontrado, o que pareceu coincidência, depois o desaparecimento de Lacey no dia em que saiu do meu consultório colocou as coisas em outro patamar. Mas uma ligação real entre mim e Aubrey... Não consigo pensar em nada. Lembro-me de ver o rosto dela pela primeira vez no noticiário, os traços familiares como se a tivesse visto em algum lugar antes, talvez em um sonho. Atribuí a semelhança a todas as adolescentes que passavam pelo meu consultório semanalmente, já que todas se parecem de alguma forma.

Mas, agora, começo a me perguntar se era algo mais.

— Não conheço Aubrey — admito. — Não consigo pensar em nenhuma conexão agora. Vou continuar pensando.

— Está bem — diz, assentindo com a cabeça, ainda me olhando com cuidado. — Tá certo, doutora Chloe, agradeço por ter vindo. Com certeza vou investigar e te aviso assim que eu souber mais.

Eu me levanto da cadeira e me viro para sair. A sala parece claustrofóbica, com a porta e as janelas fechadas e a bagunça se acumulando em todas as superfícies, fazendo minhas mãos suarem e o batimento cardíaco acelerar no peito. Ando rápido para a porta e agarro a maçaneta, sinto os olhos dele ainda perfurando minhas costas, observando. É evidente que o detetive Thomas desconfia da minha história. Com algo tão surpreendente quanto o que acabei de contar, eu suspeitava que pudesse acontecer. Mas, ao vir aqui e revelar minha hipótese, eu esperava pelo menos apontar o holofote para Bert Rhodes, fazer com que a polícia começasse a observá-lo de perto, tirá-lo da penumbra e tentar impedir que se escondesse com essa facilidade.

Em vez disso, sinto como se esse holofote estivesse apontado para mim.

CAPÍTULO VINTE E SEIS

É fim de tarde quando chego em casa. Ao entrar no corredor, nosso novo sistema de alarme emite dois bipes e o som dá um choque de pânico no meu peito. Ligo-o de novo assim que fecho a porta, aumentando o som para o volume mais alto possível. Passo os olhos pela casa, quieta e imóvel. Apesar de todo o meu esforço, Bert Rhodes se faz presente em todos os lugares. A voz dele parece ecoar pelos corredores vazios, os olhos escuros me espiando por trás de cada canto. Posso até sentir o cheiro dele, aquele cheiro almiscarado de suor, misturado com uma pitada de álcool que o acompanhou enquanto ele vagava pela casa, tocando minhas paredes, inspecionando minhas janelas, invadindo minha vida mais uma vez.

Entro na cozinha e sento-me na ilha, coloco a bolsa no balcão e pego o frasco de Frontal que tirei do porta-luvas. Viro-o na mão, sacudo um pouco ouvindo o barulho dos comprimidos caindo. Estou desesperada por um Frontal desde o segundo em que saí do necrotério de manhã, há apenas algumas horas – no carro, a lembrança do corpo azulado de Lacey faz meus dedos tremerem enquanto segurava o comprimido, mas, com tudo que aconteceu desde então, parece que foi há uma vida inteira. Giro a tampa e despejo um comprimido na palma da mão, jogando-o para dentro e engolindo-o a seco antes que outro telefonema me interrompa. Olho para a geladeira e me dou conta de que não comi quase nada o dia todo.

Pulo da ilha e caminho até a geladeira, abro a porta e me apoio no aço inoxidável gelado. Já começo a me se sentir melhor. Contei à polícia sobre Bert Rhodes. O detetive Thomas não comprou muito a ideia, mas fiz o que pude. Agora ele vai investigar. Com certeza vai observá-lo, observar seus movimentos, seus costumes. Vai averiguar as casas que visita e, se outra garota desaparecer de uma delas, ele saberá. Saberá que eu estava certa e vai parar de olhar para mim como se *eu* fosse a louca. Como se *eu* tivesse algo a esconder.

Meus olhos pousam nas sobras de salmão da noite passada, puxo a fôrma de vidro para fora, removo a tampa para colocá-la no micro-ondas e a cozinha logo é preenchida pelo cheiro de especiarias. É muito tarde para o almoço, então vou chamar isso de jantar antecipado, o que me dá o direito de desfrutar de uma taça daquele *cabernet* que combinou tão bem com ele na noite passada. Caminho até o armário de vinhos e pego uma taça, despejo o líquido vermelho rubi até a borda, tomo um longo gole, sirvo o restante da garrafa e, em seguida, jogo-a no lixo reciclável.

Antes que eu puxe o banco, ouço uma batida na porta, sonora, de punho fechado que me faz levar a mão ao peito, seguida de uma voz conhecida.

— Chlo, sou eu. Tô entrando.

Ouço uma chave na fechadura, um clique silencioso quando a trava desliza do lugar. Vejo a maçaneta começar a girar, mas me lembro do alarme.

— Não, espera! — grito, correndo para a porta. — Coop, não entra. Espera aí um segundo.

Vou até o teclado e digito o código, pouco antes da porta se abrir. Quando ela abre, olho para a varanda e vejo os olhos surpresos do meu irmão me olhando de volta.

— Você colocou alarme? — pergunta, os pés plantados no tapete escrito *Sejam bem-vindos!*, e com uma garrafa de vinho na mão. — Se você queria sua chave de volta era só pedir.

— Muito engraçado — sorrio. — Você vai ter que começar a me avisar quando estiver vindo. Esse negócio vai chamar a polícia por sua causa.

Toco no teclado e gesticulo para ele entrar, volto à ilha e me encosto no mármore frio.

— E se você tentar invadir, consigo te ver no meu celular.

Levanto o aparelho, balanço-o no ar e aponto para a câmera no canto.

— Isso tá gravando mesmo? — pergunta.

— Claro que tá.

Abro o aplicativo de segurança e viro o aparelho para que Cooper veja que ele está parado no meio da tela do meu celular.

— Hum — diz, virando-se e acenando para a câmera. Ele olha para mim e sorri.

— Além disso... — digo. — Por mais que eu adore suas visitas, não sou a única que mora aqui agora.

— É, é... — diz Cooper, sentando-se na beirada de um banquinho. — Falando nisso, cadê seu noivo?

— Viajando — digo. — A trabalho.

— No final de semana?

— Ele trabalha muito.

— Hum. — Cooper gira na mesa a garrafa de *merlot* que ele trouxe. O líquido brilha sob as luzes da cozinha, lançando sombras vermelho-sangue na parede.

— Cooper, não começa — digo. — Agora não.

— Eu não fiz nada.

— Mas ia dizer.

— Não te incomoda? — pergunta, as palavras impacientes e urgentes, como se caso ele não as dissesse neste exato momento, de todo modo elas escapariam por conta própria. — Com que frequência ele se ausenta? Não sei, não, Chlo. Sempre imaginei você com alguém que ficasse por perto pra você se sentir segura. Depois de tudo que você passou, você merece isso. Alguém presente.

— Daniel é presente — digo, pegando minha taça de vinho e dando um longo gole. — Com ele eu me sinto segura.

— Então, por que o alarme?

Penso em como responder, as unhas batendo contra a taça.

— Foi ideia dele — digo por fim. — Viu? Preocupado com a minha segurança, mesmo quando não está aqui.

— Tá bom, que seja — diz Cooper, levantando-se do banco com um suspiro. Caminha até o armário, pega um saca-rolhas e torce a rolha da garrafa. Mesmo sabendo que vai acontecer, o *pop* da rolha me faz pular. — Enfim, eu ia falar pra gente beber, mas parece que você já começou.

— Por que você veio, Cooper? Pra discutir comigo de novo?

— Não, eu vim porque você é minha irmã — diz. — Porque tô preocupado com você. Queria ter certeza de que você tá bem.

— Bom, eu tô bem — digo, e levanto os braços encolhendo os ombros. — Não sei bem o que te dizer.

— Como você tá lidando com tudo isso?

— Com o quê, Cooper?

— Vai. Você sabe.

Eu suspiro e pisco os olhos pela sala vazia, para o sofá que, de repente, parece tão confortável, tão convidativo. Deixo os ombros caírem um pouco, estavam tão contraídos. Eu estou toda contraída.

— Tá trazendo as lembranças — digo, tomando outro gole. — É óbvio.

— Sim. Pra mim também.

— Às vezes é difícil saber o que é real e o que não é.

As palavras escapam antes que consiga puxá-las de volta. Ainda consigo senti-las na boca, a confissão que venho tentando tanto engolir. Esquecer que sempre esteve aqui. Olho para baixo, para a minha taça de vinho que, de repente, está meio vazia, e olho de volta para Cooper.

— É tão familiar, sabe? São tantas semelhanças. Não parece coincidência pra você?

Cooper me olha, os lábios se afastando um pouco.

— Quais semelhanças, Chloe?

— Esquece — digo. — Não é nada.

— Chloe — diz Cooper, inclinando-se em minha direção. — O que é isso aí?

Sigo o olhar dele em direção ao frasco de Frontal ainda no balcão, o minúsculo frasco com uma montanha de comprimidos. Olho para a taça de novo, para o dedinho de líquido restante.

— Você tá tomando isso?

— Quê? Não. Não, não são meus...

— Daniel te deu isso?

— Não, Daniel não me deu nada. Por que você acha isso?

— O nome dele tá no frasco.

— Porque é *dele*.

— Então por que tá aberto no balcão da cozinha se ele tá fora da cidade?

O silêncio se acomoda entre nós. Olho pela janela, para o sol que começa a se pôr. Os ruídos da noite começam a emergir, o grito das cigarras, o barulho dos grilos e todos os outros animais ganham vida no escuro. A Luisiana é um lugar barulhento à noite, mas prefiro isso ao silêncio. Porque quando está silencioso, é possível ouvir tudo. Respirações abafadas ao longe, passos fundos nas folhas secas. Uma pá arrastada pela terra.

— Estou preocupado. — Cooper solta o ar e passa as mãos pelo cabelo. — Não é bom que ele traga todas essas drogas para dentro de casa, com o seu histórico.

— O que você quer dizer com *todas essas drogas*?

— Ele é representante de vendas de produtos farmacêuticos, Chloe. A mala dele tá cheia dessa merda.

— E daí? Eu também tenho acesso. Eu posso prescrever.

— Não pra você mesma.

Sinto uma onda de lágrimas nos olhos. Odeio que Daniel esteja levando a culpa por isso, mas não consigo pensar em outra explicação. Outra saída sem contar a Cooper que estou pedindo remédios em nome de Daniel. Então, em vez disso, fico quieta. Deixo Cooper acreditar. Deixo a desconfiança que tem do meu noivo aumentar, se intensificar.

— Não tô aqui pra brigar — diz, levantando-se do banquinho e caminhando em minha direção. Ele me envolve em um abraço longo, os braços fortes, quentes e familiares. — Eu te amo, Chloe. E eu sei por que você faz isso. Só queria que parasse. Procurasse ajuda.

Sinto uma lágrima escapar, deslizando pela bochecha e deixando um rastro de sal no caminho. Ela pousa na perna de Cooper e deixa uma pequena mancha escura. Mordo o lábio com força, tentando impedir que o restante também caia.

— Não preciso de ajuda — digo, passando as mãos nos olhos. — Consigo me virar sozinha.

— Me desculpe por te chatear — diz. — É só que... Essa relação... Não parece saudável.

— Tá tudo bem — digo, levantando a cabeça de seu ombro, e passo o dorso da mão na bochecha. — Mas acho que você devia ir embora.

Cooper inclina a cabeça. É a segunda vez em uma semana que ameaço escolher Daniel em vez do meu irmão. Penso na festa de noivado, na varanda dos fundos. O ultimato que dei a ele.

Eu quero você neste casamento. Só que ele vai acontecer com ou sem você.

Mas consigo ver agora, pela tristeza nos olhos dele, que não tinha acreditado em mim.

— Sei que você tá tentando — digo. — E eu entendo, Cooper, de verdade. Você me protege, se preocupa. Mas não importa o que eu diga, Daniel nunca será bom o suficiente pra você. Ele é meu *noivo*. Eu vou me casar com ele daqui a um mês. Então, se ele não é bom o suficiente pra você, acho que eu também não sou.

Cooper dá um passo para trás, fechando os dedos na palma da mão aberta.

— Só tô tentando te ajudar — diz. — Cuidando de você. É minha obrigação. Eu sou seu *irmão*.

— Não é sua obrigação — digo. — Não mais. E você tem que ir.

Ele me encara por mais um segundo, os olhos em mim e nos comprimidos no balcão, indo e voltando. Ele estende o braço e eu acho que ele vai pegá-los, levá-los, mas, em vez disso, ele me entrega o chaveiro com a chave extra. A lembrança de quando a deixei com ele me ocorre – anos atrás, quando me mudei pela primeira vez, queria que Cooper ficasse com ela. *Você é sempre bem-vindo aqui*, eu dissera quando nos sentamos de pernas cruzadas no colchão do meu quarto, a testa úmida de suor depois de montarmos a cabeceira da cama, embalagens vazias de comida chinesa espalhadas pelo chão. O macarrão oleoso deixando manchas gordurosas na madeira. *E além do mais, vou precisar de alguém para regar minhas plantas quando eu não estiver.* Fico olhando para a chave, pendurada em seu indicador. Não consigo pegar de volta, porque, se pegar, sei que será definitivo. Que não poderemos voltar atrás. Em vez disso, ele a coloca no balcão, devagar, vira-se e sai pela porta.

Fico olhando para a chave, lutando contra o desejo de pegá-la, ir até lá fora e colocá-la de volta nas mãos dele. Mas jogo o Frontal na bolsa antes de ir até a porta e configurar o alarme. Em seguida, pego a garrafa de vinho que Cooper trouxe, ainda pela metade, e me sirvo outra taça, pego o salmão, agora frio, volto para a sala, me acomodo no sofá e ligo a TV.

Penso em tudo que aconteceu hoje e, no mesmo instante, percebo que estou exausta. O corpo de Lacey, o encontro com Aaron. O desentendimento com Daniel, a interação com Bert Rhodes, e contar tudo ao detetive Thomas. A briga com meu irmão, a preocupação nos olhos dele quando viu os comprimidos. Quando ele me viu, sozinha, bebendo na ilha da cozinha.

De repente, mais do que exausta, me sinto sozinha.

Pego o celular e toco na tela até destravá-la. Penso em ligar para Daniel, mas imagino que esteja em algum jantar, pedindo outra garrafa em algum restaurante italiano de cinco estrelas, as gargalhadas enquanto ele insiste em só mais uma. Ele é provavelmente a alma da festa, contando piadas, dando tapinhas nas costas das pessoas. O pensamento faz com que eu me sinta ainda mais sozinha, por isso, deslizo a tela para cima e abro os contatos.

E bem ali no topo me deparo com outro nome: Aaron Jansen.

Eu poderia ligar para Aaron, penso. Eu poderia contar para ele tudo que aconteceu desde a última vez que conversamos. É bem provável que ele não esteja fazendo nada, sozinho em uma cidade desconhecida. É bem provável que ele esteja fazendo a mesma coisa que eu, na verdade – sentado no sofá, meio bêbado, de perna pra cima, comendo alguma coisa. Meu dedo paira sobre o nome dele, mas, antes que eu possa tocar, a tela escurece. Sento-me por um instante, pensando. Minha cabeça está um pouco nebulosa, como se envolta em um cobertor de lã grosso. Deixo o celular de lado, decidindo não ligar. Em vez disso, fecho os olhos. Imagino como ele poderia reagir quando eu contar que Bert Rhodes apareceu na minha porta. Eu o imagino gritando comigo pelo telefone porque admito que o deixei entrar. Sorrio discretamente, sabendo que ele ficaria preocupado. Preocupado comigo. Mas eu diria que, depois que ele saiu, liguei para o detetive Thomas, fui à polícia. Repassaria a ele nossa conversa, palavra por palavra, e sorrio de novo, sabendo que ele ficaria orgulhoso.

Abro os olhos e dou outra mordida no salmão, o zumbido da TV soa mais distante conforme me concentro mais no som das mordidas. O barulho do garfo na fôrma. Minha respiração pesada. A imagem na tela da televisão está ficando estranha e percebo as pálpebras ficarem mais pesadas a cada novo gole de vinho. Logo, meu corpo está formigando.

Eu mereço isso, penso, afundando mais no sofá. Eu mereço dormir. Descansar. Estou exausta. Tão, tão exausta. Foi um dia longo. Desligo o celular, nada de interrupções, e o apoio sobre a barriga, depois coloco meu jantar na mesa de centro. Tomo outro gole do vinho e sinto um pouco dele escorrer pelo queixo. Eu me permito fechar os olhos, só por um segundo, e caio no sono.

Está escuro lá fora quando acordo. Estou desorientada, demoro a abrir os olhos, ainda deitada no sofá, a taça de vinho meio vazia ainda apoiada entre meu braço e a barriga. Por algum milagre, não derramou. Sento-me e toco na tela do celular, espero um tempo e me lembro de tê-lo desligado. Olho para a televisão, o horário no noticiário mostra que já passa das dez. Minha sala de estar escura está ligeiramente iluminada por um suave brilho azul. Pego o controle remoto e desligo a TV antes de me levantar do sofá. Olho para a taça de vinho na minha mão e engulo o resto do líquido para colocá-la na mesa de centro, subo as escadas e desabo na cama.

Afundo no colchão no mesmo instante e, logo, estou sonhando, ou talvez seja uma lembrança. Parece um pouco das duas coisas, é meio estranho, mas, ao mesmo tempo, familiar. Tenho doze anos de idade e estou sentada no meu canto de leitura, meu quarto escuro, só o brilho da pequena luz de leitura ilumina um pouco meu rosto. Meus olhos passam pelo livro no meu colo, absortos com as palavras na página, quando um barulho de fora interrompe a minha concentração. Olho pela janela e vejo uma figura ao longe, movendo-se em silêncio no quintal escuro. Está vindo das árvores, pouco depois dos limites da nossa propriedade, árvores que formam uma linha na entrada do pântano, se estendendo por quilômetros em ambas as direções.

Aperto os olhos na direção da figura e, logo, reconheço que é um corpo. O corpo de um adulto arrastando alguma coisa. O som começa a ecoar pelo quintal e passa pela minha janela aberta e reconheço o raspar do metal contra a terra.

É uma pá.

O corpo se aproxima da janela e eu pressiono o rosto contra o vidro, dobro uma orelha na página do livro e o deixo de lado. Ainda está escuro e luto para enxergar o rosto ou traços. Conforme o corpo se aproxima, quase exatamente debaixo da minha janela, uma luz se acende e aperto os olhos com o brilho repentino, a mão protegendo o rosto enquanto tento ajustá-lo à luz. Abaixo a mão, conforme a pessoa embaixo da janela se ilumina o suficiente para que eu possa enxergar, uma confusão me invade. Não é o corpo de um homem, como eu imaginava. Não é meu pai, como a memória deveria ter mostrado.

Desta vez, é uma mulher.

Ela vira a cabeça para o céu e olha para mim, como se soubesse o tempo todo que eu estava ali. Nossos olhos se encontram e não a reconheço de cara. Ela me parece um pouco familiar, mas não sei como ou por quê. Olho para cada traço dela, olhos, boca, nariz, quando finalmente a ficha cai. Sinto o sangue sumir do meu rosto.

A mulher debaixo da janela *sou eu.*

O pânico começa a crescer no meu peito, na garota de doze anos de idade que encara meus olhos, vinte anos mais velha. Estão completamente pretos, como os olhos de Bert Rhodes. Pisco algumas vezes e olho para a pá na mão dela, coberta com um líquido vermelho. De alguma forma, sei que é sangue. Aos poucos, um sorriso se forma em seus lábios e eu grito.

Meu corpo dispara para a frente e estou coberta de suor, o grito ainda ecoa por toda a casa. Mas, então, percebo – eu não estou gritando. Minha boca está aberta, ofegante, mas não há som. O que estou ouvindo vem de outro lugar, é alto e estridente, quase como uma sirene.

É um alarme. É o *meu* alarme. Meu alarme disparou.

De repente, me lembro de Bert Rhodes. Lembro-me dele em casa, colocando sensores nas minhas janelas, apontando a furadeira em minha direção. Lembro-me de seu aviso.

Nunca pensei em como seria morrer. Estou falando de como seria matar alguém.

Eu me jogo da cama, ouvindo passos frenéticos no andar de baixo. Ele deve estar tentando desativar, parar o alarme antes de subir as escadas e me estrangular até que a vida se esvaia dos meus pulmões, da mesma maneira que estrangulou aquelas garotas. Corro em direção ao closet e abro a porta, minhas mãos tateiam cegas no chão em busca da caixa que guarda a arma de Daniel. Eu nunca usei uma arma. Não tenho ideia de como usar uma arma. Mas tem uma aqui, carregada, e se puder tê-la nas mãos quando Bert entrar no quarto, terei alguma chance contra ele.

Estou jogando roupas sujas no chão quando ouço passos subindo as escadas. *Vamos lá,* sussurro. *Vamos lá, onde ela tá?* Pego algumas caixas de sapatos, abro-as e vou jogando para o lado quando vejo que dentro delas não há nada além de sapatos. Os passos ficam mais próximos, mais altos. O alarme ainda está tocando pela casa.

Os vizinhos com certeza estão acordados, penso. Ele não vai sair ileso. Ele não pode me matar com o alarme disparado desse jeito. Ainda assim, continuo procurando até que minhas mãos encontram uma caixa no canto. Pego e puxo para mais perto, inspecionando-a com as mãos. Parece uma caixa de joias, por que Daniel teria uma caixa de joias? Mas é comprida, delgada, do tamanho certo para uma arma, então abro logo a tampa, sentindo a presença de alguém do lado de fora da porta fechada.

Minha respiração fica presa na garganta quando olho para a caixa, agora aberta no meu colo. Dentro, não tem nenhuma arma, mas tem algo muito mais assustador.

É um colar com uma longa corrente de prata, uma única pérola na ponta e três pequenos diamantes agrupados no topo.

CAPÍTULO VINTE E SETE

Chloeeee.

    Ouço uma voz fora do quarto, quase inaudível com o barulho do alarme. Está chamando meu nome, mas meus olhos ainda estão colados à caixa em minhas mãos. A caixa que encontrei escondida no fundo do closet. A caixa com o colar de Aubrey Gravino, guardado com cuidado lá dentro. De repente, os sons girando ao meu redor evaporam e eu tenho doze anos de novo, sentada no quarto dos meus pais, vendo aquela pequena bailarina dançar. Quase não posso ouvir a música, a canção de ninar ritmada me envolve em um transe enquanto encaro a pilha de joias tiradas de peles mortas.

    CHLOE!

    Levanto os olhos assim que a porta do quarto começa a abrir. Por instinto, fecho a caixa e guardo-a de novo, jogo uma pilha de roupas em cima dela. Olho em volta, procurando por alguma coisa, *qualquer coisa* para me defender quando vejo a perna de um homem pisar no quarto, seguido por um corpo. Tenho tanta certeza de que verei os olhos mortos de Bert Rhodes e os braços estendidos correndo até mim que quase não reconheço o rosto de Daniel quando ele se vira e me encara, encolhida no chão.

    — Chloe, meu Deus — diz. — O que você tá fazendo?

    — Daniel? — Eu me levanto do chão e corro até ele, até que paro no meio do caminho, lembrando-me do colar. Pensando em como diabo ele poderia ter ido parar dentro no nosso armário, a menos que alguém o tenha colocado lá... E eu sei que *eu* não o coloquei lá. Hesito. — O que você tá fazendo aqui?

    — Eu te liguei — grita. — Como faz pra desligar essa merda?

Pisco algumas vezes e passo correndo por ele escada abaixo, bato os números no teclado e desligo o alarme. A sirene ensurdecedora é substituída por um silêncio perturbador, e consigo sentir Daniel atrás de mim, me olhando da escada.

— Chloe — diz ele novamente. — O que você estava fazendo no armário?

— Eu estava procurando a arma — sussurro, com muito medo de me virar para ele. — Não sabia que você voltaria pra casa hoje. Você disse que viria amanhã.

— Eu te liguei — repete. — Seu celular estava desligado. Eu deixei uma mensagem.

Ouço ele descer as escadas e se aproximar. Sei que deveria me virar, sei que deveria encará-lo. Mas agora não consigo olhar para ele. Eu não consigo olhar para o rosto dele, porque estou apavorada demais com o que posso descobrir.

— Não queria passar a noite longe — diz ele. — Queria ficar em casa, com você.

Sinto seus braços envolverem minha cintura e mordo o lábio enquanto ele afunda o nariz no meu ombro, puxa o ar devagar e beija o meu pescoço. O cheiro dele está... diferente. Como suor misturado com mel e perfume de baunilha.

— Desculpa se eu te assustei — diz ele. — Senti sua falta.

Engulo em seco, meu corpo tenso contra o dele. A calma medicada que senti mais cedo evaporou e sinto meu coração batendo no peito com uma força descomunal. Daniel parece sentir também e me aperta mais forte.

— Também senti sua falta — sussurro, porque não sei o que mais dizer.

— Vamos voltar para a cama — diz, passando as mãos por baixo da minha camiseta e na minha barriga. — Desculpa por ter te acordado.

— Tá tudo bem — digo, tentando me afastar. Mas, antes que eu consiga, ele me vira de frente para ele e me abraça mais forte, os lábios pressionando minha orelha. Sinto seu hálito quente na minha bochecha.

— Ei, não precisa ter medo — sussurra e seus dedos acariciam meu cabelo. — Eu tô aqui.

Minha mandíbula enrijece quando me lembro daquelas exatas palavras saindo da boca do meu pai. Depois de correr pela estrada de cascalho e subir os degraus de casa, me jogando em seus braços abertos. E me dando um abraço apertado. Seu corpo um recipiente de calor, segurança e proteção, sussurrando no meu ouvido.

Eu tô aqui. Eu tô aqui.

É o que Daniel sempre foi para mim: calor. Segurança. Proteção não só contra o mundo exterior, mas, também, contra eu mesma. Mas, neste momento, entre os braços dele, com sua respiração quente provocando arrepios no meu pescoço, o colar de uma garota morta escondido no fundo do nosso armário, começo a me perguntar se tem algo a mais neste homem do que achava que tinha. Penso em todas as vezes que me envolvi com alguém e me perguntava: o que essa pessoa está escondendo? O que não está me dizendo?

Penso nas palavras do meu irmão, em todos os alertas.

E duas pessoas podem se conhecer tão bem assim em um ano?

Daniel me solta e me segura pelos ombros, sorrindo para mim. Ele parece cansado, com a pele meio amassada e o cabelo despenteado. Eu me pergunto o que ele andou fazendo, por que está assim. Ele parece notar que estou analisando sua aparência, porque esfrega a mão no rosto, puxa os olhos para baixo.

— Dia difícil — diz, suspirando. — Dirigi demais. Vou tomar um banho, aí vamos dormir.

Concordo e observo enquanto ele se vira, sobe as escadas. Eu me recuso a fazer qualquer movimento até ouvir o chuveiro ganhar vida e, só então, solto o ar, abro os punhos e vou atrás dele, me encolhendo tanto quanto consigo embaixo das cobertas da nossa cama. Quando Daniel sai do chuveiro, finjo que estou dormindo, me esforçando demais para não recuar quando sua pele nua desliza na minha, quando as mãos dele começam a massagear minha nuca, ou quando, minutos depois, ele sai debaixo das cobertas, andando pelo quarto na ponta dos pés, e fecha a porta do closet.

CAPÍTULO VINTE E OITO

Acordo com o cheiro de gordura de bacon fritando e o som da voz sensual de Etta James invadindo o corredor. Não me lembro de ter adormecido. Estava lutando contra o sono, o peso dos braços de Daniel sobre meu torso, me prendendo como um saco para cadáver. Mas acho que era inevitável, eu não conseguiria lutar para sempre, ainda mais depois do coquetel tranquilizante que tomara pouco antes de ele chegar em casa. Eu me sento na cama, tentando ignorar as batidas no crânio, o inchaço dos olhos reduzindo minha visão a duas fendas, como luas crescentes. Olho pelo quarto: ele não está aqui. Está lá embaixo, preparando o café da manhã, como sempre faz.

Saio debaixo das cobertas e rastejo pela escada, ouvindo-o cantarolar. Ao ouvir, sei que está mesmo lá embaixo, provavelmente dançando de avental enquanto vira panquecas de chocolate com pequenos desenhos no meio. Um gato com bigodes desenhados com um palito de dente, um rosto sorridente, um coração. Subo as escadas devagar, volto para o quarto e abro a porta do closet.

O colar que encontrei ontem à noite pertence à Aubrey Gravino. Não tenho dúvidas. Não só eu o vi na foto de *DESAPARECIDA*, mas também vi o brinco. Eu o segurei na mão, inspecionei os três diamantes e a pérola. Começo a empurrar a roupa para o lado, estou menos confusa, agora que passou o efeito do vinho e do Frontal. Penso na lista de pessoas que mencionei a Aaron. As pessoas que saberiam sobre as joias que meu pai pegou e escondeu no fundo do armário.

Minha família. A polícia. Os pais da vítima.

E Daniel. Eu contei para Daniel. Eu contei *tudo* para ele.

Eu nem pensei em incluí-lo na lista, porque... por que eu faria isso? Por que eu teria motivos para suspeitar do meu próprio noivo? Ainda não sei a resposta para essa pergunta, mas preciso descobrir.

Levanto o moletom da LSU que me lembro de ter jogado em cima da caixa e estico a mão para pegá-la... mas não está lá. A caixa não está lá. Afasto mais roupas, pego ela aos montes e jogo para o lado. Passo os braços pelo chão, esperando tateá-la sob uma calça jeans, um cinto enrolado ou um sapato perdido.

Mas não a sinto. Não a vejo. Não está aqui.

Inclino-me para trás, apoiada sobre minhas pernas, sinto o estômago retumbar. Eu sei o que vi. Lembro-me de pegar a caixa, segurá-la nas mãos, abrir a tampa e ver o colar lá dentro... mas também me lembro de ouvir Daniel se levantar ontem à noite para fechar a porta. Talvez ele tenha pegado a caixa também. Escondido em outro lugar. Ou talvez ele tenha acordado cedo e mudado de lugar enquanto eu estava dormindo.

Solto o ar devagar, tento formular um plano. Preciso encontrar o colar. Preciso saber por que ele está na minha casa. A ideia de levar essa pista para a polícia – a ideia de levar *Daniel* à polícia – faz meu estômago embrulhar. Dá vontade de rir de tão ridículo que isso soa. Mas não posso simplesmente deixar para lá. Não posso fingir que não vi. Que não senti aquele perfume em Daniel na noite passada, que não notei a gola da camisa úmida de suor. De repente, outra memória vem à tona. Meu irmão, ontem à noite, os olhos preocupados no frasco de comprimidos.

A mala dele tá cheia dessa merda.

Penso na autópsia de Lacey, no legista cutucando seus membros rígidos.

Encontramos traços fortes de Diazepam no cabelo dela.

Daniel teria as drogas. Daniel teria a oportunidade. Ele desaparece por dias a fio. Penso em todas as vezes que ele partiu em alguma viagem de negócios da qual eu não sabia ou não me lembrava e, em vez de questioná-lo, me culpei por ter esquecido. Fui ao detetive Thomas ontem com uma pista sobre Bert Rhodes baseada em muito menos que isso. Uma hipótese baseada em circunstâncias, suspeita e um toque de histeria, para falar a verdade. Mas isso... isso não é uma suspeita. Isso não é histeria. Está mais para uma prova. Prova sólida e concreta de que meu noivo está de alguma forma envolvido em algo que não deveria estar. Algo horrível.

Eu me levanto, fecho a porta do closet e me sento na beirada da cama. Ouço o barulho de uma frigideira colocada na pia, o chiado do vapor quando a torneira espirra água na superfície quente. Preciso saber o que está acontecendo. Se não por mim, por aquelas meninas. Por Aubrey. Por Lacey. Por Lena. Se não encontro o colar, preciso encontrar alguma coisa. Algo que me leve às respostas.

Desço as escadas de novo, pronta para encarar Daniel. Encontro-o de pé na cozinha, colocando dois pratos com panquecas e bacon na mesinha de canto. Há duas canecas de café quente na ilha da cozinha, uma jarra de suco de laranja com suor escorrendo pelas laterais.

Em pensar que na semana passada cheguei a cogitar que seria um carma. O noivo perfeito como recompensa pelo pior pai possível. Agora, não tenho mais certeza.

— Bom dia — digo, de pé na entrada. Ele olha para cima e abre um sorriso. Parece sincero.

— Bom dia — diz, pegando uma caneca. Ele se aproxima e a entrega para mim, beijando minha cabeça. — Interessante a noite passada, hein?

— É, desculpa — digo, coçando o local em que seus lábios estiveram. — Acho que fiquei meio em choque, sabe? Acordando com o alarme daquele jeito e não saber que era você.

— Eu sei, fiquei péssimo — diz, encostado na ilha. — Devo ter te matado de susto.

— É — digo. — Quase.

— Pelo menos a gente sabe que o alarme funciona.

Tento dar um sorriso.

— É.

Não é a primeira vez que fico meio sem saber o que dizer a Daniel, mas, em geral, é porque nada do que tenho para falar parece bom o suficiente. Nada parece transmitir meus sentimentos, como me apaixonei tanto por ele em tão pouco tempo. Mas, agora, os motivos são tão diferentes, que é difícil acreditar. É difícil aceitar que isso esteja mesmo acontecendo. Por uma fração de segundo, olho para a minha bolsa no balcão, para o frasco de Frontal que está guardado ali dentro. Penso no comprimido que tomei seguido de duas taças de vinho, em como afundei no sofá como se estivesse caindo em nuvens, e penso também no sonho parecido com uma lembrança, o sonho que eu tive pouco antes de o alarme tocar. Penso na faculdade, na última vez que algo assim aconteceu. Na última vez que misturei remédios com álcool de forma tão imprudente. Penso em como a polícia olhou para mim da mesma forma que o detetive Thomas me olhou em sua sala ontem à tarde, da mesma forma com que Cooper me olhou, questionando em silêncio meu estado mental, minhas memórias. A mim.

 Pergunto-me, por um segundo, se imaginei o colar. Se ele nem estava lá. Se talvez eu só estivesse confusa, misturando o passado com o presente como já fiz tantas vezes antes.

— Você tá brava comigo — diz Daniel, indo até a mesa e sentando-se. Ele aponta para a cadeira diante dele e eu o sigo, sento e olho para a comida. Parece ótimo, mas não estou com fome. — Eu não te culpo. Eu fico longe... por muito tempo. Tenho deixado você aqui sozinha no meio disso tudo.

— No meio do quê? — pergunto, meus olhos perfurando os pedaços de chocolate que saem da massa dourada. Pego o garfo e espeto um pedaço com uma ponta, pegando-o com os dentes.

— O casamento — diz. — Planejar tudo. E o que anda circulando no noticiário.

— Tudo bem. Eu sei que você anda ocupado.

— Hoje não — diz, cortando a comida e dando uma mordida. — Hoje eu não tô ocupado. Hoje, eu sou todo seu. E tenho planos pra gente.

— E que planos são esses exatamente?

— É surpresa. Coloca uma roupa confortável, vamos sair. Consegue ficar pronta em vinte minutos?

Hesito por um segundo, me perguntando se é uma boa ideia. Abro a boca, começo a inventar uma desculpa, mas ouço meu celular vibrar no balcão da cozinha.

— Um segundo — digo, empurrando minha cadeira para trás, grata pela desculpa para me afastar, parar de falar. Vou até o balcão, vejo o nome de Cooper na tela e, de repente, nossa discussão da noite passada parece trivial. Talvez Cooper esteja certo. Esse tempo todo, talvez ele tenha visto algo em Daniel que eu não vi. Talvez ele esteja tentando me alertar.

É que... essa relação não parece saudável.

Arrasto o dedo na tela e vou para a sala.

— Oi, Coop — digo, em voz baixa. — Fico feliz que você tenha ligado.

— Sim, eu também. Olha, Chloe. Desculpa por ontem...

— Tá tudo bem — digo. — De verdade, já passou. Eu exagerei.

A linha fica em silêncio e consigo ouvir a respiração dele. Parece instável, como se estivesse andando rápido, os pés batendo na calçada, emitindo uma vibração pela coluna.

— Tá tudo bem?

— Não — diz. — Pra ser sincero, não.

— O que foi?

— É a mamãe — diz, enfim. — Ligaram de Riverside hoje cedo, disseram que era urgente.

— O que aconteceu?

— Parece que ela tá se recusando a comer. Chloe, eles acham que ela tá morrendo.

CAPÍTULO VINTE E NOVE

Saio pela porta da frente em menos de cinco minutos. Mal coloquei os sapatos, o tecido da parte de trás do tênis cava bolhas nos calcanhares enquanto corro pela frente de casa.

— Chloe — chama Daniel, a mão aberta batendo na porta, abrindo-a de novo. — Aonde você vai?

— Tenho que ir — grito de volta. — É a minha mãe.

— O que tem a sua mãe?

Agora ele também está correndo para fora de casa, enfiando uma camiseta branca pela cabeça. Mexo na bolsa, tentando encontrar as chaves para destrancar o carro.

— Ela não tá comendo — digo. — Ela não come há dias. Eu tenho que ir, eu tenho que...

Eu paro, coloco a cabeça entre as mãos. Eu ignorei minha mãe esses anos todos. Eu a tenho tratado como uma coceira que eu me recuso a coçar. Acho que imaginei que, se eu me focasse nisso, nela, seria demais para mim, impossível focar em qualquer outra coisa. Mas se eu ignorasse, a dor uma hora diminuiria sozinha. Nunca *iria embora* – eu sabia que ainda estaria ali comigo, sempre comigo, pronta para causar uma comichão na pele assim que eu permitisse – mas menos perceptível, como um som ambiente. Estática. Assim como meu pai, a realidade de quem ela é, do que ela fez consigo mesma, conosco, foi demais para enfrentar. Queria que ela sumisse. Mas nunca, nem por uma vez, parei para pensar em como me sentiria se ela realmente *sumisse*. Se ela morresse, sozinha naquele quarto mofado em Riverside, incapaz de expressar suas últimas palavras, seus últimos pensamentos. A compreensão do que eu sempre soube recai sobre mim; é pesada e sufocante, como tentar respirar em uma toalha úmida.

Eu a abandonei. Eu deixei minha mãe morrer sozinha.

— Chloe, espera um pouco — diz Daniel. — Fala comigo.

— Não — digo, sacudindo a cabeça, enfiando as mãos na bolsa de novo. — Agora não, Daniel. Não tenho tempo.

— Chloe...

Eu ouço o barulho de metal chacoalhando atrás de mim e congelo, viro devagar. Daniel está atrás de mim, segurando minhas chaves no ar. Tento pegá-las, mas ele puxa de volta, não consigo alcançar.

— Eu vou com você — diz. — Você precisa de mim.

— Daniel, não. Só me dá as chaves...

— Sim — diz. — Que merda, Chloe. Não tem discussão. Entra no carro.

Olho para ele, chocada com a explosão repentina de raiva. A pele avermelhada e os olhos saltados. De forma quase tão repentina, sua expressão muda de novo.

— Sinto muito — diz, soltando o ar e estendendo a mão para mim. Ele coloca a mão na minha, mas eu recuo. — Chloe, eu sinto muito. Mas você tem que parar de me afastar. Deixa eu te ajudar.

Eu olho para ele de novo, como seu rosto mudou completamente em questão de segundos. Olho para a preocupação nas sobrancelhas, as dobras da testa, brilhantes e profundas. Solto as mãos em um sinal de rendição. Não quero Daniel lá. Eu não o quero no mesmo quarto que minha mãe, minha mãe moribunda e vulnerável, mas não tenho energia para lutar. Não tenho *tempo* para lutar.

— Tá bom — digo. — Vai rápido.

Reconheço o carro de Cooper assim que entramos no estacionamento e pulo do carro antes que Daniel pare, correndo pelas portas automáticas. Consigo ouvir Daniel atrás de mim, o tênis rangendo no piso enquanto tenta me alcançar, mas eu não espero. Viro à direita pelo corredor da minha mãe, passo pelas portas rachadas, o murmúrio baixo das televisões e rádios e residentes resmungando para si mesmos. Quando entro no quarto, vejo meu irmão primeiro, sentado ao lado da cama dela.

— Coop. — Corro em direção a ele, desabando na cama da minha mãe enquanto deixo meu irmão me puxar para um abraço. — Como ela tá?

Olho para minha mãe, os olhos fechados. O corpo que já era magro parece ainda mais fino, como se tivesse perdido cinco quilos em uma semana. Os pulsos parecem que vão se quebrar, as bochechas são duas cavernas envoltas em um tecido de papel.

— Você deve ser a Chloe.

Pulo ao ouvir a voz que vem do canto da sala; eu não tinha percebido que o médico estava ali, o jaleco branco com uma prancheta apoiada no quadril.

— Eu sou o doutor Glenn — diz. — Sou um dos médicos plantonistas da Riverside. Falei com Cooper hoje cedo, ao telefone, mas acho que não nos conhecemos.

— Não, não nos conhecemos — digo, sem me dar ao trabalho de ficar de pé. Olho de volta para a minha mãe, o peito subindo e descendo devagar. — Quando isso aconteceu?

— Faz pouco mais de uma semana.

— Uma *semana*? Por que só estamos sabendo agora?

Um barulho que desvia nossa atenção irrompe do corredor, é Daniel, que colide com o batente da porta. Vejo uma gota de suor escorrendo pela testa e ele a enxuga com o dorso da mão.

— O que ele tá fazendo aqui? — Cooper começa a se levantar, mas coloco a mão na perna dele.

— Tá tudo bem — digo. — Agora não.

— Estamos preparados para lidar com esse tipo de situação, como vocês podem imaginar, é bastante comum em pacientes mais velhos — continua o médico, os olhos alternando entre nós e Daniel. — Mas se continuar por mais tempo, precisaremos transferi-la para o Baton Rouge General.

— E já sabem por que ela está assim?

— Fisicamente, ela está bem de saúde. Não há doença identificável que esteja causando aversão à comida. Resumindo, não sabemos, e todos esses anos em que ela esteve sob nossos cuidados nunca tivemos esse problema com ela.

Eu olho de volta para a minha mãe, para a pele flácida no pescoço, as clavículas saltando como duas baquetas.

— É quase como se ela tivesse acordado um dia e decidido que estava na hora.

Olho para Cooper, procurando respostas. A vida inteira, sempre encontrei o que procurava no rosto dele. Na contração imperceptível do lábio enquanto tentava reprimir um sorriso, na forma como a bochecha formava uma leve covinha quando ele mastigava o interior da boca, pensando. Só houve uma vez em que meu olhar encontrou nada além de vazio, só uma vez em que me virei para Cooper e percebi, apavorada, que nem ele podia ajudar – que ninguém podia ajudar. Foi em casa, na sala de estar, as pernas cruzadas no chão. Nossos olhos iluminados pelo brilho da tela da TV enquanto ouvíamos nosso pai falar sobre seu lado sinistro, as correntes nos tornozelos chacoalhando, uma lágrima caindo e manchando o bloco de anotações.

Mas, agora, eu o vejo de novo. Os olhos de Cooper não encontram os meus, mas olham para a frente, perfuram os de Daniel, e os dois se mantêm numa postura visivelmente tensa.

— Sua mãe não se comunica, é claro — continua o doutor Glenn, sem se dar conta da tensão no quarto —, mas nós esperávamos que a visita de vocês talvez pudesse ajudar.

— Sim, claro — digo, tirando os olhos de Cooper e olhando de volta para minha mãe. Pego a mão dela e seguro na minha. De início, ela fica imóvel, até que eu sinto um toque suave, os dedos movendo-se devagar contra a pele fina do meu pulso. Observo o movimento muito sutil. Ela mantém os olhos fechados, mas os dedos, esses estão se mexendo.

Eu olho de volta para Cooper, para Daniel, para o doutor Glenn. Nenhum deles parece ter notado.

— Posso ficar sozinha com ela um instante? — pergunto, os batimentos acelerando no pescoço. Minhas palmas começam a ficar escorregadias com suor, mas me recuso a soltar a mão dela. — Por favor?

O doutor Glenn acena com a cabeça, passando pela cama em silêncio e sai pela porta.

— Vocês também — digo, olhando primeiro para Daniel e, depois, para Cooper. — Os dois.

— Chloe — diz Cooper, mas eu balanço a cabeça.

— Por favor. Só uns minutos. Eu queria, você sabe... só por garantia.

— Claro. — Ele assente, coloca a mão sobre a minha e aperta. — Como você quiser.

Em seguida, ele se levanta, passa por Daniel e vai até a sala de espera sem falar mais nada.

Estou sozinha com a minha mãe e as lembranças do nosso último encontro começam a invadir minha mente. Como contei a ela sobre as meninas desaparecidas, as semelhanças disso tudo. O *déjà-vu*. E se o doutor Glenn estiver certo, foi por volta daquele dia que ela parou de comer.

Não sei por que estou tão preocupada. O pai tá preso. Ele não teria como estar envolvido nisso ou algo do tipo.

Os dedos batendo, frenéticos, antes que eu saísse correndo da sala, a visita interrompida. Eu nunca contei para Cooper, para Daniel nem para nenhuma outra pessoa como acredito que minha mãe pode se comunicar (o movimento suave dos dedos, que um toque sutil significa *Sim, eu te ouço*) porque, para ser sincera, nem sei se eu mesma acreditava nisso. Mas, agora, fico pensando.

— Mãe — sussurro, me sentindo ridícula e apavorada ao mesmo tempo. — Você tá me ouvindo?

Um toque.

Olho para os dedos dela. Eles se mexeram de novo, sei que se mexeram.

— Isso tem algo a ver com o que falamos da última vez que eu estive aqui?

Um toque, dois toques.

Solto o ar, meus olhos disparando da mão dela para o corredor, a porta ainda aberta.

— Você sabe alguma coisa sobre essas garotas mortas?

Um, dois, três toques. Um, dois toques de novo.

Afasto os olhos do corredor e olho para a minha mão, para os dedos da minha mãe se mexendo frenéticos na minha palma. Não pode ser coincidência, tem que haver um significado. Olho mais para cima, em direção à minha mãe e, no mesmo instante, meu corpo recua em sobressalto, um choque de adrenalina e medo que me faz soltar a mão dela e cobrir a boca, sem acreditar.

Ela abre os olhos e olha direto para mim.

CAPÍTULO TRINTA

Daniel e eu estamos no carro de novo, em silêncio, exceto pelo barulho leve do vento que atravessa as janelas abertas, o que me dá o ar fresco de que eu precisava. Não consigo parar de pensar na minha mãe, na conversa que acabou de acontecer em seu quarto.

— Você acha que consegue soletrar? — gaguejei, olhando para os olhos abertos e lacrimejantes. Havia lágrimas grudadas em seus cílios como orvalho na grama, as pálpebras tremendo. Eu olhei para os dedos dela, se mexendo nos meus. — Me dá um segundo.

Voltei para o corredor, enfiei a cabeça na sala de espera – Daniel e Cooper estavam sentados com algumas cadeiras de distância entre eles, quietos e imóveis, tensos, de costas para mim. Fui pelo corredor em direção à área de convivência, passei pela mesa cheia de livros antigos que cheiravam à naftalina, com as páginas marrons, manchadas. Peguei um monte de DVDs aleatórios, as doações que ninguém queria assistir, e os coloquei de lado para alcançar os jogos de tabuleiro. Voltei para o quarto da minha mãe, com uma bolsinha de veludo no bolso. Pecinhas de Scrabble.

— Tá — disse, me sentindo envergonhada ao despejá-las sobre o edredom, e comecei a virá-las, uma por uma, até conseguir um alfabeto completo, cada letra voltada para cima. Não podia acreditar que funcionasse, mas eu tinha que tentar. — Eu vou apontar para uma letra. Vamos começar com o mais simples: *S* significa sim, *N* significa não. Toque quando eu apontar a que você quer.

Olhei para as fileiras de letras na cama, a possibilidade de conversar com minha mãe pela primeira vez em vinte anos é emocionante e entorpecente. Respirei fundo e comecei a falar.

— Você entendeu como vai funcionar?
Apontei para o N (não) e para o S (sim).
Quando mostrei o S, ela mexeu o dedo.
Soltei o ar, o coração acelerando. Todos esses anos, minha mãe sabia. Ela entendia. Ela me ouvia falar. Só que eu nunca dei tempo para que ela falasse de volta.
— Você sabe algo sobre essas garotas mortas?
Mostrei o N. Ela não se mexeu. Mostrei o S – *toque*.
— Esses assassinatos têm alguma relação com Breaux Bridge?
Mostrei o N. Ela não se mexeu. Mostrei o S – *toque*.
Parei, pensando muito na pergunta seguinte. Sabia que não tínhamos muito tempo; logo, Cooper ou Daniel ou o doutor Glenn voltariam e eu não queria que me pegassem assim. Olhei de volta para as pecinhas e fiz minha pergunta final.
— Como posso provar isso?
Eu tinha começado com o A, o dedo apontando para a pecinha no canto superior esquerdo. Ela não movimentou o dedo. Passei para B, depois C. Finalmente, quando apontei para D, seus dedos se moveram.
— D? — pergunto.
Toque.
— Tá, a primeira letra é D.
Então eu voltei ao início.
— A.
Toque.
Meu coração dá um salto no peito.
— D-A?
Toque.
Ela estava soletrando *Daniel*. Soltei o ar pelos lábios franzidos, devagar, tentando manter a calma. Levantei os dedos e apontei para o A, meus olhos fuzilando os dedos dela... até que um barulho no corredor me faz mexer.
— Chloe? — Ouvi Cooper se aproximando, a poucos metros da porta. — Chloe, você tá bem?
Varri o braço pela colcha e recolhi as pecinhas, agarrando todas elas na palma da mão e virando-me no instante em que Cooper apareceu na porta.
— Só queria ver se você tá bem — disse, os olhos se movendo de mim para a minha mãe. Um sorriso gentil serpenteando em seus

lábios enquanto ele se movia em nossa direção, sentando-se na beira da cama. — Você fez os olhos dela se abrirem.

— É — falei, o suor da minha mão deixando as pecinhas suadas, fazendo-as deslizar uma na outra, na minha mão. — É, fiz, sim.

Daniel liga a seta e entramos em uma estrada de cascalho, o som das pedrinhas batendo no para-brisa, forçando-o a fechar as janelas. Levanto a cabeça devagar, tentando me desvencilhar da lembrança, e percebo que não reconheço o lugar por onde estamos passando.

— Onde a gente tá? — pergunto. Estamos passando por estradinhas empoeiradas, não sei há quanto tempo estamos dirigindo, mas sei que esse não é o caminho de volta para casa.

— A gente tá quase lá — diz Daniel, sorrindo para mim.

— Onde é *lá*?

— Você vai ver.

De repente, o carro parece claustrofóbico. Estico a mão em direção ao ar-condicionado e giro o botão todo para a direita, inclinando-me na frente da rajada de ar frio.

— Daniel, eu preciso ir pra casa.

— Não — diz. — Não, Chloe, eu não vou deixar você ir pra casa agora chafurdar em sofrimento. Eu disse que tinha planos pra gente hoje e vamos segui-los.

Respiro fundo e me viro para a janela, observo as árvores passarem voando enquanto avançamos cada vez mais entre elas. Penso na minha mãe, soletrando o nome de Daniel. Como ela poderia saber? Como ela poderia saber quem ele é se nunca se conheceram? A inquietação que senti esta manhã começa a voltar, rápido. Olho para o meu celular, para a única barra de sinal aparecendo e desaparecendo enquanto tenta se manter funcionando. Aqui estou eu, a quilômetros de distância de casa, presa em um carro com um homem que guarda o colar de uma garota morta, e não há como pedir ajuda. Talvez ele tenha me visto com a joia ontem à noite; talvez eu não tenha escondido tão rápido quanto achei que tinha. Meus pés encostam na minha bolsa e penso no spray de pimenta, devidamente guardado no fundo. Pelo menos isso eu tenho.

Não seja ridícula, Chloe. Ele não vai te machucar. Não vai.

Um arrepio passa pelo meu corpo e percebo que estou parecendo a minha mãe. Eu *sou* a minha mãe. Eu sou a minha mãe sentada na sala do delegado Dooley, tentando dar algum sentido para a história do meu pai apesar da crescente montanha de evidências se juntando contra ele. Meus olhos ardem enquanto uma poça de lágrimas se forma neles, ameaçando cair. Levanto a mão e seco-as, tomo cuidado para que Daniel não veja.

Penso em minha mãe, acamada em Riverside, a vida confinada às paredes cada vez menos espaçosas da própria mente perturbada. Agora eu entendo. Entendo por que ela fez o que fez. Sempre achei que ela voltara para o meu pai porque ela era fraca, porque ela não queria ficar sozinha. Porque não sabia como deixá-lo – ela não *queria* deixá-lo. Mas agora, aqui, eu entendo minha mãe mais do que nunca. Entendo que ela voltou para ele porque procurava desesperada por qualquer vestígio de provas que apontassem na direção oposta, um pedaço de alguma coisa em que pudesse se agarrar que provasse que ela não estava apaixonada por um monstro. E, quando não conseguiu encontrar nada, foi forçada a olhar bem para si mesma. Forçada a se fazer as mesmas perguntas que agora cercam a minha mente, aprisionadoras da mesma forma que deve ter sido para ela.

Forçada a reconhecer que *estava* apaixonada por um monstro. E, se ela estava apaixonada por um monstro... o que isso dizia dela?

Sinto o carro começando a parar. Olho pela janela de novo e vejo que estamos bem no meio da floresta, o único respiro das árvores é um pequeno riacho pantanoso que deve levar a mais água.

— Chegamos — diz, desligando o carro e colocando as chaves no bolso. — Desce do carro.

— Onde *a gente tá*? — pergunto de novo, tentando manter a voz leve.

— Você vai ver.

— Daniel — digo, mas ele já está fora do carro, aproximando-se do lado do passageiro e abrindo a porta para mim. O que eu costumava ver como um ato cavalheiresco agora parece sinistro, como se estivesse me forçando a fazer algo contra minha vontade. Reluto, seguro a mão dele e saio do carro, estremeço quando ele bate a porta atrás de mim, com minha bolsa, celular e spray de pimenta ainda lá dentro.

— Fecha os olhos.

— Daniel...

— Fecha.

Fecho os olhos, absorvendo o silêncio absoluto no entorno. Pergunto-me se foi aqui que ele as trouxe, Aubrey e Lacey. Se foi aqui que ele fez tudo. É o lugar perfeito – isolado, escondido. *Ele não vai te machucar.* Ouço o zumbido dos mosquitos ao redor, algum animal ao longe farfalhando as folhas. *Ele não vai.* Ouço passos, Daniel, voltando em direção ao carro, destrancando o porta-malas e puxando algo de lá. *Ele não vai te machucar, Chloe.* Ouço o baque do que foi tirado lá de dentro ao cair no chão. Ele está voltando para perto de mim, carregando algo. Ouço o arrastar no chão. Metal raspando na terra.

Uma pá.

Eu me viro, pronta para disparar em direção à floresta e me esconder. Preparada para gritar o mais alto que conseguir, torcendo para que, contrariando todas as expectativas, haja outra pessoa aqui. Alguém que me ouça. Alguém que ajude. Quando encaro Daniel, os olhos dele estão arregalados. Ele não esperava que eu fosse me virar. Não esperava que eu lutasse. Olho para as mãos dele, para o objeto longo e esguio que está segurando. Levanto os braços para impedi-lo de me atingir, quando olho bem e percebo que... não é uma pá. Daniel não está segurando uma pá.

É um remo.

— Pensei que podíamos passear de caiaque — diz com olhos se voltando para a água. Eu me viro, olhando para a pequena abertura entre as árvores, a água do pântano aparecendo. Ali perto, um pouco escondido atrás da folhagem, há um cais de madeira com quatro caiaques guardados, cobertos de folhas, sujeira e teias de aranha. Solto o ar.

— Este lugar fica bem escondido, mas tá aqui há séculos — diz, segurando o remo nas mãos, tímido. Ele se aproxima e o estica para que eu pegue. Seguro, sentindo o peso nos braços. — Os caiaques ficam aqui pra qualquer um usar, é só trazer o remo. Não caberia no meu carro, então peguei suas chaves hoje cedo e coloquei no seu porta-malas.

Olho para ele, analisando-o de perto. Se Daniel estivesse planejando usar essa coisa como arma, ele não a teria entregado para mim. Olho para o remo e, depois, de novo para os caiaques, a água calma, o céu sem nuvens. Olho para o carro – sei que é o único jeito de sair daqui. As chaves estão no bolso dele, não há outra forma de ir para casa. Então, neste momento, decido que se ele pode fazer algo, eu também posso.

— Daniel — digo, abaixando a cabeça. — Daniel, me desculpa. Não sei o que tem de errado comigo.

— Você tá tensa. E é perfeitamente compreensível, Chloe. É por isso que estamos aqui. Pra te ajudar a relaxar.

Olho para ele, ainda sem ter certeza de que posso confiar nele. Não posso ignorar a enxurrada de evidências que tive nas últimas horas. O colar e o perfume, a forma como Cooper olhou para ele em Riverside, como se pudesse sentir algo que eu não conseguia – algo maligno, obscuro em Daniel. O alerta da minha mãe. Como ele agarrou meu pulso ontem, me prendeu no sofá, como perdeu o controle comigo hoje cedo, balançando minhas chaves para que eu não as alcançasse.

Mas também tem outras coisas. Ele pediu para instalarem um sistema de segurança. Ele me levou a Riverside para ver minha mãe, organizou uma festa-surpresa e planejou um dia só para nós dois. É o mesmo tipo de atitude romântica que ele sempre teve, desde o momento em que nos conhecemos, quando tirou aquela caixa dos meus braços e a colocou sobre o próprio ombro. O tipo de atitude que eu mal podia esperar para ver ao longo de nossas vidas inteiras. Só consigo sorrir quando vejo o sorriso constrangido dele – um hábito, penso – e é quando entendo que Daniel talvez machuque outras pessoas, mas ainda não acho que ele faria isso comigo.

— Tá — digo, balançando a cabeça. — Tá bem, vamos nessa.

O sorriso de Daniel se alarga, ele avança em direção aos caiaques e solta um deles das estacas de madeira. Ele o arrasta pelo chão e retira os detritos, limpa as teias de aranha que se formaram ali dentro e o empurra para a água.

— Primeiro as damas — diz, estendendo o braço. Deixo que pegue minha mão, dou um primeiro passo trêmulo para dentro do barco e, por instinto, seguro em seu ombro enquanto ele me ajuda a entrar. Ele espera eu me acomodar, pula para o assento atrás de mim, empurra-nos para longe da terra e sinto que estamos flutuando.

Assim que passamos pela clareira, suspiro com a beleza do lugar. O rio é amplo e pacato, cheio de ciprestes que emergem da água turva, as raízes rompendo a superfície em busca de oxigênio, como

dedos procurando algo em que se agarrar. Há cortinas de barba-de-
-velho espalhando a luz do sol como milhões de alfinetes brilhantes, um coro de sapos coaxando em uníssono, os sons abafados e guturais. Algas flutuam lentas em toda a superfície e, pelo canto do olho, vejo o vagaroso rastejar de um jacaré, os olhos absortos em uma garça que, logo, alça voo graciosamente em um impulso das pernas magras, batendo as asas em direção à segurança das árvores.

— É lindo, né?

Daniel rema em silêncio atrás de mim, o som do movimento da água no caiaque me embalando em uma calmaria. Meus olhos se detêm no crocodilo, como fica à espreita, tão silencioso, escondido onde qualquer um pode vê-lo.

— Maravilhoso — digo. — Me lembra...

Hesito, e o pensamento que não concluo pesa no ar.

— Me lembra a minha casa. Mas... de um jeito bom. Cooper e eu costumávamos ir ao Lake Martin, às vezes. Ver os jacarés.

— Tenho certeza de que sua mãe adorava.

Sorrio com a lembrança. A lembrança de como gritávamos pelas árvores: *Até, jacaré!* De como pegávamos tartarugas nas mãos, contando os anéis das carapaças para descobrir quantos anos tinham. Como enchíamos o rosto de lama como pinturas de guerra, perseguindo um ao outro pelos arbustos até entrar correndo pela porta de casa, levando bronca da nossa mãe, rindo até chegar ao banheiro, quando ela esfregava nossa pele até ficar vermelha. Enfiando as unhas na saliência da pele que se formava com as mordidas de mosquito, formando pequenos *x*, salpicados nas nossas pernas como um jogo da velha humano. De alguma forma, só Daniel poderia trazer essas memórias à tona. Somente Daniel conseguiria convencê-las a sair do esconderijo, dos lugares escondidos da minha mente, do cômodo secreto para onde as varri quando vi o rosto do meu pai na televisão, chorando, não pelas seis vidas que ele tirou, mas porque foi pego. Só Daniel poderia me forçar a lembrar que nem tudo foi ruim. Inclino-me no caiaque e fecho os olhos.

— Esta é a parte que eu mais gosto — diz ele, empurrando o caiaque por uma curva. Abro os olhos e lá, ao longe, vejo Cypress Stables. — Faltam só mais seis semanas.

O lugar é ainda mais deslumbrante da água, a enorme casa branca pairando sobre hectares de grama perfeita. As colunas arredondadas segurando a varanda que cerca toda a construção, as cadeiras de balanço ainda dançando com a brisa. Vejo-as balançar, para a frente e para trás, para a frente e para trás. Imagino-me descendo aqueles magníficos degraus de madeira, andando em direção à água, em direção a Daniel.

De repente, do nada, as palavras do detetive Thomas começam a ecoar pela água, atrapalhando meu devaneio perfeito.

Qual exatamente é a sua ligação com Aubrey Gravino?

Nenhuma. Não conheço Aubrey. Tento silenciar as vozes, mas, por algum motivo, não consigo tirá-las da cabeça. Não consigo tirar *Aubrey* da cabeça. Os olhos marcados com delineador, o cabelo castanho. Os braços longos e magros. A pele jovem e bronzeada.

— Desde a primeira vez que vi esse lugar, eu quis estar aqui — diz Daniel atrás de mim. Mas quase não absorvo suas palavras. Estou concentrada demais nas cadeiras de balanço, para a frente e para trás com o vento. Agora estão vazias, mas nem sempre estiveram. Tinha uma garota antes. Uma menina magrela e bronzeada balançando preguiçosa contra a coluna, com as botas de couro gastas e desbotadas de sol.

É minha neta. Esta propriedade é da nossa família há muitas gerações.

Lembro-me de Daniel acenando. As pernas cruzando e ajeitando o vestido para baixo. A forma como abaixou a cabeça e acenou de volta. A varanda vazia de repente. A cadeira de balanço diminuindo o movimento até parar.

Ela gosta de vir aqui, às vezes, depois da escola. Faz a lição de casa na varanda.

Até duas semanas atrás, quando ela não conseguiu mais.

CAPÍTULO TRINTA E UM

Estou encarando uma foto de Aubrey no meu computador, uma foto que nunca tinha visto antes. É pequena, meio embaçada porque aumentei o tamanho do rosto na imagem, mas clara o suficiente para eu ter certeza. É ela.

Está sentada no chão com as pernas dobradas sob o pano de um vestido branco, as mesmas botas de couro até os joelhos, as mãos apoiadas no gramado verde visivelmente bem-cuidado. É um retrato de família e ela está rodeada pelos pais, avós, tias, tios e primos. A imagem é emoldurada pelos mesmos carvalhos cobertos de musgo que imaginei emoldurando o corredor do meu casamento; no fundo, os mesmos degraus brancos em que me vi descendo, com o véu atrás de mim, sobem em direção à enorme varanda. Em direção às cadeiras que parecem não parar de se mover nunca.

Levo um copo descartável de café à boca, ainda examinando a imagem. Estou no site oficial de Cypress Stables, lendo sobre os proprietários. De fato, a propriedade pertence à família Gravino há décadas, o que começara como uma fazenda de cana-de-açúcar construída em 1787, aos poucos se transformou em uma fazenda de cavalos e, depois, em um espaço de eventos. Quatro gerações da família Gravino viveram ali, produzindo um dos melhores xaropes de cana da Luisiana. Quando perceberam que tinham uma terra tão cobiçada, reformaram a casa da fazenda e decoraram o celeiro, assim, com a área interna decorada e a área externa bem-cuidada, conseguiram oferecer o cenário perfeito da Luisiana para casamentos, eventos corporativos e outras celebrações.

Lembro-me da vaga familiaridade ao ver a foto de *DESAPARE-CIDA* de Aubrey. A sensação incômoda de que a conhecia, sem saber ao certo de onde. E, agora, eu sei por quê. Ela estava lá no dia em que visitamos. Estava lá quando conhecemos os jardins, quando fizemos a reserva para o nosso casamento. Eu a vi. *Daniel* a viu.

E, agora, ela está morta.

Meus olhos se movem do rosto de Aubrey para o rosto de seus pais, que eu tinha visto no noticiário há quase duas semanas. O pai dela chorava, com as mãos no rosto. A mãe implorava para a câmera: *Queremos nossa filha de volta.* Em seguida, olho para a avó dela. A mulher doce que lutava para mexer naquele iPad, tentando acalmar meus medos com promessas de ventiladores e repelente de insetos. Imagino que o fato de Aubrey Gravino ser de uma família conhecida tenha sido mencionado no noticiário em algum momento, mas eu não sabia. Após a descoberta do corpo, passei a evitar as notícias. Dirigia pela cidade com o rádio desligado. E, uma vez que a imagem dela foi substituída pela de Lacey, esse detalhe não era mais importante. A mídia mudou de foco. O mundo mudou de foco. Aubrey era apenas só mais um rosto meio familiar perdido em um mar de outros rostos. De outras garotas desaparecidas como ela.

— Doutora?

Ouço uma batida e olho por cima do notebook, Melissa olha para mim por trás da porta entreaberta. Ela veste shorts de corrida e uma regata, o cabelo preso em um coque e uma bolsa de ginástica pendurada no ombro. São seis e meia da manhã, o céu lá fora começa a mudar de preto para azul. Há uma solidão inerente a passar uma manhã acordada quando parece que ninguém mais está, ser a pessoa que liga a cafeteira, o único carro em uma avenida vazia, chegar ao consultório vazio e acender as luzes. Estava tão absorta na imagem de Aubrey, tão ensurdecida pelo silêncio absoluto ao meu redor, que nem sequer a ouvi entrar.

— Bom dia — sorrio, acenando para que ela entre. — Chegou cedo.

— Você também. — Ela entra e fecha a porta, enxuga uma gota de suor da testa. — Tem algum compromisso mais cedo hoje?

Percebo o pânico em seu rosto, o medo de que tenha deixado passar alguma coisa na minha agenda e, agora, chegar para trabalhar com roupas de ginástica. Balancei a cabeça.

— Não, só estou tentando colocar o trabalho em dia. Semana passada foi... Bom, você sabe como foi. Eu estava distraída.

— Sim, nós duas estávamos.

A verdade é que não suportava estar na mesma casa que Daniel por um minuto além do necessário. Naquele caiaque, com a água nos balançando enquanto eu olhava para Cypress Stables, enfim me permiti sentir medo. Não apenas ficar desconfiada... mas assustada. Assustada com o homem sentado atrás de mim, meu pescoço ao alcance de suas mãos. Com medo por dividir a casa com um monstro, um monstro que se escondia onde qualquer um poderia vê-lo, como aquele crocodilo deslizando pela superfície da água. Como meu pai, vinte anos atrás. Não bastasse o colar perturbando minha consciência, a desconfiança de Cooper e o alerta da minha mãe, agora eu também tinha de lidar com isso. Mais uma garota morta, mais uma ligada a mim – ligada a Daniel. E bem como eu escondia segredos de Daniel, naquele momento, tive certeza de que ele escondia de mim também. Cooper estava certo, Daniel e eu não nos conhecemos. Estamos noivos e vamos nos casar. Estamos vivendo sob o mesmo teto, dormindo juntos na mesma cama. Mas somos estranhos, esse homem e eu. Eu não o conheço. Eu não sei do que ele é capaz.

— Estou ficando com um pouco de dor de cabeça — disse a ele, o que não era bem mentira. Uma onda de náusea invadia meu estômago enquanto olhava para aquela casa a distância, para as cadeiras de balanço vazias, empurradas por pernas fantasmas. Eu me perguntava se Aubrey estava usando o colar naquele momento, o colar que, agora, estava escondido em algum lugar da minha casa. — Podemos voltar?

Daniel estava quieto atrás de mim, me perguntei em que ele estava pensando. Por que ele me levou lá? Ele estava avaliando minha reação? Estava se divertindo com a situação, esfregando a verdade na minha cara, a poucos centímetros do meu alcance? Era um aviso? Ele *sabe* que eu sei? Penso na minha conversa com Aaron, sobre o Cemitério Cypress ter algum significado especial. Eu deveria ter juntado as peças antes. Eu vi Aubrey pela primeira vez em Cypress Stables, e o corpo dela foi encontrado no Cemitério Cypress. Não vi nada demais nisso antes – é um nome tão comum – mas, agora, com o corpo de Lacey aparecendo atrás do meu escritório, parece coincidência demais. Demais para ser obra do acaso. Daniel queria que eu reconhecesse Aubrey quando o corpo dela foi encontrado? Ou ele estava mesmo confiante o bastante para me mostrar mais uma peça do quebra-cabeça e esperar que eu não veria a imagem que estava se formando?

— Daniel?

— Claro. — Sua voz soava ofendida, baixa. — Claro, podemos voltar, sim. Tá tudo bem, Chlo?

Fiz que sim com a cabeça, me forcei a tirar os olhos da fazenda e me concentrar em outra coisa. Qualquer outra coisa. Voltamos para a terra firme e fomos para casa em silêncio, Daniel com os olhos na estrada e os lábios franzidos e eu descansando a cabeça no vidro, massageando a têmpora com os dedos. Quando paramos na garagem, murmurei algo sobre um cochilo e fui para o quarto, tranquei a porta e rastejei para a cama.

— Mel — pergunto, agora, olhando para minha assistente. — Posso fazer uma pergunta? Sobre a festa de noivado.

— Claro — diz, sorrindo, sentando-se em frente à minha mesa.

— Que horas Daniel chegou?

Ela mastiga o interior da bochecha, pensando.

— Não muito antes de você, pra ser sincera. Cooper, Shannon e eu chegamos primeiro. Daniel demorou pra sair do trabalho, então a gente deixou todo mundo entrar até ele aparecer, acho que ele chegou vinte minutos antes de você.

Sinto uma pontada familiar no peito de novo. Cooper, tentando deixar os sentimentos de lado. Tentando me apoiar, apesar de tudo – ou, talvez, por causa de tudo. Eu o imagino parado no fundo da sala de estar, o rosto escondido na multidão. Vendo-me gritar, o braço voando para a bolsa, procurando desesperada. Daniel me puxando pela cintura, passando pelas pessoas. Tenho certeza de que foi demais para o meu irmão suportar. Ver Daniel com aquele sorriso brilhante, me manipulando como quisesse. Por isso Coop deu as costas antes que eu pudesse vê-lo, foi para o quintal, sozinho com o maço de cigarros. Ficou me esperando lá. Não sei como não percebi antes, teimosia, acho. Egoísmo. Mas agora, era óbvio: foi do mesmo jeito que Cooper sempre me apoiou, em silêncio, em segundo plano, do mesmo jeito que ele levantou a cabeça sobre o mar de outros rostos no Festival do Lagostim, saindo da multidão, me encontrando e me confortando quando estava sozinha.

— Tá. — Chacoalho a cabeça, tento me concentrar. Tento me lembrar do dia. Lacey saiu do meu consultório às seis e meia; eu saí por volta das oito, levei um tempo para arquivar as anotações, arrumei a mesa e atendi aquela ligação de Aaron. Depois, parei na farmácia antes de estacionar na minha garagem, provavelmente por volta das oito e meia. Isso teria dado a Daniel duas horas para pegar Lacey do lado de fora do prédio, levá-la para onde quer que a manteve antes de escondê-la atrás da lixeira, e chegar em casa antes de mim.

Seria possível?

— O que ele fez quando chegou?

Melissa se mexe na cadeira, engancha um pé atrás do outro. Está mais tensa do que quando entrou. Ela sabe que tem alguma coisa pessoal nessas perguntas.

— Ele subiu para se arrumar, acho que tomou banho e trocou de roupa. Disse que tinha dirigido o dia todo. Desceu bem na hora que vimos os faróis do seu carro entrando na garagem. Ele serviu algumas taças de vinho e, depois... você entrou.

Eu aceno e sorrio de novo para que saiba que agradeço a informação, embora, por dentro, queira gritar. Lembro-me desse momento perfeitamente. Quando vi o mar de gente se abrir e Daniel emergir da multidão. Quando ele veio andando em minha direção com as taças de vinho na mão, a onda de alívio que invadiu meu corpo em pânico no instante em que ele passou o braço em volta da minha cintura e me puxou para perto. Lembro-me do cheiro de sabonete, do sorriso branco. Lembro de me sentir tão sortuda, tão sortuda, naquele momento, com ele ao meu lado. Mas agora... Não consigo deixar de pensar no que ele estava fazendo logo *antes* disso. Se o perfume do sabonete era forte porque esfregara muito para se livrar de algum cheiro. Se as roupas que usara antes de se trocar ainda estavam em casa ou se as jogou em algum lugar à beira da estrada, queimou-as, incinerando qualquer evidência que poderia ligá-lo a seus crimes. Havia vestígios dela em algum lugar na pele dele aquela noite, quando nossos corpos nus se entrelaçaram na cama – uma mecha de cabelo, uma gota de sangue, uma unha presa em algum lugar que ainda não fora encontrada? Penso em Aubrey, na noite em que ela desapareceu e o que teríamos feito juntos depois que ele chegou em casa. Daniel pulou no banho como sempre fazia depois de voltar para casa de uma longa e solitária viagem? Eu me juntei a ele naquela noite, tirando suas roupas no banheiro embaçado de vapor? Eu o ajudei a lavar os traços dela?

Aperto o nariz, fechando os olhos. Esse pensamento me enoja.

— Chloe? — Ouço a voz de Melissa, um sussurro sutil e preocupado. — Tá tudo bem?

— Tá — digo, levanto a cabeça e dou um sorriso fraco. O peso da situação se instala sobre meus ombros. Meu envolvimento obscuro me lembra vinte anos atrás, quando vi e não percebi as coisas. De ter levado, sem saber, as garotas a um predador, ou melhor, de ter levado um predador até elas. Não posso deixar de me perguntar: se não fosse por mim, elas ainda estariam vivas? Todas elas?

De repente, me sinto cansada. Tão, tão cansada. Mal dormi na noite passada, a pele de Daniel irradiando como uma fornalha, me avisando para não ficar muito perto. Olho para a gaveta da minha mesa, a coleção de medicamentos esperando para serem invocados do escuro. Eu poderia pedir para Melissa ir embora. Eu poderia fechar as cortinas, escapar de tudo. Não são nem sete da manhã ainda, há muito tempo para cancelar os compromissos do dia. Mas não posso fazer isso. Sei que não posso.

— Como está a minha agenda?

Melissa enfia a mão na bolsa e puxa o celular, acessando o calendário e passando pelos compromissos do dia.

— Bem cheia — diz. — Muitas remarcações da outra semana.

— Tá, e amanhã?

— Amanhã, você está ocupada até as quatro.

Solto o ar e massageio as têmporas com os polegares. Sei o que eu preciso fazer, só não tenho tempo para isso. Não posso continuar cancelando minhas consultas, ou, em breve, não sobrará nenhuma.

Mas, ainda assim, imagino os dedos da minha mãe dançando frenéticos na minha palma.

Como eu posso provar isso?

Daniel. A resposta é Daniel.

— Você tá bem livre na quinta-feira — diz Melissa, usando o indicador para deslizar a tela. — Compromissos pela manhã e mais nada depois do meio-dia.

— Tá — digo, me endireitando. Reserve o resto do dia para mim, por favor. Sexta-feira também. Preciso fazer uma viagem.

CAPÍTULO TRINTA E DOIS

— Estou orgulhoso de você, querida.

Sentada no chão do quarto, olho para cima e vejo Daniel encostado no batente da porta, sorrindo para mim. Ele acabou de sair do banho, está com uma toalha branca amarrada em volta da cintura e os braços cruzados contra o peito nu. Atravessa o quarto e começa a olhar entre uma fileira de camisas brancas bem passadas, penduradas no armário. Fico olhando para ele por um segundo, para o corpo bronzeado. Os braços tonificados, a pele macia. Aperto os olhos e percebo um arranhão na lateral que vai da barriga até as costas. Parece recente e tento não me perguntar como apareceu ali. De onde veio. Em vez disso, olho para a mala atrás de mim, a pilha de roupas amontoadas dentro. A maioria é jeans e camisetas, coisas práticas, e percebo que deveria jogar um vestido e alguns sapatos de salto para manter a aparência, afinal, é o tipo de coisa que se usa em uma despedida de solteira.

— Quem vai estar lá mesmo?

— Não vai ter muita gente — digo, aninhando alguns saltos no canto da bolsa. Saltos que sei que não vou usar. — Shannon, Melissa, algumas colegas antigas de trabalho. Não quero muito alvoroço.

— Bom, eu acho ótimo — diz, pegando uma camisa do cabide e jogando-a sobre as costas. Ele caminha em minha direção com os botões ainda abertos. Em outro momento, eu teria me levantado, colocado os braços ao redor de sua pele nua, pressionado os dedos nos músculos de suas costas. Em outro momento, eu o teria beijado, talvez o levado de volta para a cama antes de sairmos para enfrentar o dia, não mais cheirando a sabonete, mas com o cheiro um do outro.

Mas não hoje. Hoje eu não consigo. Em vez disso, sorrio para ele do chão e, em seguida, olho de volta para as roupas no meu colo, me concentrando na camisa que eu estava dobrando.

— Foi ideia sua — digo, tentando evitar os olhos dele. Consigo senti-los afundando em minha têmpora, tentando passar pelos cabelos. — Na festa de noivado, lembra?

— Eu lembro. Fiquei feliz por ter me ouvido.

— E, quando você foi para Nova Orleans, pensei que poderia ser divertido — digo, olhando para ele. — Uma viagem tranquila, e não muito cara.

Vejo seus lábios se contorcerem, um lampejo invisível que nunca teria percebido se já não soubesse a verdade: ele nunca esteve em Nova Orleans. Que o evento de que havia me falado em tantos detalhes (networking no sábado, golfe no domingo e seções ao longo da semana), na verdade nunca aconteceu. Na verdade, estou mentindo. Tinha acontecido. Os representantes de vendas farmacêuticas de todo o país se reuniram na cidade, mas não Daniel. Ele não estava lá. Eu sei, porque encontrei o site do evento, liguei para o hotel e pedi que enviassem uma cópia da fatura, alegando ser a assistente dele, que precisava preencher um relatório de despesas. E ele não esteve lá. Nenhum Daniel Briggs fez check-in ou check-out no hotel, muito menos se inscreveu no evento. Não tive como confirmar a viagem recente para Lafayette, mas algo me dizia que era mentira também. Que todas essas viagens que ele fazia, todos esses fins de semana prolongados e viagens noturnas que o traziam de volta exausto, mas, de alguma forma, mais cheio de vida do que nunca, eram apenas um disfarce para outra coisa. Algo obscuro. E só havia uma maneira de ter certeza.

Há tantas coisas que não sei sobre meu noivo, mas, morando com ele, uma coisa ficou clara: ele é metódico. Todos os dias, quando chega em casa, ele guarda a maleta com cuidado no canto da sala de jantar, trancada e pronta para a próxima viagem. E todas as manhãs, ele sai para correr, dois, três, quatro quilômetros pela vizinhança, e, depois, toma um longo banho quente. E, assim, todos os dias desta semana, depois que ele beijou minha testa e saiu de casa, eu entrei na sala de jantar, empurrei os dígitos da trava para a frente e para trás com os dedos, tentando achar o código. Foi mais fácil do que eu pensava – ele é previsível. Tentei pensar nos números da vida de Daniel que poderiam ter alguma importância, seu aniversário, meu aniversário. O endereço de nossa casa. Afinal, se Aaron me ensinou alguma coisa, foi que imitadores são sentimentais; a vida deles gira em torno de significados ocultos, códigos secretos. Depois de dias sem ter sorte, sentei-me no chão da sala de jantar, pensando, os olhos indo e voltando entre a maleta e a janela da sala de jantar, esperando que ele aparecesse.

Levantei-me com um pensamento começando a penetrar a minha mente.

Olhara pela janela mais uma vez antes de tentar outra combinação: 72619. Lembro-me de alinhar os números na marca gravada na lateral da fechadura, lembro-me de empurrar o fecho, ouvir o clique ao destravar. O rangido das dobradiças quando a mala se abriu, o conteúdo perfeitamente organizado.

Funcionou. O código funcionou. 72619.

Vinte e seis de julho, 2019.

O dia do nosso casamento.

— Vou mandar uma mensagem pra Shannon pra ter certeza de que ela vai me mandar fotos — diz Daniel, virando-se para a cômoda e abrindo a gaveta de cuecas. Ele veste a boxer vermelha e verde de flanela que comprei para ele no Natal e ri. — Quero registros de você montada naqueles bartenders da Bourbon Street, sabe aqueles com as doses nos tubinhos de ensaio...

— Não — digo, talvez rápido demais. Viro-me em direção a ele e vejo seus olhos se estreitarem um pouco, tento inventar uma desculpa boa o bastante para convencê-lo a não escrever para Shannon, ou Melissa, ou qualquer pessoa, porque ninguém vai à minha despedida de solteira. *Eu* mesma não vou à minha despedida de solteira. Porque ela não existe.

— Não, por favor — digo, baixando os olhos. — Poxa, é minha despedida de solteira, Daniel. Não quero ficar tímida o tempo todo, com medo de fazer papel de idiota e ter registro disso no celular.

— Ah, para com isso — diz, colocando as mãos nos quadris. — Desde quando você fica com vergonha de beber umas doses a mais?

— Não deveríamos nos falar! — digo, tentando brincar. — É só um fim de semana. Além disso, duvido que elas respondam. Já leram as regras pra mim: nada de ligações, nem mensagens de texto. Sem contato. É o fim de semana das meninas.

— Tudo bem — diz, levantando as mãos em sinal de rendição. — O que acontece em Nova Orleans fica em Nova Orleans.

— Obrigada.

— Você estará em casa no domingo, né?

Eu aceno, a perspectiva de quatro dias inteiros e ininterruptos é o suficiente para me fazer derreter. É um alívio, de verdade. Ficar longe. Poder parar de fingir, parar com a constante atuação necessária toda vez que ponho os pés na minha própria casa. E com sorte, depois desta viagem, não vou precisar mais atuar. Não vou mais precisar fingir. Não vou precisar dormir com o corpo pressionado no dele, escondendo o constrangimento em minhas costas toda vez que seus lábios roçam meu pescoço. Depois dessa viagem, terei as provas de que preciso para ir à polícia, enfim. Para fazê-los finalmente acreditarem em mim.

Mas isso não torna mais fácil o que estou prestes a fazer.

— Vou sentir sua falta — diz ele, sentando-se na beira da cama. Estive distante desde a noite do alarme e ele sabe disso. Ele sente que estou me afastando. Eu coloco uma mecha de cabelo atrás da orelha e me obrigo a ficar de pé, a ir até ele e sentar-me ao seu lado.

— Vou sentir sua falta também — digo, prendendo a respiração enquanto ele me puxa para um beijo. Ele segura minha cabeça entre as mãos, envolvendo meu crânio daquele jeito familiar. — Mas preciso ir.

Eu me afasto, levanto e vou até a mala, fechando a aba e o zíper.

— Tenho algumas consultas agora cedo, então vou direto do consultório. Melissa e eu vamos juntas e passamos pra pegar Shannon no caminho.

— Divirta-se — diz ele, com um sorriso. Por um breve segundo, vendo-o sentado na beira da cama, sozinho, os dedos entrelaçados enquanto as palmas das mãos pesam em seu colo, sinto uma tristeza que nunca vi nele antes. O anseio desesperado que via em mim mesma, antes de Daniel, quando me sentia sozinha na presença de outras pessoas. Algumas semanas atrás, eu teria me sentido culpada, aquela dor no peito quando você mente para alguém que ama. Eu estou fazendo coisas sem que ele saiba, fuçando em seu passado do jeito que sempre critiquei os outros por fazerem comigo. Mas é diferente, eu sei. É grave. Porque Daniel não é como eu, sei que ele não é como eu. Mas estou ficando cada vez mais certa de que ele pode ser como meu pai.

Chego ao consultório trinta minutos antes da primeira consulta, a mala pendurada no ombro. Passo rapidamente pela mesa de Melissa, aceno para ela enquanto ela toma um gole do café com leite, tentando evitar uma conversa sobre a viagem. Disse a ela que era para organizar coisas do casamento, mas, além dessa descrição muito vaga, não forneço nenhum detalhe. Minha principal preocupação era fornecer um álibi crível para Daniel e, até agora, acho que me saí muito bem.

— Doutora Chloe — diz, colocando a xícara na mesa. Estou na porta do consultório quando viro em direção ao som da voz dela. — Desculpe, mas você tem uma visita. Eu disse a ele que você tem consultas marcadas, mas... ele está esperando.

Eu me viro em direção à sala de espera, olhando para o aglomerado de sofás no canto que eu ignorei por completo quando entrei, e ali, sentado na ponta de um deles, está o detetive Thomas. Ele está com uma revista aberta no colo e sorri na minha direção antes de fechá-la e jogá-la de volta à mesa de centro.

— Bom dia — diz, levantando-se para me cumprimentar. — Vai a algum lugar?

Olho para a minha mala e, em seguida, de volta para o detetive, que já reduziu pela metade a distância entre nós.

— Só uma viagem curta.

— Para onde?

Mastigo a lateral da bochecha, ciente da presença de Melissa atrás de mim.

— Nova Orleans — digo. — Resolvendo algumas coisas de última hora para o casamento. Lá tem algumas lojas e fornecedores diferentes que eu queria conferir.

Quando sei que estou sendo pega em uma mentira, descobri que é sempre melhor simplificar a história. Manter a mesma versão sempre que possível. Se Daniel pensa que estou em Nova Orleans, então Melissa e o detetive Thomas podem muito bem pensar a mesma coisa. Vejo os olhos do detetive Thomas olharem para o anel no meu dedo antes de olhar de novo para cima, fazendo um leve sinal positivo com a cabeça.

— Só preciso de alguns minutos.

Estendo o braço em direção ao consultório, virando-me e sorrindo para Melissa enquanto o conduzo pela sala de espera, tentando transmitir uma sensação de calma e controle, apesar do pânico crescente no peito. O detetive me segue para dentro e fecha a porta.

— Então, o que posso fazer pelo senhor, detetive?

Vou para trás da minha mesa e coloco a mala no chão, puxo a cadeira para fora e me sento. Espero que ele me acompanhe e faça o mesmo, mas ele permanece de pé.

— Queria avisar que passei a semana acompanhando a pista que você me deu. Bert Rhodes.

Levanto minhas sobrancelhas. Tinha me esquecido de Bert Rhodes. Tantas coisas aconteceram na semana passada que mudaram meu foco – o colar no armário e a revelação sobre Aubrey Gravino, o perfume na camisa de Daniel, a mentira sobre a conferência e o arranhão nas costas. A visita que fiz à minha mãe, o que encontrei na mala dele, agora guardado na minha própria mala. As evidências que estive procurando e as evidências que espero encontrar na viagem. A memória de Bert Rhodes em casa, segurando a furadeira, os olhos fixos nos meus, parece tão distante agora. Mas ainda me lembro da sensação de paralisia, de medo. Dos meus pés plantados no chão, apesar da crescente sensação de perigo. Agora, porém, o perigo ganhou um significado novo. Pelo menos eu não morava sob o mesmo teto que Bert Rhodes, pelo menos ele não tinha uma chave para abrir as portas que eu trancasse. Sinto-me quase nostálgica pela semana passada, ansiando aquele momento, de pé no corredor, as costas contra a porta, em que a linha entre *bem* e *mal* estava bem delimitada.

O detetive Thomas muda de posição e, de repente, me sinto culpada também. Culpa por mandá-lo para a toca do coelho. Sim, Bert Rhodes é um homem mau. Sim, me senti insegura na presença dele. Mas as evidências que descobri na semana passada não apontam em sua direção, e sinto que deveria falar sobre isso. Ainda assim, estou curiosa.

— Ah, é? O que você descobriu?

— Bom, para começar, ele quer uma ordem de restrição. Contra você.

— *O quê?* — O choque da declaração me faz levantar da mesa, o barulho da cadeira contra o piso de madeira como unhas raspando em um quadro-negro. — Como assim, uma ordem de restrição?

— Por favor, sente-se, doutora Chloe. Ele me disse que se sentiu ameaçado durante a breve visita a sua casa.

— *Ele* se sentiu ameaçado? — pergunto, levantando a voz agora. Tenho certeza de que Melissa consegue ouvir, mas, a essa altura, eu não me importo. — Como é possível que ele tenha se sentido ameaçado? *Eu* me senti ameaçada. Eu estava desarmada.

— Doutora Chloe, sente-se.

Fico olhando para ele por um momento, piscando e tentando afastar minha descrença, sentando-me na cadeira de novo.

— Ele alega que você o atraiu para sua casa sob falsos pretextos — continua, dando mais um passo em direção à minha mesa. — Que chegou achando que faria um trabalho, mas, quando entrou, percebeu que você tinha outras intenções. Que você estava interrogando, provocando. Tentando fazer com que admitisse algo incriminador.

— Isso é ridículo. Eu não o chamei, meu noivo o chamou.

Sinto um aperto no peito com essa palavra – *noivo* – mas me forço a ignorá-lo.

— E como seu noivo conseguiu o contato dele?

— Imagino que pelo site.

— E por que vocês estavam olhando o site? Parece uma bela coincidência, considerando o histórico.

— Olha — digo, passando as mãos pelo cabelo. Já consigo ver onde isso vai dar. — Estava com o site dele aberto, ok? Eu tinha acabado de perceber que Bert Rhodes mora na cidade e estava pensando em como isso é coincidência. Estava pensando nessas meninas e em como eu queria tanto descobrir o que estava acontecendo com elas. Meu noivo viu a página aberta no meu laptop e ligou para ele sem que eu soubesse. Foi só um mal-entendido.

O detetive Thomas sacode a cabeça em minha direção. Ele não acredita em mim, tenho certeza.

— É só isso? — pergunto, a irritação escorrendo da minha língua.

— Não, não é só isso — responde. — Também descobrimos que não é a primeira vez que isso acontece com você. Parece estranhamente familiar, na realidade. A perseguição, as teorias da conspiração. Até mesmo a ordem de restrição. O nome *Ethan Walker* te lembra alguma coisa?

CAPÍTULO TRINTA E TRÊS

Eu o vi pela primeira vez em uma festa, mergulhando um copo de plástico em um líquido vermelho neon. Tinha alguma coisa nele que eu não conseguia definir muito bem — quase etéreo, como se todas as outras pessoas ali tivessem esmaecido e ele tivesse ficado lá, brilhando, atraindo toda a luz para si.

Tomei um gole do meu copo e estremeci; bebida de festa de fraternidade nunca é muito boa, mas não era essa a questão. Eu estava bebendo só o suficiente para sentir um pouco de formigamento, ficar um pouco entorpecida. O Valium correndo em minhas veias já tinha ajudado a acalmar meus nervos, já tinha envolvido a minha mente em uma sensação de calma induzida por química. Olhei para o meu copo, para o último dedo de líquido restante, e virei.

— O nome dele é Ethan.

Olhei para a minha esquerda. Minha colega de quarto, Sarah, estava de pé ao meu lado, acenando com a cabeça na direção do garoto para quem eu estava olhando. *Ethan.*

— Ele é fofo — disse ela. — Você devia ir lá falar com ele.

— Quem sabe.

— Você tá a noite inteira encarando ele.

Olhei para ela enquanto o calor subia até minhas bochechas.

— Não tô, não.

Ela sorriu, mexendo o líquido do próprio copo antes de tomar um gole.

— Tá bom — disse. — Se você não vai falar com ele, vou eu.

Observei enquanto Sarah ia em direção a ele, abrindo espaço entre os corpos quentes e bêbados, com determinação, uma mulher em uma missão. Fiquei plantada no meu lugar de sempre, contra a parede – um ponto que me permitia examinar o cômodo, sempre ciente do que me rodeava, posicionada de um modo que ninguém jamais poderia se aproximar por trás, me surpreendendo. Esse tipo de postura era típico de Sarah. A nossa amizade na faculdade se resume a ela tomando de mim as coisas que eu queria – o beliche de baixo no dormitório, depois o quarto com closet em nosso atual apartamento, a última vaga disponível em uma palestra sobre psicologia anormal, o único top bege tamanho médio da vitrine da loja. O top que ela usava neste momento.

E, agora, Ethan.

Observei enquanto ela se aproximava dele, dando um tapinha em seu ombro. Ele olhou para ela, deu um largo sorriso e a envolveu em um amistoso abraço. *Está tudo bem,* pensei. *Ele não faz o meu tipo mesmo.* E era verdade. Ele era um pouco grande demais para o meu gosto, os músculos dos braços saltando quando ele apertou Sarah contra o peito. Ele poderia ter segurado ela ali se ele quisesse, poderia ter continuado a apertar, como uma jiboia, até ela se quebrar. Também parecia ser muito popular. Acostumado demais a conseguir o que queria. Nunca tinha me envolvido com um cara que parecesse privilegiado, que sentiria raiva se eu mudasse de ideia de repente.

Olhei para a porta da frente, um portal para longe desta casa abafada, de volta para o ar fresco da LSU no outono. Eu sempre fazia questão de nunca voltar para casa sozinha, mas ao que parecia, Sarah ia ficar aqui por um tempo e eu não tinha muita escolha. Eu tinha um chaveiro de spray de pimenta pendurado nas chaves do meu apartamento e, afinal, eram só alguns quarteirões. Hesitei, me perguntando se eu deveria ir até ela e me despedir ou se deveria simplesmente me virar e ir embora. Duvidava que alguém perceberia, de qualquer forma.

Minha decisão estava tomada, virei-me da porta para a festa para dar uma última olhada em volta antes de sair, quando notei que olhavam para mim. Tanto Ethan quanto Sarah, olhavam em minha direção. Sarah estava sussurrando no ouvido dele, uma delicada mão em concha sobre os lábios e, Ethan, sorrindo, balançava a cabeça devagar. Senti meus batimentos cardíacos subirem pela garganta; olhei para o meu copo vazio, desejando desesperadamente que houvesse algo ali para beber, ou pelo menos para dar às minhas mãos o que fazer, em vez de ficarem penduradas ali, do meu lado. Antes que eu pudesse me mover, Ethan começou a andar em minha direção, focalizando meus olhos como se não houvesse mais ninguém na sala. Algo nele me deixou nervosa, não do modo como costumo ficar na presença dos homens, nervosa, cautelosa, tensa. Ethan mexia com os meus nervos, mas de um jeito bom, me deixava animada. Agarrei o copo nas mãos com tanta força que ouvi o plástico estalar. Quando ele se aproximou de mim, enfim, roçou os braços firmes contra os meus e senti o algodão da camiseta Henley contra minha pele.

— Oi — disse, sorrindo. Seus dentes eram tão brancos, tão alinhados. Cheirava como aquela fragrância fresca que te atinge ao passar em frente a loja de um shopping center. Trevo e sândalo. Não sabia na época, mas eu passaria a conhecer aquele cheiro tão bem nos meses seguintes; como ficaria no meu travesseiro por semanas, muito depois de seu corpo quente se levantar e sair da cama. Como o reconheceria em qualquer lugar, nos lugares em que ele estivera e nos lugares em que não deveria ter estado.

— Você é colega de quarto de Sarah? — perguntou, me cutucando junto. — Nós nos conhecemos da aula.

— Sou — disse, olhando para a minha amiga, que desaparecia na multidão. Mentalmente, mandei a ela um pedido silencioso de desculpas por ter pressuposto o pior. — Meu nome é Chloe.

— Ethan — disse, empurrando uma bebida em minha direção. Pego e deslizo o copo pesado para dentro do meu, que está vazio, e bebo na borda dupla que os dois copos formam. — Sarah mencionou que você vai estudar medicina?

— Psicologia — respondi. — Quero fazer meu mestrado aqui no próximo outono e, no futuro, meu doutorado.

— Uau — disse. — Impressionante. Escuta, o som tá muito alto aqui, você quer ir pra algum lugar mais tranquilo pra conversar?

Lembro-me da nítida sensação de baque no peito que tive naquele momento, a percepção de que ele era como os outros. Senti que não poderia julgá-lo, no entanto. Eu também tinha feito isso. Usado as pessoas. Usado seus corpos para me sentir menos sozinha. Mas, desta vez, parecia diferente. Eu estava na outra ponta.

— Na verdade, eu tava quase indo...

— Isso soou estranho — interrompeu, erguendo a mão. — Sei que os caras devem dizer isso o tempo todo. *Algum lugar mais tranquilo,* tipo meu quarto, né? Não foi isso que eu quis dizer.

Ele sorriu, tímido, enquanto eu mordia o canto do lábio, tentando decifrar o que ele *quis* dizer. Ele não se encaixa na minha lista, naquele sistema testado e comprovado que usei para me manter segura por tanto tempo, física e emocionalmente. Ethan era um cara difícil de decifrar, com o sorriso perfeito e o cabelo loiro de surfista despenteado. Antebraços firmes que pareciam naturais, como se nunca tivesse pisado em uma academia. Falar com ele parecia seguro e perigoso, como andar em uma montanha-russa e sentir o peito recuar enquanto o clique das engrenagens começa a mover o corpo para a frente, tarde demais para voltar atrás.

— Que tal ali?

Ele apontou para a cozinha, suja e cheia de copos usados e grudentos, caixas vazias de cerveja empilhadas nas bancadas, a porta removida dos batentes. Mas estava vazia. Silenciosa o suficiente para conversar, mas visível o bastante para me sentir segura. Balancei a cabeça, deixei que me guiasse pelo corredor lotado e pela luz fluorescente da sala. Ele pegou um pano e enxugou um balcão, deu dois tapinhas, sorrindo. Aproximei-me e inclinei-me contra a superfície, apoiando as mãos e me içando até que estivesse sentada na ponta, com os pés balançando no ar. Ele se sentou ao meu lado e bateu o copo de plástico no meu. Cada um de nós tomou um gole, olhando um para o outro por cima do plástico.

E ficamos ali pelas quatro horas que se seguiram.

CAPÍTULO TRINTA E QUATRO

— Doutora Davis, pode responder a pergunta, por favor?

Olho para o detetive Thomas e tento piscar para afastar aquela lembrança. Ainda sinto a viscosidade nas mãos das bebidas derramadas no balcão, o formigamento nas pernas por ficar sentada ali, imóvel, por tantas horas. Tão envolvida na conversa. Sem pensar no mundo fora daquela velha cozinha. O zumbido da festa evaporando até que, de repente, éramos os últimos ali. A caminhada silenciosa para casa no escuro, o dedo de Ethan enganchado no meu enquanto o vento do outono chacoalhava as árvores do campus. A maneira como ele me levou pela calçada até o apartamento, esperou na esquina até eu destrancar a porta da frente e acenar para ele, desejando-lhe uma boa-noite.

— Sim — digo baixinho, o nó na garganta apertando. — Sim, eu conheço Ethan Walker. Mas parece que você já sabe disso.

— O que você pode me dizer sobre ele?

— Era meu namorado na faculdade. Namoramos por oito meses.

— E por que se separaram?

— Estávamos na faculdade — repito. — Não era tão sério. Só não deu certo.

— Não foi o que eu fiquei sabendo.

Estou olhando para ele agora, um ódio fervendo no peito que me espanta por um momento. É óbvio que ele já sabe a resposta. Ele só quer ouvir de mim.

— Por que você não me conta a história toda, com suas palavras? — diz o detetive Thomas. — Comece do começo.

Eu suspiro, olho para o relógio acima da porta do consultório. Quinze minutos para a sessão da minha primeira paciente. Já contei minha versão desta história centenas de vezes – eu sei que ele pode só olhar os registros, provavelmente ouvir gravações em que conto exatamente a mesma coisa –, mas quero demais que este homem não esteja no meu consultório quando a paciente chegar.

— Ethan e eu namoramos por oito meses, como eu disse. Foi meu primeiro namorado de verdade e nos aproximamos rápido. Rápido demais para aquela idade. Ele ficava no nosso apartamento o tempo todo, quase todas as noites. Mas, no começo daquele verão, logo depois do fim das aulas, ele começou a se distanciar. Também foi nessa época que minha amiga, Sarah, desapareceu.

— Foi denunciado como um caso de desaparecimento?

— Não — digo. — Sarah sempre foi espontânea, um espírito livre. Era normal que sumisse para viajar no fim de semana e coisas assim, mas alguma coisa naquela ocasião soou estranha. Fazia três dias que não tinha notícias dela e comecei a ficar preocupada.

— Natural — diz o detetive Thomas. — Você procurou a polícia?

— Não — digo mais uma vez, sabendo como soa. — Vale lembrar que isso foi em 2009. As pessoas não andavam grudadas no celular como hoje. Tentei me convencer de que talvez ela só tivesse feito uma viagem de última hora e esqueceu o celular, mas foi aí que percebi que Ethan estava começando a agir de forma estranha.

— Estranha como?

— Toda vez que eu mencionava o nome dela, ele ficava nervoso. Divagava um pouco e mudava de assunto. Ele nem parecia preocupado que ela pudesse ter sumido, só dava ideias vagas sobre onde ela poderia estar. Dizia coisas como *"estamos em férias de verão, talvez ela tenha ido para casa visitar os pais"*, mas quando eu falava que queria ligar para eles e saber se ela estava lá, ele me dizia que eu estava exagerando e precisava parar de me meter na vida dos outros. Pelo jeito que ele agia, comecei a desconfiar que talvez ele não quisesse que ela fosse encontrada.

O detetive Thomas assente, um sinal para eu prosseguir, e me pergunto se ele já ouviu isso antes, na gravação da delegacia, mas a feição dele não revela nada.

— Um dia, fui ao quarto dela e comecei a bisbilhotar, tentando encontrar alguma pista ou algo que indicasse aonde ela poderia ter ido. Um bilhete ou algo assim, não sei.

A memória é tão vívida, empurrar a porta do quarto dela com o dedo, ouvindo ranger. Entrar, quieta, como se estivesse quebrando algum tipo de regra. Como se ela fosse entrar a qualquer momento, me pegar vasculhando as roupas ou lendo seu diário.

— Arranquei o edredom da cama e vi que havia uma mancha de sangue no colchão — continuo. — Uma mancha grande.

Ainda consigo ver, tão nítido. O sangue. O sangue de Sarah. Ocupando quase toda a metade inferior da cama, uma mancha não mais clara, mas escurecida, um vermelho queimado e enferrujado. Lembro-me de pressionar o colchão, de sentir a umidade atravessar a espuma. E das manchas escarlates nas pontas dos meus dedos, ainda molhadas. Ainda frescas.

— Sei que soa estranho, mas eu conseguia *sentir o cheiro* do Ethan naquela cama — digo. — Ele tinha um cheiro muito... característico.

— Tá — diz ele. — Com certeza, a essa altura, você procurou a polícia.

— Não. Não, não procurei. Sei que deveria, mas... — Eu paro, me recomponho. Preciso ter certeza de que vou me expressar direito. — Eu queria ter certeza absoluta de que havia algum problema antes de procurar a polícia. Eu tinha acabado de me mudar para Baton Rouge para fugir do meu nome, do meu passado. Não queria que a polícia trouxesse tudo aquilo à tona de novo. Não queria perder a normalidade que eu finalmente estava começando a encontrar.

Ele acena com a cabeça, julgando com os olhos.

— Mas, da mesma forma que eu convidei Lena para a minha casa e a apresentei para o meu pai, eu estava começando a me sentir do mesmo jeito com Sarah e Ethan — continuo. — Eu tinha dado a ele a chave do nosso apartamento. E, agora, ela tinha desaparecido, estava começando a parecer que talvez ela estivesse em alguma situação delicada, e se Ethan tinha algo a ver com isso, eu me sentia obrigada a fazer o possível para descobrir. Estava começando a me sentir responsável.

— Certo — diz. — O que aconteceu depois?

— Ethan terminou comigo naquela semana. Do nada. Fui pega de surpresa, mas o fato de ter acontecido bem quando Sarah desapareceu me pareceu uma prova. Prova de que ele estava escondendo alguma coisa. Ele me disse que ia viajar por alguns dias, que ia pra casa dos pais pra *processar tudo*. Então, decidi entrar na casa dele.

O detetive Thomas levanta as sobrancelhas e eu me forço a continuar falando, a seguir em frente, antes que ele me interrompa de novo.

— Achei que poderia encontrar evidências para levar à polícia — digo, com a mente na caixa de joias no armário do meu pai, a própria prova inquestionável. — Eu sabia, pelos assassinatos do meu pai, que evidências eram cruciais, que, sem elas, tudo não passa de suspeita. Não é suficiente para prender ou sequer levar a sério uma acusação. Não sei o que esperava encontrar. Alguma coisa concreta. Algo que me fizesse sentir que não estava ficando louca.

Eu me detenho um pouco, surpresa com a minha própria escolha de palavras (*louca*), e continuo.

— Então, eu quebrei uma janela que sabia que ele deixava destrancada e comecei a olhar ao redor. Mas logo ouvi um barulho vindo do quarto e percebi que ele estava em casa.

— E o que você encontrou quando entrou no quarto dele?

— Ele estava lá — digo, as bochechas corando com a memória. — E Sarah também.

Naquele momento, de pé na porta do quarto de Ethan, olhando para ele e Sarah enrolados nos lençóis velhos, me lembrei do abraço na festa, da noite em que nos conhecemos. Eu me lembrei da forma como ela colocou a mão em concha sobre os lábios e se aproximou, sussurrando no ouvido dele. Ethan e Sarah se conheciam das aulas – isso era verdade. Mas eu descobriria mais tarde que o relacionamento deles não acabava ali. Tinham saído no ano anterior e, alguns meses depois que começamos a namorar, eles começaram a se encontrar de novo, pelas minhas costas. No fim das contas, eu estava certa em relação a Sarah. Sempre se apropriando do que eu queria. Apresentar nós dois foi um jogo para ela, uma forma de se colocar diante de Ethan e, depois, tomá-lo, provando mais uma vez que era melhor que eu.

— E como ele reagiu? À invasão do apartamento?

— Não muito bem, é óbvio — digo. — Ele começou a gritar comigo, dizendo que tentava terminar comigo fazia meses, mas que eu era grudenta. Que me recusei a ouvir. Ele me pintou como a ex--namorada louca que invadiu o apartamento dele e... arrumou uma ordem de restrição.

— E a mancha de sangue no colchão da Sarah?

— Parece que ela engravidou sem querer — digo em um tom monótono, direto —, mas teve um aborto espontâneo. Ficou bem chateada, mas queria manter em segredo. Para começar, ela não queria que ninguém soubesse que tinha engravidado, mas acima de tudo, não queria que soubessem que tinha sido com o namorado da colega de quarto. Ela estava se escondendo no apartamento de Ethan durante a semana, tentando lidar com isso. Era por isso que Ethan não queria que eu surtasse e ligasse para os pais dela, ou, pior ainda, denunciar que ela havia desaparecido.

O detetive Thomas suspira e não consigo não me sentir estúpida, como uma adolescente sendo repreendida por tentar se embebedar com enxaguante bucal. *Não estou bravo, estou decepcionado.* Espero que ele diga alguma coisa, qualquer coisa, mas, em vez disso, ele continua olhando para mim, me examinando com aqueles olhos questionadores.

— Por que você está me fazendo contar essa história? — pergunto, de repente irritada de novo. — Você já sabe de tudo. Qual a relevância disso pra este caso?

— Porque eu esperava que recontar essa memória te ajudasse a ver o que eu vejo — responde, dando um passo mais perto de mim. — Você foi magoada por pessoas que amava. Pessoas em quem você confiava. Desconfia de todo homem, isso está claro, e quem pode te culpar, depois do que seu pai fez? Mas, só porque você não sabe onde seu namorado está a cada segundo do dia, não significa que ele seja um assassino. Você teve de aprender as coisas de um jeito mais doloroso.

Sinto minha garganta apertar e, no mesmo instante, penso em Daniel – no meu outro namorado (não, *noivo*) que agora estou investigando por iniciativa própria. Nas suspeitas que vêm se acumulando em minha mente, nos planos que tenho para esta semana. Planos que não são diferentes de quebrar a janela e invadir o apartamento de Ethan. É uma invasão de privacidade. A espiada no diário. Meus olhos piscam para a mala de viagem aos meus pés, fechada e pronta.

— E só porque você não confia em Bert Rhodes também não significa que ele seja capaz de matar — continua. — Parece que é um padrão pra você, se envolver em conflitos que não lhe dizem respeito, tentar resolver o mistério e ser a heroína. Entendo por que você faz isso, você foi a heroína que colocou seu pai atrás das grades. Você sente que é seu dever. Mas estou aqui pra te dizer que isso precisa parar.

É a segunda vez que ouço essas palavras esta semana. A última vez foi Cooper quem me disse isso, na cozinha, com os olhos nos comprimidos.

E eu sei por que você faz isso. Só queria que parasse.

— Não estou me *envolvendo* em nada — digo, cerrando o punho, os dedos afundando em minhas palmas. — Não estou tentando *ser a heroína,* o que quer que isso signifique. Estou tentando ser útil. Estou tentando te dar uma pista.

— Pistas falsas são piores que nenhuma pista — disse o detetive Thomas. — Passamos uma semana atrás desse cara. Uma semana que poderíamos ter passado atrás de outra pessoa. Olha, eu não acredito que você tenha más intenções, acho mesmo que você estava tentando fazer o que achava que era melhor, mas se quer saber minha opinião, acho que você precisa procurar ajuda.

A voz de Cooper, suplicante.

Procurar ajuda.

— Eu sou psicóloga — digo, meus olhos fixos nos dele, regurgitando as mesmas palavras que cuspi em Cooper, as mesmas palavras que venho recitando em minha mente durante toda a minha vida adulta. — Eu sei como cuidar de mim mesma.

Um silêncio se instala e quase posso ouvir Melissa respirando do lado de fora, o ouvido encostado na porta fechada. Com certeza ela ouviu toda a conversa. Assim como a próxima paciente, que agora deve estar sentada na sala de espera. Eu imagino os olhos dela se arregalando ao ouvir um detetive dizer a uma psicóloga que *ela precisa de ajuda.*

— A ordem de restrição que Ethan Walker providenciou depois que você invadiu seu apartamento. Ele mencionou que você tinha alguns problemas de abuso de substâncias na faculdade. Que foi imprudente com a receita de Diazepam, misturando com álcool.

— Eu não faço mais isso — digo, minha gaveta de comprimidos irradiando contra minha perna.

Encontramos traços fortes de Diazepam no cabelo dela.

— Tenho certeza de que você sabe que essas drogas podem ter alguns efeitos colaterais graves. Paranoia, confusão. Pode ser difícil separar a realidade da imaginação.

Às vezes é difícil saber o que é real e o que não é.

— Não tenho receita pra nenhum medicamento — digo, o que não é bem mentira. — Não sou paranoica, não estou confusa. Só estou tentando ajudar.

— Tá bom. — O detetive Thomas assente. Consigo ver que ele se sente mal por mim, que está com pena, o que significa que ele nunca mais vai me levar a sério. Eu não pensei que fosse possível, mas, agora, me sinto ainda mais sozinha. Me sinto completamente sozinha.

— Certo. Bom, acho que terminamos aqui, então.

— Acho que sim.

— Obrigado pela atenção — diz, caminhando em direção à porta. Ele alcança a maçaneta e hesita, virando-se de novo. — Ah, mais uma coisa.

Levanto as sobrancelhas, um sinal silencioso para que continue.

— Se a gente pegar você em mais alguma cena de crime, tomaremos as medidas disciplinares necessárias. Adulterar evidências é um crime, afinal.

— O quê? — pergunto, surpresa. — O que você quer dizer com adulterar...

Paro no meio da frase, me dando conta do que ele está falando. O Cemitério Cypress. O brinco de Aubrey. O policial pegando-o da minha mão.

Acho que já te vi antes, mas não consigo saber onde. Nós nos conhecemos?

— O policial Doyle reconheceu ter te visto na cena do crime de Aubrey Gravino, no minuto em que entramos no seu consultório. Esperamos para ver se você diria alguma coisa. Se mencionaria que esteve lá. É uma coincidência bem grande.

Engulo em seco, impressionada demais para me mover.

— Mas você nunca falou nada. Então, quando você foi até a delegacia porque tinha se *lembrado de uma coisa,* foi isso que pensei que você ia me dizer — continua, mudando. — Mas, em vez disso, você veio com aquela hipótese de um imitador. Joias roubadas. Bert Rhodes. Só que você me disse que ver o corpo de Lacey foi o gatilho dessa hipótese. Mas foi difícil ligar os pontos, porque foi *depois* que o policial Doyle viu você segurando aquele brinco. Não fazia sentido.

Penso naquela tarde, na sala do detetive Thomas, no jeito que ele me olhava, inquieto. Incrédulo.

— Como eu teria o brinco de Aubrey? — pergunto. — Se você acha mesmo que eu o *plantei* lá, você deve achar que eu...

Eu paro, sem conseguir falar. Ele não pode pensar que eu tenho algo a ver com tudo isso... pode?

— Existem várias teorias por aí. — Ele enfia a unha do dedo mindinho no dente e a inspeciona. — Mas posso dizer que o DNA dela não estava nele. Em lugar nenhum. Só o seu.

— O que você tá tentando dizer?

— Estou dizendo que não podemos provar como ou por que aquele brinco foi parar lá. Mas o fio condutor que parece ligar tudo isso é você. Portanto, não faça nada pra parecer mais suspeita do que você já é.

Percebo agora que, mesmo que eu encontre o colar de Aubrey escondido em algum lugar da minha casa, a polícia nunca vai acreditar em mim. Eles acham que estou plantando evidências para levá-los a alguma direção, uma tentativa desesperada de provar alguma das minhas teorias sem fundamento, colocando a culpa em mais um homem da minha vida em quem não confio. Ou pior, eles acham que *eu* tenho algo a ver com isso. Eu, a última pessoa a ver Lacey viva. Eu, a primeira pessoa a encontrar o brinco de Aubrey. Eu, o DNA vivo de Dick Davis. A prole de um monstro.

— Ok — digo. Não há sentido em argumentar contra ele. Não há sentido em tentar explicar. Vejo o detetive Thomas assentir mais uma vez, satisfeito com a minha resposta, antes de se virar e desaparecer pela porta do meu consultório.

CAPÍTULO TRINTA E CINCO

O resto da manhã passa como se eu estivesse em um transe. Tenho três compromissos consecutivos, nenhum dos quais me lembro muito bem. Pela primeira vez, estou grata pelos pequenos ícones na minha área de trabalho – posso voltar e ouvir minhas gravações mais tarde, quando estiver menos distraída, mais envolvida. Eu me encolho, imaginando o murmúrio sem emoção que estou certa de que vou ouvir de minha parte, os *humms* distantes em vez de perguntas de verdade. Os longos silêncios prolongados antes que meus olhos voltem a se concentrar e eu me lembre de onde estava, o que estava fazendo. Minha primeira paciente estava na sala de espera quando o detetive Thomas saiu. Eu vi o olhar dela quando eu levantei da cadeira e fui até a recepção, como seus olhos dispararam de mim para a porta como se tentasse decidir se queria ou não entrar no consultório ou simplesmente levantar e ir embora.

Levanto-me da mesa às 12h02 (não quero parecer muito ansiosa), pego a mala, desligo o computador e abro a gaveta da minha escrivaninha, batendo os dedos no mar de comprimidos. Olho para o Diazepam aninhado no canto e me afasto, decido pegar um frasco de Frontal, só por garantia, fecho a gaveta, e passo correndo por Melissa, dando instruções apressadas de que tranque a porta ao sair.

— Você volta na segunda-feira, certo? — pergunta, levantando-se.

— Sim, segunda-feira — digo, virando-me e tentando abrir um sorriso. — Só vou fazer algumas compras para o casamento. Matar as últimas tarefas pendentes.

— Certo — diz, me olhando com cuidado. — Em Nova Orleans, você disse.

— Isso — respondo, tentando pensar em outra coisa para dizer, algo normal, mas o silêncio se estende entre nós, estranho e desconfortável. — Bom, se é só isso...

— Chloe — diz, cutucando a cutícula. Melissa nunca usa meu primeiro nome no trabalho, ela sempre mantém limites claros entre pessoal e profissional. Pelo jeito, o que ela está prestes a me dizer agora é pessoal. — Tá tudo bem? O que tá acontecendo?

— Nada — digo e sorrio de novo. — Não está acontecendo nada, Melissa. Quero dizer, além da minha paciente assassinada e do meu casamento daqui a um mês.

Tento rir da minha tentativa patética de piada, mas sai engasgado. Em vez disso, tusso. Melissa não sorri.

— Tenho passado por muito estresse nesses últimos tempos — digo. Parece a primeira coisa honesta que digo a ela há um bom tempo. — Preciso parar um pouco. Uma pausa pra saúde mental.

— Tá — diz, hesitando. — E aquele detetive?

— Ele só estava fazendo algumas perguntas complementares sobre Lacey, só isso. Eu fui a última a vê-la viva. Se eu sou a testemunha, eles claramente não têm muito o que fazer no momento.

— Tá — diz novamente, desta vez com mais confiança. — Ok, bom, aproveite sua pausa. Espero que você volte revigorada.

Vou para o carro e jogo a mala no banco do passageiro, sento-me no banco do motorista e aciono o motor. Em seguida, pego o celular, navego pelos contatos e começo a digitar uma mensagem.

A caminho.

O caminho para o motel é rápido, só quarenta e cinco minutos do consultório. Reservei o quarto na segunda-feira, logo depois de pedir à Melissa que bloqueasse minha agenda. Encontrei no Google o lugar mais barato que consegui com uma classificação de mais de três estrelas – queria pagar em dinheiro e sabia que não ficaria muito tempo no quarto, de qualquer maneira. Entro no estacionamento e vou para a recepção, evitando a conversa fiada do atendente enquanto me entrega a chave.

— Quarto doze — diz, balançando-a na minha frente. Eu pego, dou um sorriso amarelo, quase como se estivesse me desculpando por alguma coisa. — Você tá bem do lado da máquina de gelo, sorte a sua.

Sinto o celular vibrar no bolso enquanto destranco a porta. Eu o pego, leio a mensagem – *estou aqui* –, respondo com o número do quarto e jogo a mala na cama *queen*. Olho o quarto.

O quarto é sinistro do jeito que só motéis de beira de estrada conseguem ser. Os esforços de decoração quase deixam o lugar ainda mais triste, com a cena de praia pendurada torta sobre a cama, uma barra de chocolate delicadamente deixada no travesseiro, quente e meio derretida. Olho para a mesa de cabeceira, abro a gaveta. Há uma Bíblia lá dentro com a capa arrancada. Entro no banheiro, jogo água no rosto e prendo o cabelo em um coque alto. Ouço uma batida na porta e solto o ar devagar, olhando uma última vez para a minha imagem no espelho, tentando ignorar o inchaço embaixo dos olhos que parecem maiores sob a luz forte. Eu me forço a apertar o interruptor e caminho de volta para a porta, uma silhueta do lado de fora, por trás das cortinas fechadas. Seguro firme a maçaneta e a abro.

Aaron está parado na calçada, as mãos enfiadas nos bolsos. Ele parece desconfortável, e não o culpo. Tento sorrir para aliviar o clima, desviar a atenção do fato de que estamos nos encontrando em um quarto de motel na periferia de Baton Rouge. Eu não disse por que ele está aqui, o que vamos fazer. Não disse por que não consigo dormir na minha própria casa esta noite, sendo que estamos a menos de uma hora do meu bairro. Tudo que eu disse quando liguei para ele na segunda-feira foi que tem uma pista que ele ia gostar de saber, e que preciso da ajuda dele para investigá-la.

— Oi — digo e encosto na porta. Ela range com o peso do meu corpo, então me endireito e cruzo os braços. — Obrigada por ter vindo. Só vou pegar minha bolsa.

Aceno para ele entrar e ele passa pela soleira da porta, constrangido. Olha em volta e não parece impressionado. Mal nos falamos desde que pedi que investigasse Bert Rhodes no fim de semana passado, e parece que já faz uma vida inteira. Ele não faz ideia do confronto que tive com Bert, da minha ida à delegacia e a subsequente ameaça do detetive Thomas para que eu fique fora da investigação – exatamente o contrário do que estou fazendo agora. Ele também não tem ideia de que minhas suspeitas mudaram de Bert Rhodes para o meu próprio noivo, e que estou angariando sua ajuda para provar que minha hipótese estava certa.

— Como está indo a matéria? — pergunto, curiosa para saber se ele descobriu mais alguma coisa.

— Meu editor me deu até o final da próxima semana pra descobrir alguma coisa — diz, sentando na beirada da cama, com um rangido. — Do contrário, é hora de fazer as malas e ir pra casa.

— De mãos abanando?

— Isso mesmo.

— Mas você veio até aqui... E a sua teoria? Do imitador?

Aaron sacode os ombros.

— Ainda acredito nisso — diz, cutucando a costura do edredom com a unha. — Mas, pra ser sincero, não me levou a lugar nenhum.

— Bom, talvez eu possa ajudar.

Eu ando até a cama e me sento ao lado dele, o movimento do colchão aproximando nossos corpos.

— Como? Tem a ver com essa sua pista misteriosa?

Olho para as minhas mãos. Preciso formular minha resposta com cuidado, filtrar as informações e repassar apenas aquelas que Aaron precisa saber.

— Vamos falar com uma mulher chamada Dianne — digo. — A filha dela desapareceu na época dos assassinatos do meu pai... mais uma jovem atraente e, assim como as outras vítimas, nunca encontraram seu corpo.

— Tá, mas seu pai nunca confessou o assassinato dela, certo? Só das outras seis?

— Não, não confessou — digo. — E não havia joias dela também. Ela não se encaixa mesmo no padrão... mas, como nunca encontraram o culpado, acho que vale a pena investigar. Fiquei pensando que talvez *ele* fosse o imitador, sabe? Seja ele quem for. Pode ser que tenha começado a imitar os crimes do meu pai muito antes do que a gente pensou, talvez até enquanto ainda estavam acontecendo. Sumiu por um tempo e, agora, que vai completar vinte anos, talvez tenha voltado a aparecer.

Aaron olha para mim e eu meio que espero que ele levante e vá embora, ofendido por tê-lo trazido até aqui por uma pista tão mais ou menos. Em vez disso, ele bate as mãos nas pernas e solta o ar com força, se levantando da cama afundada.

— Bom, está certo — diz, oferecendo a mão para me ajudar a levantar. Não sei dizer se ele comprou mesmo a história, se está desesperado o suficiente para me seguir sem questionar, ou se só está me acompanhando para me fazer feliz. De qualquer forma, agradeço. — Vamos falar com Dianne.

CAPÍTULO TRINTA E SEIS

Aaron dirige enquanto acompanho no celular o caminho que nos leva a outra parte da cidade, se transformando de casas pré-moldadas de classe média em um canto descuidado de Baton Rouge, quase irreconhecível. Tudo é tão gradual que mal percebo: em um minuto, estou olhando pela janela para uma criança jogando água de uma piscina – a mãe molhando os pés, distraída ao telefone com uma limonada na mão – e, no minuto seguinte, vejo o esqueleto de uma mulher empurrando um carrinho de compras cheio de sacos de lixo e cerveja. As casas estão caindo aos pedaços: grades nas janelas, pintura descascando, até que entramos em uma longa estrada de cascalho. Finalmente, vejo uma casa de dois andares com o número 375 preso ao revestimento de vinil e faço um movimento para que ele estacione.

— Chegamos — digo, soltando o cinto de segurança. Eu me olho no espelho de novo, os grossos óculos de leitura, que eu colocara antes de deixarmos o motel, obscurece um pouco meu rosto. Parece coisa de desenho animado, um óculos como disfarce. Algo tirado de um filme ruim. Acho que Dianne nunca viu uma foto minha, mas não tenho certeza. Por isso, quero parecer diferente, e quero que Aaron fale mais do que eu.

— Tá, qual é o plano mesmo?

— Batemos na porta, dizemos que estamos investigando as mortes de Aubrey Gravino e Lacey Deckler — digo. — Talvez mostrar sua credencial. Pra parecer oficial.

— Certo.

— Dizemos que sabemos que a filha dela foi sequestrada vinte anos atrás e que o sequestrador nunca foi pego. Queremos saber se ela pode nos contar alguma coisa sobre o caso da filha.

Aaron balança a cabeça, sem fazer perguntas, pega a bolsa com o computador no banco de trás e coloca no colo. Ele parece nervoso, mas percebo que não quer transparecer.

— E você é...

— Sua colega de trabalho — digo, antes de sair do carro e bater a porta atrás de mim.

Caminho em direção a casa, o cheiro de cigarro impregnado no ar. Não parece recente, como se alguém estivesse aqui, sentado nas escadas, fumando antes do jantar. É como se estivesse enraizado no lugar, saindo de tempos em tempos de um odorizador de ambiente, um aroma permanente que se infiltra nas roupas e nunca sai por completo. Ouço Aaron bater a porta e correr atrás de mim, enquanto subo os degraus em direção à entrada. Viro de frente para ele, erguendo as sobrancelhas, como se perguntasse: *Pronto?* Aaron faz que sim com uma inclinação sutil da cabeça, levanta o punho e bate duas vezes na porta.

— *Quem é?*

Ouço a voz de uma mulher irromper de dentro, alta e estridente. Aaron olha para mim e, desta vez, eu levanto meu punho, bato na porta de novo. Meu braço ainda está no ar quando a porta abre e uma mulher de aparência mais velha olha para nós por trás de uma tela suja. Percebo que há uma mosca presa na malha, morta.

— O quê? — pergunta. — Quem são vocês? O que vocês querem?

— Hum, meu nome é Aaron Jansen. Sou repórter do *New York Times*. — Aaron olha para a própria camisa e aponta para o crachá preso ao colarinho. — Queria saber se posso te fazer umas perguntas.

— Repórter de quê? — pergunta a mulher, os olhos disparando de Aaron para mim. Ela me encara por um segundo, a testa enrugada, uma mancha azul escura à direita do nariz. Os olhos dela são gelatinosos e amarelos, como se até seus canais lacrimais não conseguissem se livrar da nicotina no ar. — Você disse que trabalha num jornal?

Por um momento, fico apavorada com a ideia de que ela possa me reconhecer. Que ela saiba quem eu sou. Mas quase tão rápido quanto os olhos dela pousam nos meus, eles correm de volta para Aaron, focando no crachá em sua camisa.

— Sim, senhora — diz. — Estou escrevendo uma matéria sobre as mortes de Aubrey Gravino e Lacey Deckler, e fiquei sabendo que a senhora também perdeu uma filha, vinte anos atrás. Que desapareceu e nunca foi encontrada.

Meus olhos examinam a mulher, a desconfiança no rosto dela é como se não acreditasse em uma pessoa sequer no mundo inteiro. Olho para ela de cima a baixo, observo as roupas surradas e grandes demais que está vestindo, as mangas cobertas de pequenos furos, feitos por traças. Seus polegares artríticos, grossos e tortos como minicenouras, manchas vermelhas e roxas marcando os braços. Quase consigo ver as marcas de dedos e, neste momento, percebo que a sombra sob os olhos não é sombra nenhuma. É um hematoma. Limpo minha garganta, desviando a atenção de Aaron para mim.

— Adoraríamos fazer algumas perguntas — digo. — Sobre sua filha. Descobrir o que aconteceu com ela é tão importante quanto descobrir o que aconteceu com Aubrey e Lacey, mesmo depois de todos esses anos. E nós achamos... eu achei que a senhora poderia nos ajudar.

A mulher olha para mim de novo antes de olhar por trás do ombro, suspirando de um jeito relutante.

— Tá bom — diz, empurrando a porta de tela e gesticulando para que entrássemos. — Mas precisa ser rápido. Não podem estar aqui quando meu marido chegar em casa.

Entramos na casa e a sujeira do lugar domina todos os meus sentidos. Há lixo por toda parte, amontoado nos cantos de cada cômodo. Pratos descartáveis com comida seca formam torres tortas sobre o chão, moscas rodeando sacos de fast-food sujos de ketchup, manchas e graxa. Há um gato sarnento descansando na ponta do sofá, os pelos irregulares e molhados, ela o espanta, fazendo-o correr pelo chão com um miado agudo.

— Sentem — diz, apontando para o sofá. Aaron e eu nos entreolhamos rápido e, em seguida, para o sofá, tentando encontrar tecido suficiente por baixo das revistas e roupas sujas. Decido sentar por cima de tudo, o ruído do papel amassando sob meu peso é mais alto do que o esperado. Ela se senta na cadeira em frente à mesa de centro e pega um maço de cigarros (parece haver maços por toda a parte, espalhados pela sala como óculos de leitura), tira um da embalagem com os lábios finos e úmidos. Pega um isqueiro e leva o cigarro até a chama, puxando o ar fundo antes de soprar fumaça em nossa direção. — E aí, o que você quer saber?

Aaron pega um caderno da mala e abre em uma página em branco, apertando o topo da caneta repetidas vezes contra a perna.

— Bom, Dianne, se você puder começar me dizendo seu nome completo, para registrar... — diz ele. — Aí podemos falar sobre o desaparecimento da sua filha.

— Tá. — Ela suspira, sugando outra nuvem de fumaça. Quando solta o ar, vejo seus olhos ficarem distantes enquanto encara a janela. — Meu nome é Dianne Briggs. E minha filha, Sophie, desapareceu há vinte anos.

CAPÍTULO TRINTA E SETE

— O que você pode nos dizer de Sophie?

Dianne olha em minha direção, como se tivesse esquecido que eu estava ali. Parece errado conhecer minha futura sogra desse jeito. É claro que ela não tem ideia de quem sou e, enquanto eu puder evitar falar meu nome a ela, evitarei. Não tenho mais Facebook, então nunca publico fotos minhas on-line e, mesmo se o fizesse, Daniel não tem mais contato com os pais. Eles não foram convidados para o casamento. Eu me pergunto se ela sequer sabe que ele está noivo.

Ela parece ponderar a questão por um segundo, como se tivesse esquecido, levanta a mão para coçar a pele seca do braço.

— O que posso dizer de Sophie — repete a frase, suga o resto do cigarro e o apaga na mesa de madeira. — Era uma garota maravilhosa. Inteligente, linda. Linda demais. É ela, bem ali.

Dianne aponta para uma única foto emoldurada na parede, um retrato escolar com uma menina sorridente de pele pálida, cabelo loiro ondulado, um pano de fundo turquesa que parece água de piscina. Parece-me estranho ver a foto de escola exposta – só isso e mais nada. Parece encenado e pouco natural, como um santuário deprimente. Pergunto-me se a família Briggs não era muito fã de câmeras, ou se simplesmente não havia momentos que valessem a pena recordar. Procuro fotos de Daniel, mas não vejo nenhuma.

— Eu tinha grandes sonhos para ela — continua —, antes de desaparecer.

— Que tipo de sonhos?

— Ah, você sabe, sair daqui — diz, gesticulando para a sala em que estamos. — Ela merecia mais que isso. Merecia coisas melhores do que nós.

— *Nós*, quem? — pergunta Aaron, descansando a ponta da caneta contra a bochecha. — Você e seu marido?

— Eu, meu marido, meu filho. Sempre pensei que ela sairia daqui, sabe? Pra fazer alguma coisa da vida.

Meu peito se contrai com a menção de Daniel, tento imaginá-lo crescendo aqui, enterrado vivo nas nuvens de fumaça e montanhas de lixo. Eu me enganei sobre ele, percebo. Os dentes perfeitos, a pele lisa, os estudos caros e o trabalho bem-remunerado. Sempre pensei que essas coisas fossem um produto de sua criação, de seu privilégio. Que ele é, por natureza, melhor do que eu, do que a *coitada da Chloe*. Mas não é, ele não é. Ele também é um coitado.

Ele não te conhece, Chloe. E você não conhece ele.

Não é de se espantar que ele seja tão limpo, tão metódico e organizado. Ele se esforça muito para ser o oposto *disso aqui*.

Ou talvez só esteja tentando esconder quem ele é de verdade.

— O que você pode nos dizer sobre seu marido e filho?

— Meu marido, Earl... Ele é esquentado, imagino que tenham percebido. — Ela olha para mim e sorri um pouco, como se compartilhássemos algum vínculo implícito em relação aos homens. As coisas que eles fazem. *Homens são todos iguais.* Desvio o olhar do hematoma sob seu olho, mas ela não é burra. Ela deve ter me visto olhando. — E meu filho, bom. Não sei mais muita coisa sobre ele. Mas sempre fiquei preocupada que a maçã não tivesse caído muito longe da árvore.

Aaron e eu nos entreolhamos e faço um sinal para que ele continue.

— Como assim?

— Ele também é esquentado.

Penso na mão de Daniel apertando meu pulso.

— Ele costumava enfrentar o pai, me proteger quando chegava em casa depois de uma noite de bebedeira — continua. — Mas, conforme foi crescendo, não sei. Ele desistiu, só deixava acontecer. Acho que perdeu a sensibilidade. Acho que foi minha culpa.

— Ok. — Aaron balança a cabeça, escrevendo no caderno. — E como é que o seu filho... desculpe, como você disse que ele se chama?

— Daniel — diz ela. — Daniel Briggs.

Sinto um aperto no estômago enquanto vasculho o cérebro para lembrar se já mencionei o nome completo de Daniel para Aaron. Acho que não. Olho para ele, para a concentração deformando sua testa enquanto anota o nome. Não parece ligar os pontos.

— Tá, e como Daniel reagiu ao desaparecimento de Sophie?

— Pra ser sincera, não parecia que ele se importava — ela diz, alcançando o maço de cigarros e acendendo outro. — Sei que não é muito *maternal* da minha parte falar essas coisas, mas é verdade. Sempre me perguntei um pouco se...

Ela para, com os olhos distantes e balança a cabeça.

— Se perguntou o quê? — pergunto. Ela olha para mim, saindo do devaneio. Há certa intensidade em seus olhos e, por um segundo, tenho certeza de que ela sabe quem eu sou. Que está falando *comigo*, Chloe Davis, a mulher que está noiva do filho dela. Que está tentando me avisar.

— Me perguntava se ele teve algo a ver com isso.

— Por que a senhora diz isso? — pergunta Aaron, a voz se tornando mais urgente a cada pergunta. Ele está escrevendo mais rápido, tentando se lembrar de cada detalhe. — É uma acusação bem grave.

— Não sei, é só um pressentimento — responde. — Acho que pode chamar de instinto materno. Quando ela desapareceu, eu perguntava pro Daniel se ele sabia onde ela estava e eu sempre tinha a impressão de que ele estava mentindo. Que estava escondendo algo. E, às vezes, quando víamos o noticiário informando o desaparecimento, eu pegava ele *sorrindo*, como se estivesse rindo de algum segredo que os outros não sabiam.

Consigo sentir Aaron olhando para mim, mas o ignoro, continuo concentrada em Dianne.

— E onde Daniel está agora?

— Não tenho a menor ideia — responde Dianne, soltando o corpo no encosto. — Ele se mudou um dia depois de terminar o colégio e não ouvi falar dele desde então.

— Você se importa se dermos uma olhada na casa? — pergunto, de repente, ansiosa para encerrar a conversa antes que Aaron descubra mais do que deve. — Talvez dar uma olhada no quarto de Daniel, ver se encontramos algo que possa ajudar?

Ela estende o braço, apontando para a escada.

— Fique à vontade — diz. — Já falei tudo isso pra polícia vinte anos atrás e não deu em nada. Na opinião deles, um adolescente teria saído ileso dessa.

Eu me levanto, dou passos exagerados por cima dos obstáculos da sala e vou em direção às escadas, o carpete bege sujo e manchado.

— É o primeiro à direita — grita Dianne enquanto subo os degraus. — Não mexo nesse quarto há anos.

Subo as escadas e olho para a porta fechada. Minha mão encontra a maçaneta, giro para abrir e me deparo com o quarto de um adolescente, todas as luzes apagadas, um raio de sol pela janela revelando partículas de poeira no ar.

— Nem no da Sophie — continua, a voz distante. Ouço Aaron se levantar do sofá e subir as escadas atrás de mim. — Não tenho mais motivos para entrar. Pra ser sincera, não sabia o que fazer com eles.

Eu entro, prendo o ar nas bochechas como uma criança pulando uma rachadura na calçada, uma superstição esquisita. Como se coisas ruins fossem acontecer se eu respirar. É o quarto de Daniel. Há pôsteres pendurados, bandas de rock dos anos 1990, como Nirvana e Red Hot Chili Peppers, gastos nas bordas. Um edredom xadrez azul e verde amarrotado sobre um colchão no chão, como se tivesse acabado de acordar e saído. Imagino Daniel deitado na cama, ouvindo o pai chegar em casa bêbado. Nervoso. Barulhento. Imagino os gritos, o barulho de panelas e frigideiras, o som de um corpo batendo na parede. Eu o imagino imóvel, ouvindo tudo. Sorrindo. *Insensível.*

— É melhor a gente ir — sussurra Aaron, se aproximando em silêncio por trás de mim. — Acho que temos o que precisamos.

Mas eu não escuto. Não consigo escutar. Continuo caminhando, absorvendo esse lugar do passado de Daniel. Passo os dedos pela parede que leva a uma estante, onde há fileiras de livros empoeirados com páginas amareladas, alguns baralhos, uma bola velha de beisebol em uma luva. Examino os títulos: Stephen King, Lois Lowry, Michael Crichton. Parece tão adolescente, tão normal.

— Chloe — diz Aaron, mas, de repente, é como se houvesse algodão em meus ouvidos. Mal consigo ouvi-lo com o barulho da minha própria pressão sanguínea. Estendo o braço e pego um livro, tirando-o do lugar. Ouço a voz de Daniel em minha mente, no dia em que nos conhecemos. O dia em que ele pegou este mesmo livro da minha caixa e passou os dedos pela capa, o brilho nos olhos enquanto segurava meu exemplar de *Meia-noite no jardim do bem e do mal.*

Sem julgamentos, ele dissera, folheando as páginas. *Eu adoro este livro.*

Assopro a poeira da capa e fico olhando para a famosa estátua da jovem inocente, com o pescoço inclinado como se me perguntasse: *Por quê?* Corro os dedos pela capa brilhante da mesma forma que ele fez. Viro a lateral e vejo uma fenda entre as páginas, da mesma forma que o cartão de visitas dele deixou no meu livro depois de o encaixar ali dentro.

Você se interessa por assassinatos?

— Chloe — chama Aaron outra vez, mas o ignoro. Em vez disso, respiro fundo e enfio a unha na fenda, abrindo as páginas. Olho para baixo e sinto um aperto no peito quando meus olhos examinam um nome. Só que, desta vez, não é o nome de Daniel. E não é um cartão. É uma coleção de recortes antigos de jornais, achatados por passarem duas décadas presos entre as páginas. Minhas mãos tremem, mas me forço a pegá-los. Leio a primeira manchete estampada no topo da página em negrito.

O ASSASSINO DE BREAUX BRIDGE É RICHARD DAVIS, OS CORPOS AINDA NÃO FORAM ENCONTRADOS.

E ali, olhando para mim, há uma foto de meu pai.

CAPÍTULO TRINTA E OITO

— Chloe, o que é isso?

A voz de Aaron soa distante, como se ele estivesse me chamando da outra ponta de um túnel. Não consigo parar de olhar nos olhos do meu pai. Olhos que não via desde que era menina, aos doze anos, agachada no chão da sala, olhando para a tela da televisão. Nesse momento, eu me lembro da noite em que contei a Daniel sobre meu pai, a preocupação cravada no rosto dele enquanto me ouvia descrever os crimes em detalhes horríveis. Como ele balançou a cabeça, alegou que nunca tinha ouvido falar, que não tinha ideia.

Mas era mentira. Tudo mentira. Ele já sabia do meu pai. Sabia dos crimes. Ele manteve recortes que descreviam cada detalhe, guardados no quarto de infância, escondido entre as páginas de um romance como um marcador. Ele sabia como meu pai fora capaz de pegar aquelas meninas e esconder os corpos em algum lugar secreto, algum lugar em que nunca seriam encontradas.

Daniel poderia ter feito algo semelhante com a irmã, algo horrível? Meu pai teria sido a inspiração? Ainda é?

— Chloe?

Olho para Aaron, os olhos cheios de lágrimas. De repente, percebo que, se Daniel sabia do meu pai, significa que sabia de mim também. Penso em como nos encontramos no hospital – uma coincidência fortuita ou o resultado de planejamento meticuloso, aparecer no lugar certo na hora certa? Era de conhecimento público que eu trabalhava no hospital, a matéria publicada era prova disso. Eu penso sobre a maneira como ele me olhou, como se ele já me conhecesse. Os olhos examinando meu rosto, como se fosse familiar. A maneira como ele fuçou minha caixa de pertences, o sorriso que serpenteou seu rosto quando disse meu nome. Como pareceu se apaixonar por mim logo depois disso, se projetando para dentro da minha vida como faz com tudo e todos.

Não acredito que estou sentado aqui. Com você.

Eu me pergunto se era tudo parte de um plano. Se eu era parte de um plano. *A coitada da Chloe,* mais uma de suas vítimas inocentes.

— Precisamos ir embora — sussurro, as mãos trêmulas dobrando o recorte e enfiando-o no bolso de trás. — Eu... Eu preciso ir embora.

Passo rápido por Aaron, desço as escadas e volto até a mãe de Daniel, ainda sentada no sofá da sala, o olhar distraído. Quando vê que nos aproximamos, ela olha para nós e dá um sorriso fraco.

— Encontrou alguma coisa útil?

Balanço a cabeça, sentindo os olhos de Aaron colados no meu rosto, desconfiado. Ela acena com a cabeça devagar, como se não tivesse criado expectativas, e diz:

— Não achei que encontraria.

Mesmo depois de todos esses anos, a decepção na voz dela é palpável. Eu entendo: sempre se perguntando, nunca capaz de seguir em frente de verdade. Mas, ao mesmo tempo, nunca admitindo ter esperanças de que, um dia, saberá a verdade. Que entenderá. E que, talvez, no final, de alguma forma, tenha valido a pena esperar. De repente, me sinto perto dessa mulher que mal conheço. Percebo que estamos ligadas. Da mesma maneira que minha mãe e eu estamos ligadas. Amamos o mesmo homem, o mesmo monstro. Vou até o sofá, sento-me na ponta. Coloco a minha mão sobre a dela.

— Obrigada por conversar conosco — digo, apertando um pouco. — Tenho certeza de que não foi fácil.

Ela confirma com a cabeça, olha para a minha mão na dela. Devagar, vejo-a inclinar a cabeça um pouco para o lado, como se inspecionasse algo. Ela vira a mão e agarra a minha, apertando mais forte.

— Onde você conseguiu isso?

Olho para baixo e vejo meu anel de noivado, relíquia da família de Daniel, brilhando em meu dedo. O pânico sobe no meu peito enquanto ela levanta a minha mão para inspecionar mais de perto.

— Onde você conseguiu esse anel? — pergunta de novo, os olhos agora presos no meu. — Este é o anel da Sophie.

— O... o quê? — gaguejo, tentando puxar minha mão de volta. Mas ela segura muito forte, não quer soltar. — Desculpa, o que você quer dizer com *o anel da Sophie*?

— É o anel da minha filha — repete, mais alto, os olhos fuzilando o anel mais uma vez, o diamante oval cercado de pedras. O aro gasto de catorze quilates, um pouco grande demais no meu dedo fino e ossudo. — Este anel está na minha família há muitas gerações. Era meu anel de noivado e, quando Sophie fez treze anos, dei pra ela. Ela sempre usou este anel. *Sempre.* Estava usando no dia que...

Ela olha para mim com os olhos arregalados, apavorada.

— No dia em que ela desapareceu.

Eu me levanto, arrancando minha mão dela.

— Desculpa, precisamos ir embora — digo, passando por Aaron e abrindo a porta de tela. — Aaron, vamos.

— Quem é você? — grita a mulher atrás de nós, o choque a deixa colada no sofá. — *Quem é você?*

Corro para fora e desço os degraus da frente. Sinto-me tonta, bêbada. Como posso ter esquecido de tirar o anel? Como eu poderia ter me *esquecido disso*? Alcanço o carro e puxo a maçaneta, mas a porta não se move. Está trancado.

— Aaron? — grito. Minha voz soa estrangulada, como se mãos apertassem meu pescoço, fechando-o. — Aaron, você pode destravar a porta?

— *QUEM É VOCÊ?* — grita atrás de mim. Consigo ouvi-la se levantar, correr pela casa. A porta de tela abre e fecha e, antes que eu consiga me virar, ouço o carro destrancando. Agarro a maçaneta de novo e me jogo para dentro. Aaron está bem atrás de mim, correndo para o banco do motorista e ligando o motor.

— ONDE ESTÁ A MINHA FILHA?

O carro dá uma guinada para a frente, faz a volta e retorna pela rua. Olho no retrovisor, a nuvem de poeira que levantamos, a mãe de Daniel correndo atrás de nós, mais distante a cada segundo que passa.

— ONDE ESTÁ A MINHA FILHA? POR FAVOR!

Ela sacode as mãos, correndo descontrolada até que, de repente, cai de joelhos, abaixa a cabeça entre as mãos e chora.

O carro está em silêncio enquanto dirigimos pela cidade no caminho de volta. Minhas mãos tremem no meu colo, a imagem daquela pobre mulher correndo atrás de nós rua abaixo faz meu estômago se comprimir. O anel no meu dedo, de repente, me sufoca, e eu o pego com a outra mão, puxo com força e jogo-o no chão. Fico olhando para ele, ali, imaginando Daniel removê-lo devagar da mão fria e morta da irmã.

— Chloe — sussurra Aaron, os olhos ainda focados na estrada. — Que foi isso?

— Desculpa — digo. — Desculpa, Aaron. Eu sinto muito.

— Chloe — diz mais uma vez, mais alto. Mais irritado. — Que porra foi essa?

— Desculpa — repito, com a voz tremendo. — Eu não sabia.

— Quem é ele? — pergunta de novo, as mãos agarrando o volante. — Como você achou essa mulher?

Fico em silêncio ao lado dele, incapaz de responder à pergunta. O rosto dele se vira para mim, a boca escancarada.

— O nome do seu noivo não é Daniel?

Eu não respondo.

— Chloe, *me responde.* O nome do seu noivo não é Daniel?

Faço que sim, as lágrimas escorrem pela minha bochecha.

— Sim — digo. — Sim, mas Aaron, eu não sabia.

— Que porra é essa — diz, balançando a cabeça. — Chloe, que *porra.* Eu disse meu nome àquela mulher. Ela sabe onde eu trabalho. Jesus Cristo, eu vou perder meu emprego por causa disso.

— Desculpa — digo mais uma vez. — Aaron, por favor. Você me ajudou a enxergar, falando sobre as joias do meu pai, quem poderia saber. *Daniel.* Daniel sabia. Daniel sabia de tudo.

— E isso foi só um palpite ou...?

— Encontrei um colar no armário. Um colar que se parece muito com o que Aubrey estaria usando no dia em que desapareceu.

— Jesus Cristo — exclama ele novamente.

— Então, comecei a perceber as coisas. Como ele cheirava diferente quando voltava das viagens. Cheirava a perfume. A outras mulheres. Ele alegou que estava fora da cidade quando Aubrey e Lacey foram levadas, mas não estava onde me disse que estaria. Eu não tenho ideia de onde ele ficava por tantos dias. Não tinha ideia do que ele fazia, até que olhei na mala dele e encontrei os recibos.

Aaron olha para mim, enfim, como se eu fosse o fardo mais pesado que ele já teve de carregar. Como se ele preferisse estar em qualquer lugar do mundo em vez de aqui, comigo.

— Que tipo de recibos?

— Vou te mostrar quando chegarmos ao motel — digo. — Aaron, por favor. Eu preciso que você me ajude nisso.

Ele hesita, os dedos tamborilando no volante.

— Eu já te disse — diz, mais baixo. — Na minha área, a confiança é tudo. A honestidade é tudo.

— Eu sei — digo. — E eu prometo, vou te contar tudo.

Entramos no estacionamento, o motel à nossa frente. Aaron desliga a ignição e fica em silêncio ao meu lado.

— Entra, por favor — digo, movendo minha mão para a perna dele. Ele recua com o toque, mas posso ver que está disposto a ceder. Em silêncio, ele solta o cinto de segurança e empurra a porta e sai sem falar uma palavra.

A porta do quarto range quando a abro, nós entramos e a fechamos. Está frio, escuro. As cortinas bem fechadas, minha mala ainda na cama. Ando até a mesa de cabeceira e acendo a luz, o brilho fluorescente lança sombras no rosto de Aaron, que está parado perto da porta.

— Foi isso que eu encontrei — digo, abrindo a mala. Estico a mão dentro dela e tateio o frasco de Frontal, que descansa suave em cima de tudo, mas coloco-o de lado. Em vez dele, pego um envelope branco. Meus dedos tremem quando o toco, da mesma forma que tremiam quando eu mexia na maleta de Daniel, aberta no chão da sala de jantar, vasculhando os papéis organizados em pastas. Havia pacotes de amostras de remédios organizados em divisórias transparentes, armazenadas como cards de beisebol. Eu tinha reconhecido os nomes da gaveta da minha mesa: Alprazolam, Clorodiazepóxido, Diazepam. Lembro-me da sensação de sufocamento quando li o último, imaginando um único fio de cabelo flutuando para o chão como uma pena. Forcei-me a continuar procurando até encontrar.

Recibos. Eu precisava ver os recibos. Porque eu sabia que Daniel guardava tudo, de hotéis e refeições a postos de gasolina e reparos do carro. Tudo isso poderia ser contabilizado como despesa.

Abro a aba do envelope e despejo o conteúdo sobre a cama, uma pilha de recibos flutua sobre o edredom. Olho cada um deles, meus olhos examinam os endereços variados no rodapé.

— Tem recibos de Baton Rouge, é claro — digo. — Restaurantes em Jackson, hotéis em Alexandria. Todos esses recibos formam uma imagem de onde ele vai ao longo dia, e as datas no rodapé podem dizer quando ele esteve nesses lugares.

Aaron se aproxima e senta-se ao meu lado, a perna pressionada contra a minha. Ele pega o recibo no topo da pilha e olha para ele, os olhos focados na parte de baixo.

— Angola — diz. — Isso está dentro do território que ele cobre?

— Não — respondo, balançando a cabeça. — Mas ele vai muito pra lá e foi isso que me chamou a atenção.

— Por quê?

Eu tiro o papel da mão dele, segurando longe com as pontas do polegar e do indicador, como se fosse venenoso. Como se pudesse morder.

— Angola é onde fica o maior presídio de segurança máxima do país — digo. — A Penitenciária do Estado da Luisiana.

Aaron levanta a cabeça. Ele se vira para mim, as sobrancelhas levantadas.

— Onde meu pai está.

— Puta merda.

— Talvez eles se conheçam — continuo, olhando de novo para o recibo. Uma garrafa de água, vinte dólares de gasolina. Um pacote de sementes de girassol. Lembro-me de como meu pai costumava colocar um saco inteiro na boca e mastigar como se estivesse roendo um punhado de unhas. Como as cascas apareciam pela casa, grudavam em tudo. Nas rachaduras da cozinha, na sola do sapato. Juntando-se no fundo de um copo d'água, afogadas em cuspe.

Penso na minha mãe, soletrando *Daniel* com os dedos.

— Deve ser por isso que ele tá fazendo isso — digo. — Por isso que ele me encontrou. Eles estão ligados.

— Chloe, você precisa procurar a polícia.

— A polícia não vai acreditar em mim, Aaron. Eu já tentei.

— Como assim, você já tentou?

— Eu tenho um histórico. Um passado que não me favorece. Eles pensam que eu tô louca...

— Você não tá louca.

Suas palavras me interrompem. Fico quase assustada ao ouvi-las, como se tivesse aberto a boca e começado a falar francês. Porque, pela primeira vez em semanas, alguém acredita em mim. Alguém está do meu lado. E é tão bom ser ouvida, ter alguém me olhando com preocupação genuína em vez de suspeita, dúvida ou raiva. Penso em todos os pequenos momentos que tive com Aaron, momentos que tentei deixar de lado, tentando fingir que não significava nada. Sentados juntos perto da ponte, conversando sobre o passado. Como quis ligar para ele naquela noite quando estava bêbada e sozinha. Sei que ele quer continuar falando, então me inclino e o beijo antes que ele possa dizer mais alguma coisa. Antes que esse sentimento desapareça.

— Chloe... — Nossos rostos estão próximos, testas recostadas uma na outra. Ele me olha como se quisesse se afastar, como se devesse se afastar, mas, em vez disso, a mão dele encontra o caminho da minha perna, sobe pelo meu braço até o cabelo. Logo, ele está me beijando de volta, os lábios pressionados com força nos meus, os dedos se agarrando em tudo que encontram. Passo as mãos pelo cabelo dele e começo a abrir os botões de sua camisa, de sua calça. Estou de volta à faculdade, me jogando contra outro corpo quente para me sentir menos sozinha. Ele me inclina devagar, o corpo pressionado contra o meu, os braços fortes levantando minhas mãos acima da minha cabeça, segurando meus pulsos no lugar. Os lábios dele descem pelo meu pescoço, meu peito e, por alguns minutos, sentindo Aaron deslizar dentro de mim, me permito simplesmente esquecer.

Está escuro lá fora quando terminamos, a única luz vem do brilho fraco da mesa de cabeceira. Aaron está deitado ao meu lado, os dedos brincam com meu cabelo. Não falamos nada.

— Eu acredito em você — diz, enfim. — No que disse sobre Daniel. Sabe disso, não sabe?

— Sim. Sim, eu sei.

— Então, você vai procurar a polícia amanhã?

— Aaron, eles não vão acreditar em mim. Estou te falando. Comecei a pensar... — Hesito, viro-me para o lado e fico de frente para ele. Ele ainda está olhando para o teto, uma silhueta no escuro. — Comecei a pensar se devo ir vê-lo. Meu pai.

Ele se senta e encosta as costas nuas na cabeceira da cama. Gira a cabeça para olhar para mim.

— Estou começando a achar que talvez ele seja a única pessoa que tem respostas — continuo. — Talvez só ele possa me ajudar a entender.

— É perigoso, Chloe.

— Como pode ser perigoso? Ele tá preso, Aaron. Ele não tem como me machucar.

— Sim, ele tem. Ele ainda pode te machucar por trás das grades. Talvez não fisicamente, mas...

Ele para, passa as mãos no rosto.

— Pense melhor antes de tomar a decisão — diz. — Me promete que vai pensar? Podemos decidir amanhã. E, se quiser que eu vá com você, eu vou. Falo com ele junto com você.

— Tá bem — digo, enfim. — Tudo bem, eu vou pensar.

— Que bom.

Ele joga as pernas para fora da cama, inclinando-se para pegar a calça jeans do chão. Observo enquanto ele a veste e vai até o banheiro, acendendo a luz. Fecho os olhos, ouvindo o barulho da torneira, o fluxo de água corrente. Quando abro, ele está voltando para o quarto, um copo d'água na mão.

— Eu preciso ir — diz, empurrando o copo em minha direção. Eu aceito e dou um gole. — Não dei notícias ao meu editor o dia todo. Você vai ficar bem?

— Vou ficar bem — digo, rolando de volta no travesseiro. Vejo Aaron olhar para baixo, os olhos pousando em algo no chão. Ele se inclina e pega o frasco de Frontal, ainda no topo da mala.

— Quer um desses? Para ajudar a dormir?

Fico olhando para o frasco, o monte de comprimidos lá dentro. Aaron os sacode, as sobrancelhas levantando, e faço que sim, estendendo a mão.

— Você me julgaria se eu pegasse dois?

— Não. — Ele sorri, abrindo a tampa e despejando dois comprimidos na minha palma. — Você teve um dia dos infernos.

Analiso os comprimidos na palma da minha mão e jogo-os na boca, engolindo com a água, sentindo cada um deles deslizar pelo meu esôfago como unhas tentando escalar o caminho de volta para cima.

— Não consigo deixar de me sentir responsável — digo, inclinando a cabeça no encosto da cama. Penso em Lena. Em Aubrey. Em Lacey. Em todas as garotas cujas mortes não saem da minha cabeça. Em todas as garotas que atraí para as mãos de um monstro; primeiro, meu pai e, agora, Daniel.

— A culpa não é sua — afirma Aaron, sentando-se na beira da cama. Ele passa a mão pelo meu cabelo. O cômodo começa a girar, minhas pálpebras começam a se fechar. Quando fecho os olhos, uma cena do meu sonho me vem à mente: eu, em pé, sob a janela do meu quarto quando criança, segurando uma pá coberta de sangue.

— A culpa é minha — digo, as palavras arrastadas. Ainda sinto as mãos de Aaron quentes na minha testa. — Tudo minha culpa.

— Dorme um pouco. — Ouço-o dizer, quase como um eco. Ele se inclina para beijar minha testa, os lábios colando na minha pele. — Vou trancar a porta quando sair.

Faço que sim, mexendo a cabeça uma vez, e me sinto esmaecer.

CAPÍTULO TRINTA E NOVE

Acordo com o som do meu celular vibrando na mesa de cabeceira, sacudindo a madeira até tombar para o lado e cair no chão, barulhento. Abro os olhos, atordoada, e vejo o relógio.

São dez da noite.

Tento abrir mais os olhos, mas minha visão está turva, a cabeça batendo. Penso na minha viagem à casa de Daniel – a mãe dele naquela casa velha, o recorte de jornal entre as páginas do livro. De repente, fico enjoada, me arrasto da cama e corro para o banheiro, abro o vaso sanitário e me curvo sobre o assento. Não sai nada além de bile, um amarelo ácido queimando minha língua. Sinto um resquício de cuspe no fundo da garganta, engasgo. Limpo a boca com as costas da minha mão e vou para o quarto, apoiando-me na beira da cama. Tento pegar o copo d'água sobre a mesa, mas vejo que está tombado, a água pingando no carpete. Meu telefone deve ter derrubado. Abaixo e pego o celular, pressionando a lateral para iluminar a tela.

Há algumas chamadas perdidas de Aaron, mensagens para saber como estou. Em um instante, lembro-me da noite, de sentir o corpo dele em cima do meu. As mãos dele em meus pulsos, os lábios no meu pescoço. Foi um erro, o que nós fizemos, mas vou pensar nisso mais tarde. Preciso rolar a tela para ver o resto das chamadas perdidas e mensagens de texto que não respondi, a maior parte é de Shannon e há algumas de Daniel no meio. *Por que tem tantas chamadas perdidas?*, eu me pergunto. São só dez horas – estou dormindo há quatro horas, no máximo. Então, percebo a data na tela.

São dez da noite de *sexta-feira*.

Dormi por um dia inteiro.

Desbloqueio o celular e vejo as mensagens de texto, ficando cada vez mais assustada conforme deslizo e leio cada uma delas.

Chloe, me liga, por favor. É importante.
Chloe, cadê você?
Chloe, me liga AGORA.

Merda, penso, esfregando as têmporas. Ainda estão latejando, ainda estão gritando comigo, revoltadas. Tomar dois comprimidos de Frontal de estômago vazio foi claramente um erro, mas eu sabia disso. Eu só queria dormir. Esquecer. Afinal, estou há uma semana sem dormir, com Daniel encostado em mim. Estou pagando o preço disso agora.

Vou até o nome de Shannon e aperto *Ligar*, seguro o celular no ouvido enquanto chama. Eles descobriram a mentira. Daniel deve ter mandado uma mensagem para ela, como disse que faria, mesmo depois de eu ter pedido que não mandasse. Quando perceberam que eu havia mentido para os dois, que desapareci sem uma explicação real de aonde iria e com quem estava, o pânico deve ter se instaurado. Mas, agora, não me importo. Eu não vou voltar para casa, para Daniel. Também ainda não acho que posso procurar a polícia – o detetive Thomas deixou claro que devo ficar longe da investigação. Mas, com o recorte de jornal e o anel de noivado, os recibos de Angola e a conversa com a mãe de Daniel, talvez eu consiga atenção desta vez. Talvez eu consiga fazer com que me ouçam.

Então, me dou conta: o anel de noivado. Eu o arranquei do meu dedo no carro de Aaron, joguei no chão. Acho que não peguei de volta. Olho para a minha mão vazia antes de revirar o entorno, movendo os dedos pelo edredom amarrotado na cama. Toco em algo rígido e jogo o cobertor para trás, mas não é o anel. É o crachá de Aaron, escondido nos lençóis. Como em um flash, me vejo desabotoando a camisa dele, tirando-a dos ombros. Pego da cama, trago para perto. Fico olhando para a foto dele e me pergunto, por um minuto, se a noite passada pode não ter sido um erro. Se, quem sabe, por alguma estranha reviravolta do destino, era assim que deveríamos encontrar um ao outro.

O telefone para de chamar e, quando Shannon atende, tenho certeza de que aconteceu alguma coisa. Ela funga.

— Chloe, onde diabos você está?

A voz dela está rouca, áspera.

— Shannon — digo, me ajeitando. Coloco o crachá de Aaron no bolso. — Tá tudo bem?

— Não, não tá tudo bem — retruca. Um soluço irrompe de sua garganta. — Onde você está?

— Eu tô... na cidade. Só precisava arejar a cabeça um pouco. O que tá acontecendo?

Outro soluço irrompe pelo alto-falante, desta vez, mais alto, e o barulho me faz recuar, como se ela tivesse me dado um tapa pelo telefone. Estendo o braço, ouvindo os lamentos do outro lado da linha enquanto ela tenta juntar palavras para formar uma frase completa.

— É... Riley... — diz, e no mesmo instante, sinto que vou vomitar de novo. Já sei o que ela vai dizer antes que termine a frase. — Ela... ela *sumiu*.

— Como assim, ela sumiu? — pergunto, embora já saiba o que ela quer dizer. No fundo, eu sei. Imagino Riley na nossa festa de noivado, largada na sala de estar, as pernas magrelas cruzadas. O tênis chutando a perna da cadeira. O celular em uma mão, o cabelo enrolando na outra.

Penso em Daniel, em como ele estava olhando para ela. As palavras que disse a Shannon, que achei serem reconfortantes, mas agora ganham um significado muito mais sinistro.

Um dia, serão só lembranças distantes.

— Ela *sumiu*. — Ela respira entrecortado três vezes, uma atrás da outra. — Acordamos hoje cedo e ela não estava no quarto. Ela saiu de novo, pela janela, mas não voltou pra casa. Já faz um dia inteiro.

— Você ligou pro Daniel? — pergunto, esperando que a tensão na minha voz não revele nada. — Você ligou pra ele quando não conseguiu falar comigo?

— Sim — diz, a voz tensa. — Ele achava que estávamos juntas. Na sua despedida de solteira.

Fecho os olhos, abaixo a cabeça.

— É óbvio que tem alguma coisa acontecendo com vocês dois. Você tá mentindo pra gente sobre alguma coisa. Mas, quer saber, Chloe? Eu não tenho tempo pra isso. Só quero saber onde tá minha filha.

Fico quieta, sem saber por onde começar. A filha dela está enrascada, Riley está com problemas e tenho quase certeza de que sei por quê. Mas como dou essa notícia? Como posso dizer que Daniel deve estar com ela? Que ele devia estar lá, esperando, quando ela jogou o lençol para fora da janela do quarto e desceu no escuro? Que ele sabia que ela faria isso, porque a própria Shannon tinha contado a ele naquela noite, em casa. Que ele escolheu ontem à noite, porque *eu* não estava lá, dando a ele total liberdade de fazer o que bem quisesse?

Como digo que a filha dela provavelmente está morta por minha causa?

— Estou indo aí — digo, levantando-me da cama com as pernas trêmulas, mas determinadas. — Estou indo agora e vou te explicar tudo.

— Não estou em casa — diz. — Estou no carro, rodando. Procurando minha filha. Mas sua ajuda seria bem-vinda.

— Claro — digo. — Me diz pra onde tenho que ir.

Desligo com instruções para dirigir por todas as ruas laterais em um raio de dezesseis quilômetros da casa dela. Eu me levanto da cama e olho para baixo, a mala aos meus pés, os recibos de Daniel empilhados em cima do envelope branco. Eu me abaixo e empurro tudo de volta para a mala, agarro a alça e jogo-a por cima do ombro. Olho de volta para o celular, para as mensagens de Daniel.

Chloe, você pode me ligar, por favor?
Chloe, cadê você?

Tenho uma mensagem de voz e, por um segundo, cogito excluí-la. Não consigo ouvir a voz dele agora. Não consigo ouvir as desculpas. Mas e se está com Riley? E se eu ainda puder salvá-la? Toco a gravação e levo o aparelho ao ouvido. Sua voz entra no cérebro, escorregadia como óleo, preenchendo cada canto, cada lacuna. Cobrindo tudo.

Oi, Chloe. Escuta... Eu não sei mesmo o que tá acontecendo com você agora. Você não tá na sua despedida de solteira. Acabei de falar com a Shannon. Eu não sei onde você tá, mas, obviamente, tem alguma coisa errada.

A linha fica em silêncio por muito tempo. Olho para o meu celular, para ver se a mensagem acabou, mas o cronômetro ainda está avançando. Finalmente, ele fala de novo.

Quando você chegar em casa, eu não estarei mais lá. Só Deus sabe onde você tá agora. Eu vou embora amanhã de manhã. Esta é sua casa. O que quer que você esteja tentando resolver, você não tem que sentir que não pode fazer aqui.

Meu peito se contrai. Ele está indo embora. Ele está *fugindo*.
Amo você, diz ele. Sai mais como um suspiro. *Mais do que você imagina.*
A gravação termina de repente e fico parada no meio do quarto do motel, a voz de Daniel ecoando em volta de mim. *Vou embora amanhã de manhã.* Olho para o despertador de novo, são dez e meia. Talvez ele ainda esteja lá. Talvez ele ainda esteja em casa. Talvez eu consiga chegar lá antes que ele saia, descobrir para onde ele está indo e avisar a polícia.

Eu ando rápido em direção à porta, entro no estacionamento. O sol já desceu por trás das árvores, o brilho dos postes de luz transforma os galhos em sombras tortas. Eu paro no meio do caminho, desconfortável com a escuridão. O manto da noite. Mas penso em Riley. Em Aubrey e Lacey. Penso em Lena. Penso nas meninas, em todas as meninas desaparecidas por aí, e me forço a continuar caminhando em direção à verdade.

CAPÍTULO QUARENTA

Desligo os faróis assim que entro na rua de casa, embora logo perceba que é inútil. Daniel não vai me ver chegando, porque ele já foi. Sei disso no minuto em que meu carro passa pela garagem vazia. As luzes, internas e externas, estão apagadas. Minha casa, mais uma vez, parece morta.

Apoio a cabeça no volante. Cheguei tarde demais. Ele pode estar em qualquer lugar a essa altura, em qualquer lugar com Riley. Vasculho meus pensamentos, tento imaginar seus últimos movimentos. Tento visualizar aonde ele iria.

Levanto a cabeça. Tenho uma ideia.

Eu me lembro da câmera, aquela no canto da sala de estar que Bert Rhodes instalou. A câmera que Daniel não sabe que existe. Pego o celular e toco no aplicativo de segurança, prendendo a respiração quando a imagem na tela começa a carregar. Vejo a sala de estar – escura, vazia. De alguma forma, espero ver Daniel escondido nas sombras, esperando que eu entre. Pressiono a barra de rolagem na parte inferior da tela, retrocedendo a sequência das imagens, e observo na gravação a casa se iluminar e Daniel enfim aparecer.

Trinta minutos atrás, ele estava aqui. Ele estava andando pela casa, ocupando-se com tarefas normais como limpar uma bancada, empilhar a correspondência duas, três vezes antes de deixá-la em pontos diferentes. Enquanto o observo, fico pensando naquelas palavras de novo: *assassino em série*. Desperta uma certa curiosidade, da mesma forma que tinha há vinte anos, quando eu observava meu pai lavar e secar a louça, peça por peça, com cuidado para não lascar as arestas. *Assassino em série*. Por que ele se importaria com uma coisa dessas? Por que um assassino em série se preocuparia em cuidar da porcelana da minha avó quando estava se lixando para a vida de outra pessoa?

Daniel vai até o sofá e se senta na beirada, esfregando os dedos no queixo, distraído. Eu o vi fazer isso tantas vezes antes, observei as pequenas coisas que ele faz quando pensava não haver ninguém olhando. Eu o vi preparar o jantar na cozinha, analisando a maneira como enchia meu copo com os últimos goles de uma garrafa de vinho, antes de passar o dedo no topo e lamber. Eu o vi sair do chuveiro, sacudir os fios de cabelo molhado caídos na testa antes de pegar o pente e ajeitá-los para o lado. E toda vez que o observava, toda vez que testemunhei um desses pequenos momentos íntimos, um sentimento de admiração me invadia, como se ele não pudesse ser real.

E agora eu sei por quê.

Ele não é real. No fundo. O Daniel que eu conheço, o Daniel por quem me apaixonei, é uma caricatura de um homem, uma máscara que esconde sua verdadeira face. Ele me atraiu da mesma forma que atraiu aquelas garotas, ele me mostrou tudo que eu queria ver, me contou tudo que eu queria ouvir. Fez com que eu me sentisse segura, amada.

Mas agora penso em todos os *outros* momentos – quando me mostrou partes de sua verdadeira identidade. Quando deixou a máscara escorregar por um instante. Eu deveria ter percebido antes.

Afinal, tudo se resume à descrição de Aaron dos dois diferentes tipos de imitadores: os que reverenciam e os que desprezam. É claro que Daniel reverencia meu pai. Ele o segue há vinte anos, imita seus crimes desde os dezessete. Ele o visita na prisão, mas, em algum momento, isso deixou de ser suficiente. Matar deixou de ser suficiente. Não era mais suficiente roubar uma vida e descartar em qualquer lugar: ele precisava tirar uma vida e mantê-la consigo. Ele precisava levar *a minha* vida, tomá-la como meu pai fez. Precisava me enganar todo dia, como meu pai fizera. Eu o observo agora, as mãos que colocaram o anel da irmã no meu dedo, marcando território. Aquelas mãos que agarraram minha garganta enquanto ele me beijava, apertando um pouco mais forte. Provocando-me, me testando. Eu não sou diferente de uma joia guardada em um canto escuro do armário, um troféu, lembrança viva de suas conquistas. Eu o vejo agora e sinto a raiva crescendo no peito como uma onda que se forma, cada vez mais alta, me puxando, me afogando.

Vejo quando Daniel se levanta, coloca a mão no bolso de trás. Ele puxa algo para fora, olha por um tempo. Eu aperto os olhos, tentando enxergar, mas é muito pequeno. Coloco dois dedos na tela do celular, aproximo o zoom na mão dele e consigo reconhecer: a fina corrente de prata alojada na palma, caindo pelo pulso. Um minúsculo aglomerado de diamantes brilhando na luz.

Penso nele saindo da cama, rastejando pelo quarto e fechando a porta do closet. Sinto o calor aumentar no peito e na garganta, subindo pelas bochechas, irradiando pelos olhos.

Eu estava certa. Ele pegou o colar.

Penso em todas as vezes que Daniel me fez duvidar de mim mesma, da minha sanidade, mesmo que só por um momento. *Vou pra Nova Orleans, lembra?* Duvidando do que eu via, do que eu sentia no coração que era verdade. Ele continua olhando para a palma da mão até que suspira e coloca-o de volta no bolso. Ele caminha em direção à porta da frente e percebo uma mala no corredor, a mala do notebook encostada na lateral. Ele pega as duas e se vira. Examina a sala mais uma vez. Em seguida, levanta o dedo em direção ao interruptor, e como um par de lábios franzidos soprando a luz de uma vela, tudo fica escuro.

Coloco o celular no porta-copos, tento decifrar o que acabei de ver. Não é muito, mas é alguma coisa. Meia hora atrás, Daniel estava aqui. Ele não pode estar muito longe. Só preciso descobrir para onde iria. As possibilidades são infinitas, sim. Ele poderia ir a qualquer lugar. Ele está de mala. Ele pode estar dirigindo pelo país, preparado para se refugiar em um quarto de hotel. Pode até ser que vá para o sul, para o México – a fronteira fica a menos de dez horas de distância. Ele chegaria lá de manhã.

Mas, então, eu penso naquele colar, o dedo acariciando a prata. Penso em Riley, ainda desaparecida. O corpo dela ainda não descoberto. E percebo: ele não está fugindo, porque ele não terminou ainda. Ele ainda tem o que fazer.

O legista constatara que os corpos da vítima tinham sido removidos após a morte. Que morreram em outro local antes de serem levados ao lugar em que, ainda vivas, as vítimas haviam desaparecido.

Então, se é esse o caso, *onde está Riley?* Onde ele a estaria mantendo? Onde ele manteve todas elas?

É quando me dou conta. Eu sei. De alguma forma, no fundo. Eu sei.

Antes que eu me convença do contrário, ligo o carro, os faróis e dirijo. Tento me distrair pensando em qualquer coisa e em qualquer lugar diferente do meu destino, mas, à medida que o tempo passa, sinto meus batimentos cardíacos acelerando. A cada quilômetro, fica mais difícil de respirar. Trinta minutos passam, quarenta. Sei que estou quase chegando. Olho para o relógio no carro – falta pouco para a meia-noite – e, quando eu tiro os olhos do painel e volto à estrada, vejo se aproximar devagar, a distância. A placa velha e familiar, de metal, enferrujada nas bordas e suja por tantos anos de lama e fuligem. Sinto minhas palmas escorregadias, suadas, o pânico se instalando à medida que me aproximo. Uma luz piscante ilumina a placa com um brilho perturbador.

BEM-VINDO A BREAUX BRIDGE: A CAPITAL MUNDIAL DO LAGOSTIM.

Eu estou indo para casa.

CAPÍTULO QUARENTA E UM

Ligo a seta e pego a próxima saída. Breaux Bridge. Um lugar que não vejo desde que fui para a faculdade, quase duas décadas atrás. Um lugar que nunca achei que veria de novo.

Rodo pela cidade, entre as fileiras de antigos edifícios de tijolos, cobertos de musgo. Na minha cabeça, este lugar está dividido por uma linha nítida e evidente: *antes* e *depois.* De um lado da linha, memórias brilhantes, felizes. A infância numa pequena cidade, regada a raspadinhas de gelo do posto de gasolina e lojas de aluguel de patins; a padaria em que eu costumava entrar todos os dias às três da tarde para pegar um pedaço de pão, ainda quente do forno. Manteiga derretida escorrendo no queixo enquanto voltava para casa da escola, pulando as rachaduras da calçada, pegando um buquê de florezinhas que daria à minha mãe em um copo embaçado de suco.

Do outro lado, uma nuvem pesada paira sobre tudo.

Eu passo perto do espaço vazio onde o festival acontece todo ano. Vejo o mesmo lugar em que estive com Lena, minha testa pressionada em sua barriga quente, o suor grudado na minha pele. Um vaga-lume metálico brilhando em minhas mãos. Olho para o outro lado, onde meu pai ficou olhando a distância para nós. Para ela. Passo pela minha antiga escola, pela lixeira onde um menino mais velho bateu minha cabeça, ameaçando fazer comigo o que meu pai fez com a irmã dele.

Eu me dou conta de que Daniel passa por este mesmo caminho há semanas, desaparecendo noite adentro e voltando para casa cansado, suado e cheio de vida. Eu me aproximo da rua de casa e paro na lateral, pouco antes da minha antiga entrada de carros. Olho para aquele longo caminho em que eu costumava correr, levantando poeira e desaparecendo nas árvores. Subindo correndo os degraus da varanda, caindo nos braços abertos do meu pai. É o lugar perfeito para levar uma garota desaparecida: uma velha casa abandonada ocupando dez hectares de terreno baldio. Uma casa que ninguém visita, ninguém toca. Uma casa considerada mal-assombrada, o lugar onde Dick Davis enterrou suas seis vítimas antes de entrar no meu quarto e me dar um beijo de boa-noite.

Eu me lembro daquela conversa com Daniel, nós dois esticados no sofá da sala. A conversa na qual contei tudo a ele pela primeira vez – e como ele ouviu tudo, muito atento. Lena e o piercing no umbigo, um vaga-lume brilhando no escuro. Meu pai, uma sombra na escuridão. A caixa no armário com os segredos dele.

E minha casa. Eu contei sobre minha casa. O epicentro de tudo.

Depois que meu pai foi para a prisão e minha mãe não tinha mais capacidade de cuidar da propriedade, a responsabilidade recaiu sobre nós, Cooper e eu. Mas, assim como abandonamos minha mãe em Riverside, escolhemos abandonar este lugar também. Não queríamos lidar com isso, não queríamos enfrentar as memórias ainda vivas lá dentro. Então, em vez disso, só a deixamos aqui, vazia por anos, os móveis ainda dispostos da mesma maneira, uma espessa camada de teias cobrindo tudo. A viga de madeira no quarto da minha mãe ainda quebrada com a pressão de seu pescoço, as cinzas do cachimbo do meu pai ainda manchando o carpete da sala. Tudo isso – um recorte do meu passado, congelado no tempo, partículas de poeira suspensas no ar como se alguém tivesse apertado *Pause*, dado as costas, fechado a porta e saído.

E Daniel sabia. Daniel sabia que a casa estava aqui. Ele sabia que estava vazia, pronta, esperando por ele.

Minhas mãos apertam o volante, meu coração bate forte no peito. Fico em silêncio por alguns segundos, me perguntando o que fazer. Penso em ligar para o detetive Thomas e pedir que me encontre aqui. Mas o que ele faria? Que prova eu tenho? Então, penso no meu pai, abrindo caminho pelos bosques à noite, uma pá pendurada no ombro. Penso em mim mesma, aos doze anos, olhando pela janela aberta.

Assistindo, esperando, mas sem fazer nada.

Riley pode estar lá dentro. Ela pode estar em apuros. Pego minha bolsa, a mão trêmula abrindo o fecho para revelar a arma aninhada lá dentro – a arma que peguei no armário antes de partir em viagem, a arma que procurei naquela noite do alarme. Respiro fundo e saio do carro, fechando a porta com um *clique* silencioso.

O ar está quente e úmido, como um arroto de ovo cozido, o enxofre do pântano é insuportável no calor do verão. Ando na ponta dos pés em direção à entrada de carros e fico ali por um tempo, olhando para a estrada. A floresta está escura dos dois lados, mas me forço a dar um passo à frente. Depois outro. E outro. Logo, estou perto da casa. Tinha esquecido como, aqui fora, a escuridão é absoluta, sem luzes da rua ou das casas vizinhas – mas em um contraste perfeito, a luz da lua sempre brilha forte. Olho para a lua cheia acima de mim, nítida. Ilumina a casa como um holofote, fazendo-a brilhar. Agora, consigo ver perfeitamente: a tinta branca lascada, o revestimento de madeira descascando sob anos de calor e umidade, a grama crescendo selvagem sob os pés. Trepadeiras escalam a lateral da casa como veias, dando-lhe uma aparência de outro mundo, pulsando com vida diabólica. Subo as escadas em silêncio, evitando os pontos que costumam ranger, mas vejo que as cortinas estão abertas e, com a lua tão brilhante, se Daniel estiver lá dentro, ele conseguirá me ver. Então, em vez de continuar, eu volto. Olho o lixo amontoado no quintal como de costume – pilhas de compensado atrás da casa junto com uma pá, um carrinho de mão e outras ferramentas de jardinagem. Imagino minha mãe apoiada nas mãos e nos joelhos, a pele cheia de terra, um rastro na testa. Tento espiar pelas janelas, mas, aqui, as cortinas estão todas fechadas, a falta de luz deste lado da casa torna impossível ver qualquer coisa. Tento girar a maçaneta, balançando um pouco, mas não abre. Está trancada.

Solto o ar, descanso as mãos nos quadris.

Tenho uma ideia.

Olho para a porta, lembrando daquele dia com Lena – o cartão da biblioteca em mãos, a invasão ao quarto do meu irmão.

Primeiro, verifique as dobradiças. Se você não consegue vê-las, é o tipo certo de tranca.

Enfio a mão no bolso e puxo o crachá de Aaron, ainda preso na minha calça jeans depois de tê-lo encontrado nos lençóis do quarto do motel. Eu o curvo com as mãos – é resistente o bastante – e o insiro na porta formando um ângulo, como Lena me ensinou.

Quando o canto estiver dentro, você endireita.

Começo a mexer o cartão, fazendo um pouco de pressão, movo para a frente e para trás, para a frente e para trás. Empurro mais fundo, a mão livre girando a maçaneta, até que, enfim, ouço um clique.

CAPÍTULO
QUARENTA E DOIS

A porta dos fundos se abre e puxo com força para soltar o cartão, seguro-o na mão quando entro. Vou tateando o caminho pelo corredor, arrastando os dedos nas paredes que conheço tão bem para me manter em linha reta. A escuridão desorienta; ouço rangidos em todas as direções, mas não sei se são só os ruídos de uma casa velha ou se é Daniel, rastejando atrás de mim, braços estendidos, pronto para atacar.

Sinto o corredor se abrir para a sala de estar e, quando entro, o cômodo se ilumina com o brilho que atravessa as cortinas, tornando-o claro o bastante para enxergar. Olho em volta. As sombras da sala são exatamente como me lembro: no canto, a velha poltrona reclinável do meu pai, o couro desbotado e rachado. A TV no chão com manchas na tela, onde meus dedos pressionavam o vidro. É aqui que Daniel tem vindo, a esta casa. Esta casa horrível, terrível, é para cá que ele vem e desaparece a cada semana. É para onde traz as vítimas, faz Deus sabe o que com elas antes de voltar ao local em que desapareceram para despejar os corpos. Olho para a minha direita e noto uma forma incomum no chão, longa e esguia como uma pilha de tábuas.

Uma forma que parece um corpo. O corpo de uma jovem.

— Riley? — sussurro, correndo pela sala e em direção à sombra. Antes de alcançá-la, posso ver que é ela: olhos fechados, boca fechada, cabelo solto ao redor das bochechas, caindo sobre o peito. Mesmo no escuro, ou talvez por causa do escuro, a palidez de seu rosto é surpreendente. Ela parece um fantasma, lábios azuis, o sangue drenado da pele lhe dá um brilho translúcido.

— Riley — digo mais uma vez, os dedos sacudindo seu braço. Ela não se mexe, não fala. Olho para os pulsos dela, para a linha vermelha se formando em suas veias. Olho para o pescoço dela, me preparo para ver os hematomas em forma de dedos espalhados na pele, mas eles não estão lá. Não ainda.

— *Riley* — repito, sacudindo-a. — Riley, vamos.

Coloco os dedos embaixo da orelha dela e prendo a respiração, torcendo para sentir algo, qualquer coisa. E ali está. Por pouco, mas ali está. Uma batida suave, o batimento cardíaco lento e esforçado. Ela ainda está viva.

— Vamos — sussurro, tentando levantá-la. O corpo está pesado como um cadáver, mas, quando agarro seus braços, vejo seus olhos piscarem, fazendo um movimento rápido de um lado para o outro, e ela dá um gemido baixo. Percebo que é efeito do Diazepam. Ela está muito drogada. — Vou te tirar daqui. Prometo que vou...

— Chloe?

No mesmo instante, meu coração para. Há alguém atrás de mim. Reconheço a voz, como meu nome se espalha em sua boca como uma pastilha e derrete na língua. Eu a reconheceria em qualquer lugar.

Mas não pertence a Daniel.

Eu me levanto devagar, viro para encarar a figura atrás de mim. A luz que ilumina a sala é sutil, brilha o suficiente para eu reconhecer quem está ali.

— Aaron. — Tento pensar em uma explicação, em uma razão para ele estar parado aqui, nesta casa, *minha* casa, mas minha mente fica em branco. — O que você tá fazendo aqui?

A lua se esconde atrás de uma nuvem e, de repente, a sala fica escura. Meus olhos se arregalam tentando enxergar e, quando a luz passa pelas cortinas de novo, Aaron parece um passo mais perto, talvez dois.

— Te pergunto a mesma coisa.

Viro a cabeça para o lado, olho para Riley e percebo o que deve estar parecendo. Eu, ajoelhada sobre uma garota inconsciente no escuro. Penso no detetive Thomas no meu consultório, como ele olhou para mim, desconfiado. Minhas impressões digitais no brinco de Aubrey. As palavras acusatórias.

O fio condutor que parece ligar tudo isso é você.

Aponto para Riley e abro a boca, tento falar, mas sinto um nó sufocante se alojar na minha garganta. Eu paro, pigarreio.

— Ela tá viva, graças a Deus — interrompe Aaron, dando um passo à frente. — Acabei de encontrá-la. Tentei fazê-la acordar, mas não consegui. Chamei a polícia. Estão a caminho.

Olho para ele, ainda sem conseguir falar. Ele sente que estou hesitando e continua falando.

— Lembrei que você tinha falado desta casa. Como fica aqui, vazia. Pensei que ela pudesse estar aqui. Te liguei algumas vezes. — Ele levanta os braços, como um gesto ao redor, e solta-os para baixo. — Acho que tivemos a mesma ideia.

Solto o ar, balanço a cabeça. Lembro-me daquela noite, Aaron no meu quarto de motel. As mãos ansiosas serpenteando meu cabelo, como ficamos ali depois, em silêncio. A voz dele no meu ouvido: *eu acredito em você*.

— Precisamos ajudá-la — digo, encontrando minha voz. Viro de volta para Riley e abaixo ao lado dela, verificando o pulso mais uma vez. — Temos que fazê-la vomitar ou...

— A polícia está chegando. — Aaron fala de novo. — Chloe, vai ficar tudo bem. Ela vai ficar bem.

— Daniel deve estar por perto — digo, esfregando meus dedos contra a bochecha dela. Parece fria. — Quando acordei tinha um monte de ligações perdidas. Ele me deixou uma mensagem de voz, pensei que talvez...

Eu paro, me lembro dos acontecimentos daquela noite de novo. De cair no sono, os lábios rachados de Aaron na minha testa quando me deu um beijo de boa-noite. Eu me levanto devagar, viro. De repente, não quero mais ficar de costas para ele.

— Espera um pouco. — Meus pensamentos se arrastam, lentos, como se marchassem na lama. — Como você sabia que Riley tinha desaparecido?

Lembro-me de acordar, depois de um dia inteiro, depois que Aaron foi embora. Ligar para Shannon, os soluços lentos e cheios de lágrimas.

Riley sumiu.

— Tá no noticiário — responde. Mas tem algo no jeito como ele diz isso, uma frieza, uma fala ensaiada, que não inspira confiança.

Dou um pequeno passo para trás, tentando abrir mais distância entre nós. Tentando ficar firme entre Aaron e Riley. Vejo a expressão dele mudar quando me afasto, o leve endurecimento dos lábios que se unem e formam uma linha fina e comprimida; os músculos do maxilar tensos, os dedos se fechando, ele cerrando os punhos.

— Chloe, poxa — diz, tentando sorrir. — Tem uma equipe de buscas e tudo mais. A cidade inteira tá procurando por ela. Todo mundo sabe.

Ele estende os braços, como se quisesse pegar minhas mãos, mas, em vez de me aproximar dele, coloco as mãos para cima para ele parar de se mover.

— Sou eu — diz. — Aaron. Chloe, você me *conhece*.

A lua passa pelas cortinas de novo e vejo, jogado no chão entre nós. Devo ter deixado cair quando corri para Riley, as mãos procurando frenéticas no corpo por um pulso: o crachá de Aaron. O cartão que usei para abrir a porta dos fundos. Mas, agora, alguma coisa nele está... diferente.

Eu me inclino devagar, me recuso a tirar os olhos de Aaron, e o pego. Trago para perto do rosto, olho de perto, e percebo que está rachado, a força da porta fez com que quebrasse. As bordas estão gastas. Mexo no papel danificado, puxo-o com cuidado e toda a frente adesiva começa a sair. Sinto um arrepio percorrer minha coluna.

Não é um crachá de verdade. É falso.

Olho para Aaron, parado ali, me observando. Penso na primeira vez que vi este cartão, naquele café, preso à camisa dele. Fácil de ler, o logotipo do *New York Times* grande e em negrito, impresso no topo. Foi o momento em que conheci Aaron, mas não foi a primeira vez que o vi. Sabia que era ele porque tinha visto a foto no meu consultório, o Lorazepam fazendo meus membros formigarem enquanto encarava a foto do rosto dele, pequeno e desfocado, em preto e branco. A camisa quadriculada azul e os óculos de tartaruga. A mesma roupa que estava usando quando entrou naquele café, as mangas enroladas até os cotovelos. Agora, com uma sensação de pavor percebo: foi de propósito. Tudo isso foi de propósito. A roupa... Ele sabia que eu a reconheceria. O crachá com o nome *Aaron Jansen* impresso em um lugar visível. Lembro-me de pensar que ele parecia diferente da foto, diferente do que eu esperava... maior, mais robusto. Os braços grossos, a voz mais grave. Presumi que este homem era Aaron Jansen antes mesmo de ter se apresentado, antes mesmo de ter dito seu nome. E o jeito como andou naquele café, devagar, confiante, como se soubesse que eu estava lá, onde eu estava sentada. Como se ele estivesse performando, como se soubesse que eu observava.

Porque ele estava me observando também.

— Quem é você? — pergunto, o rosto dele no escuro, de repente, irreconhecível.

Ele fica parado, quieto. Há um vazio nele que nunca percebi antes, como se toda a essência tivesse sido drenada dele, e o corpo fosse uma casca rachada. Parece pensar por um instante, tentando decidir a melhor forma de responder.

— Eu não sou ninguém — responde, por fim.

— Foi você quem fez isso?

Eu vejo quando ele abre a boca e, em seguida, fecha, como se estivesse procurando as palavras. Ele não responde, e fico pensando em todas as conversas que já tivemos. As palavras dele são altas, ecoam ao meu redor como o sangue que ouço pulsando em minhas orelhas.

Imitadores matam porque estão obcecados por outro assassino.

Olho para este homem, este estranho, que se colocou em minha vida no começo disso tudo. O primeiro a trazer a teoria de um imitador, me cutucando até que, por fim, passei a acreditar. As perguntas que ele fizera, sempre sondando, se aproximando: *Tem um motivo pra isso acontecer aqui e agora.* Quando falei sobre Lena, a animação infantil que apareceu em sua voz, quase como se não pudesse evitar, como se precisasse saber: *Como ela era?*

— Me responde — digo, tentando impedir minha voz de tremer. — Foi você?

— Olha, Chloe. Não é o que você tá imaginando.

Penso nele na minha cama, as mãos nos meus pulsos, os lábios no meu pescoço. Penso nele se levantando, vestindo a calça jeans. Trazendo o copo d'água antes de passar a mão no meu cabelo, me acalmando para dormir antes de voltar para a escuridão. Foi a noite em que Riley desapareceu. A noite em que ela foi levada – por *ele*, enquanto eu dormia, minha testa suada, meu corpo ainda sentindo o toque dele. Sinto o nojo borbulhar no estômago. Mas foi o que ele me disse, afinal – aquele dia no rio, copos de café entre nossos pés, observando a ponte a distância, emergindo de um cobertor de névoa.

É um jogo.
Só não percebi que o jogo era dele.
— Vou ligar pra polícia — digo, sabendo agora que ele não havia ligado. Que não estão a caminho. Enfio a mão na bolsa, tateando em busca do celular. Meus dedos estão tremendo, passando por tudo ali dentro e, então, me dou conta: meu celular está no carro, ainda apoiado no porta-copos. Ainda está onde o coloquei depois de ver Daniel na câmera, antes de dirigir sem pensar a caminho de Breaux Bridge, estacionar o carro, arrombar a porta. Como pude esquecer? Como pude esquecer o celular?
— Chloe, poxa — diz, aproximando-se. Ele está a apenas alguns metros de mim, perto o suficiente para me tocar. — Me deixa explicar.
— Por que você fez isso? — pergunto, a mão ainda no fundo da bolsa, meus lábios tremendo. — Por que você matou essas meninas?
No instante em que as palavras saem dos meus lábios, sinto de novo: o *déjà-vu*, passando por mim como uma onda. Lembro-me de mim, sentada aqui, vinte anos atrás. Meus dedos pressionando a tela da televisão, ouvindo o juiz fazer exatamente a mesma pergunta ao meu pai. O silêncio do tribunal enquanto todos esperavam, enquanto eu esperava, desesperada pela verdade.
— Não foi culpa minha — diz, enfim, com os olhos úmidos. — Não foi.
— Não foi culpa sua — repito. — Você matou duas meninas, e não foi culpa sua.
— Não, quero dizer... foi. Sim, foi. Mas, também, não foi...
Olho para este homem e vejo meu pai. Eu o vejo na televisão, os braços algemados atrás dele enquanto estou sentada no chão, absorvendo cada palavra. Vejo o demônio que vive em algum lugar nele – um feto úmido, pulsante, encolhido em sua barriga, crescendo devagar até, um dia, sair. Meu pai e seu lado sombrio, aquela sombra no canto, atraindo-o, engolindo-o por completo. O silêncio no tribunal enquanto ele confessava, com lágrimas nos olhos. A voz do juiz, incrédulo. Cheio de nojo.
E está dizendo que foi esse lado sombrio que te obrigou a matar aquelas meninas?
— Você é exatamente como ele — digo. — Tentando jogar a culpa pelo que você fez em outra coisa.

— Não. Não, não é isso.

Consigo sentir as minhas unhas cravadas nas palmas das minhas mãos, a ponto de arrancar sangue. A raiva e o ódio que surgiram em meu peito enquanto o observava naquele dia, minha indiferença ao vê-lo chorar. Lembro-me de como o odiei naquele momento. Odiava com cada célula do meu corpo.

Lembro que o matei. Na minha mente, eu o matei.

— Chloe, me escuta — diz, chegando mais perto. Olho para os braços dele, estendidos em minha direção, as mãos abertas. As mesmas mãos que tocaram minha pele, entrelaçadas em meus dedos. Correra para os braços dele da mesma forma que corri para o meu pai, procurando segurança nos lugares errados. — Ele me fez fazer isso...

Ouço antes de ver, antes mesmo de entender o que fiz. É como se estivesse vendo acontecer com outra pessoa: meu braço, emergindo da bolsa, saca uma arma e a empunha. Um único tiro, explodindo alto como fogos de artifício, empurrando meu braço para trás. Um flash de luz enquanto as pernas dele cambaleiam para trás no piso de madeira, ele olha para baixo, a poça vermelha se expandindo na barriga antes de olhar de volta para mim, surpreso. A luz da lua se estende em seus olhos, vidrados e confusos. Os lábios, vermelhos e úmidos, separam-se devagar como se ele estivesse tentando falar.

Então vejo seu corpo cair no chão.

CAPÍTULO QUARENTA E TRÊS

Estou sentada na delegacia de polícia de Breaux Bridge, as lâmpadas baratas presas ao teto da sala de interrogatório, fazendo a pele reluzir um verde radioativo. O cobertor que colocaram sobre meus ombros é áspero como velcro, mas estou com frio demais para tirá-lo.

— Tudo bem, Chloe. Por que você não conta mais uma vez o que aconteceu?

Eu olho para o detetive Thomas. Está sentado do outro lado da mesa ao lado do policial Doyle e uma policial de Breaux Bridge cujo nome já não lembro.

— Eu já falei pra ela — digo, olhando para a policial anônima. — Ela gravou.

— Só mais uma vez, pra mim — diz. — E aí podemos te levar pra casa.

Solto o ar, estico a mão para o copo descartável com café sobre a mesa na minha frente. É meu terceiro café da noite e, ao trazê-lo aos lábios, percebo as gotas microscópicas de sangue seco na minha pele. Coloco o copo na mesa, cutuco um ponto com a unha e observo o sangue descascar como tinta.

— Conheci o homem que achei que era Aaron Jansen há algumas semanas — digo. — Ele me disse que estava escrevendo uma matéria sobre meu pai. Que era repórter do *New York Times*. Depois, ele disse que a matéria mudou com o desaparecimento de Aubrey Gravino e Lacey Deckler. Que acreditava que era obra de um imitador e queria minha ajuda para desvendar.

O detetive Thomas acena com a cabeça, me incentivando a continuar.

— Ao longo das nossas conversas, comecei a acreditar nele. Eram muitas semelhanças: as vítimas, as joias perdidas. Prestes a completar vinte anos. No começo, eu acreditei que poderia ter sido Bert Rhodes, eu te disse isso, mas, naquela noite, eu encontrei algo no meu closet. Um colar que combinava com os brincos de Aubrey.

— E por que você não nos trouxe essa evidência quando encontrou?

— Eu tentei — digo. — Mas na manhã seguinte ele sumiu. Meu noivo pegou, tenho um vídeo no celular em que ele está segurando o colar, e foi quando comecei a acreditar que ele tinha algo a ver com isso. Mas, mesmo se eu estivesse com ele, durante nossa última conversa, você deixou bem claro que não acreditou em nada do que eu disse. Você basicamente mandou eu me foder.

Ele me encara do outro lado da sala, se mexendo, desconfortável. Fico olhando de volta.

— Seja como for, não é só isso. Ele tem visitado meu pai na prisão. Encontrei Diazepam na mala dele. A própria irmã dele desapareceu, vinte anos atrás, e quando visitei a mãe dele, ela disse que achava que ele poderia ter algo a ver com isso...

— Ok — interrompe o detetive, levantando a mão, os dedos estendidos. — Uma coisa de cada vez. O que trouxe você a Breaux Bridge esta noite? Como sabia que Riley Tack estaria aqui?

A imagem de Riley, pálida como um fantasma, ainda está gravada em minha mente. A ambulância voando pela garagem – eu ali, parada no jardim da frente, com o celular que peguei no carro, segurando-o firme na mão enquanto esperava, o corpo rígido e os olhos desfocados. Incapaz de voltar para aquela casa, incapaz de encarar o cadáver no chão. Os paramédicos colocando-a na ambulância, amarrada a uma maca, bolsas de medicação correndo em suas veias.

— Daniel me deixou uma mensagem de voz, dizendo que estava indo embora — digo. — Eu estava tentando descobrir pra onde ele poderia ir, pra onde ele poderia estar levando as meninas. Só tive a sensação de que ele estava trazendo elas pra cá. Eu não sei.

— Certo. — O detetive Thomas acena com a cabeça. — E onde está Daniel agora?

Eu olho para ele, meus olhos ardem por conta das luzes fortes, do café amargo, da falta de sono. De tudo.

— Eu não sei — digo novamente. — Ele foi embora.

A sala fica em silêncio, exceto pelo zumbido das luzes no alto, como uma mosca presa em uma lata. Aaron matou aquelas garotas. Ele tentou matar Riley. Finalmente, eu tenho as respostas, mas ainda há tanto que eu não entendo... Muita coisa que não faz sentido.

— Eu sei que você não acredita em mim — digo, olhando para cima. — Sei que parece loucura, mas estou te dizendo a verdade. Eu não fazia ideia...

— Eu acredito em você, Chloe — interrompe o detetive Thomas. — De verdade.

Abaixo a cabeça, tento não mostrar o alívio que sinto. Não sei o que esperava que ele dissesse, mas não era isso. Estava esperando uma discussão, que ele exigisse uma prova que não posso dar. Mas percebo: ele deve saber algo que eu não sei.

— Você sabe quem ele é — digo, a compreensão surgindo devagar. — Aaron, digo. Você sabe quem ele realmente é.

O detetive olha para mim, a expressão ilegível.

— Você tem que me dizer. Eu tenho o direito de saber.

— O nome dele era Tyler Price — diz ele, por fim, inclinando-se enquanto puxa a maleta sobre a mesa. Ele abre, puxa uma foto e a coloca entre nós. Fico olhando para o rosto de Aaron; não, o de *Tyler*. Ele parece um Tyler, diferente sem as lentes dos óculos, a camisa de botão bem ajustada, o cabelo curto. Tem uma fisionomia comum, dessas facilmente reconhecíveis; características sutis, nenhum traço muito marcante, mas uma vaga semelhança com aquela foto que eu tinha visto on-line, com o verdadeiro Aaron Jansen. Ele poderia se passar por um primo de segundo grau, talvez. Um irmão mais velho. Que compra bebidas alcoólicas para alunos do ensino médio e, em seguida, aparece para a festa, esgueirando-se para o canto. Bebendo uma cerveja em silêncio, observando.

Engulo em seco, meus olhos perfuram a mesa. Tyler Price. Eu me rechaço por ter acreditado nisso, por ver com tanta facilidade o que ele queria que eu visse, mas, ao mesmo tempo, talvez eu tivesse visto o que *eu* queria ver. Eu precisava de um aliado, afinal de contas. Alguém do meu lado. Mas foi só um jogo para ele. Tudo isso foi um jogo. E Aaron Jansen não foi nada além de um personagem.

— Conseguimos identificá-lo quase imediatamente — continua o detetive Thomas. — Ele é de Breaux Bridge.

Viro para ele no mesmo instante, os olhos arregalados.

— O quê?

— Ele já estava no sistema por conta de uns pequenos delitos um tempo atrás. Posse de maconha, invasão de propriedade. Abandonou a escola antes do ensino médio.

Olho de volta para a foto, tentando invocar a lembrança. Qualquer lembrança de Tyler Price. Breaux Bridge é uma cidade pequena, afinal, mas até aí, eu nunca tive muitos amigos.

— O que mais você sabe sobre ele?

— Ele foi visto no Cemitério Cypress — diz, puxando outra foto. Desta vez, é da equipe de busca, com Tyler ao fundo, sem óculos, boné de beisebol puxado para baixo sobre a testa. — É sabido que os assassinos podem voltar à cena dos crimes, especialmente os reincidentes. Parece que Tyler foi além com você. Não só revisitando as cenas, mas se envolvendo no próprio caso. A distância, é claro. Não é algo inédito.

Tyler esteve lá, esteve em todo lugar. Eu penso no cemitério, nos olhos que eu podia sentir nas minhas costas, sempre, me assistindo enquanto eu passava pelas lápides, abaixada na terra. Imagino ele segurando o brinco de Aubrey com uma das mãos enluvadas, abaixando para amarrar o sapato e deixá-lo ali, esperando que eu o encontrasse. Aquela foto minha que ele havia me mostrado no celular. Percebo que ele não a encontrou na internet. Ele mesmo tirou.

E, então, me dou conta.

Penso na minha infância, depois da prisão do meu pai. Aquelas pegadas que havíamos encontrado em volta de casa. Aquele garoto sem nome que peguei olhando pelas janelas. Motivado por uma curiosidade doentia, um fascínio pela morte.

Quem é você, eu gritara, avançando contra ele. A resposta foi a mesma de ontem à noite, vinte anos depois.

Eu não sou ninguém.

— Estamos analisando o carro dele agora — continua o detetive Thomas, mas mal consigo ouvi-lo. — Encontramos Diazepam no bolso dele. Um anel de ouro que agora presumimos que pertence à Riley. Uma pulseira. Contas de madeira e cruz de metal.

Em um gesto de nervosismo, fisgo repetidamente meu nariz com os dedos. É muita coisa de uma vez só.

— Escuta — diz, abaixando a cabeça para ver meus olhos. Eu olho para cima, cansada. — Não é culpa sua.

— É, sim — digo. — A culpa é minha. Ele encontrou elas por minha causa. Elas *morreram* por minha causa. Eu deveria ter reconhecido...

Ele estende a palma da mão e balança um pouco a cabeça.

— Não faça isso — diz. — Foi há vinte anos. Você era uma criança.

Ele está certo, eu sei. Eu era uma criança de apenas doze anos. Mas ainda assim..

— Sabe quem mais é uma criança? — pergunta.

Eu olho para ele, as sobrancelhas levantadas.

— Quem?

— Riley — diz. — E, por sua causa, ela saiu dessa viva.

CAPÍTULO QUARENTA E QUATRO

O detetive Thomas apoia as mãos na cintura enquanto saímos da delegacia, como se ele estivesse no pico de uma montanha em algum lugar, não em um estacionamento, observando os arredores. São seis da manhã. O ar está, de alguma forma, abafado e fresco, uma anomalia matinal, e estou bem ciente dos pássaros cantando a distância, o céu que parece algodão-doce, os poucos primeiros motoristas a caminho do trabalho. Aperto os olhos, me sentindo confusa. Dentro de uma delegacia de polícia, você perde completamente a noção do tempo; não há janelas, nem relógios. O mundo vai rastejando ao seu redor enquanto te empurram cafeína goela abaixo às quatro da manhã, enquanto sente o cheiro meio azedo de alguma sobra esquentando na cozinha. Consigo sentir meu cérebro lutando para entender como já está nascendo o sol, o início de um novo dia, se minha mente ainda está presa na noite passada.

Uma gota de suor escorre pelo meu pescoço e coloco a mão em cima, sentindo água salgada escorrer entre os dedos, como sangue. Parece que é só nisso que eu consigo pensar: sangue, a forma como se acumula, serpenteando pelo caminho que apresentar menos resistência. Desde que olhei para baixo e vi a barriga de Tyler, aquela poça escura se expandindo lentamente na camisa. Como escorria pelo chão, rastejando devagar em minha direção. Envolvendo meus sapatos, manchando as solas. Continuou vindo, como se alguém tivesse passado uma tesoura em uma mangueira de borracha, deixando o líquido jorrar.

— Escuta, o que você falou antes. — O detetive Thomas quebra o silêncio. — Sobre o seu noivo.

Ainda estou olhando para os meus sapatos, para a linha vermelha na sola. Se eu não soubesse, poderia achar que pisei em tinta derramada.

— Tem certeza? — pergunta. — Pode haver uma explicação...

— Tenho certeza — interrompo.

— Aquele vídeo no seu celular. Não dá pra ver muito bem o que está na mão dele. Pode ser qualquer coisa.

— Tenho certeza.

Consigo senti-lo olhando para a lateral do meu rosto antes de se endireitar e abaixar a cabeça, aceitando.

— Tá bom — diz. — Vamos encontrá-lo. Fazer algumas perguntas.

Penso nas palavras finais de Tyler para mim, ecoando pela minha casa, minha mente.

Ele me fez fazer isso.

— Obrigada.

— Mas, até lá, vai pra casa. Descansa um pouco. Vou pedir para que um policial à paisana patrulhe a vizinhança, só por garantia.

— Tá — digo. — Tá bem.

— Precisa de uma carona?

O detetive Thomas me deixa em meu carro, ainda estacionado em frente a casa onde cresci. Não me permito olhar para cima, em vez disso, arrasto os pés direto da viatura para o banco do motorista, olhos no cascalho, ligo o motor e vou embora. Não penso muito durante a viagem de volta para Baton Rouge, meus olhos focam na linha amarela da rodovia até eu ficar vesga. Passo uma placa que me convida para Angola – trinta e três quilômetros ao nordeste – e aperto o volante com um pouco mais de força. Afinal, tudo se resume a ele: meu pai. Os recibos de Daniel, a forma como Tyler tentou me impedir de vê-lo aquela noite no motel. *Chloe, é perigoso.* Meu pai sabe de alguma coisa. Ele é a chave para isso tudo. Ele é o fio que conecta Tyler e Daniel, aquelas garotas mortas e eu, ligando todos nós como moscas apanhadas na mesma teia. Ele tem as respostas, ele e mais ninguém. Eu sei disso, é claro. A ideia de visitá-lo me ocorre, girando em minha mente feito dedos trabalhando em uma bola de argila, esperando extrair dela alguma coisa. A revelação de uma forma.

Mas nada foi revelado.

Passo pela porta da frente e espero ouvir algum barulho, agora sentindo um conforto familiar com o alarme, mas nada acontece. Olho para o teclado e lembro que não foi configurado. Então, me lembro de ver Daniel, pelo celular, apagando as luzes, o último a sair. Eu digito o código no teclado e subo as escadas, direto para o banheiro, deixando cair a bolsa no assento do vaso sanitário. Abro a torneira e giro o máximo possível à esquerda, esperando que a água escaldante queime meu corpo e desinfete Tyler da minha pele.

Mergulho o dedo do pé na banheira e deslizo para dentro, meu corpo se transformando em um tom de rosa. A água sobe até o peito, as clavículas. Afundo tanto que tudo fica submerso, menos meu rosto; ouço meu coração bater nos ouvidos. Olho para a bolsa, para o frasco de comprimidos aninhado ali dentro. Eu me imagino tomando todos eles, caindo no sono. As pequenas bolhas que escapariam dos meus lábios conforme eu afundasse cada vez mais, até que, enfim, a última estourasse. Seria bem tranquilo, pelo menos. Eu estaria cercada de calor. E me pergunto quanto tempo levaria para me encontrarem. Dias, provavelmente. Talvez semanas. Minha pele começaria a descolar, pequenos pedaços subindo à superfície como vitórias-régias.

Olho para a água e percebo que se transformou em um rosa pálido. Pego uma esponja e começo a esfregar a pele, os restos do sangue seco de Tyler ainda em meus braços. Mesmo depois de sumirem, continuo esfregando, raspando com força. Fazendo doer. Então, me inclino para a frente, puxo a tampa do ralo e fico sentada ali até a última gota ir embora.

Coloco uma calça e uma blusa de moletom e volto para o andar de baixo, entro na cozinha e encho um copo d'água. Tomo tudo, suspirando ao chegar à última golada, e abaixo a cabeça. E, então, algo chama a minha atenção, ergo a cabeça. Sinto uma onda de arrepios irromper em minha pele e abaixo o copo devagar, dando um passo lento em direção à sala de estar. Consigo ouvir um barulho. Algo abafado. Um movimento sutil, o tipo de coisa que não teria notado se não tivesse consciência de estar sozinha.

Entro na sala e sinto o corpo enrijecer quando vejo Daniel.
— Oi, Chloe.

Fico olhando para ele em silêncio, parado ali, me imaginando lá em cima na banheira, olhos fechados. Eu me imagino abrindo os olhos e vendo Daniel pairando sobre mim. As mãos estendidas, me segurando. Gritos agudos e água corrente, me afogando até a morte como um carro velho.

— Não queria te assustar.

Olho para o teclado, o alarme desbloqueado. É quando percebo: ele nunca foi embora. Eu o imagino esperando na porta da frente, soltando o ar e apertando o interruptor. A imagem ficando escura.

Mas cheguei a vê-lo abrir a porta. Não o vi sair.

— Eu sabia que você não voltaria pra casa a menos que pensasse que eu tinha ido embora — diz, lendo minha mente. — Eu só estava te esperando para gente conversar. Eu até te vi lá fora na noite passada, estacionando perto de casa. Mas você foi embora. E não voltou.

— Tem um policial à paisana lá fora — minto. Não vi um quando entrei, mas poderia haver. Pode haver. — Estão te procurando.

— Me deixa explicar.

— Conheci sua mãe.

Ele parece surpreso. Não estava esperando por isso. Não tenho um plano, mas ver Daniel aqui, na minha casa, de pé, presunçoso, me enfurece.

— Ela me contou tudo sobre você — digo. — Sei do seu pai, que é violento. Como você tentou intervir por um tempo, mas desistiu. Deixou acontecer.

Daniel dobra os dedos nas palmas das mãos, um punho frouxo.

— Foi isso que aconteceu com ela? — pergunto. — Com Sophie? Ela era seu saco de pancadas?

Eu imagino Sophie Briggs chegando da casa de uma amiga, o tênis rosa subindo os degraus, a porta telada batendo. Entrando e vendo Daniel, curvado no sofá, olhos vidrados e um sorriso doentio. Eu a imagino passando por ele, tropeçando no lixo enquanto corria para cima pelas escadas de carpete, em direção ao quarto. Daniel atrás dela, chegando mais perto, agarrando seu rabo de cavalo e puxando-o com força. Puxando o pescoço para trás, um estalo. Um grito estrangulado que ninguém ouviu.

— Talvez você não tivesse a intenção. Talvez tenha ido longe demais.

Seu corpo na base da escada, os membros caídos feito macarrão escorrido. Daniel sacudindo o ombro antes de se inclinar para a frente, levantar a mão dela e deixar cair o peso morto. Puxando o anel de seu dedo e enfiando-o no bolso. Às vezes é assim que um hábito ruim começa: por acidente, como um dedo mindinho quebrado que leva a um vício em drogas. Sem a dor, você nunca sequer saberia que gostava.

— Você acha que eu matei minha irmã? — pergunta. — É disso que se trata?

— Eu sei que você matou sua irmã.

— Chloe...

Ele para no meio da frase, me analisando. O jeito como ele me olha agora não é confusão, raiva ou desejo. É o mesmo que já vi antes, muitas e muitas vezes. Esse olhar que já vi nos olhos do meu próprio irmão, da polícia. Em Ethan e Sarah, e no detetive Thomas. No espelho enquanto olho para o meu próprio reflexo, tentando diferenciar o real do imaginário; o *então* do *agora*. É o olhar que temi ver nos olhos do meu noivo, o olhar que eu estava desesperadamente tentando evitar todos esses últimos meses. Mas, agora, aqui está ele.

Esse primeiro sinal de preocupação, não pela minha segurança, mas pela minha saúde mental.

É pena, é medo.

— Eu não matei a minha irmã — diz devagar. — Eu a salvei.

CAPÍTULO QUARENTA E CINCO

Earl Briggs bebia Jim Beam Kentucky Straight. Sempre um pouco morno por ficar aberto na mesa da sala de estar, os feixes de luz das janelas refletindo na garrafa como âmbar fossilizado. Sempre em um copo alto, cheio até a borda. O líquido revestia os lábios com uma camada aquosa e brilhante feito uma poça de gasolina permanente, dando ao seu hálito um cheiro medicinal. Um doce enjoativo como caramelo deixado ao sol.

— A quantidade de bebida que tinha na garrafa era o indício de como seria o dia — diz Daniel, largando-se no sofá e encarando o chão. Em outro momento, eu teria caminhado até ele, abraçado meu noivo pelas costas. Arrastado a unha ao longo da pele entre os ombros dele. Em outro momento. Em vez disso, eu fico de pé. — Comecei a encarar como uma ampulheta, sabe? Começava cheia e, pouco a pouco, observávamos ela diminuir. Quando ela esvaziava, sabíamos que era a hora de ficar longe.

Meu pai tinha seus demônios, é claro, mas o álcool não era um deles. Tenho vagas lembranças dele abrindo uma cerveja depois de uma tarde no quintal, o pescoço suado justificando uma garrafa gelada. Ele raramente partia para as bebidas destiladas, só em ocasiões especiais. Eu quase preferiria que ele bebesse. Todo mundo tem seus vícios: alguns fumam cigarro quando estão bêbados; Dick Davis mata. Mas não, as coisas não eram bem assim.

Ele não precisava de nenhuma substância química para agir com violência. Esse demônio específico eu não consigo entender.

— Ele atormentou minha mãe por anos — diz Daniel. — Por qualquer coisa. Qualquer coisinha minúscula deixava ele irritado.

Penso naquele hematoma nos olhos de Dianne, os braços vermelhos como carne amaciada. *Meu marido, Earl. Ele é esquentado.*

— Eu não conseguia entender por que ela não foi embora — conta. — Só pegar a gente e sair. Mas ela nunca fez isso. Então, aprendemos a lidar com a situação, eu acho. Sophie e eu. Ficávamos longe, contornávamos. Mas, um dia, cheguei em casa da escola...

Parece que ele sente uma dor física, como se tentasse engolir uma pedra. Ele aperta os olhos com força, olha para mim.

— Ele espancou minha irmã, Chloe. A própria filha. E isso nem é o pior. Minha mãe não fez ele parar.

Eu me permiti imaginar: Daniel jovem, dezessete anos, ouvindo os gemidos familiares pela porta da frente enquanto volta para casa com a mochila pendurada no ombro. Entrando na sala cheia de fumaça. Em vez da cena normal, ele vê a mãe pairando sobre a pia da cozinha, tentando deixar o som da água corrente abafar o barulho.

— Meu Deus, eu tentei convencê-la a fazer alguma coisa. A enfrentar. Mas ela só deixou acontecer. Melhor Sophie do que ela, eu acho. Pra falar a verdade, acho até que ela ficou aliviada.

Eu o imagino correndo pelo corredor, disparando pelas pilhas de lixo e o gato sarnento, as bitucas de cigarro jogadas no carpete. Batendo na porta trancada, os gritos alcançando ouvidos surdos. Correndo para a cozinha, sacudindo o braço da mãe. *FAZ ALGUMA COISA.* Imagino a mesma sensação de pânico que senti quando entrei no quarto dos meus pais, o corpo quase sem vida da minha mãe pendurado, como se não passasse de um monte de roupas sujas transbordando o cesto. Cooper olhando. Sem fazer nada. A percepção de que estávamos sozinhos.

— Foi quando me dei conta de que ela tinha que ir embora. Se eu não a tirasse de lá, ela nunca iria embora. Ela se transformaria na minha mãe, ou pior. Morreria.

Eu me permito dar um passo em direção a ele, um único passo. Ele não parece perceber. Está absorto no próprio relato, deixando as palavras escaparem livremente. Invertemos os papéis.

— Soube do seu pai em Breaux Bridge e foi daí que tive a ideia. A inspiração. Pra que ela desaparecesse.

A matéria guardada na estante, a foto do meu pai.

O ASSASSINO DE BREAUX BRIDGE É RICHARD DAVIS, OS CORPOS AINDA NÃO FORAM ENCONTRADOS.

— Sophie foi para a casa de uma amiga depois da escola e nunca voltou. Meus pais nem perceberam que ela havia saído, até a noite seguinte. Vinte e quatro horas desaparecida... e nada. — Ele sacode a mão, faz um movimento como em um passe de mágica. — Fiquei esperando que dissessem alguma coisa. Só fiquei lá, esperando que notassem. Chamassem a polícia, *alguma coisa*. Mas nunca fizeram nada. Ela tinha só treze anos. — Ele balança a cabeça, descrente. — A mãe da amiga dela ligou no dia seguinte, a mesma amiga da casa em que minha irmã esteve, acho que Sophie deixou um livro lá, sabia que não precisaria mais dele, e foi quando perceberam. Os pais de outra pessoa perceberam antes dos meus pais. Àquela altura, presumiram que tinha acontecido com ela a mesma coisa que se passou com todas as outras garotas. Que foi levada.

Imagino Sophie naquela televisão de cozinha que tinham colocado sobre uma mesa portátil na sala de estar. A mesma foto da escola, sua *única* foto, piscando na tela. Dianne assistindo enquanto Daniel sorria baixinho no canto, sabendo a verdade.

— Então, onde ela está? — pergunto. — Se ainda tá viva...

— Hattiesburg, Mississippi — diz com um tom exagerado, como um viajante extraviado lendo um mapa. — Casinha de tijolos, persianas verdes. Passo pra visitar quando posso, quando estou dirigindo.

Fecho os olhos. Eu reconheço a cidade de um dos recibos. Hattiesburg, Mississippi. Um restaurante chamado Ricky's. Salada Caesar de frango e um cheesebúrguer ao ponto. Duas taças de vinho. Gorjeta de vinte por cento.

— Ela tá bem, Chloe. Tá viva. Segura. É tudo que eu queria.

Começa a fazer sentido agora, mas não como eu imaginava. Ainda não tenho certeza se posso acreditar nele. Porque ainda há muito a ser explicado.

— Por que você não me contou?

— Eu queria. — Tento ignorar o tom de voz, ele implorando, a voz embargada, a impressão de que ele vai chorar. — Você não tem ideia de quantas vezes eu quase te contei.

— Então por que não fez isso? Eu te contei sobre a minha família.

— Foi exatamente por isso — diz, puxando as pontas do cabelo. Parece frustrado, como se estivéssemos discutindo sobre a louça. — Eu sempre soube quem você era, Chloe. Eu soube no segundo em que te vi no hospital. E naquele dia, no bar, você não falou disso e eu não quis trazer à tona. Não é o tipo de coisa que você deve ser forçado a dizer.

Aquelas pequenas cutucadas, a maneira como ele não conseguia parar de olhar. Penso naquela noite no sofá e meu rosto fica vermelho.

— Você me deixou te contar tudo e agiu como se não soubesse.

Só consigo sentir raiva enquanto percebo a magnitude de suas mentiras. Nas coisas em que ele me fez acreditar, a maneira como ele me fez sentir.

— O que eu deveria falar? Parar você no meio da história? *Ah, claro, Dick Davis. Foi ele que me deu a ideia de fingir o assassinato da minha irmã.* — Ele bufa uma risada autodepreciativa e, quase de repente, seu rosto fica sério de novo. — Eu não queria que você pensasse que tudo até aquele momento tinha sido mentira.

Lembro-me tão claramente daquela noite, a maneira como me senti mais leve depois disso, depois de contar tudo a ele. Eu me sentindo extremamente vulnerável, mas leve, uma expurgação verbal da mazela. Seu dedo no meu queixo, inclinando-o para cima. Aquelas palavras pela primeira vez. *Eu te amo.*

— E não foi?

Daniel suspira, pousa as mãos nas coxas.

— Eu não te culpo. Por estar irritada. Você tem todo o direito. Mas eu não sou um assassino, Chloe. Não consigo nem acreditar que você esteja pensando isso de mim.

— Então, o que você anda fazendo com meu pai?

Ele me encara. Os olhos parecem cansados, como se estivessem olhando direto para o sol.

— Se tudo isso tem uma explicação inocente, se você não tem nada a esconder, por que você tem visitado ele? — continuo. — Como você conhece ele?

Eu o vejo murchar um pouco, como se tivesse vazado em algum lugar. Um velho balão pairando constrangido num canto, murchando. Em seguida, ele coloca a mão no bolso, puxa um longo colar de prata. Vejo o polegar dele polir a pérola no centro, fazendo pequenos círculos minúsculos, várias vezes. É um movimento suave, como esfregar o talismã de um pé de coelho ou a bochecha de um recém-nascido, macia e suculenta como um pêssego maduro demais. Eu tenho um flash de Lacey esfregando o rosário no meu consultório, para a frente e para trás, para cima e para baixo.

Finalmente, ele fala.

CAPÍTULO QUARENTA E SEIS

Estou sentada na ilha da cozinha, uma garrafa de vinho tinto aberta entre duas taças. Giro uma com a mão, esfrego a haste delicada para a frente e para trás com os dedos. À minha esquerda, um frasco laranja, a tampa solta.

Olho para o relógio na parede, o ponteiro das horas apontando para o número sete. Os galhos longos da árvore de magnólia do lado de fora arranham a janela, como pregos contra vidro. Quase posso sentir a batida na porta antes de ouvi-la, aquele silêncio premonitório pairando no ar como os segundos depois de um relâmpago, enquanto você espera o trovão chegar. Então, a batida rápida de punhos cerrados – sempre a mesma, única como uma impressão digital – seguida por uma voz familiar.

— Chlo, sou eu. Me deixar entrar.

— Tá aberta — grito de volta, olhando fixo para a frente. Ouço o rangido da porta, o apito duplo do alarme. Os passos pesados do meu irmão quando ele entra e fecha a porta. Ele vai até a ilha, beija minha têmpora e sinto sua postura enrijecer.

— Não se preocupa — digo, sentindo que ele olha para os comprimidos. — Eu tô bem.

Ele solta o ar, puxa o banquinho ao lado do meu e se senta. Ficamos quietos por um tempo, como num jogo de desafios. Os dois esperando que o outro fale primeiro.

— Olha, eu sei que essas últimas semanas foram difíceis pra você. — Ele cede, coloca as mãos no balcão. — Foram difíceis pra mim também.

Não respondo.

— Como você tá?

Eu levanto minha taça, os lábios roçando a borda do copo. Mantenho-os ali e observo minha respiração sair em pequenas baforadas e desaparecer de novo.

— Eu matei uma pessoa — digo, por fim. — Como você acha que eu estou?

— Não consigo imaginar como deve ser.

Faço um movimento afirmativo com a cabeça, tomo um gole e coloco a taça no balcão. Viro para Cooper.

— Você vai mesmo me deixar beber sozinha?

Ele me encara, os olhos examinando meu rosto como se procurasse algo. Algo familiar. Quando não consegue encontrar, ele pega a segunda taça e toma um gole. Ele solta o ar, alonga o pescoço.

— Lamento pelo Daniel. Sei que você o amava. Eu sempre soube que tinha alguma coisa nele... — Ele para, hesita. — Que seja, acabou agora. Estou feliz porque você está segura.

Eu espero em silêncio até que Cooper tome mais alguns goles, o álcool começando a correr em suas veias, afrouxando seus músculos, até que eu olho para ele de novo, meus olhos fixos nos dele.

— Me fala sobre Tyler Price.

Por um segundo, vejo a expressão de choque dele. Um tremor, um pequeno terremoto antes de se recompor, o rosto como pedra.

— O que você quer dizer? Posso contar o que vi nas notícias.

— Não. — Balanço a cabeça. — Não, quero saber como ele era de verdade. Afinal, você o conhecia. Vocês eram amigos.

Ele está me encarando, os olhos nos comprimidos de novo.

— Chloe, você não tá falando coisa com coisa. Nunca conheci o cara. Sim, ele era daqui, mas ninguém importante. Ficava isolado.

— Ficava isolado — repito, torcendo a base nas mãos, a rotação do vidro fazendo um *swoosh* rítmico contra o mármore. — Tá. Então, como ele entrou em Riverside?

Penso naquela manhã com a minha mãe, o nome de Aaron na lista de visitantes. Fiquei com tanta raiva por terem deixado um estranho entrar no quarto dela. Fiquei tão enraivecida que não ouvi, não absorvi as palavras.

Querida, nós não deixamos entrar ninguém que não seja autorizado.

— Meu Deus, já cansei de falar pra você parar de tomar essa merda — diz, pegando o frasco. Consigo sentir a leveza do recipiente nas mãos dele. — Jesus, você tomou tudo?

— Não é o remédio, Cooper. Foda-se o remédio.

Ele me olha da mesma maneira que me olhou vinte anos atrás, quando vi meu pai na televisão e soltei aquelas palavras entre os dentes feito uma cusparada, nojenta, sujo. *Covarde de merda.*

— Você o conhecia, Cooper. Você conhecia todo mundo.

Imagino Tyler adolescente, magrelo e desajeitado, quase sempre sozinho. Um corpo sem rosto, sem nome, seguindo meu irmão pelo Festival do Lagostim, até em casa, esperando do lado de fora da janela. Cumprindo suas ordens. Afinal, meu irmão era amigo de todos. Fazia todo mundo se sentir reconfortado, seguro e aceito.

Penso agora na minha conversa com Tyler perto do rio, quando falamos sobre Lena. Como ela era legal comigo, como cuidava de mim.

Isso é amizade, ele disse, balançando a cabeça. *O melhor tipo de amizade, na minha opinião.*

— Você foi atrás dele — digo. — Você o procurou. Você trouxe ele aqui.

Cooper está me olhando, a boca aberta como um armário com uma dobradiça solta. Consigo ver as palavras alojadas em sua garganta como um pedaço de pão não mastigado, e é como sei que estou certa. Porque Cooper sempre tem algo a dizer. Ele sempre tem as palavras *certas.*

Você é minha irmãzinha, Chloe. Eu só quero o melhor para você.

— Chloe... — sussurra, com os olhos arregalados. Percebo agora o pulso em seu pescoço, a maneira como esfrega os dedos, escorregadio com suor. — Que merda você tá dizendo? Por que eu faria isso?

Eu imagino Daniel na sala de estar hoje cedo, o colar emaranhado entre os dedos. A hesitação na voz enquanto me contava tudo, a tristeza nos olhos, como se estivesse a ponto de fazer uma eutanásia em mim; porque estava mesmo, de certa forma. Eu estava prestes a sofrer um massacre bem ali, na minha sala de estar. Derrubada com misericórdia.

— Quando você me contou sobre seu pai pela primeira vez — dissera Daniel —, sobre tudo que aconteceu em Breaux Bridge, as coisas que ele tinha feito, eu já sabia. Ou, pelo menos, achei que sabia. Mas você disse um monte de coisas que me espantou.

Penso naquela noite, tão no começo do nosso relacionamento, os dedos de Daniel massageando meu cabelo. Eu contando tudo a ele sobre meu pai, sobre Lena, a maneira como ele olhava para ela aquele dia, no festival, as mãos afundadas nos bolsos. Aquela sombra no quintal, a caixa de joias no armário, a bailarina e a música que ainda consigo ouvir tocando em minha mente, assombrando meus sonhos.

— Só me pareceu estranho. Minha vida inteira, pensei que sabia quem seu pai era. Maldade pura. Matando garotinhas. — Pensei em Daniel em seu quarto, um adolescente com aquela matéria em mãos, tentando imaginar os acontecimentos. A notícia pintou todos nós de uma forma tão simplória: minha mãe, a que permitiu que tudo acontecesse; Cooper, o menino de ouro; eu, a menina, o lembrete constante; e meu pai, o próprio diabo. Unidimensional e perverso. — Mas enquanto eu ouvia você falar sobre ele, não sei. Algumas coisas não se encaixaram.

Porque com Daniel, e somente com Daniel, eu podia falar sobre como não foi tudo ruim. Eu podia falar sobre as boas lembranças também. Sobre como meu pai costumava cobrir a escada com toalhas de banho e nos empurrava escada abaixo dentro de bacias, porque nunca andamos de trenó. Como ele pareceu aterrorizado quando a notícia surgiu — eu, na cozinha, torcendo meu cobertor verde-claro, aquela barra vermelha brilhando na tela.

GAROTA DE BREAUX BRIDGE ESTÁ DESAPARECIDA.

Como ele me segurou forte, me esperou nos degraus da varanda, garantiu que minha janela ficasse trancada à noite.

— Se ele fez essas coisas, se ele matou aquelas meninas, então, por que ele tentaria proteger você? — perguntou Daniel. — Por que ele estaria preocupado?

Meus olhos começaram a arder. Eu não tinha uma resposta para essa pergunta. Essa era a pergunta que eu vinha fazendo durante toda a minha vida. Essas foram as mesmas memórias que eu estava lutando para entender — aquelas memórias sobre o meu pai que não correspondiam ao monstro que ele se tornou. Lavando a louça e removendo as rodinhas da minha bicicleta; me deixando pintar as unhas dele em um dia e me ensinando a dar nó em anzol no outro. Lembro-me de chorar depois de pescar meu primeiro peixe, os lábios pequenos e enrugados ofegantes quando meu pai cravou os dedos nas guelras, tentando parar o sangramento. Devíamos comê-lo, mas eu tinha ficado tão perturbada, que papai o jogou de volta ao rio. Deixou o peixe viver.

— Então, quando você me contou sobre a noite em que ele foi preso, como ele não resistiu, não tentou fugir — disse Daniel, inclinando-se mais para perto de mim, com as sobrancelhas erguidas, esperando que eu entendesse, finalmente. Que a ficha caísse, *finalmente*. Que ele mesmo não tivesse que me dizer. Que talvez o massacre pudesse ser autoinfligido; o gatilho dispararia em minha mente, em vez de sua boca. — Como, em vez disso, ele simplesmente sussurrou aquelas palavras.

Meu pai, algemado, fazendo um último esforço. Como ele olhou para mim e, depois, para Cooper. Como seus olhos fitavam meu irmão, como se fosse o único na sala. E foi quando me dei conta, feito um soco no estômago. Meu pai estava falando com *ele*, não comigo. Ele estava falando com Cooper.

Ele estava dizendo, pedindo, implorando.

Comporte-se.

— Você matou aquelas garotas em Breaux Bridge — digo, enfim, com os olhos no meu irmão. As palavras que eu fiquei revirando na boca, tentando entender o gosto que tinham. — Você matou Lena.

Cooper fica em silêncio, os olhos vidrados. Ele olha para baixo, para o vinho, um gole ainda no fundo da taça, que ele leva aos lábios e termina.

— Daniel descobriu — digo, me forçando a continuar. — Agora tudo faz sentido. A animosidade entre vocês dois. Porque ele sabia que o papai não matou aquelas meninas. *Você* matou. Ele sabia, só não tinha como provar.

Penso na nossa festa de noivado, em como Daniel envolveu o braço em minha cintura, puxando-me para mais perto dele, para longe de Cooper. Como me enganei em relação a Daniel. Ele não estava tentando me controlar; estava tentando me *proteger*, do meu irmão e da verdade. Não consigo imaginar o malabarismo que precisou fazer para manter Cooper a uma distância segura sem que eu desconfiasse de algo.

— E você também sabia — continuo. — Você sabia que Daniel estava na sua cola. E por isso você tentava me virar contra ele.

Cooper, na minha varanda, dizendo aquelas palavras que mastigaram meu cérebro como um câncer. *Você não o conhece, Chloe.* O colar, enterrado no fundo do closet. Cooper o colocara ali na noite da festa. Ele chegou lá primeiro, entrou com a própria chave. Colocando no exato lugar em que sabia que me afetaria mais, escondido nas sombras. Afinal, eu já tinha feito isso antes. Com Ethan, na faculdade, presumindo o pior. Cooper sabia que se desenterrasse as memórias certas e as replantasse do jeito certo elas começariam a germinar em minha mente, descontroladas como uma erva daninha. Tomariam conta de tudo.

Penso em Tyler Price, levando Aubrey, Lacey e Riley, recriando os crimes de Cooper da maneira certa, porque ele ensinara. Penso no estado em que alguém precisa estar para deixar outra pessoa convencê-lo a matar. Suponho que não é diferente de como mulheres traumatizadas pedem criminosos em casamento, ou como garotas comuns caem nas garras de homens perigosos. É tudo a mesma coisa: almas solitárias em busca de companhia, qualquer companhia. *Eu não sou ninguém,* ele dissera, os olhos como copos de água vazios, frágeis e úmidos. Da mesma forma em que estive por diversas vezes enrolada nos lençóis com um estranho, temendo pela minha vida, mas, ao mesmo tempo, disposta a arriscar. *Você não tá louca,* Tyler me dissera com as mãos no meu cabelo. O problema do perigo é que ele aumenta tudo. Os batimentos cardíacos, os sentidos, o toque. É um desejo de se sentir vivo, porque é impossível sentir qualquer coisa *além de vivo* quando você o vivencia, o mundo se cobre de uma neblina sombria, a existência dele basta para provar que você está aqui, respirando.

E, em um instante, tudo pode acabar.

Agora consigo enxergar com clareza. Meu irmão enfeitiçando Tyler de novo, essa pessoa perdida e solitária, como sempre fez. *Ele me fez fazer isso.* Afinal, sempre teve alguma coisa diferente nele. Em Cooper. Uma aura que cativava as pessoas, uma atração quase impossível de evitar. Como ímãs tentando lutar contra o ferro, uma atração sutil e natural. Por um tempo, você tenta lutar contra ela. Mas, no final das contas, acaba cedendo, da mesma forma que minha raiva se desfazia quando ele me abraçava. Da mesma forma que vivia rodeado por um enxame de pessoas no colégio, que se espalhavam quando ele as dispensava, porque não as queria mais, não precisava mais delas, como se não fossem pessoas, mas pragas. Descartáveis. Existindo para servi-lo e nada mais.

— Você tentou incriminar Daniel — digo, enfim, as palavras se acomodando na sala como fuligem após um incêndio, cobrindo tudo com cinzas. — Porque ele enxergou você. Ele sabe o que você é. Por isso você precisava se livrar dele.

Cooper olha para mim, os dentes mastigando o interior da bochecha. Consigo ver os mecanismos funcionando atrás de seus olhos, os cálculos cautelosos que está tentando fazer, quanto dizer, quanto não dizer. Por fim, ele fala.

— Não sei o que te falar, Chloe. — Sua voz soa grossa como xarope, a língua, arenosa. — Tenho algo sombrio dentro de mim. Algo sombrio que sai à noite.

Ouço essas palavras na boca do meu pai. Do jeito que ele as regurgitara, de um jeito quase automático, sentado naquela mesa do tribunal, os tornozelos acorrentados, uma única lágrima pingando no bloco de notas diante dele.

— É tão forte, não consegui evitar.

Cooper com o nariz colado na tela, como se todo o resto da sala tivesse evaporado, como se tudo tivesse se transformado em vapor girando ao redor dele. Assistindo ao meu pai, ouvindo-o recitar as mesmas palavras que Cooper deve ter recitado para ele quando foi pego.

— É como uma sombra gigante sempre à espreita em todo canto — diz. — Me puxou, me engoliu inteiro.

Engulo em seco, evocando a frase final da boca do meu estômago. Aquela frase que bateu o último prego no caixão do meu pai, o aperto retórico que esgotou o ar de seus pulmões, que o matou em minha mente. Essa frase que me revoltou no âmago, meu pai colocando a culpa nessa coisa fictícia. Chorando, não porque estava arrependido, mas porque foi pego. Mas, agora, eu sei. Não era nada disso. Não era mesmo.

Abro a boca e deixo as palavras saírem.

— Às vezes acho que é o próprio demônio.

CAPÍTULO QUARENTA E SETE

É como se as respostas estivessem na minha frente o tempo todo, dançando, sem que eu pudesse alcançá-las. Girando como Lena, segurando a garrafa no ar, os shorts rasgados e as tranças duplas, restos de grama grudados na pele e um bafo forte de maconha. Como aquela bailarina lascada e rosa, girando ao ritmo da música delicada. Mas que, quando estendi a mão, tentei tocar, tentei agarrar, se transformou em fumaça, escorregando pelos meus dedos até não restar mais nada.

— As joias — digo, os olhos na silhueta de Cooper, o rosto envelhecido se transformando no do meu irmão adolescente. Ele era tão novo, só tinha quinze anos. — Eram suas.

— O pai encontrou no meu quarto. Debaixo do assoalho.

O mesmo lugar em que contei a ele que havia encontrado as revistas de Cooper. Eu inclino a cabeça.

— Ele pegou a caixa, limpou e escondeu no closet até descobrir o que fazer com aquilo — diz ele. — Mas ele nunca teve a chance de fazer nada. Você encontrou antes.

Eu encontrei antes. Um segredo que descobri quando procurava os lenços. Abri, tirei o piercing de Lena do meio, ressequido e cinza. E eu sabia. Eu sabia que era dela. Tinha visto naquele dia, meu rosto colado na barriga dela, a pele macia e quente nas minhas mãos.

Alguém está observando.

— O pai não estava olhando pra Lena — digo, pensando na expressão dele, distraído, com medo. Preocupado com algum pensamento atormentando sua mente; que seu filho estava analisando a próxima vítima, preparando-se para atacar. — Aquele dia no festival, ele estava olhando pra você.

— Desde Tara — diz ele, as veias começando a saltar nos olhos. Agora que ele começou a falar, as palavras fluem livres, como eu sabia que aconteceria. Olho para a taça dele, para o resto de vinho no fundo. — Ele me olhava daquele jeito como se já soubesse.

Tara King. A que fugiu, um ano antes de isso tudo começar. Tara King, a garota que foi tema de discussão entre Theodore Gates e minha mãe, a que não se encaixava, o enigma. A que ninguém poderia provar.

— Ela foi a primeira — disse Cooper. — Eu vinha me perguntando fazia um tempo. Qual seria a sensação.

Não consigo evitar que meus olhos se virem para o canto, para o lugar onde Bert Rhodes esteve.

— *Já pensou em como deve ser? Eu costumava ficar acordado à noite, pensando nisso. Imaginando.*

— E aí, uma noite, lá estava ela. Sozinha na estrada.

Consigo ver com tanta clareza, como se estivesse assistindo a um filme. Gritando para o vazio, tentando impedir o perigo iminente. Mas ninguém me ouve, ninguém me escuta. Cooper, no carro do meu pai. Ele tinha acabado de começar a dirigir; a liberdade, tenho certeza de que era como um sopro de ar fresco. Consigo imaginá-lo atrás do volante, quieto, observando. Avaliando. A vida inteira ele esteve cercado de pessoas: multidões ao seu redor na escola, no ginásio, no festival, nunca saíam do lado dele. Mas, naquele momento, sozinho, ele viu uma oportunidade. Tara King. Uma mala pendurada no ombro, um bilhete rabiscado no balcão da cozinha. Ela estava indo embora, fugindo. Ninguém nem pensou em procurar quando ela desapareceu.

— Lembro de ter ficado surpreso de ver como foi fácil — diz ele, os olhos perfurando a bancada. — Minhas mãos na garganta dela e como o movimento só... parou. — Ele faz uma pausa, olha para mim. — Você quer mesmo saber de tudo isso?

— Cooper, você é meu irmão — digo, estendendo minha mão para cobrir a dele. Agora, tocando a pele dele, sinto vontade de vomitar. Quero fugir. Mas, em vez disso, me forço a regurgitar as palavras, as palavras *dele*, que eu sei que funcionam tão bem. — Me conta o que aconteceu.

— Eu ficava achando que seria pego — diz ele, por fim. — Eu esperava que alguém aparecesse em casa, a polícia, *alguma coisa*, mas nunca aconteceu. Ninguém nem falou sobre isso. E eu percebi... que poderia escapar ileso. Ninguém sabia, a não ser...

Ele para de novo, engolindo em seco, como se soubesse que as palavras seguintes me atingiriam com mais força do que qualquer outra que veio antes.

— A não ser Lena — diz finalmente. — Lena sabia.

Lena, que sempre ficava na rua até tarde, sozinha. Arrombando a porta do quarto trancado para fugir de casa e vagar pela noite. Vendo Cooper naquele carro, arrastando-se devagar atrás de Tara, que caminhava pela estrada, desavisada. Lena tinha visto. Ela não tinha uma queda por Cooper; ela estava pressionando, testando. Ela era a única pessoa no mundo que sabia do segredo dele e estava bêbada de poder, brincando com fogo como sempre fazia, chegando cada vez mais perto até chamuscar a pele. *Você deveria ir me buscar naquele seu carro qualquer dia desses*, gritando por cima do ombro. As costas rígidas de Cooper, as mãos enfiadas nos bolsos. *Você não vai querer ficar igual à Lena*. Eu a imagino deitada na grama, aquela formiga andando em sua bochecha – ela, sem fazer nenhum movimento, parada. Deixando-a andar. Invadindo o quarto de Cooper, o sorriso que ela esboçou quando ele nos pegou – um sorriso malandro, as mãos na cintura, quase como se dissesse a ele: *Olha o que eu posso fazer com você*.

Lena era invencível. Todos acreditávamos nisso, inclusive ela mesma.

— Lena era um risco — digo, tentando engolir as lágrimas que rastejam no fundo da minha garganta. — Você precisava se livrar dela.

— E depois disso — acrescenta ele, dando de ombros —, não tinha por que parar.

Não era a morte que meu irmão desejava, sei disso agora, olhando para ele curvado sobre a bancada, décadas de memórias orbitando ao redor dele. Era o controle. E, de alguma forma, eu entendo. Entendo de uma forma que só a família pode entender. Penso em todos os meus medos, na falta de controle que sempre imagino. Duas mãos em volta do meu pescoço, apertando com força. Era esse o mesmo controle que temia perder e que Cooper adorava tomar.

Foi o controle que ele sentiu no momento em que aquelas garotas perceberam que estavam em apuros – o olhar delas, o tremor na voz enquanto imploravam: *Por favor, faço qualquer coisa*. A constatação de que ele, e apenas ele, era o fator decisivo entre a vida e a morte. Ele sempre foi assim, na verdade; como ele enfiou as mãos no peito de Bert Rhodes, desafiando-o. Andando em círculos no tapete de luta, os dedos remexendo ao lado do corpo como um tigre circulando um rival mais fraco, pronto para afundar as garras. Eu me pergunto se era nisso que ele pensava quando segurava as vítimas pelo pescoço: apertando, torcendo. Quebrando. Quão fácil teria sido, a jugular pulsando sob seus dedos. E, quando as deixava ir, se sentia como Deus. Concedendo-lhes outro dia.

Tara, Robin, Susan, Margaret, Carrie, Jill. Opção de escolha: essa era uma das coisas que o alimentava; escolher, a dedo, da mesma maneira que se escolhe um sabor de sorvete, examinando as opções por trás do vidro até tomar uma decisão, apontando, pegando. Mas Lena sempre foi diferente, especial. Parecia ter algo a mais, e tinha mesmo. Ela não foi uma escolha aleatória, mas uma necessidade. Lena *sabia* e, por isso, teve que morrer.

Meu pai também sabia. Mas Cooper resolveu esse problema de um jeito diferente. Tinha resolvido com as palavras. Olhos lacrimosos, suplicantes. Falou sobre as sombras ocultas, como tentou lutar contra elas. Cooper sempre conseguia encontrar as palavras certas e usá-las a seu favor; controlando e manipulando pessoas. E funcionava. Sempre funcionava. Com meu pai, serviram para se livrar. Com Lena, para fazê-la acreditar que era invisível, que não a machucaria. Comigo, *especialmente* comigo, seus dedos conduzindo as cordas presas aos meus membros, me fazendo dançar da maneira certa, me alimentando com as informações certas, no momento certo. Ele foi o autor da minha vida, sempre tinha sido, me fazendo acreditar no que ele bem quisesse, tecendo uma teia de mentiras em minha mente – uma aranha atraindo insetos com seus tentáculos astutos, observando-os lutar pela vida para devorá-los.

— Quando o pai descobriu, você o convenceu a não te entregar pra polícia.

— O que você faria — pergunta Cooper com um suspiro, olhando para mim, inclinando-se —, se o seu filho fosse um monstro? Você simplesmente deixaria de amá-lo?

Penso em minha mãe, voltando para o meu pai depois de irmos à delegacia, o raciocínio que ela teve. *Ele não vai machucar a gente. Não vai. Ele não vai machucar a própria família.* Eu, investigando Daniel, as evidências que vi se acumulando, mas nas quais não queria acreditar. Pensando, nutrindo esperança de que houvesse algo de bom em algum lugar. E, com certeza, foi o que meu pai pensou também. Eu o entregara – meu pai, pelos crimes que Cooper cometeu – e, quando vieram buscá-lo, ele não resistiu. Em vez disso, olhou para o filho, para Cooper, e pediu que fizesse uma promessa.

Olho para o relógio. Sete e meia. Meia hora desde que Cooper chegou. Sei que a hora é agora. A hora em que estive pensando desde que disse a Cooper que viesse aqui, examinando cada cenário possível, pensando em cada resultado. Passando-os em minha mente várias e várias vezes como dedos sovando massa de pão.

— Você sabe que eu tenho que chamar a polícia — digo. — Cooper, eu tenho que chamar. Você matou pessoas.

Meu irmão me olha com as pálpebras pesadas.

— Você não precisa fazer isso — diz. — Tyler morreu. Daniel não tem nenhuma prova. Podemos deixar o passado no passado, Chloe. Isso pode ficar pra trás.

Avalio o que ele diz; o único cenário que ainda não analisei. Penso em me levantar, abrir a porta. Deixar Cooper dar um passo para fora e sair da minha vida para sempre. Deixá-lo se safar como fez nos últimos vinte anos. Eu me pergunto o que um segredo desses faria comigo – saber que ele estaria solto, em algum lugar. Um monstro escondido em plena vista, caminhando entre nós. O colega de trabalho de alguém, um vizinho. Amigo. E, então, como se tivesse estendido o dedo e tocado em algo elétrico, sinto um calafrio. Vejo minha mãe, como ficou colada na tela da televisão, observando cada momento do julgamento de meu pai, cada palavra – até que o advogado, Theodore Gates, veio falar sobre o acordo.

A não ser que você tenha alguma coisa que possa me ajudar. Qualquer coisa que ainda não tenha me contado.

Ela também sabia. Minha mãe sabia. Depois que chegamos em casa da delegacia, depois de entregar aquela caixa, meu pai deve ter dito a ela, deixando-a sem reação enquanto eu corria escada acima. Mas a essa altura era tarde demais. A roda estava girando. A polícia estava a caminho, então ele relaxou e deixou acontecer. Tinha esperanças de que talvez não fosse o suficiente, afinal, sem arma do crime, sem nenhum corpo. Que talvez ele saísse livre. Lembro-me de Cooper e eu na escada, ouvindo. Os dedos afundados em meu braço, deixando hematomas do tamanho de uvas com a menção à Tara King. Mesmo sem perceber, eu tinha testemunhado o momento em que minha mãe escolheu – o momento que escolheu mentir. Viver com o segredo dele.

Não, não tenho. Você sabe de tudo.

E foi aí que ela mudou. Que desmoronou devagar, foi por causa de Cooper. Ela vivia sob o mesmo teto que o filho, testemunhando ele escapar ileso. A luz que havia em seu olhar se apagou. Ela se retirou da sala de estar para o quarto, e se trancou lá dentro. Não suportou viver com a verdade; o que seu filho era, o que fizera. O marido na prisão, as pedras jogadas pela janela e Bert Rhodes no quintal, sacudindo os braços, unhas rasgando a própria pele. Sinto seus dedos dançando em meu pulso, batendo no cobertor quando apontei para as pecinhas: *"D"*. Depois *"A"*. Entendo agora o que ela estava tentando dizer. *DAD*.[4] Ela queria que eu fosse atrás do meu pai. Ela queria que eu o visitasse para que ele me contasse a verdade. Porque ela tinha entendido quando falei das meninas desaparecidas, as semelhanças, o *déjà-vu* – ela sabia, mais do que ninguém, que o passado nunca fica onde tentamos mantê-lo, escondido no fundo de um armário na esperança de ser esquecido.

Eu nunca quis voltar para Breaux Bridge, nunca quis andar pelos corredores daquela casa. Nunca quis revisitar as memórias que tentei manter presas naquela cidade minúscula. Mas as memórias não ficaram lá, eu sei disso agora. Meu passado tem me assombrado durante toda a minha vida, como um fantasma que nunca descansou, como aquelas garotas.

— Não posso fazer isso — digo, agora, olhando para Cooper. Sacudindo a cabeça. — Você sabe que não posso.

Ele me encara de volta, os dedos pouco a pouco se fechando, cerrando o punho.

— Não faz isso, Chloe. Não precisa ser assim.

— Precisa — digo e começo a empurrar meu banquinho para trás. Mas, enquanto começo a me levantar, Cooper estende a mão,

---

4. *Dad*, em inglês, significa "pai". (N.E.)

segurando meu pulso. Olho para baixo, os nós dos dedos brancos enquanto ele aperta minha pele com força. E, agora, eu sei. Eu sei, finalmente, que Cooper teria feito. Ele teria me matado também. Bem aqui, no balcão da minha cozinha. Ele teria estendido as mãos e apertado minha garganta. Ele teria olhado nos meus olhos enquanto apertava. Não duvido que meu irmão me ame, do jeito que alguém como ele pode amar, mas, no fim das contas, eu represento um risco, como Lena representava. Um problema que precisa ser resolvido.

— Você não pode me machucar — cuspo, arrancando o braço da mão dele. Empurro o banco para trás e me levanto, observando enquanto ele tenta avançar sobre mim... mas, em vez disso, ele tropeça para a frente, desajeitado. Os joelhos dobrando sob a pressão repentina do próprio peso. Vejo como ele tropeça na perna do banquinho, o corpo desmoronando no chão. Ele olha para mim, confuso, e olha para a bancada. Para a taça de vinho vazia, para o frasco laranja vazio.

— Você...?

Ele começa a falar, mas para de novo, o esforço repentino é demais. Eu me lembro da última vez que me senti assim, do jeito que Cooper se sente agora. Foi naquela noite no quarto do motel, Tyler colocando a calça jeans, entrando no banheiro. O copo de água que ele tinha empurrado em minha direção, me forçando a beber. Os comprimidos que depois foram encontrados nos bolsos. Os comprimidos que ele misturou na água, da mesma forma que eu tinha misturado no vinho de Cooper, observando seus olhos ficando pesados, tão rápido. A bile amarela que tossi na manhã seguinte.

Não me preocupo em dar uma resposta. Em vez disso, olho para o teto, para a câmera no canto, pequena como um alfinete, piscando. Gravando tudo. Levanto a mão e faço um gesto para que entrem; o detetive Thomas, sentado no carro do lado de fora com Daniel, o celular no colo. Assistindo a tudo, ouvindo tudo.

Eu olho para o meu irmão de novo, uma última vez. A última vez que estaremos só nós dois. É difícil não pensar nas lembranças, as brincadeiras de corrida pela floresta atrás de casa, tropeçando nas raízes que saíam da terra como cobras fossilizadas. O jeito que ele limpava o sangue dos meus joelhos esfolados, passando a gaze na minha pele ardente. Como ele amarrou a corda no meu tornozelo enquanto eu rastejei naquela caverna escondida, nosso local secreto – e, de repente, sei que é onde elas estão. As meninas desaparecidas, escondidas à vista de todos. Escondidas nas profundezas da escuridão, em um lugar que só nós saberíamos.

Imagino aquela sombra escura que vi emergindo das árvores com a pá em mãos: Cooper, sempre alto demais para um garoto de quinze anos, musculoso por causa de todos os anos de luta livre. Cabeça baixa, o rosto obscurecido pela escuridão. As sombras o engolindo — até, por fim, não restar nada.

JULHO DE 2019

CAPÍTULO QUARENTA E OITO

Uma brisa fresca atravessa as janelas abertas, fazendo as mechas do meu cabelo dançarem na luz, roçando minha bochecha. O brilho do sol poente esquenta minha pele, mas, ainda assim, hoje está estranhamente fresco. Sexta-feira, 26 de julho.

O dia do meu casamento.

Olho para o trajeto no meu colo, uma série de curvas que terminam em um endereço escrito em um pedaço de papel. Olho através do para-brisa e vejo a longa entrada de carros que se estende diante de mim, a caixa de correio com quatro números de cobre pregados na madeira. Faço a curva, os pneus levantam poeira, e paro em frente a uma pequena casa; tijolos vermelhos, cortinas verdes. *Hattiesburg, Mississippi.*

Saio do carro e bato a porta. Subo os degraus e estendo a mão, bato duas vezes em uma pesada porta de madeira de pinho, pintada de verde-claro, com uma guirlanda de palha pendurada bem no meio. Ouço passos vindos de dentro, vozes murmurando. A porta se abre e uma mulher aparece. Ela usa calça jeans e um top branco, chinelos. No rosto, um sorriso casual, um pano de prato pendurado no ombro nu.

— Pois não?

Ela me encara por um segundo, sem saber quem sou, até que eu vejo o momento de compreensão em seus olhos. Quando o sorriso educado começa a desaparecer ao me reconhecer. Inalo o cheiro familiar que senti em Daniel tantas vezes – um doce enjoativo, de madressilva com açúcar derretido. Ainda consigo enxergar a garotinha que vira naquela foto da escola: Sophie Briggs, o cabelo loiro ondulado agora com cachos definidos, uma constelação de sardas espalhadas no nariz, como se alguém tivesse pego uma pitada e polvilhado ali feito sal.

— Oi — digo, constrangida. Fico na varanda, me perguntando como Lena seria hoje se tivesse crescido. Gosto de fingir que ela está por aí, em algum lugar, escondida como Sophie esteve, segura no próprio canto do mundo.

— Daniel está lá dentro — diz, torcendo o corpo, apontando para a porta. — Se quiser...

— Não. — Balanço a cabeça, as bochechas esquentando. Daniel foi embora logo depois que Cooper foi preso e, por algum motivo, não imaginei que ele viesse pra cá. — Não, tudo bem. Vim ver você, na verdade.

Estendo a mão, o anel de noivado preso entre os meus dedos. A polícia tinha me devolvido na semana anterior, encontraram no chão do carro de Tyler Price. Ela não diz nada, estende a mão e o pega, girando-o entre os dedos.

— Ele é seu — digo. — Da sua família.

Ela o desliza no dedo médio, abanando as mãos enquanto o admira, de volta ao lugar de sempre. Olho para além dela, para o corredor, e vejo fotos expostas em uma mesa de entrada, sapatos largados em frente à escada. Um boné pendurado no corrimão. Tiro os olhos de dentro e olho o jardim. A casa é pequena, mas graciosa, claramente habitada: um balanço de madeira preso ao galho de uma árvore por dois pedaços de corda, um par de patins encostados na garagem. Em seguida, uma voz irrompe de dentro, uma voz masculina. A voz de Daniel.

— Soph? Quem é?

— Preciso ir — digo, virando-me, de repente sentindo como se estivesse me intrometendo. Como se estivesse bisbilhotando o armário do banheiro de um estranho, tentando juntar as peças de uma vida. Tentando vislumbrar os últimos vinte anos, do momento em que ela saiu daquela velha casa e começou a andar, para nunca mais olhar para trás. Como deve ter sido difícil... treze anos de idade, ainda menina. Sair da casa da amiga e caminhar sozinha naquela estrada tomada pela escuridão. Um carro para atrás dela, os faróis apagados. Daniel, seu irmão, afastando-se devagar, deixando-a no ponto de ônibus a duas cidades de distância. Colocando um envelope com dinheiro em sua mão. Dinheiro que tinha economizado para aquele momento.

Eu vou te encontrar, ele havia prometido. *Depois que eu me formar. Aí também posso ir embora.*

A mãe dele, as unhas sujas arranhando a pele fina; olhos lacrimejantes quando olhou nos meus. *Ele se mudou um dia depois de terminar o colégio e não ouvi falar dele desde então.*

Eu me pergunto como foram aqueles anos — os dois, juntos. Daniel, assistindo a aulas on-line. Conseguindo o diploma. Sophie ganhando dinheiro como podia; trabalhando como garçonete, empacotando compras. Então, um dia, os dois se entreolharam e perceberam que haviam crescido. Que os anos tinham se passado e que o perigo tinha ido embora. Que ambos mereciam viver – e viver *de verdade* – então, Daniel partiu para Baton Rouge, mas sempre encontrava uma maneira de voltar.

Meu pé encosta no topo da escada quando Sophie fala de novo e consigo ouvir a voz do irmão se sobrepondo à dela, assertiva e firme.

— Foi ideia minha. Te dar isso. — Eu me viro e olho para ela, ainda parada ali, os braços cruzados com força contra o peito. — Daniel falava de você o tempo todo. Ainda fala. — Ela sorri. — Quando ele disse que ia te pedir em casamento, acho que me conectei a você, de algum modo. Imaginei você usando esse anel. Como se, um dia, pudéssemos nos conhecer.

Penso em Daniel, naquelas matérias guardadas em um livro no quarto dele. Os crimes de Cooper, a inspiração que ele precisava para tirar Sophie dali, para fazê-la desaparecer. Tantas vidas foram ceifadas por causa do meu irmão; isso ainda me tira o sono, o rosto daquelas garotas cravados em minha mente como a queimadura na palma da mão de Lena. Uma grande mancha negra.

Muitas vidas perdidas. Exceto Sophie Briggs. A vida dela foi salva.

— Fico feliz — digo com um sorriso. — E agora nos conhecemos.

— Ouvi dizer que seu pai vai sair. — Ela dá um passo à frente, como se não quisesse que eu fosse embora. Eu faço que sim, não tenho certeza como responder.

Eu estava certa sobre Daniel visitar meu pai em Angola. Era para lá que ele ia em todas aquelas viagens. Ele estava tentando descobrir a verdade sobre Cooper. Quando contou ao meu pai sobre as mortes acontecendo de novo – as meninas desaparecendo, o colar de Aubrey como prova, meu pai concordou em confessar. Mas uma vez que você se declara culpado de assassinato, não é tão simples mudar de ideia. É necessário mais que isso; é necessária uma confissão. E foi onde eu entrei.

Afinal, foram as minhas palavras que colocaram meu pai atrás das grades. Parecia apropriado que minha conversa com Cooper, vinte anos mais tarde, pudesse libertá-lo.

Eu vira meu pai pedir desculpas no noticiário da semana passada. Por mentir, por proteger o filho. Pelas outras vidas perdidas por causa disso. Eu não conseguia me forçar a vê-lo pessoalmente, ainda não, mas me lembro de olhar para ele pela TV, como naquela época. Só que, dessa vez, eu tentava conciliar o novo rosto com o que eu ainda tinha em minha mente. Os óculos de aro grosso foram substituídos por armações simples e finas. Havia uma cicatriz em seu nariz de quando saiu a notícia das primeiras garotas, quando bateu a cabeça na viatura da polícia, uma linha de sangue escorrendo pela bochecha. O cabelo estava mais curto, o rosto mais áspero, quase como se tivesse sido lixado ou esfregado contra o concreto até cicatrizar. Notei marcas em seus braços – queimaduras, talvez – a pele esticada e brilhante, pequenos círculos feito a ponta de uma bituca de cigarro.

Mas, apesar de tudo, era ele. Meu pai. Vivo.

— O que você vai fazer? — pergunta Sophie.

— Não tenho certeza — digo. E essa é a verdade. Não tenho certeza.

Em alguns dias, ainda sinto muita raiva. Meu pai mentiu. Ele levou a culpa pelos crimes de Cooper. Ele encontrou aquela caixa de joias e a escondeu, guardando o segredo. Trocando sua liberdade pela vida de Cooper. E, por causa disso, mais duas meninas morreram. Mas, em outros dias, eu entendo. Compreendo. Porque é o que pais fazem: protegem os filhos, não importa o que custe. Penso em todas aquelas mães olhando para a câmera, os pais se desfazendo em lágrimas ao lado delas. Elas tiveram filhas que foram levadas pela escuridão – mas e se a escuridão *fosse* o seu filho? Você não tentaria protegê-lo também? É tudo questão de controle, no fim das contas. A ilusão de que a morte é algo que podemos evitar, colocando-a entre as mãos e segurando-a com força, sem deixá-la escapar. Que Cooper, se tivesse outra chance, poderia mudar de alguma forma. Que Lena, se expondo ao meu irmão, sentindo o fogo chamuscar a pele, poderia se afastar no momento certo. Sair ilesa.

Mas é só uma mentira que contamos a nós mesmos. Cooper nunca mudou. Lena não poderia fugir das chamas. Até mesmo Daniel tinha tentado controlar a raiva inerente dentro dele. Desesperado para sufocar os pequenos vislumbres de seu pai, que apareceriam em seus momentos de maior fraqueza. Eu também sou culpada por isso. Todos aqueles pequenos frascos na gaveta da minha escrivaninha, me chamando como um sussurro à noite.

Foi só quando me vi rodeando Cooper na minha sala de estar, olhando para seu corpo enfraquecido, que senti de verdade como era ter o controle nas mãos. E não só tê-lo, mas tirá-lo de outra pessoa. Pegá-lo e reivindicá-lo para si. E, por um brevíssimo momento, como uma centelha na escuridão. E foi bom.

Sorrio para Sophie antes de me virar de novo, descendo os últimos degraus, sentindo meus sapatos encontrarem o chão. Caminho em direção ao carro, as mãos nos bolsos, observando o crepúsculo manchar o horizonte com tons de rosa, amarelo e laranja – um último momento colorido antes que a escuridão volte a se instalar, como sempre acontece. E é quando percebo: o ar ao meu redor zumbindo com uma carga elétrica familiar. Paro, fico completamente imóvel, e observo. Espero. Coloco as mãos em concha e agarro o céu, sinto uma leve vibração nas palmas enquanto as fecho. Olho para baixo entre meus dedos cerrados, para o que prendi ali dentro. Na vida que literalmente está em minhas mãos. Trago-a para perto do meu rosto, espio pelo minúsculo buraco entre os dedos.

Ali dentro, um vaga-lume brilha forte, o corpo pulsando com vida. Fico olhando por um tempo, a testa pressionada contra meus dedos. De perto, vejo-o irradiar, piscando entre minhas mãos, pensando em Lena.

Eu abro as mãos e a solto.

AGRADECIMENTOS

Nada disso teria sido possível sem meu agente, Dan Conaway. Você acreditou neste livro antes de todo mundo, assinou o contrato comigo depois de ler só três capítulos e tem respondido às minhas perguntas frenéticas diariamente desde então. Você me deu uma oportunidade e mudou a minha vida. Te *agradecer* nunca vai parecer suficiente.

A todos da Writers House: vocês são um sonho. Lauren Carsley, obrigada por ter escolhido meu livro no meio do que, com certeza, era uma pilha gigante de originais. Peggy Boulos-Smith, Maja Nikolic e Jessica Berger, do departamento de Direitos Autorais: obrigada por defender essa história no exterior.

Obrigada às equipes da Minotaur, St. Martin's Publishing Group, e da Macmillan. Para o meu incrível editor Kelley Ragland: sua visão editorial foi inestimável, e eu me sinto sortuda de ter você ao meu lado. Obrigada a Madeline Houpt, por me manter organizada ao longo do caminho, a David Rotstein, por criar a capa dos meus sonhos, e a Hector DeJean, Sarah Melnyk, Allison Ziegler e Paul Hochman, pela divulgação. Também agradeço a Jen Enderlin e Andy Martin, pelo entusiasmo e pela confiança neste livro desde cedo.

Obrigada a Julia Wisdom, minha editora no Reino Unido, e para todo o pessoal da HarperCollins UK. Agradeço também a todas as incríveis editoras estrangeiras que traduziram esta história para tantas línguas diferentes.

Sylvie Rabineau, da WME, obrigada por ter visto o potencial da adaptação desta história para as telas. Você levou meu sonho a um nível completamente diferente.

Aos meus pais, Kevin e Sue. Apesar do que o tema central dos meus livros pode sugerir, meus pais são incrivelmente amorosos e apoiaram a minha paixão pela escrita desde muito cedo. Nada disso teria sido possível sem seu amor e encorajamento. Muito obrigada – por tudo.

A minha irmã, Mallory. Obrigada por me ensinar a ler e escrever (juro!), por mergulhar nos meus primeiros rascunhos ruins e por sempre me dar feedbacks valiosos, mesmo que isso me faça ficar mal-humorada. Agradeço também por ter me feito assistir a todos aqueles filmes assustadores com você, mesmo eu sendo muito nova. Você sempre foi, e sempre será, minha melhor amiga.

A meu marido, Britt. Você nunca me deixou desistir. Obrigada por passar anos fazendo o jantar enquanto eu ficava enfurnada no meu escritório, obrigada por me ouvir falar, dia após dia, sobre essas pessoas que eu inventei e por sempre ser meu apoiador mais enfático e orgulhoso. Por isso, e por um milhão de outros motivos, eu te amo. Não conseguiria ter feito isso sem você.

A Brian, Laura, Alvin, Lindsey, Matt e o restante da minha família maravilhosa: obrigada pela animação, pelo entusiasmo e pelo apoio infinitos. Sou muito sortuda de ter vocês na minha vida.

A meu grupo de amigas, que foram minhas primeiras leitoras: Erin, Caitlin, Rebekah, Ashley e Jacqueline. Não importa se vocês estavam gritando da arquibancada ou sussurrando palavras de encorajamento, eu ouvi tudo. Obrigada por serem a minha turma. Não sei o que fiz para merecer amigas como vocês.

A minha incrível amiga Kolbie. Seu entusiasmo durante todo o processo foi contagiante. Você sempre me apoiou e me manteve animada, mesmo quando eu não tinha nenhuma boa notícia para dar. Também admiro a sua força de vontade por ter esperado para ler o livro só quando fosse publicado. Espero que tenha valido a pena.

E, finalmente, agradeço a você, incrível leitor com o livro agora em mãos. Não importa se você comprou, alugou, emprestou ou baixou, o fato de você estar lendo estas palavras significa que está desempenhando um grande papel para realizar o meu maior sonho. Muito obrigada por seu apoio.